俯仰之间

鲍坚／著

译林出版社

图书在版编目（CIP）数据

俯仰之间 / 鲍坚著．—南京：译林出版社，2023.9

ISBN 978-7-5447-9734-4

Ⅰ．①俯…　Ⅱ．①鲍…　Ⅲ．①长篇小说-中国-当代　Ⅳ．①I247.5

中国国家版本馆CIP数据核字（2023）第084412号

俯仰之间　鲍　坚／著

责任编辑　侯擎昊
装帧设计　侯海屏
校　　对　王　敏　戴小娥
责任印制　闻媛媛

出版发行　译林出版社
地　　址　南京市湖南路1号A楼
邮　　箱　yilin@yilin.com
网　　址　www.yilin.com
市场热线　025-86633278
排　　版　南京展望文化发展有限公司
印　　刷　江苏苏中印刷有限公司
开　　本　880毫米×1240毫米　1/32
印　　张　13.375
版　　次　2023年9月第1版
印　　次　2023年9月第1次印刷
书　　号　ISBN 978-7-5447-9734-4
定　　价　75.00元

目 录

第一章

一

长安街上一路畅通。今天是星期天，要在平时辛平一般不走长安街，因为老堵车，虽然单从路程说走长安街是最顺的，出了单位右拐再左拐就上了大道。

自从买了车，辛平才知道自驾车上班跟坐公交车完全不一样。坐公交车不操心，操心的是司机，乘客只能顺其自然、随遇而安，堵车还是顺畅都由不得自己，操心也没用；自驾车，从上车开始就要琢磨怎么走、遇到车多怎么办、遇到行人怎么办、见缝怎么抢道、红绿灯怎么绕开，同时还要不断地看着时间，估摸着上班会不会迟到。前些年，辛平开车只会走大道，因为走大道简单些，可以少操心。只是天道公平，少操心就得付出代价。走大道，刚出门时都还比较顺畅，可是越走越堵，估计大家都是贪图简单随大流的心理，都往大道上挤，再加上越是着急上班的时间，越有查车、事故等等情理之内或者意料之外的因素添堵。后来他总算明白了，开车不要讲究什么大道小道，不堵车的就是正道，而堵的往往是大道，至少这些年都是如此。

车正经过天安门，等着红绿灯，手机响了。辛平拿起来看了一眼，是五叔的电话。正想接，绿灯亮了，于是把手机摁了静音扔在副驾座位上。

天安门广场上游人不少，看左边城楼下和金水桥边也是如此。虽然冬天还没过去，但是气温已经上来，路边的树木花草有的已经开始发芽。辛平想起，好多年没来广场走了。

手机又响起来，还是五叔。辛平仍是把声音摁了，没接。不一会儿，又响，这回干脆不摁了，随它响。可是不行，没完没了地响。辛平叹了一口气，拿起手机，再一看，赶紧接了："陈部长好！"边说边把车靠边停下。

"你小子大周末的有什么事，忙得不接电话？"陈部长问。陈之岳副部长分管辛平所在的六司。

"抱歉抱歉！刚从部里出来，正在开车，以为是家里的电话，就没接。"

"今天还加班？是我给你们添麻烦了，还是郑一夫？"

"呵呵，不是不是，是干私活，我自己瞎琢磨，给底下布置了一个课题，他们上周五完成了，我今天改改。有啥指示？"

"你在开车，我不多说了。我没指示，是陶部长有指示。"陈之岳顿了顿，"他让你参加今晚跟部队的活动，回头我让小刘把地址发给你。"说完又补了一句："在西北五环外，别迟到了！"

回到家，一进门，猛地听见一阵锣鼓喧天大歌唱，马上一跳又变成了

“格格”“阿玛”的哭喊声，一定又是岳父拿着遥控器在折磨电视。辛平到厨房探了探头，没人。进了客厅，见宁佳正在阳台晒衣服呢。宁佳回头看见他，“哟”了一声，“回来啦？”辛平冲沙发上的岳父摆摆手，站在边上看了几眼电视。岳父和女婿的交流，与婆婆和儿媳妇的交流方式完全不同，可以十分地简约。岳父又换了一个台，算是安静了些，一个主持人跟嘉宾聊天，嘉宾正说着“2012 年是世界的大选年”之类的高见。辛平正想听听，屏幕一闪又转回锣鼓喧天的场面，然后就停在那儿不换了。

“辛平呀，我请教你一个问题。”老爷子说。

“嗬，请教！请什么教呀，爸你有问题就命令他回答。”宁佳在那边调侃。

老爷子没理她：“最近这些事，你是怎么看的？”

“这些事……你说的是那儿的事？”辛平指着电视问道。

“嗯。”老爷子点点头。

“唉……”辛平叹了口气。刚想接着说，兜里手机响了。

“辛平哪，我是五婶啊。”原来前面那些电话都是五婶挂的。

“阿婶好！阿婶身体还好吧？”

“辛平你给公社打个电话吧。”五婶对这个社会的理解，仍然停留在几十年前，比如把乡里还是说成公社，把村说成大队。

“公社？打什么电话？”

“你阿弟晓洪的第二个孩子，现在可以上户口了，可是公社说要交八百块钱。你跟公社说一下，让他们不要收了。”

辛平想笑，没敢笑出来。五婶还没说完，他就知道是怎么回事了。

“阿婶，我跟公社不熟啊，再说交这八百块钱也是应该的呀。”

“你就跟他们说你是中央的，他们就不敢收了。”五婶提高了嗓门。辛平把音量又调低了些。

“阿婶啊，我在北京工作，但不是中央啊。再说，谁都说自己是中央，他们相信吗？”

“他们信，他们都知道你在中央工作。你帮不帮五婶？”五婶生气了。

“这样吧阿婶，不就是八百块钱吗，我来出这个钱吧。我跟辛安说一下，让她给你。”

五婶不吭声了。“辛平哪，你给你弟安排一个工作吧。”五婶换了一个话题，一个老话题。

“阿婶，晓洪现在需要的是他自己的改变，他要有些上进心，能吃点苦。以前给他找了那么多工作，他没有一个是好好干的，那怎么行呢？我能帮他找工作，但是不能帮他干工作呀。”

“我命不好啊！”五婶在那头啜泣起来。

“阿婶我记着这件事了，我再想想办法吧。”辛平想尽快结束。

“嗯……嗯……”

“那就这样了。阿婶跟五叔问个好！”

挂断电话，辛平叹了一口气。

“五婶又怎么了？”宁佳从阳台进来，笑着问。

辛平摇摇头，还没等说话，电话又响了。是妹妹辛安。

“二哥，五婶给你挂电话了吗？”

“刚挂断。”

“是说孩子上户口的事吗？”

“是的。”

“她先找的我，缠了我老半天，我想我这几天正在公示期，这种事我不好说，她就说要给你挂电话，让你跟乡里说。我放下电话就赶紧找你，可是你那儿就已经占线了。还是她厉害。”辛安哈哈大笑。

“你还笑！这算什么事啊，政府同意你上户口了，就交那么一点钱还舍不得，让我以中央的名义打电话，这不是笑话嘛！”

“唉，五叔五婶也确实命苦，这么一把年纪了，还要养儿子一家子，就靠那么一点田。”

“种瓜得瓜种豆得豆，一个农民家的孩子，从小让五婶宠得倒像个富贵家庭的纨绔子弟。要说可怜，是五叔可怜。”辛平说，“对了，你公示期还没过吗？”

“还有一天。”辛安马上要提副县长了。

“祝贺祝贺！”

“祝贺什么呀，可能让我管农业。这边都是不成文的规矩，新提拔的副县长都是管农业，没人愿意干。”辛安“唉”了一声。

“管农业有什么不好？只要用心干，干什么都能出成绩。”

“哥啊，你在中央工作……你在北京工作，你是不知道地方的情况啊。”辛安拖着声音说。

“辛安，我也是在地方工作过的。不管别人怎么样，我们自己要认真做好，这是最重要的。你改变不了别人，但是能改变自己。”

“又来了，你把天又聊死了。”辛安语带不屑地说。辛平可以想象出她的那种表情。

“妈最近怎么样？”辛平问。

“还好吧，有些牢骚，问怎么还不接她去北京。”

辛平朝边上看了看，岳父早已回屋，宁佳也进厨房去了。他站起身走进卧室。“不是说了吗，等我岳父岳母回去后再接她来嘛。”

“是啊，我也反复跟她说，反正牢骚是免不了的。”

“你多安抚安抚她吧，也让大哥多回家看看。”大哥辛宽比辛平大一岁，辛平又比辛安大一岁。

“大哥你又不是不知道，老婆不在身边他就是一个男子汉，老婆一在身边，或者一遥控，他就是一个糊涂人。”

兄妹俩又说了几句话，辛平叮嘱辛安垫上八百块钱给五婶，然后把电话挂了。

“干吗躲在这里？辛安跟你说什么了？”宁佳找进卧室来。

“没事啊，怕吵着老岳父。”辛平知道她不相信。

“瞎编，肯定是老太太又闹情绪了。”宁佳一针见血，“是不是吵着来北京了？我爸妈还没来几天，你要让他们开开心心在北京待一阵，等我爸的腰治好了再回去。”

“老太太还好，你不要那么神经兮兮的嘛。”辛平要扭转局面，“你爸你妈在这里高不高兴，不在于我在于你，我可是个好女婿。你看看，他们才来两天你就跟他们着急。”

“不是他们好吗？我冲的是我妈，没冲我爸。”

“你小声点！”辛平回身把门关上，“那也没有那么嚷嚷的嘛，你看老爷子都不吭声。”

“我爸不吭声，是赞同我的话。你说他俩儿子没出息，合着都是我们的错了？今天中午吃饭的时候又说我，说我们不帮他们，你说帮他们什么？干脆给他们钱算了！那我们也得有钱啊？”怪不得刚才岳父岳母的卧室门一直关着，敢情老太太还在里面生气呢。

“行了行了，别越说越来气，母女俩有什么好吵的？”辛平其实心里挺高兴。宁佳生着这个老太太的气，就顾不上那个老太太了。“我看看蔻儿去。”

辛平边说边往外走，推开蔻儿的门。

“你好。”蔻儿头也不抬，手也不停，“来得正好，帮我做一件事。”

“嘛事儿？”辛平笑眯眯地问。

“你帮我想想‘严谨’的同义词，要十个。”

“周密、缜密、严密，还有仔细、细致，还有……”

“你出去想吧，想好了告诉我。”

辛平赶紧出来。“这臭丫头怎么了，有些焦虑的样子。”他问宁佳。

“作业多啊，从吃完早饭开始就写，一直没停，这才上初二呢！”

“唉！”辛平叹了口气，“喝会儿茶吧，今晚还有饭局。”

宁佳洗茶具去了，辛平在沙发上半靠着。两只麻雀带着喧闹落在窗外，微风吹起的树影在窗上摇晃，为小麻雀增添了喜气。不一会儿，麻雀停止了打闹，一只在梳理羽毛，一只脖子一伸一伸地叫着。

做个麻雀真好，辛平在心里说。工作就是生活，生活也就是工作，没有天敌、无忧无虑，家庭和睦、朋友相亲……

二

第二天一早起来，辛平感觉酒意未消，脑袋昏昏沉沉的，打起精神开着车到了单位。还没走出停车场，听到后面有人喊。回头一看，是七司司长吴言平。

“吴司早！”辛平感觉自己说话的声音都是低沉的。

“呵呵，喝大发了吧？”

“可不吗，回家吐了好几回，把老婆的搓衣板都跪坏了。”

“还是年轻人有战斗力，一上来就一大杯。”

“什么战斗力啊。陶部长一句话，说‘你小子还想不想在部里混了’，不喝行吗？”

吴言平不停地点着头：“都说你是陶部长的嫡系，看来真是如此。你看，你们司长没来，你来了；第一杯酒，司长们没上，就先让你上。连部队的那些人都看出来了，你这个副司长可不是个副司长。”

“嫡系？啥嫡系？我怎么不是副司长了？昨晚到那儿我就犯晕，没搞明白怎么回事，然后一上来‘咣咣’几杯，更晕了。这一大早您又灌了这‘迷魂汤’，看来有阴谋啊！”辛平笑着说，“吴司，您刚才说的，什么什么嫡系，这话儿怎么说？”

“等着吧等着吧。”吴言平还是不停地点头。

二人不再说这个话题。已经到大楼了，上班的人多，大家互相打着招呼。

进了办公室，辛平脱下外套，先给文竹浇水。辛平的办公室在六楼，又朝南，阳光充足，经过一个周末，文竹盆里的土基本就干了。

伺候完文竹，辛平拎着水壶到水房，碰见研发处处长石羽生。“你叫上胡维富到我办公室来说说一周工作。”胡维富是规划处处长，规划处和研发处都是辛平分管。

回到办公室，倒了一大杯水凉着。他要猛喝水，才能把酒劲排出去。

石羽生在门外探着头又轻敲了一下门。

“来吧。”辛平说。

“维富还没到。”石羽生仍站在门口。

“这小子！”辛平骂了句，“你来吧，咱们先说说。”

虽然现在才八点，辛平并没有到司长郑一夫那里报到。每周一上午八点半是部务会，部领导和机关各部门一把手研究一周工作。司里的日常工作情况，两位副司长平时都是会跟司长及时沟通汇报的，郑一夫基本上心里有数，因此部务会前多数时候不需要再碰头。部务会后，郑一夫会召开司务会研究司里工作。郑一夫参加部务会这一段时间，辛平一般是与两位处长商量一下本周要考虑的重点工作，以备司长询问。

石羽生说了几件事，都是半大不小的，说是创新也有些新意，说是例行却还是例行公事。司里的事，基本上都是按部就班的，对内对外、对上对下，多少年来的规矩和惯性，推着人往前进。其实，巨大的惯性在那里，不推也能前进，推谁谁也前进。不仅是司里，部里何尝不是如此？只是辛平总觉得，光这样似乎还不够，经常督促着分管的两个处给自己找问题，从反向去看自己，把自己当作第三者，跳出司里的圈子看自己的工作。不过这种做法实际上是给自己找麻烦，因为找出来的问题、提出来的意见建议，往往不在例行的范围内；要解决问题、推进这些意见建议的落实，总需要大家有一些新知识新方法新手段，而学习、学会、用好这些新知识新方法新手段，又要耗费时间精力，且未必都能学好、用好。学不好、用不好，就更不想学。这样，发现的问题有些就无法解决，提出的意见建议多数也落实不了。然后再回头看，发现的、提出的这些东西，多数也变成多余的了。绕了一个圈，需要干的工作主要还是那些例行的事。不过辛平心里也明白，一个圈子绕回来，归根结底是因为底下多数人认为没必要折腾，首先两个处长就没有反向思考的积极性，甚至司长郑一夫有时也认为辛平想得多了些。

石羽生一板一眼地汇报着。石羽生是厚道人，专业出身，领悟能力不是他的长项，他的优势是踏实。你要让他主动思考，他想不出什么东西。但是如果你告诉他要干什么、达到什么目的，他就会锲而不舍地去推进、执行。也许正因为如此，他的长相显得有些沧桑。其实他并不老，与辛平同年，今年都是四十五岁。

开着的门“咚咚”响了两下，紧接着几声轻轻的笑声：“哟，开会呀！”副司长何新燕身着黑色长裙，脚蹬长靴，一如既往地端庄大方，已经走了进来。

石羽生忙站起身：“何司！”

“小燕子好精神啊！”辛平笑着对何新燕说。转头对石羽生道：“先这样吧，赶紧把收尾的事了结了。”

石羽生答应着出去了。“请坐请坐！”都是老同事，辛平没有起身。

何新燕也与辛平同年，不仅如此，还是同一年到部里工作。不过辛平是从地方上调进部里，先是在办公厅工作了几年，从处长岗位提到六司任副司长，何新燕则是从在京的部属学校调入六司，她提副司长的时间比辛平晚了两年。

“哎，你说中组部为什么上周来我们部考察后备干部？我听说其他部委都没有启动这件事。”何新燕还没坐定就问，把头往辛平这边凑了凑。

“是吗？应该是例行公事吧？咱们部好多年没有选拔后备干部了。”辛平放下杯子。一大杯水已经灌进肚子里。

“我觉得不像是例行的。是不是因为今年下半年陈部长要退了？”

“陈部长？今年？”辛平翻着眼想了想，“噢，好像是。那年陪他出国，看他护照，好像是比我们大十四五岁。”

“我们郑司这次也入选后备，会让他接班吗？”

“这个没法猜，但是从道理上讲可能性还是很大吧？”辛平说，“咱们部这些司局，干得好的，咱们司至少可以排前三吧？况且，陈部长又分管咱们，他退了郑司接，是不是更顺畅些？”

“咱们司干得好，还不是靠咱俩顶着，郑司平时也不拿什么主意，苦的累的是咱们，出了事也是咱的责任。”何新燕撇着嘴说道。

“不过郑司也是信任咱们，能放手让咱们干。你看有的司，司长一言堂，副司长就是处长，处长就是科长，那也难受。”

何新燕点了点头：“那倒是。”又把头往辛平这边凑了凑。“哎，他们都说陶部长是你的老熟人？”

辛平不禁大笑，何新燕被他笑得有些错愕。

“一早上班到现在，就这么一会儿，就已经有两个人跟我说类似的话了。”辛平说，“我跟陶部长也算是认识。奥运会那年，部里不是派我参加奥运安保吗，我跟陶部长是一个组，那时他还是副部长。我领几个人负责一摊事儿，大会小会跟他有过几次接触。你看，这已经是三年多以前的事了。而且，咱们部里跟陶部长有类似工作联系的应该有不少人呢。”

何新燕也笑了。

胡维富在门口探头探脑的，何新燕回头看了一眼，起身道：“走了！”跟胡维富也打了个招呼。

胡维富满头是汗地坐下。辛平又喝了一大杯水，然后放下杯子：“你怎么屡教不改！”

胡维富满脸堆笑道：“唉，一早送孩子上学，都走了快一半了，孩子说没带作业本，赶紧又回头取去，就耽误时间了。”

辛平道："你有事晚来没关系，但是我反复跟你说多少回了，该报告的要报告，该跟处里其他同志交代的要交代，不能一声不吭，领导找你谁也不知道你干吗去了，处里同志还觉得你这个处长没处长样。你有事迟到本来不是散漫，可是你不及时报告不及时交代就是散漫了！"

"是是是！"胡维富满脸愧疚，"一着急就忘了！"

"处长的权威是靠你的言行树立起来的，多用点心吧。"辛平缓了缓说话的口气，"课题报告我改好了，你拿去誊清一下，细细校对一遍，然后打出来给我，准备报给郑司长。"

胡维富答应着，接过稿子。

"辛平，郑司说过十分钟开司务会呢。"何新燕探头说了一声又走了。

"何司一如既往地时尚啊。"胡维富说。

"女同志嘛，当然有时尚之心了。"辛平起身。

"那还是不一样的。何司她爱人据说是专门做北美旅游线路，所以您看她穿的都是国外大牌。"

"这你都能看得出来？赶紧通知一下石羽生开会。"

胡维富小跑着走了。

三

司务会上，郑一夫传达了陶部长在部务会上关于当前几项重要工作的指示精神。

首先是当前的整体工作局面。陶部长强调，今年下半年将召开党的十八大，这是当前我们党和国家最重要的一件大事。陶部长要求部机关全体同志以开拓创新的精神，凝心聚力、真抓实干，以优异的成绩迎接党的十八大胜利召开。陶部长随后在会上提了几项重点工作。这是陶部长来了之后第一次就业务工作提出系统要求，也是陶部长三个月来下到地方、部里部外调研的结果。跟六司有关系的一项工作，是要在全系统建立一个以大数据为依托的风险管理平台。以此为基础，整合部内管理职能，在部内增设一个风险管理司。为此，将把六司的一部分规划职能和七司的一部分监管职能再加上新开发的大数据风险分析职能合并，形成一个新的管理形态。

郑一夫不苟言笑，但平时说话也不严厉，多是一气呵成，点到为止。

“那我们司的任务是什么？”辛平问。

“部务会明确，大数据平台的建立由我们六司牵头负责，部直属研究一所承担具体功能的设计任务，再通过社会化招标由专业公司承建。简单说，就是我们司是这个平台建设的责任方。”郑一夫说，“陶部长特别强调，这项任务是我们部今年的首要改革任务。”

“那风险管理司谁负责组建呢？”何新燕问。

郑一夫道：“那谁知道，八字还没一撇呢。这事得先商中编办，中编办同意之后还要跟财政部商量，财政部好几个司管着呢。财政部同意后再回到中编办，由中编办报中央编制委员会研究，中央编委的主任是总理。这一路过关斩将的，还不知道能不能批下来呢。”

何新燕频频点头："是的是的，我们只管好自己的事。建立大数据风险管理平台，这事我觉得靠谱。这几年，我和协调处不时在关注国外的管理理念，人家早就有风险管理的概念了，我们国内却只是产业界有这个概念，政府部门还是传统的管理。我一直想就这个问题写几篇文章，给大家普及一下知识。"

郑一夫也点点头。"很好！大家都先思考思考，怎么做，从哪里下手。今天部务会只是定了一个原则和大致分工，怎么推进这件事，部领导还会有进一步的意见和要求。"

接着又议了几件事，郑一夫都简单提出相应的意见，然后就散会了。

辛平回到办公室，刚坐下，座机响了，是陈之岳副部长。

"陶部长找你。你从他那里出来后，再到我这里来一下。"

"好的好的！"辛平赶忙拿着笔和笔记本，快步出门。

部领导的办公室都在十楼，其中部长陶成曦的办公室在楼道的尽里头，是个套间，里间是办公间，外间是会客室，也充作小会议室。陶部长来部里工作这么久，辛平是第一次进陶部长办公室，也是第一次单独面见陶部长。

"来啦？你坐。"陶部长说着从里屋出来。

辛平仍站着，等陶部长坐下后自己才坐下。

"你知道昨晚让你参加活动是什么意思吗？"陶部长问。

"知道知道，是冲锋陷阵去了。"辛平赶紧带笑说道。

"哼哼，也算是吧。"陶部长微微笑了笑，"这几年挺好吧？"

“挺好的。您这些年那么忙，还那么精神。”辛平恭维道。

陶部长又哼了一声：“你真会说话。我可是老多了。”

辛平摊开笔记本，等着陶部长做指示。但是陶部长并没有说什么具体工作，只是对辛平近几年的工作给予了肯定。当然陶部长也说到，这是包括部领导在内的一些同志跟他谈的对辛平的评价。陶部长语重心长地勉励辛平，要有大视野、高起点，自觉地把自己分工负责的工作与部里整体工作、与全国范围内的相关工作联系起来看待，要保持积极进取、昂扬向上的精神和谦虚谨慎、严谨细致的作风，把工作做好。要么不干，要干就要干好。

“当前，部里有几项重要的改革举措，需要积极稳妥地推进。推进这些改革，尤其需要有开拓创新的精神，这对每个人都是一个考验。部里考虑，你工作有想法、敢负责，想让你发挥更大作用。你去找一下陈部长，他会向你交代相关任务。”

辛平边听边快速记录下陶部长的指示，然后告退。

陈之岳副部长的办公室就在陶部长隔壁，两个门相距也就不到十米。出了陶部长办公室，辛平走了几步来到陈之岳门外，敲门进入。

“陶部长跟你谈完了？”陈之岳问。

“嗯，谈完了。”

“你跟陶部长很熟吗？”真是怪事，陈之岳也问了这个问题。

辛平笑着把吴言平的“嫡系”说以及自己跟何新燕说的情况又说了一遍。“真是平地起波澜，哪来的这个说法？陶部长来了以后，就昨晚活动见了一面，加上刚才找我谈话。为什么不说别人是嫡系，偏说我呢？”

“噢……”陈之岳点点头，“看来，奥运安保那一次你给他的印象相当好，所以他记住你了，一来就问起你，估计也因此有人就认为他跟你是老交情了。”

辛平恍然大悟。“那怎么办？这种流言不太好吧？可是又没法解释。”

“你平时注意一点言行，不要让人觉得你自己也当回事，就行了。”

“我明白，我不会拉大旗作虎皮的。”

陈之岳想了想，也呵呵笑了起来：“确实有点意思。你昨晚一口闷了那么一大杯酒，他也认为你有冲劲，能干事。”

“他下令了，不喝行吗，大家都看着呢。不过，陶部长这次来，我感觉跟奥运那时比，他的风格好像硬朗了很多。”

“每个人的性格都有多面性，只不过不同时期有不同表现吧。陶部长跟你说了具体工作吗？”陈之岳这才切入主题。

“没有，他说您会跟我交代。”辛平打开笔记本。

“大数据风险管理平台的事，郑一夫跟你们说了吧？”

辛平点点头。“郑司长说，让我们大家都先思考思考，看部里下一步有什么具体部署。”

“陶部长的意思，是让你牵头负责这个平台的搭建工作。其中涉及其他司相关职能的，让他们配合你。”

“让我牵头？”辛平有些惊讶，“不是我们司牵头吗？那应该是郑司长负责啊？”

“就是让你牵头。日常工作还向郑一夫报告，但你是责任人，你操心、你推进、你出成果。干好了是你的功劳，干不好拿你是问，好赖跟别人没关系。”

“可是我一个副司长，干不了啊，它涉及好多方面，尤其是涉及别人家的权力、利益，这得综合部门或者是德高望重的司局长去协调调动才搞得定的。您能不能跟陶部长说一下，换一个人？”

“那哪行？部领导研究决定的事，你说不干就不干？”陈之岳把脸放了下来。

辛平不吭声了。

“你不要畏难，这是部领导对你的信任，有些人还求之不得呢！”陈之岳说。

“那这事我怎么跟郑司长说？”

“我会跟郑一夫说的，这项工作涉及的有关司局单位，各位分管部领导都会分别通知他们。你现在就开始考虑怎么干。”

“遇到困难怎么办？”

“怎么办？解决它！”陈之岳瞪着眼说，“当然，也可以找我。不过不要大事小事都找我。你记住，你是第一责任人。”

四

中午在食堂吃着饭，辛平手机响了。是王致理。

“老鲁老母亲病了，正住着院呢，我们下午早点下班，去医院看看老人家，然后简单吃个饭打打牌。”

辛平有些犹豫：“这两天事儿多，下午不知道能不能早走。四点前告诉你吧。”

下午一上班，郑一夫把辛平喊到自己办公室。

“陈部长说上午找你谈了？”

“是的，他说他会跟您说，因此我就没跟您报告。”

“嗯。”郑一夫停了停，问道，“我看了你们写的课题报告，跟部领导提出的建立大数据平台思路一致。你们当时是怎么想到这个课题的？”

“这些年，我们分析全国整个系统和行业的管理，总感觉基础情况掌握不全面、不客观，各地上报的，都属于经过编辑、经过筛选的管理信息而不是完整的一线数据。我就想，光有各地报送的信息是不够的，有没有基于实际运行基础上的客观数据，作为我们分析的基础？于是我给胡维富他们出了这个题目。”辛平谨慎地说道。没等郑一夫说话，又补了一句：“我们琢磨这个问题的时候，陶部长还没来，也没想到能与他提出来的思路相关联。”

“这项工作，你主要对陈部长负责。”郑一夫说。

“那不合适吧？这首先是我们司的工作，我还是应当对您负责，该请示的请示，该汇报的汇报。”

“你报到我这儿来，我也就是知晓一下、走个程序，以你的意见为主。要向上请示的，你还是直接请示陈部长。另外，陈部长让我召集大家开一个会，帮助你出出主意，你看看有些什么问题，在会上提出来。”郑一夫说着拿起电话，让综合处通知大家开会。

会上，郑一夫首先跟大家通报了部里关于辛平牵头搭建负责大数据平台的决定。很多人都觉得意外。郑一夫让何新燕说说她上午提到的这些年来关于风险管理的理解和思考，何新燕却谦虚起来了，说以往只是零星地见过一些这方面的资料，远说不上有什么理解和思考。协调处有一两个年轻人似乎想说一些什么，见何新燕不说话，最终也没说。

见场面有些冷清，郑一夫就让辛平介绍一下他们写的课题报告。辛平简单说了说让处里搞这个课题的背景情况，然后让胡维富介绍主要的观点。胡维富逮着机会，洋洋洒洒地说了起来。辛平几次打断他，让他简略点，仍是说了将近一个小时。不过说完之后，大家围绕着互联网的发展趋势做了一些探讨，气氛就热烈起来了，尤其是各处都有两三个年轻人有些互联网眼界和思维，从热门的互联网应用说起，说到网上个人信息的泄露问题，认为这实际上反映出数据的收集和使用的重要性。虽然大家说的对将要开展的工作没有直接的助益，但辛平认为还是能够有所启发的。看看时间差不多了，郑一夫归结了一下，就散会了。

会后，辛平跟郑一夫请了个假，回办公室又给王致理挂了个电话，约好在医院见面，然后拎包下楼。到了医院，见老鲁正眼泪汪汪地在大厅里跟王致理和向忠华说话。

老鲁名鲁强，是这一群朋友中的老大哥，今年五十四岁。老鲁进步早，三十六岁就提了副司局级，是他们部里同级别领导中最年轻的一个。

老鲁在副司级、副司长岗位一干就是十二年，才提了司长，再一干又是六年。他当年的部下，如今已经有好几个副部长了。老鲁自嘲说，自己是起了一个大早，还没赶上晚集。朋友们聊起来，也都认为他提拔太早，等于把他推到聚光灯下，每到关键节点就有些人吹毛求疵地找他不是，找来找去又没什么大问题，一开始是说他太年轻了思想不成熟，等成熟了又是工作作风有些专断，等到不专断了又有些亲亲疏疏。赶上几任部长作风民主，说是有争议的就放一放，于是就把老鲁给放老了。

王致理见辛平来了，冲他说道："你看你这不靠谱的人，等你半天，把老鲁都等哭了。"大家听了都笑。

老鲁带着大家上楼到病房。一进门，护工冲大家"嘘"了一声，老太太正睡着。老鲁倒有些高兴，轻声说："能睡着倒好，不然老疼得难受。"说着眼眶又红了。

几人退出来，在门外商量去哪里吃饭。老鲁不太想去，说要陪着老母亲。

向忠华建议："就这医院东边不远，不到一站地，也开了个悦茶的连锁店，一样的棋牌室加自助餐，咱们边吃饭边打会儿牌，完了老鲁回医院也方便。"大家都同意，老鲁也觉得可以。

其实，打牌不是主要目的，主要目的是陪老鲁散散心。老鲁是个孝子，跟母亲感情特别深。母亲一病，他就揪心。母亲病了好几年了，是癌症，现在已经转移，一周多前又住进医院。老鲁平时没跟父母亲住着，父亲是军队离休干部，在家不理事惯了，大大小小的事都是母亲操心。

母亲一病，老鲁这边照顾母亲，那边还要顾着老父亲。老鲁兄弟三个，哥哥离了几次婚，平时独来独往，家人想找他找不着，他想找家人就一定是惹出了什么事要大家去摆平。老鲁的弟弟在国外，没法指望回来照看老人。家里，老鲁的老伴平时跟老太太就不太对付，老鲁的儿子刚刚在创业，这两人也都不是能为家操心的主，这么一来，就忙了老鲁一个人。

正常一个人在世间，一定会有朋友，友情是人的一个重要感情。辛平和老鲁、王致理、向忠华这四个人，在北京工作多年，见的世面不少，认识的人也多，称得上朋友的自然也不在少数，但是关系最好的就是这四个人。成为朋友，就一定有能成为朋友的共同之处，或者是在天生的秉性上，或者是在为人处世的方式上，或者是在人生的价值观念上，有共同点就气味相投，没有共同点就分道扬镳。

辛平是与王致理、向忠华分别成为朋友的，王致理在中央直属机关工作，向忠华在另一个中直单位的北京局工作，任专职党委副书记。中央和国家机关各部门之间，包括与北京市的一些单位，总有些工作上的协作配合。也不知道是哪一次，这几个人从工作中感觉到对方都有些责任心，都讲些原则，于是互相欣赏，慢慢联系就密切起来，于是成了朋友，还把另外一些好朋友一起介绍认识了并且也成为朋友。王致理虽然比辛平年轻几岁，但是走的部门多、见识深。他先是在政法口工作，又从政法口调到现单位，其间借调到中央办公厅工作一段时间，然后又到基层挂职，回来后今年刚提了副局长。辛平是在与王致理的聚会中认识老鲁的，同样王致理与老鲁也是在另一个场合通过辛平认识了向忠华，四个人就成了“四个二”。

“四个二”是个很奇怪的名字，但是它有来历。来历之一，是他们这四个人在家里都排行老二；来历之二，是四个人没事就凑在一起打扑克牌，玩法叫作拖拉机，又叫双升，就是两副牌的升级。“四个二”，也正好应了这拖拉机打法中的术语。当然，“二”还有一个大众含义，就是“二百五”，憨傻的意思，这是第三个说法，四人对此也无所谓。

四人边玩边聊。王致理问辛平：“陶部长到你们部，烧了几把火了？”

“刚开始烧，第一把火就跟我有关。”

“烧着你了？”向忠华笑着问。

“他提出一个改革设想，让我牵头落实。”辛平简单说了说陶部长的思路。

“那不是好事吗？”

“可是你想，我一个副司长，牵头落实部长提出的设想，那么多司长、副司长会怎么想？”

“你刚才说还要新成立一个司，会让你当司长吗？”王致理问。

“不知道。”

“悠着点，悠着点。”老鲁说，“别跟我一样，热闹了半天，惹了一身鱼腥，最后鱼被别人吃了。”

“是啊。糟糕的是，陶部长一来就提起我，现在部里满世界的都传说我是他的嫡系。”辛平说。

“我们单位一个女同志老涂，她爱人洪部长据说和你们陶部长关系很好。”向忠华说，又指了指王致理，“就是他原来那个单位的副部长。”

“是，我也听说他们关系好。没到你们部时，洪部长他们大领导出国访问，老叫上陶部长和洪部长随行，在专机上飞来飞去，不是好朋友也变成了好朋友。”王致理说。

“前一阵好像还跟着大领导去了重庆，回来就提到你们部当部长了。”向忠华说。

玩了个把小时，老鲁有些心不在焉，于是大家就散了。

五

回家洗漱完上床，宁佳放下手机，与辛平商量事情。

“我爸的腰，我问了柳姐，她认识一个部队医院的主任，用推拿手法专治腰椎间盘突出，你看哪天有空，带他去看看？”柳姐是宁佳一个处的同事。

“最近一阵很忙，不太好请假，等忙过这几天，下周行吗？”

宁佳不高兴了：“你什么时候不忙过？他们来了这么多天，哪儿都没去，北京长什么样他们都不知道。你今天能请假去看朋友的老人，我们自己家的老人你就没空带去看病？你也不能这么糊弄人吧？”

“哎呀，怎么叫糊弄人了，瞧你把话说得那么难听。我今天是临下班了提前一点走，老爷子看病那是要一大早去的。这样吧，我明天要开一个会，把急事布置一下，看看后天上午能不能去，行吧？”

宁佳不吭声，赌气躺下了。

第二天一早到办公室，辛平把两位处长叫来布置了几件事：第一件事，是上午九点召开两个处全体人员会议，就搭建大数据平台的事跟大家通个气，也算是做个动员；第二件事，是让两个处分头思考，然后再开一个全体人员会议进行交流；第三件事，是与各有关部门协作配合问题，请规划处处长胡维富理出一个单子，列明跟哪些部门可能有哪些事情；第四件事，是弄清关于大数据概念及其应用的基本情况，请研发处处长石羽生负责。

布置完，两位处长分头去落实。辛平又拿起电话，拨通了部直属研究一所所长李文清座机。

“李所，我是辛平啊！”

“噢，辛司好！有何指示？”虽然李文清是正司级，但工作关系上部机关是领导机关，研究所是下属事业单位，办公地点也不在部里。

“不敢说指示。关于大数据平台的事，您听说了吧？”辛平问。

“昨天下午侯部长已经跟我说了，让我听您安排。”李文清答。

“不是听我安排，我们两家是协作配合。此事要多借重您，没有你们的参与，是不可能完成的。”辛平诚恳地说。

“咱们不说客气话，您说我们怎么做？”

“请你们所里先做些思考，我想这两天请部里相关的司局一起开个会，统一一下认识，建立一个机制。到时，想重点听听您的意见。”

“好的，没问题。大数据对我们所也是一个新课题，我们原来接触不多，但是我们会认真思考，到时给大家抛抛砖。”李文清爽快地说。

放下电话，辛平心里挺高兴。他看了看表，时间差不多了，该开会了。

两个处，每个处都是六个人，总共十二人，他们就是部里推进大数据平台建设的主力了。如果是部里的主力，从理论上讲，也是全国的主力，因为没有第二个部门也没有第二个团队会在此时去做这样一件事。从这个意义上说，需要站在国家强化政府行政管理水平的高度来看待这项任务，这个团队要有当今之世舍我其谁的责任感，也要有攻坚克难的勇气和智慧。这些既是辛平的思考，也是他提出来对大家的要求。会上他还激励大家，用心学习、用心投入、用心推进，等到这项任务完成之时，大家自然都会成为全国范围内这个领域的专家。两个处的同志们都很兴奋，年轻人表态得热情洋溢，连石羽生这样不善言谈的人也都被感染，对下一步的工作憧憬了一番。

回到办公室，辛平接到宁佳的电话。“我上午带我爸去医院了。那个主任说，我爸年纪太大，做理疗、推拿不行，怕骨头受不了，必须动手术。你看怎么办？”

“你先别急，先把爸送回家。我想想有没有认识懂医的，请教一下。”

“你平时那么多狐朋狗友，难道没有一个能帮忙的吗？”

一句话提醒了辛平。“对，有那么一两个狐朋狗友。”

辛平给向忠华打了个电话，说了岳父的情况。

“我联系一下，让协和医院的专家帮助看看。你等我电话。”向忠华说。

辛平又把向忠华的话告诉宁佳，让她安心。然后静下心来，坐在椅子上开始发呆，重新理一理工作思路。不过，思路不时被打断。搭建大数据平台的消息传得很快，就在辛平发呆这么一会儿工夫，好几个省的同志打来电话探问情况，有处长、副厅长，还有一个是一把手厅长。他们有的是考虑跟本省工作有什么关联，有的是祝贺辛平被委以重任，有的则纯粹是出于好奇，想了解什么是大数据风险管理平台。辛平自然没法跟他们说太多，因为他自己也是刚接触，只能跟他们一起疑惑、一起想象、一起揣摩。

下午，胡维富把开列的单子拿来。目前看，涉及的部门中，机关有四个司局，下属单位则主要就是研究一所。辛平给四个司的司长打了电话，确认他们都已经接到分管部领导的通知。辛平然后嘱咐胡维富，以六司名义拟一个会议通知，请各部门明天上午派一位相关处室的处级领导来六司开会。胡维富回去拟了一个，拿来给辛平改了改措辞，再回去誊清送来，辛平签批“请郑司长签发”。

胡维富没马上走，凑过来低声说：“听何司说，陶部长对您很欣赏，因此让您牵头负责这件事？”

“不会吧？陶部长我也就是奥运安保时候跟他一起工作过几个月，没有其他接触啊。昨天何司问我，我还跟她说过这些来龙去脉呢。对了，就是你迟到还没来的时候，我们聊的。”

“噢……何司还说，我们搞的课题，其实是陶部长事先交代您做的。”

辛平摆摆手：“这都哪跟哪，没根底的话。我让你们搞课题的时候，陶部长不是还没来嘛！”

胡维富又低声问：“会让您筹建风险司吗？”

辛平没好气地笑了：“你又想多了。我们的任务是搭建大数据平台，这是技术系统，属于业务。筹建风险司，是办公厅、人事司的活儿，跟咱没关系。”

“那他们筹建好了让您去当司长呗。”

“去去去！你任命我去当司长？”

胡维富“哈哈”笑着走了。

辛平想了想，拨了陈部长秘书小刘的电话：“陈部长这会儿有空吗？”

“有空，您来吧。”

陈之岳见到辛平，问：“怎么样？”

辛平把这两天的工作和安排简要汇报了一下，陈之岳表示肯定。“这项工作，你务必抓紧，每天都要有相应的工作安排。陶部长提出这个设想，应当说是有远见的。随着互联网的发展，大数据的挖掘和使用是一个必然趋势。用好了，可以大大提升我们政府管理的科学性，并且也能为中央和国务院领导的决策提供科学的依据。”陈之岳说。

“明白，您放心，我会抓紧的。我想在前期多走访、请教一些专业单位和专家，听听他们的意见和建议，同时也让自己和整个工作团队尽快补充知识。”

“这很有必要。先当学生，再当老师。你们要尽快提高能力，目标是能够提出管理上的需求和技术支撑上的需求，能够告诉技术研发部门我们要什么、不要什么。管理工作最忌讳什么都不懂，让别人干活而自己却是局外人或者是外行。”

辛平答应着，又把跟郑一夫的工作关系汇报了一下。“郑司长让我直接对您负责，我觉得还是先对他负责好，请他把一道关。”

“是的，必须如此，这对他来说既是责任，也体现你对他的尊重，不能让他当不操心的甩手掌柜。重要问题需要我帮助出主意时，你可以直接来找我商量。”

辛平兜里的手机振动起来，他告退出来，接起电话，是向忠华。

“你明天带老爷子去一趟协和医院，我在那里等你。”向忠华说。

辛平想了想，明天上午还真没什么急事，答应了。

六

看来岳父的腰是挺不好治的。协和医院的专家看了看、问了问，也说必须动手术。宁佳问：“动手术能根治吗？”专家说：“很难说，也许就好了，也许会复发，还有的人动完了手术反而更糟，而手术都是有风险的，你们家老人都快八十了，这么大一把年纪，风险更大。”

老爷子在一旁闷声说道：“动就动，有什么可怕的？干什么都有风险！”

向忠华问专家："据说有一种注射治疗的方法，打一针进去，就能把突出、增生部分给化了，管用吗？"

专家笑了笑："会有些效果，但是如果很管用，我们早就失业了。那种针，复发率很高的。"

宁佳问辛平："你看动不动手术？"

"我们回去再商量商量吧。"辛平说。向忠华也建议回去再考虑考虑。

路上，宁佳问辛平："你犹豫的原因是什么？"

"怕万一做不好，更糟糕。"

"有什么糟糕的，动个手术还会死吗？就是死也没什么可怕的。"岳父说。看来老爷子的态度很坚决。也难怪，老岳父的腰椎间盘突出很严重，在路上走个几分钟就走不下去了，疼得厉害。

"死当然不会死了，我听说有的人如果手术做不好，可能导致瘫痪。最好再多咨询一两家医院。"辛平说。

岳父听了这话，不吭声了。

下午辛平继续回单位上班。明天上午的会，怎么开法是个问题。他找了郑一夫。

"明天上午的会，请您主持，您看行吗？"

"你开就行了，我不参加了。"

"第一次开会，跟各司建立一个协作配合机制，最好您说说，毕竟是咱们司牵头。"

"那好吧，你们把我要说的给我列一个提纲。"

回到办公室，辛平把石羽生叫来，口授了几个要点，让石羽生拟一个提纲。辛平又交代了一下明天会议的会务安排。桌上电话响起，是办公厅副主任陈阳，火急火燎的："辛平，赶紧赶紧，陶部长找你。他让我通知你，另外又安排了几件事，我心里只想着那几件事，把通知你的事给忘了。他要问起来，你想办法帮我遮挡遮挡。"

"瞧你这孩子，办事就是不牢靠。放心吧，宁愿牺牲我也要保护你的。"辛平哈哈笑道。

到了陶部长办公室，办公厅主任许有善也在。

"你小子怎么搞的，等你老半天！"陶部长板着脸。

"我检讨我检讨！我刚才在郑司长那儿，没带手机，陈阳没找着我。"

陶部长哼了一声。"大数据平台的设计规划，要考虑经费需求。没有经费支持，一切都是空的。你要提出相关方案，请办公厅汇总上报。"

"好的好的！我们已经通知跟这项工作有关的司局，明天上午一起开一个协调会，建立机制，提出工作配合要求，其中也请财务司来一位处长。"

"来个处长不够，你让他们来一位副司长。"

出了陶部长办公室，许有善埋怨道："你怎么搞的，拖拖拉拉的，害得我被陶部长剋了一顿。"

"抱歉抱歉，连累了您。我请客，给您赔罪！"

"倒跟你没直接关系，就是你老不来，他问了我几件事，我没回好，就挨剋了。你迟到这么久，陶部长只说了一句就过去了，并且亲自操心替你张罗经费的事，陶部长还是关爱你啊！”

“呵呵，敢情您挨剋跟我没关系，请客的事那就算了。”辛平笑着走了。

次日上午八点半开会，来了两个副司长。一个是财务司副司长，一个是七司副司长。财务司来副司长是因为陶部长要求，七司来副司长却是自己主动安排的。“我们吴司说的，让我来参会，表示一个全力配合的态度。”

郑一夫主持会议，首先请研究一所就大数据的概念和目前国内国外发展情况做一个介绍，算是一个知识普及。李文清做了充分准备，也不知道从哪里收集来的信息资料，把国外大数据应用的背景、起源、内涵、作用、发展等情况，用PPT投影做了详细的介绍，条理十分清晰。接着请各部门发言，其实没有什么可说的。一者，大家都是新接触大数据概念；二者，除了六司，大家都是“打酱油”的，跟着六司的步伐、按照六司的要求给予协作配合就行，无须主动思考。因此，多数是表态性质的发言，代表本司局表示：一定按照部领导的要求，全力配合六司，决不拖后腿，如此等等。辛平说了说下一步的工作思路，又讲了几点考虑，当然也只是目前想到的一些问题。随着相关工作的推进，有些工作思路也是需要做调整、修正的，有时还难免会做一些无用功，请大家有这个心理准备，辛平对此做了强调。

开完会，大家陆续散去。郑一夫对辛平说道：“该说的话我都替你说了，下面就看你的了。咱们一起去一下陈部长办公室，向他汇报一下会议情况。”

从陈之岳那儿出来，碰上陈阳不知道从哪位部领导办公室出来。陈阳跟郑一夫打了个招呼，对辛平说道：“正要找你呢！”

“嘛事儿？”辛平问。

“一时半会儿说不清，到你办公室慢慢道来。”

进了辛平办公室，陈阳拱拱手：“多谢多谢！听我们许主任说，你替我挡了一阵。”

“可不是吗？挡得我伤痕累累，你欠我的情大了！请客吧。”

“请客没钱，欠你的情马上还你。”

“怎么还？”

“我们家一个亲戚是中科院的专家，专门研究大数据。你要是有兴趣，我给你介绍介绍。”

“那敢情好！”

陈阳又拱了拱手，告辞。

辛平回身坐定，舒了一口气。从接到任务到现在也就四天时间，如何搭建这个大数据平台，从心里没底到初步形成思路、建立了各部门协作配合机制，有关各方甚至包括原本没关系的一些人也都热心参与，工作基本算是有了个良好的起步，辛平有了信心。

他又发了一会儿呆，站起身，拿着杯子走到窗台前，用杯里剩下的水给文竹浇了一个透。

第二章

一

两排南北朝向的低矮平房夹着目测只可勉强通过一辆小车的过道，过道有个五六十米长，尽头也是平房，是坐西朝东的单间。平房有许多房门，布局规整，因此每间屋子的大小应当是一致的。屋前，多是用泡沫盒子、旧铁皮箱之类的容器种植的瓜菜花草，或是斜支着老木棍、牵着几根铁丝的晾衣架，边上插空停着些破旧的自行车、三轮车。午后是猫狗的休憩时间，当你走过时，它们看都不看你一眼。这里，给人的感觉是杂而不乱，简陋却还整洁。

当然，看北京不能看局部。如果把眼界从这一带的一片平房放开些，能够看到另一面更真实的北京。就在南二环外不远，仍算是大北京的中心地区，是一片狼藉般的存在。私搭乱建无处不在，路面崎岖垃圾遍地。天天能看到北京城市主干道两旁富丽光鲜的商业大楼的人，也许永远不知道这里；而年复一年生活在这里的人，会不会因为它毕竟满足了立足于北京的需求而习惯了甚至感激于这样的环境？

“在二十一世纪的第十二个年头，竟然还有这样的北京啊！”辛平心中发出这样的感慨。

在平房边上停好车，与向忠华和他的朋友会合后，辛平搀着岳父走进平房小道。在倒数不知道第几间北屋的门口，朋友停了下来。门上挂着一块白布帘子，应该是用来遮挡门外向内的视线，不过也可以用作诊所的标志。

“展哥好！”朋友掀开帘子进屋。

“来啦？”听到屋里头展哥笑呵呵地问。

岳父推开辛平的手，自己走了进去。辛平、向忠华、宁佳跟着进来，都学着朋友叫一声“展哥”。

刚进屋时有些昏暗，说了一会儿话，视线逐渐清晰了。屋子不深不大，中间一张床南北向，也铺着白布。东墙近门处摆着一张老旧的桌子和几个圆凳，北墙中间靠着的也是一张老桌，桌上几个大杯小杯，西北墙角另立着一个老衣柜。辛平又看了看，也没见着什么医疗器械之类的东西，就东墙桌子上边挂了一个中医推拿按摩协会的证书。

找到这儿来，是向忠华的功劳。展哥是向忠华的朋友的朋友。说是朋友的朋友，据朋友说，他其实是把展哥当作恩人。朋友长年失眠，造成身体上多方面的功能紊乱，痛不欲生，走了许多医院都没看好，后来也是通过其他朋友介绍到展哥这里，让展哥给治好了。向忠华跟辛平说，反正都是治，先找个没什么副作用的试试，不行了再想其他办法——展哥这儿就是那个没有什么副作用的。宁佳觉得不靠谱，辛平倒是觉得有些道理。问岳父意见，老爷子无所谓。商量了半天，宁佳勉强同意来试试。

展哥个头矮胖壮实，看相貌有五十多岁，方脸大鼻小眼睛，说话时一脸笑意。寒暄了一会儿，展哥对岳父说道："老爷子，您躺上来吧。"又对辛平道："我先摸摸看能不能治，如果能治咱再说说怎么治法，要是不能治我也直说，您就另想办法了。"展哥说得很直率。

岳父趴在床上，展哥一边跟他说话，一边在他腰上东揉西揉地摆弄了一小会儿。"应该可以治吧。"他说。

"有副作用吗？能断根吗？"宁佳问。

"断根还是有可能的，没什么副作用，不就是推拿嘛。"展哥仍是笑着，"不过有几个问题。一个是治疗过程中会很疼的，就不知道老爷子受得了吗？"他回头看着老人。

"死都不怕，疼算什么，受得了！"老爷子道。宁佳也说："我爸不怕疼，他年轻时打过土匪呢！"

"那好那好，老爷子您的性格对我的脾气。"展哥说，"第二个呢，就是我治疗的过程中，家属不要多事儿，这个不放心那个不放心。治不好是我本事不够，治坏了我承担责任，该赔偿的赔偿，该坐牢的坐牢。"

老爷子听了很高兴："哈哈，很好很好！你就大胆地治，治坏了既不要你赔偿也不要你坐牢，你也对我的脾气。"

大家听了都笑了。

然后商量具体怎么治疗。展哥的意思，最好每周两次，大概需要两个月时间。辛平和宁佳考虑到平时要上班，希望都安排在周末。展哥想了想，基本上答应了，就定在周六上午和周日下午，每次一个小时左右，从下周开始。虽然今天就是周六，但这两天展哥需要跟其他病人商量，调整一下时间。

回来的路上，宁佳悄悄问辛平："多少钱?"

"三百块一次。"这也是朋友说的。在展哥这儿治疗，有效没效、费用多少，都是口口相传，相信就来，每次看完了就照规矩付钱，钱还得压在展哥喝水的杯子底下，展哥也不多问。

回到家里，吃过午饭，蔻儿继续写作业，辛平在沙发上看书，其他人睡觉，这也都是惯例了。蔻儿经过客厅，拐过来问："老爸你看什么书呢?"

辛平给蔻儿看了看封面。

"《涑水……》。"蔻儿说得结结巴巴的，不光因为第一个字就生僻，还有繁体字。

"《涑水记闻》。"辛平说。

"什么意思?"

"是北宋历史学家司马光——就是那个砸水缸的司马光，他随手记录的一些历史片断。"

"噢……我看你一直在读这种古董书，是爱好吗?"蔻儿问。

"是的，就像有些人喜欢看电视或者喜欢看那些明星唱歌跳舞一样，本爸就喜欢读点儿这种书。"

“读着有什么用吗？”

“以前有用，现在没有什么大用处。”辛平说，“不过，对于如何做人、怎么处世，读点这种书还是有用处的。”

“那现在读它们的人多吗？”

“不多。”

“既然有用，为什么读的人不多呢？”

辛平想了想，手拍边上的沙发，蔻儿坐了来。

“这个问题比较复杂，简单地说吧。很久以前，我们国家就建立了比较科学的教育制度来为国家培养人才。这种教育，是把道德教育、治国理念和知识教育融合在一起。其中一些道德要求和治国理念即使现在看也还是先进的、科学的，比如古人在三千多年前就说，人民是国家的根本，先进吧？还有，古代的知识和文字也是很优美的，比如说我夸你‘明眸皓齿’，是不是就比‘美女你长得好漂亮啊’更好听？”

蔻儿趴在沙发上“咯咯”笑着，不停地点头。

“所以，古代的一些书对于现在的我们是有很大好处的。”辛平说，“但是，现在的教育思路跟以前产生了很大变化，现在是以知识教育为主，慢慢地人们就不太了解也不太适应读以前的那些东西了。”说完了催促蔻儿：“好了，接着写作业去吧。”

蔻儿正要起身，宁佳从卧室出来，问：“你们聊什么呢？”

“聊好玩的事儿。”蔻儿说。

“我也告诉你们一个好玩的事啊。外婆昨晚问我，为什么蔻儿叫她

‘外婆’，不学北方孩子叫她‘姥姥’。她觉得叫‘姥姥’好听。”

蔻儿又趴在沙发上“咯咯”笑。辛平也笑了。

“我告诉她，我们是南方人，在家里就照南方的习惯。如果蔻儿叫外公‘姥爷’，外公会气坏的。还有，如果蔻儿叫外公‘您’不说‘你’，外公身上会起厚厚的一层鸡皮疙瘩的。”

大家又都哈哈大笑起来。蔻儿边“咯咯”笑边回屋，刚进屋又回过身来说：“一会儿你们谁帮我念词语啊，好多听写作业呢！”

二

第二天周日，辛平和宁佳中午要外出，是老朋友穆子强夫妻约了吃饭。出门前，辛平抓紧时间给蔻儿上了周末一课，讲的是南宋辛弃疾的词《水龙吟·登建康赏心亭》，并结合或者说是重温了曾经讲过的《清平乐·独宿博山王氏庵》一词，重点说了这首词的写作背景和词中所蕴含的家国情怀。

周末一课，看似重点是诗、词、文章，其实辛平更看重的是诗、词、文章之外的引导，所谓的潜移默化就得要不经意间的三言两语甚至是只言片语。不过，潜移默化是不能点破的，否则反而会让蔻儿有些抵触。上完课，蔻儿想起昨天说的话题，又问：“老爸，我还是不明白，读你说的那些古董书既然很好，那你们官员们读的人多吗？”

“也不多。”

“为什么他们不读呢？”

“不是读不懂，就是不想读。”

“这都不是理由啊。读不懂可以学；不想读，既然有好处，怎么能不想读呢？”

“因为古董书不是现代人必须读的啊，现代人可以读现代书嘛，而且实用性更强，更有好处。”

“那他们读现代书吗？”

“呃……据我所知，读的人也是不多。”

“古董书也不读，现代书也不读，那是古人爱读书还是现代人爱读书？”

“那要看情况。在古代，有的人想读书却没钱，有的人有钱却不读书。”

“现代人不也是这样吗？”

“那是那是。如果人人都能读得起书，那还是古人比现代人爱读书。”

“我觉得你们这些现代的官员不如古代人有学问。”蔻儿说完回屋去了，辛平听了，哑然失笑。

宁佳已经做好午饭，交代蔻儿外婆到时间张罗大家吃饭，然后夫妻二人出门。

到了饭馆，穆子强和妻子王小云已经点完菜了。打完招呼，辛平就问：“今天咱们的聚会好像很匆忙耶？”

穆子强笑着说：“是匆忙，我后天又要出国常驻，明天就抽不出时间来了。”

“啊？又出去？去哪儿？小云和孩子去吗？”宁佳问。

“不去，求我们也不去。”小云半带生气地说。

“这次是公司新开设一个办事处，那边条件都不具备，她们娘儿俩就不去了。反复跟她说，她还是有意见。”子强说。

“等于是重新开辟基业，还是等稳定了，把那边情况看清楚了再去更好。”辛平也说。

穆子强是辛平的学弟，大学里的围棋棋友。辛平大四时，子强刚入学。子强棋瘾特大，到处找对手，把学校里的高手都杀遍了，最后杀到辛平这里才是棋逢对手。辛平大学毕业回南方，两人断了联系。等辛平再从地方调到北京工作，子强也不知道哪来的情报，又找上门重续棋缘。后来子强结了婚，妻子王小云与宁佳也成了朋友。子强的孩子默默出生后，到了能跑动的年龄老跟在蔻儿屁股后面玩，两家更是近上加近。子强是豪气重情的人，辛平把他当作兄弟看待，子强对辛平也不客气，他因为工作上有保密性，出差、出国在外不方便跟家里联系，家里有事小云就找辛平夫妻俩帮忙。

“这次出去时间较长，估计得等到春节才能回来，家里的事请老兄和宁佳姐多照应了！”子强说。

“没问题。”辛平道。

“孩子今年要上学了，上哪个学校？”宁佳说。

“我们家是在二小的片区，我们是有资格进二小的，就是想进二小的孩子太多了，竞争很激烈。”小云说。她们俩就上学问题探讨了好一阵。

正聊着，辛平接到辛安的电话：“我到北京啦，你晚上有空吗，出来一起吃个饭？”

“怎么搞突然袭击，也不提前说一声？”

“临时让我来北京跑一个专项经费，晚上请几位在京工作的老乡吃饭，你也给我捧个场吧，明天上午谈完事，下午就回去了。这次没时间去家里看蔻儿外公外婆，你跟嫂子解释一下吧。”

“好吧，把地点用短信发给我。”

挂了电话，宁佳问：“晚上还有饭局？”

“是辛安，匆匆忙忙来北京，让我去捧个场。”

穆子强有些遗憾：“本来还想再杀一盘的，我把棋都带来了。”

辛平也有些遗憾，又有些过意不去：“等你春节回来，咱俩好好切磋切磋。”又叮嘱：“在外多保重，注意安全！”

又说了些话，两家分手。穆子强两口子走了，辛平两口子也分手。

辛安发的地址，辛平原来也听说过，是北京西边的福林大酒店，档次很高，说是本县一个老乡开的。老乡叫什么名字辛平没记住，这个酒店他也没来过。今天来这儿一看，果然很气派。辛平在门口给辛安挂了个电话后往里走，遇上辛安匆匆过来接着。两人边说话边上二楼，进了餐厅的一个包间。包间装修很讲究，进门就是一个玄关。让辛平吃惊的是，玄关上挂着一位大领导与另一个人的合影。大领导辛平是知道的，照片上的他显得比现在年轻些，应该是前几年的合影。把他的照片这么张扬地挂在这种公共场所，可见挂照片的人有多自信。

绕过玄关进去，是一个里外套间。里间外间都大，外间会客室能坐上小二十人，里间吃饭的大桌自然也是这个容量。辛安领着辛平进来，有眼尖的早起身迎出来。辛安也没顾上他们，引着辛平快步走向对面一位半倚半躺在沙发上的中年人面前。

见他们来到眼前，中年人慢慢起身，辛安已经开始介绍："贾总，这是我哥辛平。"

辛平伸出手："贾总好！幸会！"再一细看，就是玄关照片上与大领导合影的那个人。

贾总伸出手时，还没站直身子："你好！"然后又坐下，边给辛平让座。

"我听说过你。你——到北京多少年了？"贾总还是半躺着，跷着二郎腿。

"嗯……"辛平迟疑了一下，"有……十来年了吧。"

"十来年了我们还没见过面啊。"贾总"哼哼"笑了笑，"老陶是到你们部当部长了吧？"

辛平又是一愣："是。您跟陶部长认识？"

"老朋友了。你见到他就说我向他问好。"

辛平停了停，"呵呵"笑了两声。"我官小，平时不容易见到他。"转头对辛安说道："我今晚还有事，先过来跟你见一面，这就走了。"然后起身，朝贾总和其他人摆摆手："贾总抱歉！各位抱歉！我先走了！"

贾总没起身，冲辛平也摆了摆手："有空常来！"

到了一楼，辛安生气，问：“哥你是怎么了，说一句话就走？”

辛平反问辛安：“这是什么鸟人，你在这儿跟他吃饭？”

“他是我们县最大的企业家，也是省里非常有名的企业家。”

“我知道。因此就要跟他吃饭？”

“他跟一位领导很熟，这位领导在省里工作的时候他们就是好朋友，然后又把他带到北京来。”

“这跟你我有关系吗？”

“你在北京工作，需要这样的人脉资源啊。”

“我要它干什么？”

“你副司长干了那么多年，难道不想再提一提吗？我们县前一任的李书记，就是贾总帮忙提的副市长。”辛安说的李书记辛平见过，那是他刚上任县委书记时来北京见的辛平，不过后来就没有更多联系，辛平现在才知道是提拔了。

辛平指着辛安，沉声说道：“辛安我告诉你，我们家是一个普通家庭，我能干到副司长已经满足了，你不要替我瞎操心！而且我还要告诉你，我做人有个‘三不’，其中一个就是不为提拔去巴结领导。领导我都不巴结，还要去巴结这种鸟人？”

“那你是奇葩！别人都这样！”

“我不认为别人都这样，别人怎么样也跟我没关系。你不要跟这种人来往了！”

“我们书记、县长来北京都要来拜见他，也都住在这里，这些都是惯例，我如果不来别人会怎么看？书记、县长会怎么想？”

“拜见？堂堂县领导居然来拜见一个商人？他刚才说话的意思，也是说我到北京十几年了早该去拜见他吧？这都是什么狗屁东西？爱拜见你拜见去！”辛平一甩手走了，留下辛安在后面抹眼泪。

车走在路上，辛平给穆子强挂了个电话：“子强，在家吗？”

“在。”

“上你那儿下棋去，晚饭让小云给我做碗面条。”

三

辛平带着一所所长李文清和规划处处长胡维富，拜访了中科院大数据方面的专家朱研究员，也就是办公厅副主任陈阳的那位亲戚。

朱研究员给辛平他们分析了当今国内国外大数据发展的现状和趋势。毕竟是中科院的专家，他提供的情况比李文清掌握的更全面、更细致、更准确，将国内大数据发展存在的问题、与美国和其他一些西方发达国家的差距进行了罗列和对比。

朱研究员提出了几个观点，辛平认为很有启发性。一个观点是，目前中国在大数据运用方面远远落后于西方国家，但是中国很快会迎头赶上，因为中国人口多、经济社会处于快速发展阶段，会形成规模最大的海量数据，而海量数据是大数据分析的基础。另一个观点是，大数据分析一定要建立在互联网自然获取数据的基础上，而不是像现在的数据库主要是对人工提供的或者人工筛选的数据进行分析。

“我们目前获取的数据，主要还都是人工的，由各省、各相关行业部门和一些企业报送的数据。”李文清说。

“这是不够的，建立在这种数据基础上的分析，不是完整意义上的大数据分析。”朱研究员强调。

对数据的来源，大家花了很长时间进行探讨。总体上看，如果对行业和企业数据的产生进行一些程序上的规范，自然数据的获取还是可以保障的。

“有了大数据之后，如何建立数据分析的能力呢？”辛平问。这是他关心的另一个大问题，涉及内部机构、经费需求以及长远的管理架构。

“数据分析，是建立在云计算、云分析的基础上。这是大数据分析的另一个基础。没有云计算能力，大数据只能停留在概念上。”

“那我们部需要自己建立云计算能力吗？”

“不可能，也不需要。计算的问题，要交给专业公司去做，你们自己养不起一大批人。即使愿意花大钱养着，最终也会因为缺乏竞争、缺乏活力而失去能力。”朱研究员答道。

“我赞同。什么都自己养着，最终会养出一批没有进取心、没有创新力的官僚式队伍。我们体制内的行政管理需求应当与体制外社会化的能力相结合，优势互补。”李文清也说。

对于国内目前有哪些单位具备初步云计算能力，朱研究员也做了介绍，并列出了一个名单。“名单中的前两名，合成科技和大兴数据，在国内还是很有能力的，今后发展的势头也很好，你们可以考察一下。”

最后，朱研究员建议：到国外去看看。

回到部里，接到办公厅主任许有善电话：“陶部长明天出差，你也跟着，我跟你们郑司长说了。”

辛平到郑一夫那儿，把上午去中科院的情况和随陶部长出差的事汇报了一下。

出差要一周时间，连下周末都用上了，因此辛平抓紧利用下午半天的时间，跟石羽生、胡维富研究布置了一周的工作。自己出差在外，家里不能像野外放羊似的爱干嘛干嘛。

陶部长这次出差调研的安排是走三个省、开三个片会，东北、长三角、华中三个地区各省、市的一把手厅长分别参加。三个地方，给辛平的印象各不相同。

东北，让人印象深刻的是酒的力量。省委柴书记跟陶部长是老朋友，虽然年轻，人却豪爽，酒量也大。据陶部长后来说，柴书记体谅客人，没怎么劝酒，平时他一次喝两斤茅台不在话下。不过就是这样，陶部长也喝了小一斤，随行的这些司长副司长们更是喝吐了好几个，而人家当地的厅长们和其他陪同人员表现可没有那么狼狈。

长三角给人的印象是工作严谨、积极作为、有创新精神。想了解的情况，他们都主动汇报；提出的意见建议，也都很有见地。

中部地区情况良莠不齐，普遍就是态度认真，中规中矩。上面要求的，他们都努力去做。

三地三个会议，再加上每个地方一天的实地考察调研，日程安排是很紧张的。即使如此，陶部长还专门抽出时间，单独跟辛平谈了大数据平台的工作。

辛平将接受任务以来所做的工作，结合自己的思考，详细汇报了一遍。陶部长听着，一直没吭声。辛平理解，陶部长不吭声就是赞同。谈到去中科院调研、朱研究员提出的一些意见和建议时，陶部长发话了："专家的意见有道理，不过他们的看法主要是技术层面的。大数据平台，既有技术上的因素，也有管理上的因素，还有安全保密等方面的因素。综合考虑，我们自己还是要心里有数。或者说，我们的事，我们自己要主导，这是原则问题。"辛平赶紧记下。

连续出了一周的差，辛平感觉身体上有些疲倦。主要不是工作上的原因，是饮食的问题。因此，周日回程的飞机上虽然提供晚餐，辛平并没有吃。下了飞机，他给宁佳打了个电话，让她熬一碗粥。

回到家，洗完澡，喝完粥，已经将近十点。岳父在摆弄着电视遥控器不停地换台，宁佳在烧水。

"刚跟你女儿一起做完背诵作业。"宁佳说。

辛平冲她竖了竖大拇指，问："作业都写完了吗？"

"早着呢，刚写完两门，还有两门。"

辛平问岳父："爸，这两天腰看得怎么样？"

"很好！"

"什么很好啊，他自己说反而更疼了，今天看完回来，路都差点走不动。我问他下周是不是就不去了，他还不答应。”宁佳拎着烧开的水过来。

“做一件事就要坚持做下去，哪能三心二意的。小李说了要两个月，现在才第一周，再疼也要坚持下去。”岳父说。小李就是展哥。

“同意！”辛平冲岳父竖了竖大拇指。

老爷子也回了个大拇指，回屋去了。剩下小两口喝茶聊天。

“喝什么茶？”宁佳问。

“上个月小盛来家里带的那个茶，你不是说好喝吗，就喝它吧。”

平时喝茶，多数时候是宁佳说，辛平听。宁佳工作上虽然比不上辛平忙，但家里的事却基本是靠宁佳撑起来的，里里外外加起来，宁佳其实比辛平还辛苦。因此，但凡有空，两人就喝喝茶聊聊天，也算是宁佳的一种调剂。至于喝的，都是家乡的功夫茶。

“你出差一周，我不仅忙家里的，单位也不消停，不光忙工作，还看热闹。”宁佳说。

宁佳说的热闹原来是这样的：市里两会之后，有市人大代表写了一个提案，需要局里回复，局里让处里写报告。报告怎么个写法，处长是一个意见，副处长是一个意见，一言不合，两人当着几位科长的面就吵起来了。

“这就没规矩了。一个处是处长负责，如果不是重大原则问题而是业务问题，副处长可以提建议，但最终应当以处长意见为准。处长意见不对，自然有局长、副局长去纠正。”辛平说。

“是啊。不过我们处长也有问题。他本来有理，可他是个老实人，被红玫瑰那么一闹，不敢指挥红玫瑰了，就直接指挥三个科长干活。这下红玫瑰逮着点理，到局长那儿告状，说处长作风霸道搞一言堂。然后局长就把他们两个人找去，据说各打了五十大板。”红玫瑰就是副处长，一个女同志。照宁佳的说法，处里有三朵扎人的玫瑰：红玫瑰最霸气，处处扎人；黄玫瑰喜欢话里有话地偶尔扎那么一两下；蓝玫瑰只在背后扎人。宁佳说这都是处里那些年轻人背后起的外号。

“结果呢？工作还是要做啊。”

“处长让三个科各自提出意见汇总到我们科，让我们科长同喜整理成报告。我们科的意见，按理说是黄玫瑰负责，可是她死活不接，把同喜给着急的。我看同喜可怜，就悄悄替他做了。三个科意见都出来后，整理报告同喜又求我帮他写，你说可笑不可笑。”

“指挥不动下属，自己又没能耐，同喜这科长当得也难。”

“这黄玫瑰自己不干活，还在大屋说风凉话。蓝玫瑰不在，倒是容嬷嬷那个没脑子的跟着附和，不过我看其他两个科的那些年轻人也都没理她。”容嬷嬷又是另外一位女同志。

“你也别理她们。就像皮球，你不拍它，它跳一会儿就没劲儿了。”

“说是这么说，可是难啊。”

四

一早刚到办公室，郑一夫来了个电话把辛平叫过去。

“两件事。一是办公厅通知，让你从本周开始列席部务会，主要汇报大数据平台建设方面的每周工作情况。”

辛平吓了一跳。汇报工作不难，可是部务会都是司长列席，让他参加，就是相当于司长的角色了？至少一般人都会这么认为的。

“为什么？都是咱们司的工作，您汇报不就行了吗？”

“说明部领导对这摊事儿高度重视，也是对你的信任。”郑一夫说，“另外，上周接到人事司正式通知，从外单位调进一个女同志涂雪繁，到我们司研发处任调研员兼副处长，上周五已经来司里报到了，我让她今天一上班找你报到。”

“哪来的？原来是干什么的？”辛平问。

“原先在地方工作，后来随她爱人调到北京，长期从事政工工作。”

辛平有些为难：“我们司是业务部门，没什么政工工作啊。”

“说这个没有用，干什么你考虑吧。”

“好吧。”辛平临出门又回头，“或者让她协助做些支部的工作？”

“我看行。”

辛平回到办公室，就见一位头发花白的女同志在门口等着。辛平打了个招呼，请她进来。这位涂雪繁原来跟向忠华一个单位，今年已经过了五十九岁，还有半年多就要退休了。因为马上要开部务会，辛平没来得及跟涂雪繁细聊，先简要跟她说了工作安排：“涂大姐，您长期干政工，又快退休了，我觉得您也不必重新学业务，就协助司里做一些支部的党务工作吧。我们司支部书记是郑司长，我是副书记，支部的日常工作主要是我负责。”

涂雪繁倒是很干脆：“行，服从安排。”

辛平跟涂雪繁简单又说了几句话，拿着笔记本上楼，边走边在心里头梳理需要汇报的事项。

到了会议室，已经坐着好几位司长，见辛平进来，都有点怪怪地看着他，辛平没吭声，冲其中几位较熟的努努嘴、点点头，找个犄角旮旯坐下，翻开笔记本列了几条要说的事。

会议开始，辛平留心观察，以便了解部务会是怎么个开法。基本程序就是先由司长们汇报，然后副部长们挨个发表意见，最后是部长讲话。司长们汇报似乎都有些战战兢兢的，很注意拿捏用词、把握分寸。但是分寸怎么把握，辛平还看不出来。他看一位司长讲得很简略，被陶部长批评了，说工作不深入不细致；另一位司长讲得细致，也被批评了，因为抓不住工作重点。辛平就有点紧张。

司长们说完了，陶部长左看看右看看，问：“辛平没来？”

“来了来了！”辛平赶紧说，郑一夫也几乎同时回应。陈之岳指着一个空座示意辛平往前坐。

“你把大数据的事说一说。今后你都列席部务会。”此话陶部长既是对辛平说的，也是对大家说的。

辛平赶紧把出差期间向陶部长汇报的情况简要地再汇报了一遍。说到中科院朱研究员的意见时，他说得更简略。他感觉陶部长对于朱研究员的意见有些不同看法，但都是哪些不同看法，他吃不准。

汇报完，辛平满手心是汗。陶部长接着辛平的话说道："关于出国考察的事，你回头提出出国人选，报部党组研究。"这等于是陶部长不仅肯定了辛平的汇报，还进一步提点了他，当场同意出国考察的事。

今天的部务会开的时间长，等会议结束，都到吃饭的时间了。辛平回到八楼，直接去找石羽生和胡维富，却都不在，估计吃饭去了。倒是见到何新燕和涂雪繁在聊天，谈笑风生的。

"你们不去吃饭吗？"辛平跟她们打个招呼。

"哟，开完会啦？你现在可好了，司长待遇呀。"何新燕还是一如既往地笑盈盈的。

"这待遇是好啊，说话都战战兢兢的，说不好就挨剋。"

"挨剋也是待遇啊，我们想挨剋还没资格呢。"

三人又说了些话，都吃饭去了。

下午司务会后，辛平跟两个处长商量工作。

"涂大姐主要负责党务工作，业务上的事你就不要让她干了。"辛平对石羽生说。

"好的。"石羽生答，"您知道吗，涂大姐她爱人是副部长！"

辛平和胡维富都有些惊讶。"哪个部的副部长？"辛平忽然想起向忠华说的，醒悟过来。

"不知道，我是听她跟何司聊天时说到的，何司应该知道。"

辛平"嗯"了一声，把话题说回工作。搭建大数据平台，相关的工作思路已经明确并且得到部领导认可，现在要抓紧逐个进行实质性的推进，他对石羽生、胡维富二人做了相应的工作分工。关于出国考察的人选，辛平没有跟他们讨论。出国历来都是敏感的事，他要斟酌清楚、考虑成熟、报领导同意后再通知有关人员，不宜多讨论。两位处长知道辛平的风格，也没问这件事。

胡维富提了一个问题："辛司，这个项目咱们是不是给起个名字？这样在平时工作中说起来方便。"辛平和石羽生都觉得这个建议好。

辛平想了想，说："叫'风云项目'怎么样？风险管理，云计算，这是这个项目的两个核心概念。"石、胡二人觉得很好。辛平又说，这个名字还需要报部领导同意了才能正式使用。

石、胡二人走后，辛平列出一个考察团组名单，拿着上郑一夫办公室："关于出国考察人员，您看这个构成怎么样？"

郑一夫简单扫了一眼。团长是辛平，团员有一所所长李文清加工作骨干一人，六司石羽生、胡维富，七司一名主管处长或工作骨干，总共六个人。

"按规定，出国团组一般不超过五人，但考虑到这项工作涉及的方面比较多，因此多加了一个名额。"辛平解释。

"我没意见，你请示一下陈部长。"

辛平又到陈之岳办公室。

"你们司一下子去三个人，恐怕会有争议。惯例都是给无关部门一两个名额的，让大家轮着出去。"陈之岳说。

"这项工作专业性强、任务重，石羽生和胡维富分别承担两个方面的任务，都需要去的。”

“先这么报吧，看看其他部领导有没有意见。”

辛平回到办公室，正准备拟报告，接到邓部长秘书的电话。邓部长分管办公厅、外事司和行政后勤工作。

“辛司，邓部长让我转告你，是不是给机关服务中心一个出国名额。”

“哎呀，有点够呛。这次去的都是与工作有关的业务部门，名额本来就不够。烦你给邓部长解释一下？”辛平说。

“那你看着办吧，邓部长的指示我已经转达了。”那边把电话挂了。

辛平呆了呆，继续写报告。

报告没写完，又接到一个电话，是秘书小刘：“陈部长让您来一下。”

“刚才陶部长交代，你这次出国，带上新来的涂雪繁。”陈部长说。

辛平瞪大了眼睛：“她？为什么？她刚来，而且什么都不懂。”

“陶部长交代，有什么为什么的？”

“那……那把谁去掉呢？”

“还要我替你决定？”

“那我回去斟酌一下，看换谁吧。”辛平叹口气，“唉，这出国真是个香饽饽，谁都抢。”

“废话，在全中国它都是香饽饽。抢是正常，不抢才奇怪。”

换谁呢？辛平回来，又发呆。他搞不清楚陶部长的用意。按理说，“风云项目”是当前部里头等大事，因此出国考察这样的重要安排还是要慎重的，可是为什么他要亲自安排一个跟此项工作无关的人呢？

辛平想了想，只能换石羽生了，总不能他这个处去两个人。

出国报告拟好，辛平到郑一夫那儿把石羽生换成涂雪繁的原因说了说，郑一夫没什么意见，签字报出。

五

回家路上，王致理来电话："到家了吗？"

"没，刚出来。"

"那就过来吧，我请客。"

"不去。家里等着我吃饭呢。"

"不是求你，是命令你。"

"命令也不去。"

"三缺一，你不来是严重的犯罪！"

辛平哈哈大笑："我是惯犯，就是不去——把地址发过来吧。"赶紧电话跟宁佳说了声，自然少不了挨数落。

吃饭地点其实还是悦茶棋牌室。一如既往，大家都到了，就差辛平一个。除了"四个二"，还有一个人。原来是王致理的表弟从外地挂职回来，想约王致理吃饭，王致理就拉着他凑成一拨。

表弟估计在地方上没少吃少喝，见"四个二"这种吃法，表现得索然无味，七挑八拣地吃了几口，然后放下筷子跟王致理说了正事。他看"四个二"这个关系，知道都是表哥的好朋友，说话也不避讳。原来他挂职回来后，还想接着去地方工作，这次是求王致理帮忙打招呼。说完事，表弟就告辞了。

“你这个表弟看来喜欢到地方历练啊。”向忠华说。

“他可没有那个毅力。”王致理说，“就是因为他说的那个刘部长马上要去省里当常委，他想投奔他去，走个捷径。”

“如今不想走捷径的人是少数。”老鲁说。

“我这个表弟，人很不错，就是在仕途上的进取心太强。他想投奔的那个刘部长是我的老乡，原来在省里就是一个副省长，我的一个大学老师下海当了大老板，提了两袋钱陪他来了一趟北京，然后直接就当上了常务副部长。这种来历的领导，怎么值得去投奔呢？所以我回头要提醒表弟，别走那条道。”

大家感叹了一番。

“我们这儿的老涂调到你们部了，你知道吗？”向忠华问辛平。

“涂雪繁吧，就在我手下啊！”

向忠华哈哈大笑：“真巧！”

“上次你说过，她爱人是哪个部的部领导，说的就是她？”辛平问。

“是的。她爱人洪部长是王致理原来的领导。”向忠华说。又问王致理：“你跟他熟吗？”

“该熟的熟，不该熟的不熟。”王致理说。

辛平听明白了：“怪不得她快退休了还安排到我们司来，这次又要安排她出国。”

“明白了吧！”老鲁略带嘲笑地冲着辛平用手指点了点，“所以说，‘四个二’里你最二。”

“这人怎么样？”辛平问向忠华。

“人还不坏，就是有些官太太架子，指手画脚的。”

正说着，宁佳打来电话。“还没回来吗？”口气有些不对。

“还有一会儿吧。”

“别玩了，早点回来，跟你说点事。”

辛平“嗯嗯”了两声，挂了。

“查岗了？”老鲁问。

“想我了。貌似有点什么事，要不咱们就玩到这儿吧。”

老婆召唤，大家都理解，于是就散了。

回到家，刚脱下外套，宁佳在卧室叫辛平进屋。

“怎么了？”辛平问。

“我大哥这次副乡长又没提起来，给我妈打电话，我妈又冲我撒气。”

“你哥就不是当官的料，论能力没能力，论情商没情商。他安安心心过日子多好。”

“可是他们不这么认为啊，就认为是我们不帮忙。”

“怎么帮？”

“我也不知道。他们县换了新书记了，要不你找找人，看能不能递个话？不管怎么样，我哥也是老黄牛了，兢兢业业干了二十多年，人也厚道。”

“我找谁去？我自己的事都没求过人！”

宁佳抽泣起来，辛平也不吭声。

沉默了一会儿，宁佳擦擦眼泪继续说道：“我妈说，我哥给前任县委书记送了十万块钱。可能送得少了，事没办，钱也没退。”

辛平突然间感觉身上毛发竖起，一阵燥热。“傻子呀，真是傻子！”他气哼哼地骂。

“我哥本来就没什么钱，这一来更穷了。要不我们给他寄点钱？”

“他去给领导行贿，然后我们给他钱，这不变成我们送钱支持他去行贿了？”

“这也不行，那也不行，那要怎么样你才行啊！”宁佳厉声问道，“呜呜”地大声哭起来。

“你小声点行吗？”辛平压着声音说，可是已经来不及了。外头“噔噔”的脚步声由远而近，蔻儿开门，先探着头扫视了一下，然后来到宁佳身边，摸着她的头问：“妈妈怎么了？”

宁佳边哭边说：“没事，你回去做作业。”

蔻儿斜着眼问辛平：“爸，你们怎么回事？”

辛平还没开口，岳父岳母也进来了。

“你们吵什么啊？”岳母高声问。

“没事没事，就是我刚才在外面喝了一点酒，宁佳不高兴。”辛平说。

“好好的喝什么酒！神经病！”岳母大声斥责。

“你说什么呢你？这样跟女婿说话！”岳父冲岳母吼道，“回去！”

岳母不敢吭声了，随岳父回屋去。

蔻儿听辛平说是喝酒闹的，脸更黑了：“老爸，你成天教育我要这样不要那样，那你怎么不教育教育你自己呢？”

宁佳赶紧安慰：“蔻宝，妈妈没事！爸爸没喝多少酒，是妈妈一时着急，现在没事了。”说着，送蔻儿回屋，又陪了一会儿才回来。

“闹腾吧你，闹腾大发了吧！”辛平说。

“谁闹腾了？是你闹腾！”宁佳说着又哭。

“你还哭！有完没完！”辛平真生气了。

“没哭够！”说完自己笑了，“你真能编，还喝酒呢！”

两人都哈哈大笑起来，又赶紧憋住了。

“那怎么办啊？”宁佳问，“我又想哭了。”

“家里还有多少钱？”

“家底扫一扫，有二十多万吧。”

“给你大哥三万，够不够？”

“嗯……可以吧。”

“但是你要找一个名目，不要让他认为是帮他填行贿的窟窿的。”

宁佳想了想：“我嫂子最近身体不好，就以这个名义给吧。”

“嗯。”辛平觉得累了，一屁股坐在床上，“你知道吗？我刚才听你说你哥给领导送钱，感觉有些毛骨悚然。”

“为什么？”

“以前没少听说谁给谁送钱送礼，总觉得这种事离我们很远，都是发生在别人身上，谁知道它现在就在我们身边。”

六

文竹长出新枝了，好几个新枝。辛平拿着剪子，左一剪右一剪地修剪。

何新燕进来：“哟，好辛勤的园丁呀！”然后又轻轻地笑着，来到窗前欣赏。

“呵，长疯了，太难看。”辛平说。

“你真有耐心，我是伺候不了它们。”

“我不是伺候，是把它们当作修饰，修饰自己的内心和外表。”辛平笑着说。

“你内心和外表都那么出色，还要修饰吗？”何新燕也是开玩笑。

“说明不够出色，缺什么补什么嘛。”

“那我要补的多了。”

“你不需要补，你是锦上添花，而且这花总是添得恰到好处。你看你穿的衣服，从来都那么得体，部里好多大姑娘小姑娘都羡慕你呢。不光她们，那天胡维富都夸你。”

何新燕很开心，说：“我这衣服其实也不贵，我爱人在外头知道什么牌子好、哪儿的便宜，都是他给我买的，我从来不操心。”

“再不贵也是国外的，你一件衣服估计能买我爱人的好几件了。”

“不可能。”何新燕撇撇嘴，“哎，你们这次去哪些国家啊？”

“计划是去美国、英国，回来时在香港经停，不知道经停香港能不能批准。”

“其实香港去不去无所谓，美国一定要去。”

桌上电话响了，辛平拿着剪刀过来接起电话。是陈之岳。

“你现在来一下。”

辛平拍了拍手，跟何新燕打了个招呼，赶紧上楼。

“刚开完党组会。出国考察人员减掉一个，胡维富不去。”陈之岳说。

辛平张着大嘴：“啊？为什么？胡维富不去，我们司干活的就没人去了！”

“没人干活你亲自干。老邓提出不同意见，认为这种团组不能超出五个人。另外，你们司去三个人也不合适，因此就把胡维富减了。”

“这这这……这也太不合理了吧？以前也有一个团去六个人的情况，而且我们这是专项考察，不是一般性的走走，我们司又是主要责任部门，邓部长怎么能这样呢？陶部长是什么意见？”

“邓部长说得有道理，他也就同意了。”

“什么道理啊，不就是对我有意见吗？”辛平把邓部长秘书打电话一事跟陈之岳说了。

“那你怎么不早跟我说呢？”

“我想，这种事也不好说，说了您也不好表态。”

“至少我可以先做做陶部长的工作嘛！你这个人，就是幼稚！”陈之岳真生气了，“只能这样了。无论如何，考察的事一定要做好。要考察好、总结好、汇报好，不要让人觉得你们是白走一趟！”

回到办公室，辛平站在窗前发呆。许久，又拿起剪刀继续修剪文竹。剪完了，左看右看，总觉得不是心里头要剪的那样。他叹了口气，放下剪刀。

他把石羽生、胡维富叫来，跟他们通报了出国团组的人员安排。虽然此前辛平没跟他们说过最初的安排，但是他也知道这两人不会没有耳闻。果然，两人听到这个最终结果都反应激烈。

“这算什么事儿？还要不要我们干活呢？”胡维富尤为愤慨。

“是啊，这涂雪繁新来没几天，不干业务也不懂业务，却让她出国考察，这不是笑话吗？”石羽生也气愤。

“您是不是跟部领导请示一下，我和石羽生至少要去一个人啊。您是领导，干活的是我们呢！”胡维富说。

“再调整是不大可能了，你们俩调整心态。咱们把工作做好，拿出成绩给领导看。”辛平说得比较勉强。

两人大发着牢骚走了。

吴言平打来电话：“辛平，感谢你啊，给我们七司一个出国名额，还是你心里有数啊。”

“这哪是我定的，是部领导的意见。”

“我是清楚的，也听说了，你手下两个处长一个都没去，这更显得你高风亮节啊！”吴言平笑着说。

辛平苦笑了一下：“我既不高也不亮，心中有些暗淡。”

“具体活儿，让我这儿的人干，有事你尽管吩咐他。”

辛平表示感谢，然后继续呆坐了好长时间。

大数据平台建设，本来一直很顺利，可是出国这件事让辛平有些憋气。当然，出国考察能否成功，也并不会因此受太大影响，只是辛平自己要更辛苦些。另外，陶部长能那么干脆地同意组团出国考察，也说明此事在他心目中、在部里工作中的重要性。这么一想，辛平心里敞亮了些。

宁佳来电话：“有点烦，不想回家做饭了，你请我吃饭吧。”

“行啊，烦什么？”

“见面再说，我先跟我妈说一声，让她自己做饭，蔻儿随便吃什么都行。”两人说好，在石炉轩见面。

两人几乎同时到的石炉轩，这家店是他们一家三口多年常来的老地方。宁佳点了老三样——老麻抄手、钟水饺、担担面，另给辛平点了一个芝麻糊。“馋老麻抄手馋了好几天了。”宁佳说。

“有什么烦心事，说出来让我开心开心。”辛平笑着说。

“你让我吃完了再说好吗？”宁佳白了他一眼。

吃完了一碗，宁佳放下筷子，叹了一口气说：“唉，有时候觉得做人真没意思。”

七

宁佳最近又有些烦心，原因主要是单位里的事。

宁佳在单位一直是业务骨干，在科里更是如此。科里四个人，科长同喜是男同志，剩下的三位都是女同志。三个女同志中，宁佳之外，一个是著名的黄玫瑰，一个是容嬷嬷。黄玫瑰和容嬷嬷都是同时参加工作，进的同一个处，共事了二十多年。黄玫瑰业务上马马虎虎，面上过得去，平时总要出些小差错，不过责任一般是要别人认领的，她从来不认；容嬷嬷是个外号，她本人其实没有清宫剧里演的那么凶恶，相反，她脾气出奇地好，就是长相有点像容嬷嬷，不知道什么时候什么人开始叫她容嬷嬷的，反正就这么叫开了，她也不生气。不过，容嬷嬷有两个毛病：一是不懂业务，二是没有主见墙头草。不懂业务能在业务岗位待了二十多年，并且居然始终没出什么大问题，宁佳刚到处里来时觉得这简直是一个奇迹。

俗话说三个女人一台戏，但是在宁佳的科里只有半台戏。

宁佳是后来从外地调来工作的。刚来时，大家都挺好，后来宁佳逐渐发现黄玫瑰喜欢跟人比较。比业务还好，好歹可以说有上进心，可是除了比业务，黄玫瑰还喜欢比其他的，比家庭、比孩子、比老公、比长相、比有钱没钱、比亲戚、比朋友，甚至比籍贯、比谁的头发黑谁的头发黄，有许多意想不到的比较。比来比去，其实都是冲着宁佳的。起初是话里带笑地比，后来就是冷言冷语地比，再后来就是不言不语拉着别人一起比了，这时比的不仅是那些，还有圈子：我有圈子，你就一个人。

容嬷嬷是厚道人，平时跟宁佳说的话多些，但是因为有个随风倒的特点，等到黄玫瑰开始拉一个小圈子时，她就进圈了。圈子也不总是有扎人的话，多数时候就是家长里短的，但是这已经够了，黄玫瑰的比较优势就已经出来了。

黄玫瑰想唱戏，宁佳不想唱戏，容嬷嬷半唱不唱，因此这三个女人总共只有半台戏。

但是，黄玫瑰经常能把半台戏张罗成一整台热闹的戏，因为她还有其他演员。其中，红玫瑰、蓝玫瑰也是主演，容嬷嬷、柳姐等人客串。因此，如果从全处的角度来看，有了红、黄、蓝三朵玫瑰，倒真是三个女人一台戏了，是全处的一台戏。这台戏经常巡回到各科演，其实也不用巡回，三个科都在一个大开间办公，一个大嗓门大家都听得见。

上一回，宁佳悄悄帮了同喜的忙，干了别人该干却又不干的活，又帮同喜写了书面材料，黄玫瑰似乎知道了此事，于是前两天又演了一台戏。

“哟——同喜呀，你现在的业务能力和文字水平又有大长进呀——”黄玫瑰说。

同喜明显被罩在黄玫瑰的气场之下。他嗫嗫地说：“那个，那个……在姐姐们的帮助下，我也该有点进步了……”

“哟——我哪有那个水平呀，嬷嬷是你教的吗？”

容嬷嬷摇摇头：“你都教不了，我更教不了了。对了同喜，是谁呀？”

黄玫瑰接着说：“你是不是又认了哪些姐姐教你呀——”

容嬷嬷就嘟囔着：“不会吧，就咱这几个姐姐嘛！”

赶巧红玫瑰走进来，听见黄玫瑰后半句话，问：“你们说什么姐姐妹妹呢？”

“是同喜又悄悄认了不知道哪个姐姐，教他长能耐了呢——”

红玫瑰一放脸：“同喜，你有没有规矩？我是分管你们科吗？科里的报告怎么不经过我看就报给处长了？”

“那个，那个……处长不是说直接报给他吗？”

“那好吧，以后所有的事你都直接报处长，别跟我说了！”红玫瑰一扭头走了，同喜张口结舌，黄玫瑰意犹未尽。

今天一早，蓝玫瑰过来跟红玫瑰聊天，又扯上了同喜，夹枪带棒地说了好一会儿。大屋另一头的小青来了个电话，把宁佳叫过去，向她请教养花的事。说了一会儿，宁佳回来，两朵玫瑰还在兴头上，扯着同喜说个没完。宁佳刚坐下，同喜那儿接到电话，是小青科里的许劲跟他聊球赛的事。同喜抱着电话说个没完，把两朵玫瑰耗走了。

小青和许劲都是世外桃源科的——科名都是一些小年轻取的昵称。这个科小青是科长，又叫小青蛇，许劲是副科长，又叫许仙，这些都是《白蛇传》里的角色。同喜、宁佳他们科叫皆大欢喜科，源自同喜的名字。皆大欢喜科并不欢喜，因为有一个黄玫瑰，不过不欢喜的还有老牛嫩草科——这个科的科长是老牛，蓝玫瑰在他们科。只有小青这个科，除了她是女同志，其他人都是小伙子，没有玫瑰也没有墙头草，只要当副处长的红玫瑰不去闹腾，还是比较清静的，因此私底下才被称作世外桃源。

宁佳知道，小青蛇和许仙的电话都是有目的的，只是做法比较巧妙。可是，他们只能帮一时，玫瑰们的戏却是长久地演，多少年来都是如此。

因此，宁佳觉得很累。不只是她觉得累，大家，人数占多数的大家，都觉得累。

“每个地方都有三种力量，一是正气，二是邪气，三是墙头草。”辛平说。

“那你们部里呢？”

“当然也是如此。我看你们处的问题就是生态不好，导致中医说的所谓‘正气虚、邪气盛’。”

“那你觉得，你们部里正气和邪气，哪个强盛？”

辛平想了想，道：“还是正气盛吧。每一个单位，不管是中央国家机关还是地方基层，不管是体制内还是体制外，一把手的品德和能力是非常重要的。如果一把手有正气，这个部门自然正气盛。”

“你觉得你们陶部长是有正气的领导？”

“那当然了，不然中央会让他到这么重要的一个部门当一把手？”

“那你们部里有邪气吗？”

辛平哈哈笑道：“当然也有了，还用问。”

“你们司呢？”

“……”辛平在思考。

“看来也是有的。”

“也许吧。”

“会让你难受吗？”

“我有承受能力。其实就是：干好自己的工作，在自己力所能及的范围内坚守自己的气场，让气场对抗圈子。”

“嗯！有道理！”宁佳又问，“那我们家有正气吗？”

“那还用说，满满的正气。”

“那我们家一把手，是你还是你妈？”

“你什么意思？！”

宁佳开心地笑了。

八

辛平这周末没事，岳父去展哥那儿看病都是他送去的。周六吃完早饭出来，路上也不堵车。道路两边的绿化空地上星星点点地开出了一些二月兰。辛平跟岳父聊着天，等红绿灯时就东张西望地看路边月季的枝头，看是不是长出了苞芽。路上行人不多，多数是急匆匆行走，也有拉着小推车小心翼翼过马路的老人，小推车里满是蔬菜鱼肉之类的。一对父子从辛平车前走过，看样子像是外地人，儿子估计也有辛平这个年纪了，父亲则是白发苍苍。父子二人都背着双肩包，手牵着手，只是父亲明显老态龙钟，走路时一颤一颤的。辛平突然想起，如果父亲还在，应该也是这个年纪，可是自己却没能这样牵着他过马路、看风景，于是眼里忽地充满了泪水。岳父在一旁说话，辛平“嗯嗯啊啊”地应了几声，泪水也慢慢收了回去。

见到辛平来，展哥挺高兴。

“老爷子老夸您，说您是个好女婿。”展哥笑嘻嘻地说。

“这个好要看是什么标准了。如果不惹女儿生气的女婿就是好女婿，那我还算是吧。”

大家哈哈大笑。岳父边笑边说：“你也不是不惹我女儿生气，有时候你也惹她生气，但是你是对的，那也是好女婿。”

辛平跟展哥聊起他的这门手艺。原来，这位展哥经历很丰富，还有些传奇。

展哥是北京人，普通家庭出身。十七八岁时，他上山下乡到河南，在豫西农村插队。展哥在大城市长大，根本就没有当农民的基因，农活总是干得一塌糊涂。但是他身体好，从小跟父亲练过武，打架是一把好手。那时的知青聚居一处，平时除了干农活也干些偷鸡摸狗的事，让当地农民很是愤恨，因此双方不时有些冲突，几十上百人参与的大冲突也曾有过。这样，展哥的特长就发挥出来了。知青群体在冲突中基本上没吃亏，展哥是立了大功的。打了几次架，展哥让一个来路不明的白胡子老头给盯上了。

“这白胡子老头一定是高手，一交手您就败在他的手下，然后就收您为徒，传您武林绝学。”辛平笑着说，“武侠小说里都是这么写的，再加上他这长相。”

“您说对了一半。”展哥说。

一开始老头是与展哥比武。两人一交手，展哥立马被撂倒了。于是就像辛平说的或者说是武侠小说里写的那样，展哥拜老头为师。可是老头却不教展哥武艺，要教他中医推拿。

“啊？这老头很奇怪耶。为什么不教您武功？”

“也不是一点不教，只是不以教武功为主。”

老头对展哥说，如今社会虽然有些混乱，但是仍属太平时期，学武功没太大用处。而中医推拿是门手艺，学好了也是绝学，还能挣口饭吃。展哥想想也是，就从了。后来才知道为什么老头说他的推拿是门绝学，原来他不光是中医推拿，还结合了西医解剖学的原理。老头曾经在德国留过学，学过西医。

“呵，那可真有些传奇啊！”辛平说。

“传奇的还不止这些呢。”展哥说，“冯玉祥在河南当督军的时候，他还当过贴身卫士。”

“真的假的？”

“那是真的。我看到过冯玉祥和我师父的合影，还有冯玉祥写给他的字。”

聊着聊着，展哥说话就慢了，到后来就只是接接话茬。

原来展哥看病，不是只针对病灶推拿，而是先全身推，然后再集中揉病灶和病灶相关的部位，且是轻重结合、缓急结合、点面结合，所以很累。

“这活儿不光是技术活儿，也是体力活儿。”展哥说。

第二天下午，还是辛平送来。接着聊展哥这门手艺。

“那您回北京之后，就一直干这行了？”辛平问展哥。

“不是。回来后这手艺就扔一边了，在二轻系统的一个工厂工作。十几年前我们厂倒闭了，人也买断工龄下岗了。那时还年轻，想着总不能坐吃山空啊，就把这手艺捡起来了。这个地方，就是工厂原来的职工宿舍，我当时也分了这么一间，就把它当作诊所了。刚开始根本没人来，有的人还把我当成骗子，后来慢慢的有人来也有人信了，才算是干起来。”

“可见您师父有见识，真的是可以挣口饭吃，而且是一大口呢。”辛平笑着说。

“算不上一大口，就是辛苦饭。不过，干这活儿确实是长见识，见的人多了，有钱的、有权的，三教九流，几乎都见过。对了，您就像个有权的，是个领导吧？”

“不是不是，就是个大兵。”辛平笑着摆摆手。

“您一定是。不过也不会是部长级的领导，否则不会自己开车送岳父来这儿。”展哥说话总是笑嘻嘻的，“我见过真正的大领导，前呼后拥的。还有部队的首长，陪同的都是大校级别的。”

“所以我不是领导嘛。”辛平说。

“不是大领导，也是小领导、中领导。不过您要是当了大领导，也会有很多人陪着的。”

“那不会！”岳父趴在床上吃力地说，“我女婿就是当了大领导，也不会摆那种架子的。”

“您看，老爷子多向着您。如果真是这样，那您就是我见到的大领导里面第一个好领导。”

“那也不能说大领导都不是好领导呀。”辛平说。

“不是说我见过的都坏，但是不摆谱的极少。要说坏，就是那些贪官污吏，我还真见过一些。”展哥仍旧是笑嘻嘻的。他说了一个事例。

有一位很有名的领导，电视上经常见到。他严重失眠多年，经人介绍，请展哥上他家去治，一周两次，一次给一千块钱。

辛平吓了一跳：“那么多！他还真有钱！”

“有钱是肯定的，他家里摆的、挂的，好一些古董和名人字画。带的那个手表，他脱下来让我看，是江诗丹顿——这个名字我就是在他那里知道的，一块就是上百万。不过这治病的钱不是他出，每次都是来接我的人替他出。”

辛平叹了一口气。

“治了几次，我不给他治了。给钱的人求了我几次，说要给我加钱，我没答应，就说我手艺不精，治不好。这种贪官，让他死了算了。”

“好！你有正义感！你很好！”老爷子又吃力地喊道。

展哥笑了笑继续说道：“当时我回来就想，这社会好不好？说好也好，说不好也不好。你说好，为什么有这么多贪官呢？你说不好，咱老百姓的生活确实比以前好多了吧？最后就觉得，什么时候这种贪官少了、没有了，那社会才是真正的好了。”

“您刚才说您这推拿也能治失眠？”辛平想换个话题。

“不光失眠，大病小病，比如癌症、糖尿病什么的，从原理上讲都能治。当然我不敢说什么病都能治好了，但是基本上都有效果。有些病已经病入膏肓了，只能缓解，改善病人的状态。能治不能治、能治好不能治好，跟是什么病没关系，跟病情的严重程度和病人自身的状态有关。我们中医的原理跟西医不一样，讲究的是辨证施治，是要提高病人自身的能力去跟疾病对抗。”

辛平听了，有些将信将疑。

回家的路上，辛平接到母亲的电话，说的是辛平大哥辛宽儿子的事，让辛平给他找一个工作。

“让哥找我吧，我问问他详细情况。”辛平说。

母亲答应了，然后问：“你岳父岳母什么时候走啊？”

岳父在身边，辛平不好跟母亲说什么，装作手机信号不好，“喂喂”了两声把电话挂了。

刚进家门，大哥辛宽来电话，说了辛平这个侄儿的情况。侄儿在省城上大学，今年七月马上就要毕业了，工作到现在还没落实。去年下半年以来出去面试过几次，不是他不满意人家，就是人家不满意他。拖到现在，家里着急，自己也着急。让他回县里找个工作，他不愿意，只想在省城待着。

“我找找省城的朋友帮忙吧。”辛平对辛宽说。

宁佳听见了问：“什么事？”

辛平把事儿跟她说了一下。

“那就继续找傅经纶呗。”宁佳说。

“我也是这么想的。”辛平说。傅经纶的爱人与宁佳是姐儿们，辛平和宁佳没来北京时，两家过从十分密切。傅经纶年轻时也算是一方豪杰，见多识广，朋友众多。近两年辛平给五婶的儿子晓洪找了几次工作，都是托的他。

辛平给傅经纶挂了个电话，傅经纶二话没说就接下了此事。

第三章

一

辛平带着几个人，分别用三个半天走了三个部委单位，调研学习大数据和风险管理相关的经验。

三个地方，根据他们本部门的工作需要和关注点，各有不同的侧重，因此自然有三种情况。第一种情况是以管理为主，数据为辅。在数据分析的基础上，对管理对象进行细分，分别适用种类较多的管理措施。这种管理，人工干预较多。第二种，以数据分析为重点，在数据上花了大功夫，管理简单，系统自动应用管理类别，人工主要就是执行。第三种则是介乎前两者之间，以数据分析为基础，结合适当的人工干预、调整。

三种不同模式，还关系到人力资源投入的程度。越强调数据为重，管理方面投入的人员自然就越少，反之则对人员需求较大。两种截然不同的模式，全系统人员需求量相差几千人。不过，三个部门有一个共同点，就是他们的数据系统都是自己搭建，因此都有专门的事业单位或下属企业负责前期的系统开发和后期的系统维护，花销大、人员多、技术不精，这是普遍现象。此外，管理部门感觉还有一个问题，就是不方便：有些技术部门的人，不是官僚却满身官僚之风，有时管理部门人员还要求爷爷告奶奶地请他们解决问题，这让辛平想起自己在地方工作时的一种“临时工现象”，比如一个后勤人员、一个司机、一个食堂服务员就能拿住你一个正式干部，你要不求他就完不成工作、办不成事甚至吃不好饭。

“坚决不能自己搞开发。”这是对部委调研之后，辛平与李文清等人达成的共识。

“坚决不能自己搞开发、坚决不能自己搞开发、坚决不能自己搞开发。重要的话要说三遍！”辛平开玩笑地说。

“当爷爷不当孙子、当爷爷不当孙子、当爷爷不当孙子！这也是重要的话！”胡维富笑着补充一句。

“这话可不敢说，当了爷爷就会变成了官僚。”大家也都笑了。

当然，“坚决不能自己搞开发”，此话说的是自己不要去开发系统。系统开发乃至后期的日常维护，要依托可靠的专业技术公司进行，但是自己仍然需要有专人、专门部门负责与专业技术公司的日常对接，这种专人和专门机构，是技术与管理复合型的人才和机构，既听得懂管理部门的话，也听得懂专业技术公司的话。研究一所李文清他们这样的部门就要发挥这样的作用。

辛平回来，依惯例把调研情况向郑一夫做了个汇报。虽然郑一夫不太管此事，但是辛平坚持大小事都汇报，主要目的不是让郑一夫拿主意，而是让郑一夫心里有个数，万一部领导问起，郑一夫不至于一问三不知，让领导批评。

回办公室不久，突然从楼道传来号啕大哭声，还夹杂着含混不清的诉说，也听不出是谁。辛平出来扫了一眼，声音来自郑一夫办公室，但是肯定不是郑一夫，接着里头马上有人把门关上了。再一看楼道，有好几个办公室都有人出来探头探脑的。辛平冲他们挥了挥手，就都回去了。

一会儿胡维富过来，低声说："刚才应该是盛国安在郑司办公室里哭呢。"

"盛国安？为什么？"盛国安是何新燕分管的处长。

"据说是跟何司一直不太对付，何司一早又冲他嚷嚷，说再干不好就让他转非领导职务，别当处长了。估计是盛国安承受不了了。"

"这有什么承受不了的，只是说说而已嘛。一个处长转非领导职务，那是要部里定的，何司哪儿有权决定。对领导的批评，这么没有承受能力怎么行。"

"好像也不完全是这次批评的问题，他们两个处的人私底下老说，何司做人太刻薄。"

"咱别管别人的事，干好自己的。"辛平说。

"嗯嗯嗯……"胡维富看了看辛平，又吞吞吐吐地继续说，"他们……他们说，何司对咱们负责'风云项目'，背地里也说了一些话……"

辛平一摆手："女同志的嘴，不必太计较。"

“我怕对您不好。”胡维富说完赶紧走了。

下午快下班时，盛国安找辛平来了。平时司里几个处长，不管是不是辛平分管，都常来辛平这儿坐坐，不过这会儿盛国安来，辛平倒是愣了一下。

盛国安进来，先把门关上，然后坐下。

“唉……”他摇摇头，然后不说话了。

“你今天怎么了？”

“唉……”盛国安又叹口气，“气死人！变态！”然后开始诉说。其实大意跟胡维富上午传说的差不多，但是盛国安说出来更生动。不过没等盛国安说完，辛平就打断了他。辛平不喜欢听或者传单位里的另一种“家长里短”。

“领导风格不同，作为下属是没办法的事。可以跟领导好好沟通，沟通不了就只能提高承受能力。你上午那么发作，并不好。”

辛平是真心替盛国安着想。盛国安这么去郑一夫那儿哭诉，郑一夫并不会同情他。不过他不能这么告诉盛国安。

“太难受了，多少年来都是这样。她不仅对我，对我们两个处的同志也经常是动不动就呵斥，把大家都当孙子，一点都不尊重人。嫉妒心又特别强，经常跟省里面的同志冷嘲热讽地说您和石羽生、胡维富他们的工作。”盛国安继续倾诉。这些事，辛平心里都清楚。

“不说这个了。家里怎么样？”辛平换了一个更明显的新话题。

“家里还好，就是天天加班，老婆很有意见，前一段时间还威胁要离婚。唉……”

“家里的问题才是大问题。”辛平说，“工作上是好是坏，都有领导和同事在关注着、点评着、帮助着或者批评着；家里的事，别人却是不会替你操心的。因此，绝大多数时候，家要摆在第一位。”

盛国安还沉浸在苦恼之中，没有反应。

“你听见了吗？”

盛国安点点头。

辛平怕他不当一回事或者没理解透，继续耐心地说：“工作上没干好，会有别人补上。可是你老婆要是真跟你离婚，只有你在承受这个结果，没有人会补上来给你当老婆。在和平时期，一个人因为工作而没有了家，那是不正常的，也是不应该的。明白吗？”

盛国安又点点头。

“说家是第一位的，并不是说要让家来排斥工作。在单位、在工作时间，应当全力干好工作，提高质量、提高效率，否则就是不负责任的、不称职的、不道德的。工作干好了，该回家时就要回家，像负责任地干好工作一样，负责任地把家里安顿好。不要不把老婆当一回事。”

“嗯！嗯！”盛国安似乎有点明白了。

“行了，就这样吧，马上下班了。”辛平看了看表，“回家，帮老婆干点家务活。记住：回家，干活。”

盛国安咧嘴笑了笑，开门走了。

辛平也拎包下楼。不过他没有回家，今晚有个饭局，是老鲁约的。

路上，傅经纶来了一个电话："你侄儿的工作，我找了一个开公司的朋友，他听了情况后觉得可以面试一下，如果有特长最好，实在不行先干一些粗活，等侄儿找到合适的工作再走。"辛平听了，千恩万谢，接着打了个电话把消息告诉大哥，让他跟傅经纶联系。

到了饭馆，人没齐，老鲁也还没到。辛平就跟先到的两位寒暄。

原来，老鲁的一位发小从国外回来发展，带了一些资金和技术跟国内合作成立了一家企业，专门搞大数据系统的开发和建设，并且具有很宽的覆盖面，包括政府机关、商业机构、金融机构等很多领域都可以用到他们的产品。这会儿先到的两位中的一位周总，就是老鲁的发小。

老鲁来时，人都到得差不多了，辛平多数不认识。老鲁主持，让辛平坐自己右手的主宾位置，辛平说不行，老鲁拽胳膊扯袖子地弄了半天也没把辛平摁到座位上，没办法就让周总坐了，又硬让辛平坐在自己的左手算是次宾。然后大家边吃边喝边聊天，多数时候是围绕周总在国外的经历和相关的延伸话题聊。辛平借此机会向周总请教了好一些专业问题，颇有收获。

有老鲁在，辛平必须捧场，喝了不少酒。席间，老鲁低声跟辛平做了些交流，大意是让辛平看看"风云项目"能不能让周总参与。辛平早已知道此意。

"你让周总把公司背景、主要业务、大数据方面的专业能力情况，整理一个材料给我。"辛平告诉老鲁。又补了一句："还有他本人的情况。"

二

晚上躺在床上，辛平捧着书，听宁佳有一搭没一搭地说话。

“哎，我这两天在单位正儿八经泡茶喝，用飘逸杯泡，还挺香的。同喜拿着一个大杯子过来说：‘姐姐，能分一杯给我喝吗？’我说：‘你会喝茶吗？拿一个小杯来！’他喝了一杯说：‘这茶这么香啊，怪不得只给我一小杯！’你说他傻不傻。”说着自个儿笑了。

“嗯，是挺傻的。”

“黄玫瑰那天穿了一件小坎肩，蓝玫瑰看见就过来夸她说：‘哟，好漂亮呀！’然后两人站在纪广工位边上聊，就这么一件小坎肩能聊一下午，一直到下班，把纪广给烦得不得了。”

“真有得聊，也真无聊。”

“可不是吗？赶上柳姐也不时跟她们凑热闹。我后来问柳姐多无聊呀，柳姐说她们拉着她，不好意思不理人家。”纪广、柳姐和蓝玫瑰都是那个老牛嫩草科的。

“嗯。”

“你说我天天面对这些人，能不烦心吗？”

“嗯，确实是。”

宁佳“啪”地一下把辛平手中的书拍掉。“你干吗‘嗯嗯啊啊’的，跟我说说话嘛！”

“我不是听你说着吗？说相声还讲究个逗哏捧哏的呢，你主说我附和不正好吗？”

“倒也是。”宁佳拿起手机玩了一会儿，“哎，那天你那个朋友说下海的事，你觉得怎么样？”

“哪天？谁啊？”

“就是那个，我们在石炉轩吃饭的时候，最后碰见的那个什么易总。”

“噢，易斌啊。怎么了？”

“他原来是干什么的？”

“原来是协会的一个副秘书长。”

“一下海年薪就两百多万，还有公司股份。他说你要是愿意下海，比他挣得还多。”

“那只是说说而已，你真想要我下海？”

“不是。你不要下海，我下海。”

“啊？不会吧？”辛平赶紧坐起来，“你怎么了？穷疯了？”

“穷是一方面，你看咱们结婚也将近二十年了，我总是有入不敷出的危机感，当然主要是我们两家都需要我们关照。但是这也不是长久之计啊，得想办法多挣点。另外，我在这个单位真的是烦透了，好好干活的总是灰溜溜的，那些不干活、讨巧的反而趾高气扬。”

辛平放下书。“那你得想好了。你要是下海去，只能是给人打工。到新地方，干新工作，重新适应也是一个挑战。另外，哪里都有江湖，都有水深水浅的，你到新地方也是如此。至于穷，我们也不是不够用。从小我们更穷，那时我们心里哪里有穷的感觉？”

宁佳不吭声了。许久说道：“一时兴起，随口说说，真叫我下海，确实没有那个胆量。只是每天八小时时间，待的是那样让人烦心的环境，真的是折磨人。”

辛平摸摸宁佳的手：“此心安处，即是家乡。没事的时候，喝喝茶、看看书，调整好心态。就像我说过的，守住真气，自然会有一个气场反过来守护着你的。”

宁佳又叹了几口气，说了几句话，睡了。

一早起来，宁佳脸有些浮肿，显然昨晚没睡好。辛平等她做完饭，开车送她上班，然后再匆匆赶到单位。路上正赶上交警查车，四个车道居然堵了三个也没人在意，辛平差一点迟到了。

这几天算是“风云项目”的一个空档期。到其他部委调研已经完成，到国内企业考察安排在下周，出国考察还在办理手续过程中，估计还要有一周多才能办好。但是这并不意味着没事干，辛平分管的研发和规划两方面的工作，日常也是比较忙的，何况还有支部的党务工作。

下午支部学习，传达了几份文件。有一个关于保密工作的通报，其中提到的两个泄密案例与出国团组有关。这两个事例，说的都是出国团组成员在国外被人设下陷阱，在威逼或者利诱下卖身成了间谍，回国后收集涉及我国家安全的情报出卖给外国情报机构，有一个甚至把我国尖端武器研发的绝密信息出卖给对方，给国家造成了严重危害。这两个事例提醒了辛平，对这次的出国考察团组成员要进行专门教育，防患于未然。会后，他即交代涂雪繁做些准备。

看时间差不多了，辛平给宁佳挂了个电话，让她等着，他去接她下班。正要走呢，胡维富进来了。

“辛司，您这次去美国，能不能帮我买几双鞋？”

“好啊，没问题，他们几位早就跟我提出要腾出点时间购物呢。”辛平说。他们几位，说的是一同出国的几个人。

胡维富拿出一张纸条，上面写着要买的鞋子的品牌、尺寸、样式，递给辛平。然后他犹豫了一下，从兜里掏出一个信封放到辛平面前。

“辛司，这点钱您拿着，出去也给嫂子买件衣服。”

辛平突然感觉一阵燥热，头皮发麻。

“你这是干什么？”辛平问。

“就是一点心意，您别嫌弃。”

“不用了，我是准备要买点东西，钱都准备好了。你赶紧把这钱拿回去。”辛平尽力让燥热退却，耐心地说。

“您别客气，真的就是一点心意。”胡维富坚持道。

“那不行。维富，咱们是同事，我还是你的领导，你不能给，我也不能收。拿走吧，拿走吧。”辛平平缓而坚定地说，把信封递回去。

“行！行！那买鞋子的事就麻烦您了。”胡维富拿起信封，走了。

辛平呆呆地站了一会儿，想起宁佳还在等着，赶紧下楼。车到宁佳单位门口，就看见宁佳在路边站着，气色比上午好多了。

“怎么这会儿才到？是堵车吗？”宁佳也没生气。

“嗯。临时又处理了一件事，赶上路上也堵。”辛平顺着宁佳的话说。

宁佳心情好，因此一路话就多。

“今天上午一上班，小青他们几个看我脸色不好，都来关心我，我还挺感动的。可是后来她们又闹腾。”宁佳说。

“怎么闹腾？”

“蓝玫瑰跟她的科长老牛吵起来了，说老牛记考勤记得不对，多算了她半天假。红玫瑰又是那样偏心，把老牛当众批评了一顿，把老牛给气的。”

“她们真是毒玫瑰啊！”辛平说。

“可不是吗，大家都替老牛打抱不平，就是没人敢说话。”

“真是，谁横谁就是爷爷。”

“刚才快下班的时候，老牛经过我身边，我说：‘牛哥，过来喝杯茶！’老牛喝了一杯，好高兴的样子。黄玫瑰在边上看着直斜眼，我不管她，她要有能耐就永远这么斜着！”说完又开心地笑了。

回到家吃晚饭，宁佳今天特别开心，一会儿跟这个说话一会儿跟那个说话。要在平时，辛平不让她这么啰唆，怕蔻儿烦，不过今天就由她了。

不知道说到什么话题，岳母突然也开心地大声说道：“你大哥的钱要回来了！”

辛平和宁佳都莫名其妙：“什么钱？”

“就是送给前面那个县委书记的钱！”

蔻儿听了就问：“什么？送钱？”

宁佳赶紧说道："噢噢噢，是那个钱啊。蔻宝，是大舅欠人家钱，还钱时还错人了，一开始还不敢要，现在鼓足勇气去要回来了。"

蔻儿听了，笑得饭都要喷出来："我大舅怎么这么傻呀！"

宁佳恶狠狠地瞪了她妈一眼，老爷子也在一旁气哼哼的。

吃完晚饭，宁佳翻出几个小茶杯在厨房洗着，辛平跟岳父在客厅看电视新闻。老半天，宁佳空手过来，辛平就问："不是喝茶吗？"

"啊？你要喝茶？"宁佳反问。

"你不是在洗杯子吗？"

"不是，我要带到办公室，今天好几个人向我要茶喝呢。不过，咱俩这会儿也喝喝。"于是摆开喝茶阵势。

瞅着岳父专心致志地看电视，辛平小声地跟宁佳说道："你妈怎么那么奇葩呢？好在你反应还挺快，不然蔻宝就听出来了。"

宁佳也悄声道："是啊，气死我了。我哥更奇葩，居然去向那个退休的书记要钱，最奇葩的是那个贪官书记居然也还给他了，估计这一退休，底气也不足了。"

"好在你不像你妈，也不像你哥。"

"那不奇怪呀，你不是也不像你妈你哥吗？"

三

又是忙碌的一周。按计划下周出国，因此辛平希望在出国前把国内需要考察的企业都走完。但是看来时间不够。目前确定要考察的企业有六家，其中北京两家，上海、南京、广州、成都各一家，一周时间跑完这些企业显然不太现实，即便能跑完，考察的质量也是不高的。辛平决定，先考察京外的四家，北京的两家等从国外回来后再说。

京外这一圈下来相当辛苦，石羽生、胡维富两人叫苦不迭，李文清笑而不语，四省市厅局陪同的同志都说辛平像是拼命三郎，他们还没见过从部里下来出差有这么辛苦的。不过，考察这一趟，大家都感觉收获很大。至少有两家，它们的理念、能力比较符合要求，并且以往一直与政府部门有业务上的合作。这两家分别是上海的合成科技和成都的大兴数据，都是中科院朱研究员提到的。

回到北京，老鲁那个发小周总的材料也寄来了。辛平看了看，总体上感觉还不错，符合大数据平台的方向。但是他却开始发愁了。那天喝酒，一时的酒兴，答应老鲁跟周总进一步接触。现在人家把东西寄来了，情况也还不错。可是，他负责的项目，通过自己的私人关系这么搭进来，心里头感觉不合适。若是就这么回绝了老鲁，他又感觉不够意思。

辛平坐着发了半天的呆，想不出个办法来。拿起电话，找王致理。

王致理听他说了这个情况，“嗨”了一声：“你这个人真是够呆的。虽然是私人关系，你不就起到个介绍作用，又不是指定用它。可用不可用，你们肯定是集体研究、集体评估，到时你实事求是评估，不偏心不就行了嘛。”

“那还是不合适。底下的人知道是我介绍的，难说不会偏心。换个角度说，虽然大家都不偏心，但是如果最终偏偏选上这一家了，别人肯定会认为是因为我的关系，我怎么解释都扯不清了。”

“真是死心眼。这样吧，这两天约一个牌局，你说个话头，我接过来，说动老鲁给辞了吧。”

辛平赶紧趁热打铁：“明天周六，就明天晚上吧，我约大家。”

第二天上午，还是辛平送岳父去看病。经过几周的治疗，岳父腰的疼痛有所缓解，但是还没有根本性的改变，难以持续行走。背地里宁佳和岳母都在嘀咕，说这种治法是不是不管用，辛平心里也没有底，但是岳父却是信心十足。当然，岳父每次去看病，跟展哥都聊得很投缘，这是他信心的一个重要来源。

下午在家眯了一小会儿，帮宁佳干了一点家务活，辛平就出门了。昨天跟大家约好早点到，先打一会儿牌再吃饭。向忠华一如既往地第一个到，两人先把另外那两个骂了一通，然后聊天。

“我们部最近也不消停。”向忠华说。

“怎么了？”

“我们的天津局，一把手局长和二把手副局长互相举报对方，都说对方有不明来源资产。”

“结果呢？”

“还不知道，部纪委派人查去了。不过估计很麻烦，我们分管天津局的副部长是老资格的领导，他偏向那个副局长。”

正说着话，老鲁、王致理前后脚都到了。于是摆开阵势开战。

“前两天找你，打你办公室电话无数次也不接，不上班干吗去了？”王致理一落座就问辛平。

“出差，出了一周，连跑四个省，累死了。”

“怪不得我打你电话也没接。”老鲁说。

“一周四个省，你当出差是体育锻炼啊？”向忠华调侃。

“对了，你那个发小周总寄来的材料收到了，初步看还不错。我这次出去，就是考察大数据平台的事。上海和成都各有一个企业相当不错，周总公司的情况虽然比不上它们，也够得上门槛要求。”辛平对老鲁说道。

“那你得关照关照。”老鲁说。

“不过有一个问题：周总的身份，是美国人。”辛平说。

“美国人不行吗？”老鲁问。

“吊主！”王致理狠劲地甩了两张牌，“你们说什么呢，也不管我们听得懂听不懂。”

辛平把周总的事说了一下。

“不好！不好！”王致理摇了摇头。

“怎么不好？”老鲁问他。

“于公于私都不好。中央国家机关的数据，都有一定的保密性，你让一个外国人开的公司参与，不一定不行，但是有风险，而且也要经过许多程序去解决行不行的问题，这是从公的角度说。辛平是这个项目的总负责，他自己推荐私人关系介绍来的企业，对他也不好。”

老鲁怔怔地问：“那……那……那该怎么办？有那么严重吗？”

“可不是吗？况且辛平现在正在敏感时期，万一他是司长人选，那不是给他找麻烦吗？”王致理又加了一把劲。

“确实是，辛平还是小心为好。”向忠华也说。他不知道辛平和王致理的诡计，但是王致理说得在理。

“那……那就算了吧，不能因为这件事把辛平一个司长弄没了，不然他会恨我一辈子的。”老鲁说。

大家都笑了，辛平在心中感动。

晚上分手时，老鲁和向忠华先走。王致理回头对辛平说道：“我觉得我俩挺阴险的。这事儿要是跟老鲁明说，他也会理解的。”

“是啊！”辛平也有些愧疚。

“我为了你阴险了一回，你得还我一个人情。”王致理“嘿嘿”阴笑了一声。

“原来你这阴险都是为了你自己。什么事？”

“我侄女从美国留学回来，还没找着工作，你帮着留心一下。”

“等我出国回来以后吧。”

四

周末上午，宁佳一边计算着辛平出国的天数，一边在网上查看国外有关城市的天气，提前给辛平收拾行李。辛平在阳台准备给蔻儿上每周一课。

还没上课呢，蔻儿想起一件事，对辛平气愤地说："老爸，你说我们班那些女同学脑残不脑残！"

"怎么脑残了？"辛平笑着问。

"她们说，中国为什么要在钓鱼岛的事情上跟日本过不去？你说是不是脑残？我听了都气死了！"

"确实脑残。她们怎么会这样呢？"

"都是平时看日本动漫看的，总说日本好！"

"这样问题就严重了。"辛平说，"对孩子的教育，除了学校、家庭、孩子自身，社会也是一方面。看日本动漫看得分不清国家民族，那是社会教育出了问题。"

"哪儿来的那么多日本动漫呢？"蔻儿问。

"这是次要的问题。"辛平说，"重要的是，一个国家和社会一定要明白，文化就是有民族性的。现在国内有一些人认为文化是超越国家、超越民族的，还有一些人认为凡是文化的都是好的，言外之意就是说外国的文化也全部都是好的，因此崇尚国外的文化就成为一种时尚，或者是一种优越感，甚至有人把它当成是追求文明进步。西方的绘画、文学、雕塑、电影电视，还有饮食，甚至是宗教，似乎全部都是比中国文化优秀的东西，这才是脑残，这是集体的脑残。"

"对，就是集体脑残。你说到宗教，我们老师就有信基督教的，他老在上课时说西方国家的宗教好，说它们最有包容性。"

"老师上课是教知识，如果在课堂上讲宗教，那就是违法，也没有职业道德。至于西方宗教的包容性嘛——”辛平顿了顿，想着要不要继续说下去，不过最终还是决定干脆把这个话题说透了，“如今的天主教、基督教都强调这一点，但是在以往的历史上它们并不是如此。”辛平接着给蔻儿讲了一个清朝的康熙皇帝与天主教的故事。

康熙原来对天主教是很宽容的，允许他们在中国传教。“你小的时候有一个讲康熙皇帝的电视剧，里头有个外国来的传教士叫汤若望，就是康熙皇帝的忘年交、好朋友。”“知道知道，奶奶看了好几遍，前几年还看呢。”但是后来，罗马天主教的教皇认为中国信徒的信仰不纯洁，于是下令中国所有的天主教徒不许祭祀祖先，不许祭拜孔子，不许崇拜自己的民族英雄，等等。康熙皇帝多次派人与罗马天主教廷方面的人员协商，罗马方面却越来越强硬，让康熙皇帝非常愤慨，于是下令禁止天主教在中国传教，一禁就是一百多年。

“一个宗教，要排斥另一个民族延续几千年、对社会没有任何危害的传统，那么这种宗教就不道德了。当然了，今天它提倡包容，如果真做到了，那么说明它已进步了，但是也只能证明它现在的进步，而不是它的过去和将来。即便是现在看似高调倡导包容、博爱之类理念的宗教，它好不好，归根结底在于它能不能让信仰者真正去实践它的理念——你比如说美国人，他们应该很信基督教吧？”

“不知道。”

“呃……”辛平笑了，这孩子真实诚。“美国新总统就任时，是手按着《圣经》宣誓的呢，应该很信了。但是他们照样在伊拉克屠杀平民，那么谁好谁坏？好在哪里坏在哪里？所以啊，你们学习的文化知识中，涉及的其他国家、其他民族的文化，一定要有辨别力。当然了，我们中国自己的传统宗教也应当进行这样的反思。”

“可是怎么辨别呢？谁教我们啊？我们学校是不会说这些道理的，空洞的道理他们倒是说得很起劲，比如最近说是要把什么‘城市精神’列进学校教育里头。全国好像好多地方都自己搞一套什么‘精神’，如果都让学生学，那到底是哪一家的精神好呢？还有，为什么中国人没有一个统一的‘精神’？”

辛平哈哈大笑：“傻丫头，问得好！这些问题我们慢慢探讨。这会儿要言归正传了。”

本来辛平今天要给蔻儿讲南唐后主李煜的词，想起刚才父女俩说的话题，他临时做了调整，改说南宋林升的诗《题临安邸》。

下了课，蔻儿回屋。宁佳悄悄过来说：“你跟蔻宝说这些道理，会不会太正统了些？咱不能让咱孩子离社会太远了。”

辛平瞪了她一眼。“什么叫正统，我不知道。我只知道什么是孩子应当学的。你担心她离社会太远？放心吧，这个社会无时无刻不在拉着所有的孩子们，他们想躲都躲不掉。我们只能与这个社会中不好的一面做拉力赛，期望能够让我们的孩子往社会中那些好的方面偏一点，这样我就满足了。”

宁佳叹了口气：“你们父女俩真是像啊！上周我妈生病那两天，我看她不太愿意做饭，又怕蔻宝放学回来肚子饿，就提前半个小时回来，正好在楼下碰见她。她问：‘妈妈，你怎么这么早下班？’我说：‘不早呀，我是我们处最后一个走的，其他人早都走了。’你猜这个臭孩子怎么说？她说：‘别人不自觉，你也不自觉吗？’当时噎得我没话可说。”

“那样不好吗？”辛平问。

“不知道。”

“我觉得挺好的。”

“我没觉得不好，也没觉得太好。如果蔻儿处处像你那样死板，她会很孤立的。你说的道理都没错，但是不能太极端了，至少不要让蔻儿在这个年纪就那么像你。”

辛平愣了好一会儿，说：“你担心的……也有道理吧……”

五

周一周二两天，出国团组火急火燎地到两个大使馆办签证，同时还有出国行前教育，敲定行程安排，工作分工，取机票，等等，这些事情都需要辛平逐项叮嘱、交办。这中间，辛平抽空给王小云挂了一个电话，问她有没有东西捎给穆子强。小云说不用了，子强出去后还没有跟家里联系过，因此现在不知道子强到底在哪里。按照老规矩，子强到该联系的时候才会主动跟她联系。

另外，辛平把胡维富叫到办公室，单独叮嘱了一番，再次批评了他的工作作风，要求他洗心革面，严守工作纪律、工作规矩。

昨天郑一夫跟辛平专门说了胡维富工作散漫的问题，要辛平管住他。“一个处长没有处长样，老迟到早退，说话也没个分寸，大话连篇，这像什么话？当处长这么多年了，一点都没改！”郑一夫挺生气的，他一直对胡维富不满意，也对辛平不满，“你不要太纵容他了！”

胡维富表态很好：“辛司您放心，我一定按您的指示办，不会再给您添麻烦了！”

辛平说：“不是我的指示或者我的麻烦，换了别人领导你，你也一样要做到。工作与生活不同，你不要把生活上的个人习惯带到工作中。”

周三上午，考察团一行人终于按计划出行。

此行先英国后美国，在外时间总共八天。刨去来回路上时间，在伦敦、爱丁堡总共待三天，美国加州的旧金山两天、纽约两天。

在英国的两个地方，除了考察企业和政府部门，还考察了与“风云项目”有关的两所大学。大学研发能力强，是英国的一个特点。在美国的两个地方考察各有侧重点。在加州的硅谷，主要考察大数据系统和云平台，在纽约主要考察政府部门和企业对大数据的运用。因为这些地方都是由中国大使馆或总领馆出面帮助协调联系的，并且使领馆还都派了一个同志陪同兼作翻译，国外各接待方对辛平这个团组的考察都十分配合、十分热情，对考察团提出的参观要求都是有求必应，对提出的问题也都回答得很详尽。

不出意料，从考察情况看，美国的大数据系统开发和运用能力明显领先英国。出国之前考察过的国内企业如果与美国的那些考察对象相比，差距更大，在大数据的发展理念、系统开发能力、云计算的能力和应用等各方面，都是不可同日而语的。这是从技术层面看。从大数据平台的应用方面看，美英两国都应用得十分得心应手，而国内则尚处于观念都还没有普及的阶段，至于应用就差得更远了，尤其是在政府部门行政管理的应用方面。

在英国考察一个政府部门时，接待方提出的一个观点让考察团感觉很有见地。那就是：政府部门对于大数据系统的技术要求，是适可而止的，不需要追求技术上的极致。为什么这么说呢？因为，政府部门不是商业机构，它追求的是功能第一，而不是效率第一。只要够用，就行了。按照这种理解，那么国内的大数据水平虽然低，但不是不能满足基本需要的。

考察团一路走一路探讨，对平台的设计要求和应用要求心中越来越有数。

不过，这一路不仅有紧张的工作，也有一些意想不到的插曲。

涂雪繁本来就是刚调到部里来，此前又是长期干政工工作，对业务可以说是两眼一抹黑。可是这一路出来，勾起她对业务的兴趣了，考察时不光认真听、认真看，还认真问、认真说。前两个认真是好事，可是后两个认真在考察过程中就添了麻烦了。她时不时地在辛平、李文清等人与接待方探讨问题时，突然蹦出一两个低级的或者莫名其妙的问题，打断工作不说，有些问题还让人尴尬，因此有时辛平就不让翻译替她说了。在自家人讨论时，她又扯出个多少年前的“数据库”概念来替代大数据概念，跟她还解释不清。虽然让辛平、李文清他们有些烦心，不过也算是紧张工作中的一个调剂放松吧。

考察工作之余，就是插空游览所考察城市及周边的一些风景点，还有就是购物了。

去哪儿游览，辛平让大家定，原则就是不影响工作，费用上把公私分清，不够的大家自己平摊，反正也有出国补贴。大家玩得开心，辛平就得辛苦了，因为就他英语尚可，跟老外交流一些日常生活还能对付。李文清的英语，是听别人说能听得半懂，别人听他说，则半懂还说不上，他自称是“小半桶水”。至于涂雪繁等三人，都是让人贩子卖了还帮他数钱的那种水平，他们自称是“无底桶”。

走了七八个旅游景点，每一个地方大家都觉得漂亮，自然风光优美，人文景点迷人。不过玩多了，大家反而记不起来哪一个或者哪几个地方更突出。倒是很平常的一两件事给大家留下了很深的印象。如，你要过马路时，行驶中的车辆往往会停下来给你让路；你向当地人问路时，多数人会十分和蔼耐心地告诉你。大家就感慨起来，认为人家文明程度就是比中国人高。不过，在美国时正好听说了一个消息：一个流浪汉不知道什么原因进入别人家的院子，被那家的男主人开枪打死了，杀人者被判无罪。大家又在揣摩，美国人的法律和文化究竟是保护权利为主还是保护生命为主。

购物，主要是在纽约。出国之前都打听清楚了，出了纽约郊区到新泽西州地界有个 Woodoutlet 工厂店购物中心，有许许多多的品牌，折扣很大。到了 Woodoutlet 一看，果然如此，它由好多独立的小楼构成，卖的都是名牌货。大家都兴奋无比，用李文清的话说，就像是哈士奇回到雪地，只想着撒欢；又像是老鹰回到草原，只等着猎物出现。

考虑到大家语言都不过关，辛平意思是大家一起行动，谁想去哪儿就一起去，这样辛平给大家当翻译也方便。其他人都赞同，但是涂雪繁说要自己行动。辛平担心涂雪繁一个人活动会走丢了，这么大一个地方，走丢了可不好找，建议她还是一起走。大家也都觉得她胆子大。涂雪繁说没事，不会丢。辛平还是不同意，最后逼得没办法，涂雪繁说她有朋友从纽约过来陪她购物，等买完东西回纽约前大家约一个地方集合就行了。辛平想了想，也不好再说什么，就同意了。

涂雪繁走后，辛平这边四个人就开始逛起来。每个人都有任务，首先是给自家人买，其实主要是给自己的媳妇买，然后就是给内亲外戚们买。买的东西，以鞋和化妆品为主，因为这些东西不需要穿的人或用的人本人来，只要给个鞋码说个款式，或者指定个品牌样式，就可以代买了。至于代购衣服，还是要慎重的，否则十有八九买回去后不合适。

辛平除了帮胡维富买了几双鞋，给自己家人也买了一些东西。他在英国爱丁堡时就给宁佳买了一条英格兰羊毛围巾，这会儿又给宁佳买了一个水晶小挂坠。给蔻儿买的是几种漂亮的贺卡，又买了两个女表，一个给母亲，一个给岳母，都不贵，一个表折人民币也就两百多块钱。给岳父买的，是一根宽大的皮带，岳父肚子大。买完这些，辛平的出国补贴就基本用完了，他又另掏钱买了一堆巧克力，回去给两个处的同志们尝尝。

Woodoutlet 的环境好，房子都漂亮，大家逛着这些商店就跟逛公园一样，开开心心的，也不觉得累。加上遇着一两件好玩的事，更觉得开心。

一件事是买鞋的时候发生的。大家都买鞋，一开始都在看自己带着的购物指令或是东瞧西看的，没顾上让店员拿鞋。辛平趁此时先把胡维富交代的买了。等到大家都找准目标涌过来让店员拿鞋时，就出状况了。

原来，美国人很容易犯晕。你让店员拿一双鞋，告诉她尺码、款式、高中低跟，她很干练地就拿给你了。如果你要两双鞋，其中有一项指标要求不同，她也还能对付。但是如果你告诉她的需求中，有两项、三项或者更多不同，比如说你要一双 38 码、中跟、高帮的鞋，再要一双 37 码、中跟、低帮的鞋，不需要说第三双鞋，美丽的美国姑娘就开始翻白眼。这白眼多半不是不高兴，而是算不过来。于是她就让你“one by one”，一件一件地说。一开始大家还觉得是洋妞跟中国人摆谱，后来发现不是，她真是算不过来。再走一家店，也是如此。于是大家走一家店就逗一逗女店员，屡试不爽。

还有一件事，是自己让人家逗了。有一位同志非要给媳妇买衣服，报出尺寸后，人家说我这儿没有，你可以去儿童商店看看。原来中国人个儿小，这位媳妇个儿更小，她穿的衣服在成人服装店根本就买不到。大家又嘻嘻哈哈地笑成一片。

不知不觉到了该回去的时间，人人手里都拎着大包小包的。到了跟涂雪繁约定的地点，涂雪繁还没到。

辛平不放心，就到周边走走，看看会不会碰上涂雪繁。刚拐一个弯，远远就看见涂雪繁正往这边来，边上跟着两个男士。其中一位双手各拎着一个大纸袋，个子高挑，头发灰白，正好迎着夕阳，看上去满面红光的很精神，似乎长着个洋人的大鼻子，估计也就四十来岁，另一位年轻人应当是他的跟班，两只手各拎着更多的购物袋，抓在手上都摞成折扇形了。见辛平在前面等着，涂雪繁停下来同他们道别，空手往这边走，然后一起与大家会合。

路上，大家又说起今天的开心事，又都笑成一团。说到逗女店员的事，辛平问大家："我们在伦敦机场办登机手续时，有一个情况不知道你们有没有注意到？"

大家就问是什么情况。

辛平说："当时我把我们五个人的护照、机票递给柜台，柜台的人马上就拿出一个小标示牌放在柜台前，标示牌上面写着'cancelled'，也就是暂停的意思。他还冲着后面排队的人喊，说这里有个'group'，一个团组，让后面的人到别的柜台排队。"

"是的是的，后面的人都不排，走了。"有一两个人也想起有此事。

"我一开始不知道是为什么。现在想，他应该是觉得，我们五个人一起办手续好复杂啊！"

大家又哈哈大笑。"可不是吗，五个人的登机手续，办了将近半个小时。要在国内，早被骂死了。"李文清说。

"你们几个人有这么多好玩的事啊，可惜我错过了。"涂雪繁遗憾地说道。

“您一个人安安静静地专心买东西，也是一种享受嘛。”辛平说。

“哎，您买的东西呢？”李文清发现涂雪繁空手回来。

“噢，我朋友说过两天回国，帮我带回去，免得我装箱子麻烦。”

“那得买多少东西啊！”大家又七嘴八舌地说起来，其实每个人买的都不少。

六

回到北京，辛平让大家都休息一天，在家倒时差。辛平自己也休息，其实也就是第二天睡个懒觉，十点多起床，中午、下午肯定还犯困，但是要忍着不睡，这样熬到晚上再睡，再过一天基本上就能把生物钟倒回来了。

起床后，辛平给母亲挂了一个电话。电话那头，母亲依旧是愁眉苦脸的感觉，说的都是不高兴的事，比如又感冒了，辛宽也不来看她，邻家的鸡又跑到门口拉屎，辛安夫妻俩总不着家，外孙不乖，等等。辛平开导了半天，让她多喝水，多出去走走，放宽心，不要什么事都往不高兴的地方想。母亲又问：“你岳父岳母什么时候走啊？”辛平告诉她，要等岳父治完腰再说。母亲又说了一通不高兴的话。

放下电话，辛平来到客厅坐着，陪岳父看电视。看了一会儿，岳母过来在边上坐下。

“辛平啊，我跟你说说小弟的事。”岳母说的是宁佳的弟弟。

辛平心里“咯噔”一下，心想麻烦了。平时，岳父母家里的事主要是宁佳来应付，辛平一般不直接面对，这样在感情上、应对措施上都留有余地。

“噢，他怎么了？”

“你要帮帮他！”岳母明显带着情绪。

“是，我和宁佳一直都在想办法帮他。”辛平把宁佳扯进来，以减轻压力。

“光想没有用，要真帮！”

“我去年不是找了一个同学，让他直接联系吗？”

“你那个同学靠不住，要小弟投资，他哪来那么多钱去投资？”

“也不是要他投什么资。老家那一带不是有很多好木材吗，让小弟去收购一下，做些粗加工再卖给我同学，其实很简单。”

“你觉得简单，他从来就没有做过，怎么会做？这不就是给你同学打工吗？”

“没做过可以学嘛，不学永远都不会。你看小弟，不去做事，还天天抽烟喝酒，这心态就不对。你说他没钱，那他抽烟喝酒哪来的钱呢？”其实辛平知道，岳母把退休金都给小弟了，工资卡就在小弟的手上。

“你介绍的这种事算什么帮助？你看省里、市里有什么项目，介绍给小弟做，这才是帮助！”岳母说了半天，这句话说到要害了。

“妈，我跟你说：第一，省里、市里有什么项目，我不知道，也不能去跟人家要；第二，即使有好项目，小弟也不可能做好。他有能力吗？有经验吗？说白了，他一定是转手给别人，自己当个倒爷。我小的时候，我们家饭都吃不饱；我跟宁佳结婚时，身上经常只有几毛钱的零花钱。我们能有今天这样的生活，主要是因为我们踏踏实实地做人做事。小弟的问题，是没有志气。我们要帮的，是先让他有点志气。”

岳父在边上发话了：“我同意辛平说的，有没有志气最重要。”

“你懂什么？你懂个屁！”岳母冲岳父喝道。岳父也大声训斥她，两人用家乡话吵成一团。

辛平劝也劝不开，只好自己回屋待着，然后给宁佳挂了一个电话。宁佳听了，气得不得了，要给她妈挂电话，被辛平拦住了：“你这会儿挂没用，都在气头上，不会听你的。”

“那你去睡觉吧。”宁佳说。

“不行，得倒时差。我干脆上班去吧。”

“那你午饭呢？”

“随便对付一下呗。”

听到外面没声音了，辛平出来找了一个借口，上班去了。路上停车买了两个面包，当作午饭。

到了单位，辛平先把石羽生、胡维富叫来，把胡维富的鞋给他，把给大家买的巧克力让他们二人拿去分给大家，郑一夫和何新燕也都有份。胡维富专门跟辛平汇报，这一段时间自我要求很严，不迟到不早退。

辛平随后到两个处跟大家聊了一会儿国外见闻。回到办公室，感觉困得不行。一闭眼，再睁眼，已经是下午三点多了。辛平赶紧去见郑一夫。

“你来了？不是说倒时差吗？”郑一夫问。

“白天不敢睡，家里待着没事干，干脆就来了。”

辛平简单汇报了考察情况和感受。“详细情况，在书面的考察报告里说。”

跟郑一夫说完，辛平又到陈之岳办公室，把跟郑一夫说的情况重复了一遍。陈之岳听罢又问了好几个问题，关于考察报告怎么写、怎么与下一步工作对接，等等，又提了一些工作要求，然后说道：“有一件事，你斟酌处理一下吧。”

“什么事？”

“这个‘风云项目’，消息渐渐透露出去了，也有人找到我这里来，想让我推荐一下，我基本上都回绝了。”

“呵呵，我出国前已经有朋友找到我，也给我设计回绝了。”辛平说。

“你听我说完。其中有一个公司，是我原来当处长时候的老局长跟我说的，还一再说要请我吃饭。饭我是不吃的，老领导已经退休了，面子更要给，你考察考察，能用就用，不能用就不用。”

“好的。”

“但是有一个原则，能不能用，跟是不是我推荐的无关，你也知道我的为人。要是不能用，你告诉我，我正好借你的话跟老领导那边回绝了，他也无话可说。”陈之岳又叮嘱了一下。

“明白，您放心吧。”

“你回来的事，跟陶部长也报告一下吧。”陈之岳最后说。

回到办公室，辛平给陶部长的秘书打了个电话，请他报告陶部长自己已经回来，近日会尽快提交考察报告。

宁佳来电话：“你能早走吗？要能的话来接我，我请好假了，早点回家做饭，免得我们家老太君又不高兴。”

辛平答应了，电话跟郑一夫打了一个招呼，准备下楼回家。正锁门，胡维富过来了。

“有事？”辛平问。

“想跟您说一件事，不急，明天再说吧。”

接上宁佳，宁佳紧着安慰他。辛平倒没生多大的气，就是觉得岳母不可理喻。宁佳说：“你也别指望她可以理喻。如今人心浮躁，相互之间都在传说，说这家什么人有本事让家里挣了大钱，那家什么人有本事让兄弟姐妹升了官，老人也会受到影响的。”

“是啊。不说这些话题了。”辛平觉得累。

于是宁佳说了些开心事。

“你女儿期中考试，又是年级第一名。”宁佳说。

“哟，这臭丫头还真不错。”

“我们处两个人，今年孩子都要中考，他们纠结得不得了，天天在商量怎么办。黄玫瑰就以一副‘成功妈妈’的姿态教他们，一会儿说这个学校哪里好，一会儿说那个学校上什么‘蹲坑班’机会大。”

"黄玫瑰儿子不是挺一般的吗？"

"是呀，昨天还在跟蓝玫瑰嚷嚷，说让儿子气得不得了，就一天让他自己背书包，他就能把什么书都丢了。你说跟蔻儿一个年纪，这么大了还要妈妈给他洗澡，这是什么样的教育啊？"

"这是在害自己的孩子。"辛平说。

"是啊。纪广就问我：'蔻妈，你们家蔻儿当初为什么不想办法去一个好学校？'我跟他说：'我们家蔻爸说了，小学、初中阶段，还是就近上学的好，大人和孩子都不会那么辛苦。至于学习，让孩子养成好习惯，加上家里引导好，这些都很重要，不是什么都靠学校。'纪广听了直点头。"

"很多人总以为好学校是万能的，自己不承担教育引导的责任。"

"有些人想承担教育引导责任，那也得有这个德性和能力啊。你看黄玫瑰，她能把孩子教育好吗？"宁佳说，"对了，说起黄玫瑰，还有一件可笑的事呢。昨天上午，同喜找她要数据，找了一上午没找着。快吃午饭的时候，我听到档案柜后头好像有人在哭的样子，过去一看，是黄玫瑰。你猜她在干吗？打死你也想不到。她一上午躲在那儿看韩剧！下午蓝玫瑰来找她聊天，她自夸说自己就怕听人家说悲惨的故事，听见了就会掉眼泪，还说只要看韩剧就要哭。然后蓝玫瑰就夸她，说她心地善良。你说恶心不恶心！"

"是好恶心。"辛平笑着说。宁佳也笑。

辛平又问："还有什么好玩的事？"

"嗯，这几天一到办公室，小青、许仙、同喜他们都来我这儿喝茶，说是补充一下能量。以前是悄悄的，现在他们是明目张胆地来了。”

“很好！很好！”辛平真心感到高兴。

“我跟他们说，来喝茶就不许传什么家长里短或者是阴阳怪气的东西。他们说他们对这些东西烦都烦死了，怎么还会传。”

“你觉得开心吧？”

“嗯，开心。”

“坚持下去，要有耐心。这就好比在一个房间里，有人放了一个臭屁，马上屋子里就臭了。即使开窗通风，也要有一段时间臭气才会散去。臭气就是来得快、去得慢，坚持通风很重要。”

宁佳又给逗得哈哈大笑起来。“那如果来一阵大风，不也就很快吹散了吗？”她说。

“哪能那么巧，见臭屁就起大风。况且，就那么一阵风，能吹掉这个屁，也吹不掉那个屁的。除非天有感应，只要哪里有臭屁就立马刮起大风。”

辛平说着，自己也笑得喘不过气来。他赶紧在应急道上停下车，两人笑过了这一阵，才又继续上路。

七

上午一上班，胡维富已经候在辛平的门外了。

“你是改邪归正了还是有什么图谋，能这么早就来？”辛平边进屋边问。

胡维富“嘿嘿”笑着，跟了进来。“辛司，想跟您说一件事，不知道合适不合适。”

“你说吧。”

“我一个亲戚，也是做大数据的，他听说我们要搞大数据平台，也想掺和一下，您觉得可以吗？”

“嗯？”辛平想起了陈之岳昨天的话，“能不能参与，主要看条件，要进行评估。可以先考察一下吧。”

“那太好了！”胡维富十分感激地说。

“不过，你自己先把一道关，看看是不是达到我们的基本门槛条件。你是知道我们的要求的。”

下一步工作，辛平知道要加速了。国外考察完，在部领导心目中就是完成了一个标志性的阶段。在这个阶段，以论证、调研、考察为主，虽然实际上北京还有两家尚未考察，加上陈部长推荐的，另外胡维富介绍的那一家如果进入门槛的话，仍然有四家企业需要考察。下一个阶段，就是提出搭建平台的方案了。因此，下周要把北京的企业考察完，这是必须完成的目标。同时，还要提交出国考察情况报告，而提出搭建平台方案的工作也要同步思考和研究。

辛平给李文清挂了一个电话，请他们下周二下班之前报来考察报告的初稿。又把石羽生、胡维富找来，商量了一下下周考察北京企业的事。

午饭后，辛平正准备闭眼眯一觉，向忠华来电话说，大家都想你，明天周六，约一个牌局。辛平想起王致理侄女的事，给易斌挂了一个电话，约他明天一起吃个饭。易斌那儿是个大企业，安排一个人应该不难。

下午，好几个人来辛平办公室串门。敢情出国一周多，想念辛平的人还不少。其中就有七司司长吴言平，何新燕也来坐了很久。

吴言平是一司之长，一般不会随便到辛平这儿来串门，估计是干什么其他事，顺路过来坐坐。吴言平说话一贯含含糊糊、云里雾里，把辛平夸了老半天，说什么年轻有为、思考缜密、待人诚恳、仗义执言，一直夸到什么心明眼亮、宠辱不惊，又什么眉清目秀、玉树临风，把辛平给糊弄得晕晕乎乎的。

等要走了，吴言平扔下一句话，还是让人摸不着头脑："兔子不吃窝边草——呵呵不是不是，是兔子小心窝边刺。"

吴言平走了一会儿，何新燕笑语盈盈地进来了。何新燕聊的是国外的见闻，风光、风情、购物，各种见闻见识，她懂得比辛平多多了。聊完了这些，又聊出国考察的事，国内考察的事，辛平什么想法，下一步怎么办，等等。聊了小半天，直到快下班了何新燕才告辞。

回到家里，辛平惦记着明天晚上聚会的事。找了两盒茶叶，一盒红茶一盒乌龙茶，准备送给易斌。

就如宁佳说的那样，岳母有一样好，就是发完脾气就没事了，不记仇。所以家里还都是其乐融融的。蔻儿跟辛平说，他买的贺卡"超好"，她都舍不得送给小伙伴们了，可是不送出去贺卡又白好了，说得大家都笑她。

宁佳想起来，上周末送父亲去看病，展哥说效果很不错，再治半个月左右就差不多了。岳母接过来说，看完了就回老家。辛平问岳父感觉效果怎么样，岳父觉得还行，岳母说其实没什么用，还是疼，又被岳父喝了一下，说她不懂。辛平决定明天跟展哥好好交流一下再说。

晚上两人在屋里，宁佳要小脾气，不理辛平。辛平问怎么了，宁佳说道："我妈说要回去，你为什么不留他们？"

辛平笑着说："你留不就行了吗？谁家不都是老婆说了算，你负责决定我负责落实。"

"要是你妈在这儿，我也这么说，你干吗？"

"那不一样。婆媳关系，儿媳妇重要；岳父岳母与女婿的关系，女婿不重要。"辛平还是嬉皮笑脸地说。

"那合着都是我的事了？你就是成心，就不想让我爸我妈在这儿多待几天，好把你妈接来。你说你妈跟着我们生活多少年了，就让她回去待几个月有什么不行的？她在辛安那儿不是好好的吗？你不是还有大哥吗？"

"谁说不行了？你爸你妈在这里，我有不高兴吗？我有哪儿做得不好吗？"辛平有些不高兴了。

"你不留他们，就是做得不好。这个时候不说话，平时做的有什么用？"

"那好吧，我明天跟他们说一下，让他们多待一段时间。可以了吧？"

“你早该说了！”宁佳还不依不饶。

“你有完没完？”辛平真的放下脸来了。

宁佳不敢说了，在那儿“呜呜”地哭。辛平没理她，拿起床头柜上的书看了一会儿，再把书一扔，躺下睡了。

第二天一早醒来，已经八点多了。辛平赶紧起床。宁佳早醒了，在那儿揉眼睛，自言自语地说：“眼睛肿了。”

辛平没理她，自顾自地穿衣服。

“眼睛肿了。”

还没理她。

宁佳又“呜呜”地哭了起来。

“哭什么哭！”辛平恶狠狠地说。

“我们吵架，你从来都不会哄我，都是我哄你。呜呜呜……”

辛平笑了：“原来是要我哄你呀，那太简单了。宝贝儿，起床了……”

喊了三声，宁佳没答应。辛平又放下脸来：“已经哄你了啊，不起来算了。我走了。”

“再哄一声。”

辛平又笑了，又喊了一声。宁佳坐起来，然后又躺下了。

“又怎么了？不会再哄了！”辛平威胁道。

“眼睛肿得这么厉害，怎么出去啊？”

“你再哭啊！出去又怎么了？”

“不行，我不出去。你跟我爸妈说一下，就说我要再睡一会儿。蔻宝也让她多睡一会儿，让我妈九点再叫她起床，给她喝一碗粥就行了，中午我给她做点营养的。”宁佳交代了半天。

辛平出来，岳父岳母早已经吃完饭了。辛平把宁佳的指令都转达了，快快地喝了一碗粥，和岳父一起出门。

到了展哥那儿，看着展哥给岳父治病，跟他探讨病情。展哥说，再过两周，一天不多，肯定治好：“老爷子虽然年纪大，但是身体素质好，因此我敢下重手，治完了效果应该会很理想的。”

说着话，展哥在岳父腰上凝神一按，只听“咔嗒”一声响，岳父“哎哟”叫了一声，辛平吓了一跳，正要问，展哥说：“没事，复位了。”辛平听了很高兴。

“从明天开始，做的就是康复了。你们不要小看康复，它也非常重要。”展哥说。

回家路上，辛平跟岳父商量，等治疗完成了，是不是在北京多待一阵，一是在家里调养一下，二是万一有什么不舒服还可以找展哥再看看。岳父说不用：“我们长期在这里确实不习惯，出门没有邻里说话，买个菜也不方便，天天关在家里更难受。我们回去以后，你也好把你妈妈接来。”辛平知道，老岳父是替他着想。

吃完午饭，收拾完又歇了一会儿，辛平和宁佳照例喝茶。辛平说了上午回家路上岳父说的话。宁佳说：“我知道他们待不住，我就是要看你的态度。”两人又斗了一会儿嘴，然后商量，干脆等五一放假时送老两口回家，也让蔻儿放松一下，回京时正好把辛平母亲接来。

说起接辛平母亲来，宁佳又有点忧郁。

“虽然说跟你妈一起生活了一二十年，但是想起你妈要来，心里还是很紧张。”宁佳说。

“接她来是肯定的，这是责任。作为一个男人，不仅要顾小家，还要顾大家。你老说我哥应该怎么样，可是责任是不可能均分的。他没有责任心，我们不能只管一半，说另一半是他的事。至于来了以后怎么样，尽量和谐相处吧。”

“道理我也知道。主要是你妈太强势、太咄咄逼人了，经常是这样也不行、那样也不行。太难伺候了。她是你妈，你的感觉不一样。”

“我也知道她的脾气，我尽量调和。你也知道我不会没有原则地迁就她的，但是你也要把你该做的做好。”

宁佳还是忧郁地叹了口气。辛平摸了摸她的头，然后跟她说起在美国的趣事，宁佳才慢慢开心起来。

看看时间差不多了，辛平出门赴约。到了老地方，向忠华和易斌都到了，正在聊天呢。

辛平把双方介绍了一下，其实之前他们都相互自我介绍过了。

辛平把茶叶递给易斌：“贿赂你的。”

易斌接过来，笑着说：“有事您吩咐，还带什么东西呢。”

“这就是家里平时自己喝的，也不是什么特别好的东西。”辛平说。

“辛司的茶可是好东西啊，平时送我们，我们都舍不得喝。”向忠华一旁说道。

三人就聊起茶。原来易斌懂茶，比向忠华他们这三位懂得多。

说着话，老鲁、王致理也到了。辛平就招呼着先上桌。说是上桌，其实就是一个大一点的牌桌，打牌之前就是饭桌，并且是自助餐，自己去取来，大家坐在一起吃。都是家常菜，种类倒是不少，加上几种主食。

辛平跟易斌说道：“抱歉啊，说是请你吃饭，其实就是这种棋牌室的自助餐，我们几位只有招待好朋友才这么吃。”大家听了都笑，老鲁说辛平抠门。

易斌笑着说：“刚进来时我还以为，是不是先在这儿喝喝茶，然后才去饭馆吃饭呢。我还想说今天我请客，看这样子我请不起了。”

“一个人八十八块钱，还包茶水、水果，打牌可以打通宵，这个价钱合适吧？让你这个大老板请这么便宜的客，是我们亏了。”辛平说。又把易斌和大家介绍了一下。

“易总本来是我们部非常优秀的处长，前年因为没有副司长的位置了，就把他提到协会当秘书长。可是他在协会这种单位肯定是要被埋没的，因此就下海去当了老总。”辛平说。

“不是不是，辛司是把我往好里说。我是在协会干不好，就出来了。”易斌谦虚道。

“你在协会不可能干不好。说实话，他们说你下海了，我觉得很奇怪，你怎么会如此狠心呢？”

辛平这句话遭到其他三人的抨击。“你这是官本位，你以为下海不好，就当官好啊？”

辛平指着他们说：“你们口是心非，要不你们下海啊？”然后就七嘴八舌斗起来。

易斌笑着说：“跟你们几位说实话，我是受不了那个气，所以走了。可以说是负气出走。”

“噢？”大家都觉得意外，看来有故事。

“我到协会当秘书长，是管理上的一把手，也是协会的法人代表，可是我做不了主。上有分管副部长，下有副秘书长，副秘书长是这位分管副部长原来的秘书。”

辛平点点头：“我前一阵刚得罪过邓部长，因为出国的事。”

“您千万不要得罪他，否则小鞋够您穿的。”

“来不及了，已经穿了一次小鞋了。”辛平笑笑。

“协会每年办活动，都能有几百万的收入，加上我来之前积累的，有好几千万的钱在账上。可是这位副秘书长乱造钱，时不时地搞一些莫名其妙的项目，开支还极度不合理。比如说，举办一个研讨会，为行业企业服务，这种活动是该花钱的。可是一个活动才花了三十万，另外的宣传费用却要花八十万。你说这不是荒唐吗？我不同意，这位部长就直接打电话批评我，说我没有一点战略眼光，不知道掌握舆论主动权。”

大家都十分惊讶：“真是大手笔呀！”

老鲁在新闻单位待过：“给我八十万，我可以做十次宣传。”

“这还不算。这位部长家里日常的吃喝拉撒，什么费用都在协会报销。这不是让我给他们家当家吗？所以一气之下就走了。”

“唉，我党又失去了一位正直的人才。”向忠华叹口气。

“不过走了也好，天地更宽。”辛平说。

“是的。原来总觉得下海对我们体制内的人来说像是跟老婆离婚似的，出来之后感觉并没有那么难，只是规矩不同、思维方式不同而已。”

大家围绕这个话题又说了一会儿，然后辛平切入主题。

“易斌，今天请你来是想麻烦你给王司长的侄女找一个工作。所以今天也算是鸿门宴。”

“没问题，辛司，您千万不要客气。孩子什么情况？”易斌问王致理。

王致理把孩子的情况简单说了一下。

“坦率地说，国内出去在这种学校留学的孩子，多数是混个文凭，当然也有少数是认真学的。”易斌说。

“我也坦率地说，我们家孩子就是混文凭的。”王致理笑着说，“当初她要出国留学，我就不赞同。要混在国内混，还能接点地气，出去混那就可能混得没谱了。不过她还算好，边混边学，加上有点小聪明，功课上还可以。她的混主要就是糟蹋父母的钱。”

“学的专业还不错，安排个工作没问题，但是岗位起点不会太高，收入也还行。”

“那就非常好了。收入不是主要的，就是要让她重新开始，踏踏实实地步入社会。”

辛平见任务完成了，饭也吃得差不多了，于是提议结束饭局：“易斌，抱歉，请客环节到此结束了，我的不可告人的目的也达到了。我们还要打一会儿牌，你或者观战或者就先走，都行。”

“那我先走吧。过一阵我请客，吃点好的，还不耽误打牌，可以吧？”

大家纷纷表示同意，然后易斌告辞。

第四章

一

周一上午部务会，两位司长被陶部长狠剋了一顿。一位是二司司长老方，一位是七司的吴言平。老方挨剋时，不断地自我批评；吴言平则是顺着陶部长的话，不断点头、不断称是。辛平注意到，最后会议快结束时，陶部长直接或间接地点到二司和七司的工作，这回不是批评，而是肯定，算是给他们二位找回面子。

陶部长最后说了几件事。他首先就从严治党和加强党的建设说了很长一段话，并反复强调要加强反腐倡廉建设，加强领导干部廉洁自律和严格管理。为此，他要求部内机关各部门和所属事业单位结合中央近来查处一系列重要案件的有关情况通报，专门进行一次学习和自我检查。

业务工作方面，部务会提出要在近期开展一次大督查工作，由各位部领导带队到各地，对今年年初部署的工作落实情况进行督查落实。关于“风云项目”，陶部长同意辛平提出的工作安排，要求抓紧推进和落实。

开完会，陈之岳让辛平上他办公室。

“大督查工作，上周部党组会就决定了。虽然你最近事儿多，我想还是带你出去，毕竟你分管的这一摊是主业。你看行吗？”陈之岳问辛平。

“行是行，就是这周走不了。”辛平答。还没说完，手机响了。是陶部长的秘书。

“陶部长请您到他办公室去一下。”

辛平赶紧跟陈之岳说了声，出门走了几步来到陶部长办公室，敲门进去。见二司司长老方在里头，陶部长刚跟他交代完工作，辛平听见个尾巴：“要是把事儿搞砸了，看我怎么收拾你！”老方打个立正，大声说道：“完成不了我提头来见！”见辛平进来，老方笑呵呵地打了个招呼出去了。

辛平走上前：“部长您找我？”

“这里有一家公司，是做大数据的，你看看怎么用起来。”陶部长给了辛平一张名片。

“好的，我尽快跟他们联系，了解一下他们的情况。”辛平说。

从陶部长办公室出来，辛平又来到陈之岳办公室。

“陶部长让我接触一下这家公司，让我看看怎么用起来。”辛平把名片递给陈之岳。

陈之岳摆摆手，没有接：“你这人，可以说是坦诚，也可以说是缺心眼。一般人如果遇到领导交办这种事，是不会说出去的。”

辛平“嘿嘿”傻笑了一下。

“慎重对待。”陈之岳说，“不要不当一回事。”

“明白。刚才说到出差的事，我这周走不开，下周行不行？”

“可以。我让七司也去一个副司长，你们各带一个处长。但是督查报告要你们写。”陈之岳分管的业务部门就是六司、七司。

回到办公室，辛平仔细研究了陶部长交给他的名片。名片其实很简单，公司名是西国科技有限公司，地址在西三环外，名片的主人叫孔叔滔，是西国科技的总裁。

辛平给孔叔滔挂了一个电话，约他明天上午到部里来谈谈。

第二天上午一上班，孔叔滔就到了，在大院门外等着。辛平让人去接了他上来，就在自己办公室谈。

一接触，辛平就感到奇怪。这个孔总裁对自己公司的情况说得含含糊糊的，问他一些基本的技术问题，也是不太着调。

辛平笑着问他：“孔总，您是不是把我当成竞争对手了，所以不愿意把情况介绍得太具体？”

孔总有些难为情：“辛司长，跟您说实话，我是刚到这个公司当总裁。”

“那您以前是干什么的？”

“我原来是在我们集团房地产板块当副总兼财务总监。”

辛平十分诧异：“您没干过技术？”

“没干过，也不懂。我来这个公司，就是负责管理，技术上另外会有一个总经理负责。”

“那总经理懂技术吗？”

“肯定懂的。我们董事长已经并购了一家公司，包括他们的总经理在内，整个团队都过来，成为我们西国科技的技术核心，他们的总经理就是我们未来的总经理。”

“你们并购的是什么公司？”

“苏心科技，专门做大数据的，很有水平。”

辛平有些糊涂。“等等……等等……我理一下思路。就是说，你们公司在这之前没有做过大数据？”

“没有，我们是刚成立的。”

“啊？怎么会这样呢？”辛平大叫一声。这太不可思议了！

“但是我们在这之前已经研究几个月了，也考察了很久，选中了很有实力的苏心公司来并购。”

辛平没有说话。他转头看着窗外，窗外光线明亮，让窗台上的文竹显得十分青翠。

“我们并购这家公司也是大手笔呢，花了将近两亿……”话没说完，辛平打断了他。

“你们集团主业是什么？”辛平问。

“原来就是房地产，还有一些旅游酒店。不过这几年我们也在转型，去年增加了文化产业板块。成立西国科技，就是要开拓科技板块，并且要把这个板块打造成集团新的增长点。”

“那你们对于这一块工作，我说的是大数据，有什么思路？”

“这个还没完全想好，就看您这边有什么需要了。”

辛平笑了。“不是我有什么需要。我们肯定有明确的需要，但不是说我们需要什么然后你们就临时去找什么来满足我们。我们的需要，是有条件、有门槛的，符合了这个条件、这个门槛，才能跟我们谈我们需要什么。可是你们现在什么都没有啊！”

孔叔滔也有些尴尬。“我们马上就会有了。我们集团董事长对这一块非常重视，因此他亲自担任西国科技的董事长。”

“你们董事长叫什么名字？”

“贾同心。”

“贾同心？”辛平感觉有些耳熟，因此他努力地在思索着。“贾同心……是不是那个福林大酒店的老板？”

“是。”

刹那间，辛平感觉浑身毛发竖起，一身是汗。他又转头看了看窗外，觉得窗外光线不太清晰，又有些刺眼，有些迷离。孔叔滔继续说着什么，但是他没听进去，眼睛仍在直勾勾地盯着窗前的文竹。

“你见过我们陶部长吗？”好长一会儿，辛平转回头来，问孔叔滔。

“我们董事长带着我见过一次。”

“那次见面，你们跟陶部长说过你们公司的情况吗？”

“没有。”

“这样吧，你回去做些准备，把你们收购的那家公司的情况整理一个材料给我，主要是大数据方面的能力和业绩。”

“好的，好的。”孔叔滔起身告辞。

辛平靠在椅子上，觉得有点疲惫。他拿起杯子，把剩下的凉水喝了，觉得还不解渴，但是又懒得去倒水——其实热水瓶就在仅两步之遥的台子上。他有点糊涂。这是陶部长交代考察的公司，应当是很有实力、很有经验的公司，但是怎么会是这样呢？辛平又想，对了，孔叔滔说他们上一次见陶部长时没有介绍公司情况，看来陶部长很可能是不知道他们的情况，只是碍于面子，向辛平推荐了他们，就像陈部长碍于老领导的面子推荐另一家企业一样。

应该是这样的，辛平心里想。只有这样才符合逻辑。

但是，刚才最后让孔叔滔整理材料送来也是必要的。凡事不可想当然，只凭第一印象做决定，不然也许会误会了西国科技，万一它真的有实力呢？

那么，就等一等西国科技的材料再说了。

就这么想了半天，辛平还是觉得提不起精神，与孔叔滔的见面确实让他很沮丧。坐了将近一个小时，他觉得该干活了，于是拿起电话跟李文清沟通两个安排。一个是下午的考察，辛平说因为司里有个急事要处理，他就不去了，请李文清牵头。李文清很爽快地答应了。另一个，是建议周四先不考察另外增加的两家企业也就是陈部长和胡维富推荐的那两家，让他们来部里，由辛平带着两个处长先跟他们聊聊情况，摸摸底，然后再决定去考察的事。辛平解释，最后这两家都是推荐来的，底细不明，如果贸然去考察，万一对方不成样子，自己让人笑话且不说，也不严谨、不严肃。李文清听了，连连称是。

下午一上班，李文清就让人把出国考察报告送来了。辛平正好趁这个机会修改稿子。初稿把要说的考察情况都说了，但是有两个缺点：一是条理不清，二是缺考察团的看法和意见。

辛平一下午不出办公室，细细地改着。到了下班时间，才改了一半。辛平给宁佳打了一个电话，告诉她自己不回家吃饭，然后到部里食堂简单吃了点东西，回来继续改。等全部改完，都快十点了。

回到家里，洗漱完上床，跟宁佳说了几句话。宁佳就问："今天很忙吧？"

"还行。怎么了？"

"听你说话，感觉很疲惫的样子。"

"嗯，有点累。"

"那就赶紧睡吧。"

辛平第二天醒来时，宁佳不在身边，一看时间已经七点多。他赶紧一骨碌起来，嘴里埋怨着宁佳："这个家伙，也不叫我一声。"

简单洗漱一下，辛平就出门了。丘母劝他吃完饭再走也劝不住，直在后面发牢骚。路上辛平感觉脑子有些昏昏沉沉的，开车都有点精神不集中。不过好在一路堵车，不需要开得太快。到了堵点，果然又是警察查车。挨过去后，正准备加油提速，不远处传来一阵熟悉的二胡声，一定又是那个老头在路边绿化带里拉二胡了。也奇怪，只要赶上警察一早查车造成拥堵，辛平准能见到老头在那儿拉二胡，如果一路通畅，反倒见不到老头了。

到了单位，辛平把涂雪繁叫来，吩咐她把考察报告传给李文清征求意见，让她也看一看有什么意见。

稿子改完了，空出了一天时间。辛平打算把下一步跟随陈之岳出差的工作理理头绪。最近主要精力放在搭建大数据平台上，日常工作只是按部就班地进行，这次是去督查，就得把年初提出的工作部署和要求梳理一遍。

一阵高跟鞋的“得得”声，何新燕带着轻盈的笑声进来。

“忙呢？”

“不忙。”

何新燕径直走到窗前：“你这文竹越长越好，亭亭玉立的。你真行，这些东西我什么都养不好。”

“我也就是养养文竹，其他也养不好。”

“是啊，我看你这么多年就是养养文竹。你是偏爱文竹吗？”

“小时候经常在我们家门口的几棵大松树下面玩，老怀念它们，觉得文竹还有点松树样，就喜欢上它了。哎，你今天可是又换了新衣服了，刚买的吧？”辛平换了一个话题。

“对，我爱人从美国回来，给我带了一些衣服、鞋子。他说美国现在东西也不便宜了，好多中国人都去美国买东西，去不了的就找人代购。还有，光留学生不知道就有多少，自己穿着用着，还往国内寄，大家都在为美国的经济发展做贡献呢。”

“是，如今中国留学生是西方国家潜藏的高消费人群。很多孩子出去，学习是次要的，花父母的钱是主业。前几天我一个朋友的侄女，在国外留学几年后回来，工作找不着，父母的钱倒是花了几十上百万。”辛平想起，王致理侄女的事，易斌已经回话了，让孩子去公司找他，辛平忘了告诉王致理了。

“是啊，但凡家里有点经济能力的都把孩子送出去，连陶部长的女儿都在美国呢。”

“是吗？陶部长也赶这个时髦啊？”

“呃……我也是听涂雪繁说的。”何新燕打了个磕巴，“你别说，等我儿子高中毕业了，我也想送他出国呢。”

“那你是富婆啊，我们家没钱，所以压根儿就没想过把孩子送出去。”

“拉倒吧，孩子真要想出去，你还送不起？”何新燕笑着说，“哎，这次部里要求各部门搞廉政自查，有什么来由吗？是不是谁又出事了？”

“没听说啊，应该是例行公事吧？”

“我怎么听说协会的副秘书长，也就是邓部长原来的秘书，说是辞职了。你知道是为什么吗？”

“辞职了？不知道啊。不过也正常，协会的秘书长去年不是就辞职了吗？对了，他当秘书的时候你不是跟他挺熟的吗？你问问他呗。”辛平说。

“那是以前，后来就没联系了。不过这种事跟我们也没关系，说说而已。”

何新燕说完走了。

下午，李文清和涂雪繁对出国考察报告的修改意见都来了。辛平看了看，涂雪繁的基本上不可取，除了仍然以数据库概念替代大数据之外，其他的一些修改意见也都是十分外行。李文清的意见不多，但都可以采纳，辛平便吸收进稿子里。

周四一天，是在部里跟推荐来的两家企业了解情况。上午是胡维富推荐的那一家，叫作河阳鼎盛数据，聊了个把小时；下午是陈之岳推荐的，半个多小时就结束了。然后辛平跟石羽生和胡维富商量，让他们说说看法。

石羽生先问辛平："这两家都是谁推荐的？"

辛平道："你不用问是谁推荐的，就说说你的看法。"

石羽生认为两家都不行。一是专业不对口，这两家企业原来都是长期做云存储的，现在打算转型，搞大数据只是在找转型机会，目前都没有搞大数据的能力。二是公司规模、实力也不行。

辛平问胡维富意见，胡维富表示赞同石羽生的看法，又说上午那一家河阳鼎盛实力应该还行，他们正在融资，已经谈得差不多了，如果资金到位，做大数据应该是没问题的。

辛平看他们没有别的话，于是说道："这两家企业，至少目前是不具备与我们合作的基本条件的，这一点你们两位都说到了，我也赞同。我想在我们这一关就可以把他们淘汰了。你们有什么意见？"

石羽生自然赞同，胡维富磨叽了一下也表示同意。

第二天一早，胡维富又在门口等着辛平。

"还是那家企业的事？实在不符合条件啊。"辛平说。

“是这样的，昨天您跟他们说的那些话，对他们很有启发，他们想再请您指点指点。”

“我能指点什么呢？我只是从我们部的角度提了些意见建议，至于他们公司的发展我是指点不了的。”

“他们下一步就是想跟政府部门合作，但是在与政府合作方面，他们都是外行，咱们不经意说的一些事，对他们来说都非常有价值。您屈尊跟他们说说吧。”胡维富很有韧劲。

辛平想了想：“那好吧，不过明天就周五了，周末我一般不出来，下周又要出差，就等下下周吧。”

“要不就明天？明晚一起吃个饭，怎么样？”

辛平看他那么着急，同意了。

周五上午，辛平到陈之岳办公室，报告了昨天下午跟那家企业接触的情况。

“这家企业专业上不对口，公司规模和实力上也都不行。”辛平说。

“行，我知道了，你说的这几个理由够我回老领导了。”陈之岳很干脆。

下午下班前，胡维富过来问：“您今天开着车吗？”

“开着。”

“一会儿我来开吧，我知道地方，您也可以休息休息。”

车到地点，胡维富把车直接开到酒楼大门。昨天见到的河阳鼎盛的几位老总已经候在门口，看辛平下车就都迎了过来，然后大家拥着辛平进门、上楼，胡维富在后面喊："我把车停好就来！"

一会儿，胡维富陪着一个人进来，原来就是他的亲戚李总，河阳鼎盛数据的主要股东。大家都落座、聊天，然后上菜、上酒。

辛平本来是不想喝酒的，因为要开车。但是经不住胡维富和大家劝。胡维富说："没事，有代驾呢。"

辛平于是就说："那就喝一点吧。"让倒了小半壶的分酒壶。

大家边吃边聊。先是听李总说，主要说公司创业的艰难、成功，傻事、逸事，里头也包含了许多真情、立志，说得很坦诚。然后又请教辛平与政府部门打交道的规矩、忌讳，还有一些大数据管理的知识、理念。辛平把国外考察的一些体会也介绍了一下，正好让胡维富也听听。自始至终，李总和其他人都没有提与部里合作大数据的事。按李总的说法，今天就是"喝感情酒、喝请教酒"。李总叫什么名字，刚才介绍过，但是辛平没记住。不过辛平看他确实挺诚恳的。

说着说着，辛平就喝了不少。先是小半壶，喝完又劝、又倒，加起来至少有三个小半壶，直喝得辛平眼花耳热。不知过了多久，辛平看了一下表，都过十点了，于是提议结束。大家兴致还很高，但见辛平提议，都同意了，并说过一阵还要再聚聚。

大家簇拥着辛平走到楼梯口，辛平想起来还没叫代驾，胡维富说都叫好了。出门来，果然代驾已经开着车等在门前呢。可是辛平一直想不明白这代驾哪来的车钥匙，就反复问他。辛平这会儿口齿已经不甚伶俐了，加上代驾是外地口音，说了半天，两人互相没听明白。

胡维富一旁听懂辛平的意思了，笑着说：“辛司，您的车钥匙一直在我手上，是我给代驾的。”

“噢……噢……”辛平自己也笑，“你看，真是喝多了。”然后上车，跟大家挥手道别。

代驾一边开着车，一边问：“领导，您去哪儿？”

辛平强打着精神跟他说了地址，然后一低头就打起盹来。感觉刚睡着，电话铃响了，把他吓了一个激灵。是胡维富。

“辛司，我亲戚给您拿了一点土特产，我放在后备厢了，您回去检查一下，还有几瓶保健品很好，给老人吃，千万不要送人。”

“好，好。”辛平答应着，打了个大大的哈欠，挂了电话，继续打盹。

刚要入睡，辛平又是一个激灵，猛地醒来。他用手一撑座位坐起身，对司机说道：“师傅，您靠边停一下。”司机打着双闪灯，把车停在应急道上。

辛平下车，摇摇晃晃地来到车后，打开后备厢。见里面有两个袋子。一个相当大的硬皮纸袋，上面摆着几瓶保健品，是钙片、鱼油、葡萄籽胶囊之类的东西。往下翻，就是麻枣、桃酥、山药之类的土特产。另一个结实的塑料袋子，比辛平的公文包大一半，宽窄约一个巴掌，上面用报纸折叠成U形，反扣着向下盖着。

辛平把报纸一把扯开，只见里面并排摆着满满两摞的人民币，从面上看，全部是百元大钞！

一股热血直冲辛平脑门，他的心在狂跳。他猛一使劲把后备厢关上，回到车上，拿出手机，开始拨号。司机见他上来，打着转向灯准备继续走，被辛平拦住：“您稍等。”

辛平拨完号，正准备挂出去，又停住了。他深深地呼吸了几口气，想了想，然后才把电话拨出去。

“维富吗？你们走了吗？”

“刚才跟他们几位又聊了一会儿，正准备走。您有事吗？”

“我的公文包不见了，你帮我看看，会不会落在饭厅里，我现在也返回去找找。”

说完，辛平告诉司机：“师傅，我们马上返回去，越快越好！”

大概也就过了五六分钟，胡维富挂过来：“辛司，没有啊，会不会在后备厢里？您来的时候，好像没拎着包下车？”

“我的印象是拎着包下车的，是不是他们几位有谁帮着接过去了？你再问问。”

又过了几分钟，胡维富又挂过来：“他们都说没有。您再回忆一下？”

说话间，车已到酒楼门前，胡维富他们几个人都在门口站着，酒楼内服务员都已经在做卫生了。

几个人拥到车旁帮着开门。辛平出来，对胡维富说道：“维富，你来。”然后步履稳健地走到车后。

辛平打开后备厢，拎起塑料袋子。面上的报纸刚才已经被扯掉了，借着后备厢的灯，可以清楚地看到两摞钱。

“维富，这样做很不合适。你把钱还给他们。那些土特产，还有保健品，我收下。”说着，辛平把袋子递给胡维富。

胡维富接过袋子，垂着头，没说话。

辛平回到车旁，冲大家挥挥手，上车关门，对司机说道：“师傅，我们走！”

回到家，辛平依然很清醒地上厕所、洗澡、刷牙、洗脸，穿上睡衣上了床。

“他妈的，这几天真是邪门了！”他对宁佳说了这么一句，然后闭上眼就睡着了，任由宁佳怎么叫也不醒。

二

陈之岳一行出京督查，去的是中部两个省。陈之岳工作方式有些与众不同，不是先到省里，听省里汇报，然后再逐级下到市、县听汇报。他是一竿子直接插到底，先到县里调研。在县里听完汇报之后又与基层工作人员直接沟通了解，掌握了第一手情况，然后再逐级与市局、省厅座谈。这种方式的好处，就是马上发现了一些问题。总体感觉就是，两个省在年初时召开会议学习贯彻部里的工作部署和要求是及时的，但是开完会后，具体工作的推进落实不全面，省内各市、县单位良莠不齐。调研中也抓到了一些具体事例。

陈之岳这样一来，把省、市两级搞得措手不及，原来准备的汇报也临时做了很大的修改，说的话也不敢太含糊。当然，他们表态时自然都是说，向陈部长和督查组学到了严谨的态度、扎实的作风，如此等等。不过确实可以感受到他们的敬畏之心。

在市、县两级座谈，陈之岳和督查组都是只听地方的同志汇报，督查组只提问题，不谈意见。到了省里，跟省厅领导座谈，陈之岳要求前面去过的市、县有关领导出席座谈会。听省厅汇报完后，督查组再详细谈看法、摆问题、提要求。督查组谈的这些意见，陈之岳都让辛平主说，他只是最后总结一下。这样，辛平这一路又是最辛苦了，基层调研时要认真听、认真记，一路上还要思考、整理。

到地方出差，自然少不了喝酒。在省里，主管副省长出面接待一次晚宴是标配的规格，此外还有几位陈部长的老熟人、老朋友，也都排着队要请客，陈部长基本上都只同意一个地方合并一次。在市里，市委书记或是市长也基本是按照省里的规矩来接待的。至于省厅、市局，都是插空安排，有时是吃夜宵。吃这些饭，不喝酒是不可能的。

出来之前，宁佳对辛平有纪律要求："最近天天喝酒，这次出差不许再喝了！"辛平自然是唯唯诺诺地接受了。可是将在外君命有所不受，也没法受命。一是因为辛平经不起劝，二是陈部长都喝了他怎么能不喝呢。

酒一喝多，话自然就多。辛平平时看似自制力还行，一喝了酒不知不觉就接着话茬主动说一些话，说国际国内形势，说部里工作地方工作，说人说事。其实话都是大家一起说的，你一言我一语，单独听起来都不成逻辑，经常是互相接话、插话，并不是那种只有某一个人在那儿说得滔滔不绝而别人只当听众的情况，但是比起平时辛平确实是酒后话多。

于是有一天晚饭后，陈之岳拉着辛平出去散步，路上就对辛平说道：“你小子酒还是少喝点。”

“是是，这几天确实喝得多了。出门前老婆特意交代别喝酒，总是做不到。”

“老婆说的做不到是次要的，喝多了说话不注意就不好。”

“明白了，多吃、少喝、慎言。”辛平醒悟过来。

“何新燕对你的工作有什么阻碍吗？”

“面上看没有，不过她老是在背后嘀嘀咕咕的。有些省里的同志告诉我说，她到地方出差，竟然让各地不要花太多精力在我分管的工作上，他们都觉得这么说很不合适。这次‘风云项目’让我负责，她似乎更有些不忿。”

陈之岳想了想，说道：“你尽量不要与她发生冲突。”

“明白，我会尽量柔性应对。相信她不会逾越我的底线。”

“如果冲突了，对你不会有利的。”陈之岳再次强调。

第二天，坐着接待办的中巴车从市里往省城走，陈之岳秘书小刘跟辛平坐在一起。辛平跟小刘以前没有深谈，但是平时工作交往很融洽。

小刘说：“辛司，我觉得您善于做本职工作，跟有些人不一样，他们善于做其他工作，比如逢年过节给领导和领导秘书送点红包礼物之类的。”

辛平听了，瞪大了眼睛：“咱们部里的人，还有这样送东西的？”

“是啊。”

辛平愣愣地问小刘：“你遇到这种情况了吗？”

小刘笑了："当然遇到了，陈部长也遇到过。不过他让我都挡回去了。不光是送，有的还打听，专门打听领导的家人、孩子在哪里工作、学习，知道有在外地的或者国外的就想主动去关心关心。"

辛平又傻傻地笑了："真是长知识了，我只知道有为了办某一件事而给领导送东西的，真不知道还有这么未雨绸缪、放长线钓大鱼的。"

"您在部里这么多年，竟然不知道这些事，怪不得陈部长说您脑子不复杂。"

"那是陈部长给我留面子，我就是没脑子。"辛平说。

这一路聊，辛平长了不少知识。别看小刘还不到三十岁，给陈之岳当秘书也还不到三年，但是见过的事真不少。比如，一位部领导善于压文件，一份文件在他那儿压三五天是常事。他也确实忙，一份普通的文件，如果让他修改，一句话要抠半小时一小时。因此，他晚上总要加班到后半夜，然后让司机满世界给他买夜宵。他还有一个习惯，就是临下班了就开始找底下的司长、处长谈工作。部里又有那么一位司领导，跟这位部领导一个脾气，是临下班了就给底下的同志布置工作。只可惜，这位晚上爱加班的部领导不分管那位临下班爱布置工作的司领导，要不然他们俩最对脾气了。辛平听小刘说这些故事，笑了一路。

"对了，部里似乎有人已经开始做工作了，就是您刚才说的那种为了办一件事而做的工作。"小刘又回到前面的话题。

"是吗？什么样的事？"辛平问。

"不是要新成立一个司吗？"

“哦……”辛平点点头。

“您也赶紧呀！”小刘笑着说。

“呵呵，不会。”

“不会学呗。”

“学也学不会，压根儿就没有这个素质。我工作二十多年，给亲朋好友送了不少东西，给领导就从来没送过。”

这回轮到小刘瞪眼了：“二十多年，从来没送过？那太少见了！您怎么能坚持下来？”

辛平笑着说：“其实没有什么坚持不坚持。在我心目中，领导都是好领导，因此我一定要做到两点：一是干好工作，这样就是对领导最大的敬重；二是感觉领导有考虑不周到的，帮他想到，并且及时向他提意见建议。这两点，只是现在回想起以往的经历，算是一个总结，以前就是发自内心地这么想、这么做，没想什么一是二是的，也没觉得什么难不难的。”

“如果遇到一个好领导，您的这种风格会让您工作起来很顺心。如果碰上一个思想复杂的领导，您这第一点好歹还能接受，那个第二点，就是跟领导唱反调了，或者就是把领导看低了。领导都高明，哪儿需要您指手画脚的？并且，您还缺个第三点，就是刚才我们聊的另一种的善于做工作。”

“是啊。所以在陈部长手下工作，我很开心。陈部长要是退休了，我也许会是另一种心情了。不过我想，再怎么样，总不至于不让我工作吧？至于提拔之类的事，能提拔当然高兴了，但是人要是在这一级岗位上就成天想着怎么样再往上一级走，这样做人不累吗？”

“每个人对做人的理解不同。”

“是的。我希望简单一点。认真工作，愉快生活。如果做不到这一点，我一定要改变。不是改变工作，就是改变生活。”辛平说。

“不改改自己吗？”

“做事上难免经常有错，这是要改的。做人嘛，也就这样了，不改。”

“陈部长总说您这样是要碰壁的。”

“这二十多年，我碰的壁不少了。好在我心理承受能力强。按我爱人和女儿的话说，是奇葩；按我几个好朋友的话说，是‘二’。”辛平笑着说。

回到北京，已经是周六下午。督查工作报告的事，前一天晚上辛平已经跟随行的石羽生商量过了，以辛平两次省厅座谈会上的发言为基础进行整理，让石羽生加个班，周一下午报辛平。

刚到家，还没喘口气呢，接到陈之岳的电话。

“陶部长说周一上午他要去开会，向领导报告我们部‘风云项目’工作的思路，你把情况整理一下，周一一上班就报给他。”

三

从周六晚开始，辛平就在家里捧着笔记本电脑加班写给陶部长准备的材料。周日一天既定的安排，一个是给蔻儿上课，一个是送岳父看病，辛平都顾不上了。

下午宁佳送父亲看病，回来后跟辛平说展哥以为今天能见到他呢，看他没来，觉得挺遗憾。展哥说别看辛平看上去像个领导，但是跟他还很谈得来。

“过一阵咱们一起去看看展哥吧。”辛平跟宁佳说。又问岳父：“爸，你觉得好了吗？”

“快好了快好了！”岳父说。

岳母在一旁仍是泼冷水：“好了就好了，没好就没好。刚才进门还弯着腰呢！”

晚饭前，辛平终于把“风云项目”的材料写好。他电话请示郑一夫，是不是把稿子发过去给他看看。

按照辛平的估计，郑一夫会说不看。可是出乎预料，郑一夫要看。于是辛平用手机把材料逐页拍下来，发给郑一夫。不一会儿，郑一夫反馈：没有意见。辛平又赶紧发给陈之岳。晚饭后个把小时，陈之岳的修改意见来了，辛平又修改、清稿。等到上床，已经十点多了。

“你终于有时间陪我说话啦！”宁佳很开心，然后就“叽叽喳喳”说起来。

宁佳现在有了一批喝茶的小伙伴，她叫他们伪茶友。伪茶友们每天上午到办公室后都来宁佳这儿喝一两杯茶，说是补充能量；有的下班前也来喝喝，说是洗耳洗心。连柳姐都时不时地来喝喝茶、聊聊天，不过她也仍然陪着玫瑰们在午饭后散步。“有时候觉得她们说的那些是挺无聊的。”柳姐跟宁佳说，看来她的见识有所提高。

“那玫瑰们有什么反应？”

“还那样，我行我素、目中无人的样子。不过小伙伴们的心情好像不像以前那么灰暗，相互之间交流也多了，说话也大声了些。”

“可怜的孩子们，原来有那么委屈啊！”

“是啊，都是公务员，不怕组织不怕领导，却怕恶人。什么世道这是！”宁佳说起来还愤懑不已。

“这就是我说过的，生态出了问题。没有明媚的阳光，没有干净的水，植物就生长不好，甚至长歪了。”

“是的，我们处长这个太阳本身就灰暗。老实本来是个优点，可是在他身上就变成了缺点。今年年初评先进，大家都评同喜，虽然平时总出些差错，可最辛苦的也是他，你看黄玫瑰动不动就要性子不干活，容嬷嬷呢十天干不出两天的活，一有这些情况基本上都是他顶上。可是黄玫瑰到处长那里去哭诉，说自己怎么样克服了家里的重重困难、怎么样忍受着身体的种种疾病，加上红玫瑰在边上帮腔，然后处长就力推她当先进，生生把同喜给挤掉了。就他这种太阳，几朵乌云就能把他遮得严严实实，你说他还能照耀谁呢。”

“你那些小伙伴们多散发一些正气，加在一起就是太阳。”

“嗯……”宁佳若有所悟，“那个太阳不行，我们就自己当自己的太阳。”

第二天一大早，辛平赶到单位，把材料打印出来送到陶部长秘书手上。刚回到办公室，陶部长秘书打来电话，急匆匆地通知辛平：“赶紧下楼，陶部长让您跟他去见领导。”

辛平赶紧拎起包，一路跑进电梯，下楼，再跑出电梯，见前面陶部长刚上车。秘书示意辛平到后面跟陶部长坐在一起，自己坐了副驾。一路上陶部长没怎么说话，只是提醒辛平，一会儿领导有指示时要做好记录。到了之后，汇报时间并不长，半个多小时就结束了。

下午部务会，陶部长把上午向领导汇报的情况简单通报了一下，然后让辛平根据记录把领导的指示做了传达。辛平记得还是比较完整的，个别地方陶部长做了点补充，但都不是原则性的缺漏。辛平传达完，陶部长又讲话。他说，关于搭建大数据平台、开展风险管理的改革思路，领导原则同意，因此，需要马上提出明确的工作方案，书面报领导批准后，实质性地与国家发改委、财政部、中编办进行沟通，以解决经费和机构设置的需求问题。陶部长要求辛平加快步伐，本周内拿出方案报部领导。虽然辛平对于尽快拿出方案有心理准备并且一直在思考如何形成方案，但是一周的时间仍然是十分紧张的。

回到办公室，辛平先给李文清挂了电话，请他明天上午来部里开会。然后把石羽生、胡维富叫来，传达了陶部长的指示，让他们做好准备，明天上午一起研究。又让石羽生通知工作团队其他人员加上涂雪繁都参加会议。刚见到辛平时，胡维富眼神还有点闪烁。辛平出差前的上周六，胡维富挂来电话，解释了前一天晚上的事，说他不知道亲戚送了一袋子钱，以为都是土特产。辛平当时把该说的话都说了，事情过后就不再纠缠，因此今天交代完工作也没再跟胡维富说什么。

周二上午开会，辛平请每个人都谈谈工作方案怎么写。大家畅所欲言，各抒高见。说完了，辛平总结。关于怎么写这个方案，辛平在心里已经思考很久。今天听了大家的意见，又吸收了一些合理成分。

辛平说，方案大致要体现五个要点。其一是目的，要从国家加强管理的角度看待这一改革思路的意义；其二是功能，强调要加强哪些方面的管理；其三是原理，怎么加强这些功能，这些功能加强后能否实现第一点论述的国家加强管理的目的；其四是原则与步骤，遵循什么样的原则，按照什么样的程序，经过哪些环节，避免哪些问题；其五是支持保障，包括经费、机构、人员等等。辛平解释说，这些原则是从宏观角度看待改革，至于推进、实现过程中的技术性问题如大数据系统怎么搭建、谁来搭建等等，不必多说，一方面是因为这些细节完全可以由部里来把握，另一方面也是因为这些问题怎么解决目前还不明朗，不能因此耽误总的原则方案的推出。

对于辛平的意见，大家十分认同。最后，辛平指定由石羽生执笔撰写方案，要求两天之内拿出初稿，周四上午下班前发给大家，周四下午开会研提对方案的修改意见。

开完会，辛平送李文清，李文清道：“辛司，跟您说一件事。”

辛平说：“那正好，就送您下楼。”

可是进电梯后一直到下楼出电梯，李文清跟辛平说的都是闲话。等出了楼，看看边上没人，李文清说道：“辛司，有一件事我想了几天，觉得还是跟您说一声。”

辛平狐疑地问：“什么事，那么慎重？”

“是这样的。您上周出差期间，郑司长给我挂电话了解情况，主要是围绕我们都考察了哪些企业、目前觉得哪些企业合适、哪些企业原来打算考察后来又为什么不考察、谁推荐了什么企业等等，问得非常详细。有的情况我知道，我都跟他报告了；有些情况我不知道，我也跟他做了说明。”

“嗯。他是司长，跟您了解这些情况我觉得也是正常的吧。”辛平说，同时对李文清表示感谢。

回到楼上，辛平想起李文清的话，于是到郑一夫办公室向他报告了起草方案的主要思路，顺便就五一期间离京送岳父岳母回老家的事向他请假。

“搭建系统和平台的工作，交给谁来做？”郑一夫问。

“按规定，谁来做需要走招标程序。因为是内部系统，招标可以采用邀请招标也就是俗称的‘邀标’的方式，由我们选定三个候选企业进行竞标。目前候选企业还没有确定，因此在报告中不提具体承担任务的企业，只是把‘邀标’的方式在方案中体现一下。”

郑一夫没再问什么。“五一期间离京的事，我没意见，你再请示一下陈部长。”

辛平又去跟陈之岳报告。

“郑一夫什么意见？”陈之岳问。

“他没意见，不过他关心一个问题，就是具体搭建工作是交给哪家企业做，我跟他解释，不是指定，是招标，并且目前招标的候选企业都还没有确定。”

“我有两个问题。”陈之岳说，“一个是，方案本周能出来吗？另一个是，你离京是不是跟陶部长报告一声？”

“方案我争取周四出手，先报郑司长审改后再报您。正常情况下，周五可以正式报部领导，最晚五一后一上班可以报出。”辛平说，“干部离京，副司级只需要报您批准就行了。”

“你现在不一样了，是部务会列席人员，离京还是要让陶部长知道一下的。”

出了陈之岳办公室，辛平在楼道里站了一会儿，思考了一下，然后才进了陶部长办公室。

辛平先把起草方案的情况和进程做了汇报。

“目前看，周五可以正式报部领导。但是如果郑司长和陈部长修改得较多，那么我们加班修改调整，最晚五一节后一上班可以上报。”辛平说。

“搭建大数据平台、实现风险管理之后，能给管理上带来哪些好处？”陶部长问。

辛平简要阐述了一下。“这些好处在方案中也会重点梳理出来。”

陶部长点点头，第二个问题问得跟郑一夫一样：“谁来搭建平台？”

辛平报告了国家关于招标的要求和邀标设想。“目前，选择哪三家企业入围还没有确定，我们会加快筛选的进度，并及时向部领导请示汇报。对了，您推荐的西国科技，我跟他们的总裁孔叔滔接触了。”

“嗯。感觉怎么样？”

“从孔叔滔介绍的情况看，大数据将是他们集团十分重要的发展方向。”辛平说，十分谨慎地把握着表达的分寸，“不过目前看，他们还没有现成的业务能力，孔叔滔说他们正在收购一个……”

“不对不对。”陶部长摆摆手，“这个孔什么滔他不懂。人家这个公司早就投入人力物力财力搞大数据了，这次收购只不过是扩大规模，为公司今后上市做准备而已。”

“噢……明白了。我继续跟他们沟通，尽快拿出意见。”

陶部长又点了点头。辛平看差不多了，最后跟他请示了五一期间送岳父岳母回家的事。

“目前工作这么紧，你怎么能走呢？克服一下吧。”陶部长说。辛平不敢再说什么。

回到办公室，辛平坐着发愁。陶部长不批假，岳父岳母怎么送回去？母亲怎么接来？跟宁佳怎么说？呆坐了一会儿，肚子“咕咕”叫起来，一看时间早该吃午饭了，他赶紧下楼到食堂，简单要了点饭菜。一回头，看见何新燕也还没吃完，于是端着饭菜过去在她对面坐下。

“怎么这么晚才来？”何新燕问。

“嗨，起草‘风云项目’方案的事，忙了一上午。”

“写好了？”

“没有，这周五能完成就算不错了。哎，你怎么也这么晚？”

“刚才我老公给我送东西来，陪我说了一会儿话，就晚了。”

“真是模范丈夫啊，我就做不到。”辛平笑着说。

“他平时多数时间在国内国外跑，回到家里也没什么事，给我当当司机、当当保姆也是应该的嘛。”何新燕得意地说。

两人又说一会儿话，何新燕先上楼了。

下午，辛平把石羽生叫来，又细细说了一下方案的框架结构和要点，以免石羽生走弯路浪费时间。说完了，石羽生不走。辛平问他：“还有事？”

“您陪陶部长去向领导汇报，何司好像挺嫉妒，私底下冷嘲热讽的。”

“不管她，咱干咱的工作。”

下班时，辛平往停车场走，远远看见何新燕拎着一袋东西也在前面走着。快到一辆奥迪车边上时，司机下来迎着她，接过袋子放进后备厢。辛平心想，这就是何新燕爱人了。再一看他，高挑的个子，灰白的头发，鼻子高高的，辛平觉得有些面熟。想了半天想不出来，暗笑自己，见谁都是似曾相识。

回到家里，辛平一开始不跟宁佳说请假没批准的事，他怕宁佳不高兴。等到上床了，他小心翼翼地跟宁佳说了。果然，宁佳很生气：“说得好好的，怎么说变就变呢？你让我怎么跟我妈说？”

“领导不批，不是我不愿意去，你跟你妈解释解释吧。”

“唉，我妈是能解释清楚的吗？”

辛平提出一个方案：“要不你送他们回去，我们暑假时一家子再回去看他们，你看行吗？”

宁佳觉得可以。“可是你妈怎么办？”

“往后推一推，过一阵有谁来北京时带着她一起来吧。”

宁佳一听反而高兴了。

四

好在辛平五一没离京，否则真要耽误事儿了。

“风云项目”方案初稿，石羽生于周四上午下班前按时交给辛平，之后经过集体讨论，辛平亲自动手修改，这就花了一天时间。郑一夫又把了一道关，报到陈之岳那儿，陈之岳也改了改，辛平再调整、誊清又是大半天，然后报给陶部长。陶部长把辛平叫到办公室，耳提面命地又说了一些意见。从陶部长那儿出来，辛平干脆不动笔了，把陶部长的意见在心里头想了又想，吃透了精神。然后放假的第一天加第二天上午半天，辛平在家里埋头修改，改完又报郑一夫、陈之岳审改，最后形成正式报告，这假期也就剩半天了。

除了工作，给蔻宝做饭也成了辛平的一项重要任务，也是繁重的任务。平时见宁佳做饭好像游刃有余的样子，到了辛平手上就成了负担。一天要吃三顿饭哪，辛平做到第二天就发愁了。不过还好，他跟蔻宝商量，偶尔点点外卖行不行？蔻儿似乎十分欢迎，于是外卖帮了辛平大忙。再过两天，宁佳就成了辛平心中的星星月亮，终于在假期的最后半天把她给盼回来了。

节后上班第一天，辛平将方案正式报部领导，提交部党组会研究。在部党组会上研究“风云项目”，再次体现了这项业务工作的重要性。会上，各位部领导没有提出大的不同意见，只是在报告的结构上和文字上提了一些修改意见。辛平修改后，由办公厅按程序行文上报。

在这过程中，辛平给西国科技的孔叔滔挂了一个电话，催他抓紧报来上次说的材料。孔叔滔满口答应，可是一直拖到周三下午才告诉辛平材料已经准备好。辛平约他周四上午送来。

周四上午，孔叔滔来了，还带了一个政府事务总监。辛平一边看材料一边跟他们再做些了解。

“从材料看，你们的业务能力还不错。哪些方面是你们已经开展的？”辛平问。

“目前都还没有开展。”孔叔滔还是如此回答。辛平看了他一眼，心里有点不耐烦。虽然是新官上任，但是也不能什么情况都不了解啊，他心想。

“你们跟哪些部门有业务联系？”辛平转头问政府事务总监。

“目前就跟你们，今后业务做大了，肯定要跟更多政府部门合作的。”总监说。

“看来你也是新来的？”辛平问。

总监笑着说："是的，我跟总裁一起过来，刚十几天。"

辛平叹了一口气："你们太外行了，也太官僚了，一问三不知。"

孔叔滔和总监赔着笑脸说："确实就像您说的，我们是外行，是官僚。"

"这个材料是谁搞的？"辛平又问。

"是我们的技术团队。"

"这样吧，你叫你们技术团队的人来，我跟他们谈。"

"好的！好的！"孔叔滔连声答应。

辛平想了想，补充道："让你们的那个总经理来。他不是搞大数据的吗？"

"这个……"孔叔滔犹豫了一下，"我回去报告董事长，让总经理一定过来。"

当天晚上，孔叔滔来电话，说明天周五下午他陪着总经理来部里汇报。

周五一早，傅经纶来电话说今天下午飞来北京，让辛平接他一下。辛平赶紧告诉孔叔滔尽早来，孔叔滔满口答应。

尽早尽早，越是着急就越是事与愿违，孔叔滔他们过了下午四点才到。来的不只孔叔滔和总经理，还有一位副总裁和上次来的政府事务总监。一见面，孔叔滔就不停地道歉，说是堵车堵得一塌糊涂。辛平没时间跟他啰嗦，直接就跟总经理开门见山地聊起来。

总经理姓苏，很年轻，才三十二岁。辛平与他谈大数据的理念，发展演变过程与今后的趋势，应用的领域，系统的搭建、维护与管理，与政府管理需求的结合，等等，苏总思路都很清晰，看来水平确实很高。

“你们迄今为止为哪些方面提供大数据服务支持？”辛平问。

“目前还只是跟一些中小企业有这方面的业务合作，因为我们公司的体量太小，也没有知名度。”苏总说。

“你是说西国科技的体量太小吗？”

“不是，是我们目前的苏心科技公司。西国科技与我们的并购协议，我们还没签署。”

辛平脑袋又有点蒙了。他仔细地询问苏总关于他们的公司、他们与西国科技的关系以及这种关系的来龙去脉，苏总也很有条理地回答了这些问题。

按照苏总的说法，苏心公司成立时间也不长，刚满两年，因为团队技术水平高、理念先进，业务开展得相当顺利，有点那种从千军万马中脱颖而出的“独角兽”企业的意思。从去年以来，他们跟一个投资基金谈融资的事，但是到最后关头没谈拢，因此出现严重的资金短缺危机，这时贾同心的福林集团介入，要并购他们。虽然苏总不愿意，但是如果另找出路，前途未卜，也就同意谈判。谈了两个多月，基本达成了一致，包括收购价格、苏心公司整个团队的占股比例、西国公司的业务运营由苏总的团队负责等事项，就等双方签署协议了。

“我上次就听孔总说你们双方合作的事，为什么这么久还没有签协议？”辛平问苏总。

苏总笑了笑，看了一眼孔叔滔："我听说，他们在等一个跟政府部门的合作机会，确定了才跟我们签。今天看来，这个政府部门就是你们了。"

辛平问孔叔滔："是吗？"

孔叔滔讪笑着点点头。

"那万一他们跟我们合作不成，那你们不是没有退路了？"辛平又问苏总。

"是啊，所以不瞒您也不瞒他们说，我们也同时继续跟别人谈融资的事。"

情况很明白了，辛平不再问什么。"那就这样吧。下一步的事，我们另外再联系。"辛平对孔叔滔说。

大家起身出门。辛平让孔叔滔留一步，其他人都知趣地走向电梯间。

"你们开什么玩笑？"辛平厉声问孔叔滔，"公司刚成立，技术也没有，就是一个空壳公司，你们怎么就敢跟陶部长说有能力呢？还说已经开展几年业务了？"

孔叔滔嗫嚅了一会儿，说道："辛司……那个……我们各方面目前确实是还没有完全到位，但是……但是我们集团现在尽全力在做这件事，我们有实力，有资金，其他问题都很容易解决的……"

"你以为有钱就有能力了？就算是你们有钱能买到一切，但是现在，就是现在，你们能做什么？让我们一个国家部委等你买到能力之后再跟你们合作？"

"那……那您说怎么办？"

“你回去，跟你们老板说，让他把实话告诉陶部长！”

“行！行！”孔叔滔忙不迭地鞠了几个躬走了。辛平也没送他。

他们走后，辛平简单收拾了一下办公室，匆忙给文竹浇了浇水，然后下楼开车，向机场飞奔而去。还好，傅经纶的飞机也刚落地，辛平电话里跟他约好在出发层接他。

车到机场出发层，远远就看见傅经纶跟一群人站在一起，扯着嗓子说话。见辛平下车，傅经纶与他来了一个拥抱，带着他跟大家打了一个招呼，然后二人上车往回开。辛平问傅经纶来北京有什么急事，傅经纶大笑道：“没什么事。刚才那一群土鳖看到没有？他们来北京参加省里的招商引资会，一定要拉我来陪着，我一想反正周末没事，路费也不用自己出了，正好过来看看你。”说完又哈哈大笑。

辛平也笑道：“人家是企业家，你却说是土鳖。”

“什么狗屁企业家，除了那个陈总，就是不吭不哈的那个小个子，他是真正的大企业家，其他那些都是假的。市里说省里有指令，让这几个人穿上西装，装成企业家的样子，再装模作样地在招商会上谈判签约，显得热热闹闹的。你在上面，是不知道他们这些鬼花样的。”

辛平听了十分惊讶，以前确实没听说过。

“今天一早上网，突然发现故宫有一个展览，后天就结束了，我想明天上午去看展览，下午陪土鳖们去招商引资会上转一圈。要不明天上午你陪我去？”傅经纶依旧是大大咧咧地说。

“你一个粗人，还喜欢看这种展览？”辛平调侃道。

“你来北京那么多年，一直在进步，我也应该有点进步啊。”

说着话，就到家了。上午已经跟宁佳说了，傅经纶来了住家里。

进了家门，宁佳正好做完晚饭。因为傅经纶来，宁佳多炒了几个下酒菜，辛平开了一瓶白酒，与傅经纶对酌。蔻儿从屋里出来跟傅经纶打了个招呼，简单扒拉了几口饭，又回屋里写作业去了。

正吃喝聊着，辛平的电话响了，是孔叔滔。

“辛司，我们董事长想请您明天晚上吃个饭，您能不能赏光？”

“明晚我没空，吃饭更不要。”

“那后天行不行？我们董事长是想跟您当面详细沟通一下，我前面跟您汇报的情况不准确。”

“那……就后天吧，不吃饭，后天下午找个地方喝喝茶。”

“好好好！就在我们福林大酒店行不行？”

“太远了，找个我们中间的地方吧。”

“好的好的好的，谢谢辛司！”

放下电话，宁佳问：“怎么，后天又有事？”

“嗯，工作上的事。”

“工作上的事，还要大周末的请吃饭？”

“是啊，你这工作很好嘛！”傅经纶羡慕地说。

辛平端起酒与傅经纶碰了一下杯：“搞不好就是陷阱啊！”

傅经纶于是接着辛平的话，说了一晚上他见到的各种陷阱的故事。

第二天上午，辛平开车与傅经纶一起去故宫。从东往西经朝阳门走朝阳门内大街，周末上午这个时间段，按理来说还是比较通畅的，可是路上出了一个岔子。

辛平开车中规中矩，但是车速较快。车走在中间车道，过了朝阳门后，前方不远处路口是个红灯。这时后面一辆白色的车加速从右边上来，要超车穿插到辛平前面。因为辛平没减速——其实也是没想到那辆车会这么穿行，那车穿行不成，在右车道还差点撞上了右转的车辆。那辆车的司机显然是个“路怒族”，等绿灯亮起，他就加速超到辛平前面，几次要别辛平。辛平让了几次，想加速摆脱。那车又换到辛平左边，在过了下一个红绿灯后又猛踩油门，斜插过来，逼停了辛平的车。然后对方一开车门，下来两个壮汉，其中一个就“啪啪”狠拍辛平的车窗，嘴里骂着脏话。

辛平这边，傅经纶早就按捺不住了，车还没停稳就开门，下车后“砰”的一声把门狠狠关上，把辛平耳朵震得“呼呼”响。

辛平赶紧摇下右边车窗，大声喊：“经纶！经纶！”

傅经纶没理辛平，已经走到右前方的车头了。那两人见傅经纶下车来，也绕过辛平的车头往他这边过来。辛平着急，打开车门，一脚着地，侧露着身冲着傅经纶喊道：“经纶！别打！”

傅经纶沉声说道：“不打是不可能的了！”

那两人回头看了一眼辛平，见辛平没下车，继续往傅经纶那里去，眼见得挨得很近了。

“那就适可而止，别打残了！”辛平又喊。

那边，傅经纶指着走在前面的一个说道："看好你的鼻子！"用手虚晃了一下。那人赶紧抬手护鼻，傅经纶一侧身，右脚已经飞起来，正中他的鼻子和护着鼻子的手，不过不太狠。那人踉跄两步，绊倒在自己车边。

傅经纶又指向另一个："你也看好鼻子！"

那人边退边喊："别打！别打！"

傅经纶喝道："不打就滚！"

那人道："好！好！"地上的这一位也已经起来了，拉开车门就钻了进去，白色的门把手上印着血痕。

傅经纶回到车上，辛平呵呵笑道："大侠不减当年风采呀！你可把我吓坏了，这要让他们断胳膊断腿的，我俩都完蛋了！"

"你说了适可而止，我当然要掌握分寸了。"傅经纶说，"这两个鸟人那么猖狂，不教训一下是不行的。"

"那是你牛啊，我可不敢，能忍就忍。"

"你身份在这儿，当然不能跟人打架了。"

"不光是身份的问题，最主要的是我也打不过人家啊！"

傅经纶听了哈哈大笑："说的是实话。不过这种情况下，实力重要，心理也很重要。你看，你是领导，总怕惹事，因此心理上就处在了下风。可是你想，他们又不知道你是谁，这个下风你完全可以摆脱掉。"

"嗯……有道理！"

"还有，我一个人敢打他们两个，信心也很重要，这是第二。第三，我说打他鼻子，然后真打到了，这对他们的心理也是巨大的冲击。"

“你打了第一个鼻子，第二个全力护住鼻子，你也打不到啊。”

“肯定还能打得到的。我先打他其他部位，他一定要腾出手来护住，这样鼻子不就露出破绽了吗？”

“那你说话不算数，说打鼻子怎么先打别的地方呢？”

傅经纶又大笑起来：“你在北京待久了，思维就是机械。我说打鼻子，没说一定要第一下就打那儿啊！”

辛平也笑了：“看来我是呆子。不过，我俩的思路、风格是不一样。你是先打，再收拾局面，而我则是要尽量避免出现需要收拾局面的情况。有些局面，等到要收拾了就来不及了。”

到了故宫，二人按指示路牌找到了展览的大殿，远远地就看见人山人海，排着长队。这长队不是一排，是三排。没办法，找了一个看似人少点的队排着。

排了个把小时的队，展览却只花了不到半个小时就看完了，顺道拐出展厅时，看见大殿另一边还有一个展览，两个展览之间是隔开的。

晚上，辛平带着傅经纶参加“四个二”的晚饭和牌局。辛平把傅经纶上午的“壮举”说了，大家惊叹了好一会儿。考虑到明天一早傅经纶要飞回去，玩了一会儿牌局就结束了。

第二天一早，辛平送傅经纶去机场，回来后靠在沙发上又眯了一小觉，再醒来时已经将近十一点了。他跟蔻儿说说话，吃完午饭又跟宁佳喝了一会儿茶，看看时间差不多了，出发赴约。跟孔叔滔约的是三点钟。

到了茶楼，孔叔滔和三四个人已经等候在门外了。接上辛平，孔叔滔一边往里走一边用电话跟那边报告："董事长，辛司长已经到了。"

上楼出电梯，就见贾同心候在电梯外，见到辛平，笑容满面地握了握手，一起走进茶室坐下。辛平看了看，没见到泡茶的服务员，孔叔滔往泡茶位上一坐，贾同心拉着辛平在对面主位上坐下，其他几人一起在边上陪着。

"喝这个。"贾同心指着一个小泡袋茶，对孔叔滔说道。又转过头跟辛平说话："辛司长喝过这个茶吗？"

辛平拿过来看了看："没喝过。我喝的茶不多，平时只喝我学生送的，他送什么茶我就喝什么茶。"

"这款茶，标价十八万，外面没有卖的。它是用武夷山正岩区域正宗的奇丹茶做的，有浓郁的桂花香。正宗奇丹的量本来就很少，制作工艺要求很高，因此市面上极少见，能见到的多数都不是正宗的。"贾同心说话带着辛平十分熟悉的家乡口音，但是说得不紧不慢，显出自信，也不乏尊重。

辛平端起杯呷了一口："嗯，确实香，入口润滑，回甘明显。"

贾同心也抿了一口，专注地品着，许久才说道："辛司长是喝茶高手啊。"

说了一会儿茶，贾同心转入主题。

"辛司长，不瞒你说，我们公司的大数据业务确实是还没有开展，但是我们的决心是很大的。这个决心一方面是出于我们公司长远发展的战略考虑，另一方面也是一些领导和专家给我们的建议，他们对我们公司参与高科技领域发展、为国家做出贡献，是有期待的。”贾同心出口不凡，就这么几句话，说的是公司的发展方向，却隐含了更多的元素，还有政治高度，语句用词也十分主流，这不是一般商人能做到的。

“贾总，我也跟您说实在话。陶部长交代给我的任务，是用你们的优势来服务我们的需求。按我对陶部长指示的理解，就是你们已经具备了优势。但是，到目前为止，你们的能力还没有影子。您想想，即便不评估你们的能力，如果我们现在就决定跟你们合作，你们拿什么来合作呢？”

“你说得有道理。我们公司正在抓紧组建团队，已经谈好了一个很有实力的合作伙伴，就是前天孔叔滔带去见你的小苏和他的团队。他们的实力，我们也是请很有水平的专家做了评估的，专家们对他们非常认可。他们一过来，我们马上就可以开展业务。”

辛平点了点头。贾同心这几句话不会是虚的。“小苏的能力应该是不错。这样吧贾总，我们等你们一段时间，等你们并购完成。这期间，我们先跟小苏他们接触一下，做个非正式考察，了解一下他们的具体能力、经验和业绩，也算是对并购之后的你们做的先期考察。你看行不行？”辛平这个建议是真心替贾同心着想。

“这样太好了。那就感谢你了！”

“先不说感谢。还有句话我要先说在前面：如果你们并购成功，并且入围招标范围，我也不敢保证你们在评估中就一定能中标，如果只选一家中标的话。当然，最终是一家还是几家单位中标，现在还没有考虑。”

“我理解。不过，我相信我们的能力。”贾同心仍然是不紧不慢地说。

又说了一会儿，辛平起身告辞。

贾同心说：“希望今后辛司长赏个脸，一起吃个饭。”

“感谢贾总盛情，我们一起把事情办好，比让我吃饭更盛情。”辛平说。

“呵呵，有道理。”贾同心笑笑，对孔叔滔说道，“这个茶给辛司长带两份回去。”

辛平推辞不要，贾同心坚持让孔叔滔给辛平。最后辛平拿起零散的两个小泡袋：“就拿两泡，回去跟我爱人一起尝尝，多了就不稀罕了。贾总，你看行吗？”他笑眯眯地看着贾同心的眼睛。

“那好吧，就听辛司长的。”

第五章

一

陈之岳把辛平叫到他的办公室。

“今天接到通知，我们部上报的‘风云项目’方案领导已经签批同意了。陶部长让我告诉你，要拿出落实这个方案的具体实施办法，加快工作进度。”陈之岳说。

辛平感觉，一口气没喘完又来一口气。

“实施办法我们已经研究得差不多了。实施办法一出来，接着的事是确定合作企业。关于合作企业，目前遇到了一个难题。”

“什么难题？”

辛平把西国科技的问题说了一下。

“这件事我是不会插手的。你说他们两家合并后水平不低，那就尽量促成，等一周两周没关系。”陈之岳说，“至于实施办法，其中的一些关键环节，你最好要先请示一下陶部长，跟他要个基本原则，免得设计半天却不符合他的要求。”

“好的，我梳理几个关键问题，做个准备。”

辛平回去，把这几天的工作做了分工。辛平自己在家带着石羽生起草实施办法，对苏心公司及其团队的考察是让李文清带着胡维富等人去。辛平这么安排有些私下的考虑：目前看，苏总他们与西国的合并应该不会有问题，以自己初步对苏总的印象，合并后的西国科技水平不低，又有贾同心的经济实力做后盾，因此西国科技作为招标备选企业是顺理成章的。既然如此，让李文清去考察苏心公司，见识一下西国科技将来的能力，再由他提出赞同西国科技的意见，就比辛平一个人力挺西国科技来得好。这样的结果，既完成了陶部长交代的任务，又能给“风云项目”找到一个有能力、有实力的承担者或是参与者，两全其美。

晚上又是饭局，是老鲁安排的。老鲁的一位老领导唐大姐，提了副部长，老鲁说给她庆贺一下。“四个二”都来了，但是因为还有其他人，他们相互之间没太打闹。

向忠华坐在辛平边上，辛平就问起傅经纶一起吃饭的那一次聚会上，他说的工作交流的事。

“你那天说，要到天津局去工作，是当一把手？”辛平问向忠华。

“不是，是平调，任副局长主持工作。”向忠华说。

“啊？我以为是提拔了，还想张罗给你庆贺一下。如果只是去当个一般的副局长，那也还正常。可是让你平调去一个新地方主持工作而不是提拔当局长，这个安排有点古怪。如果认为你能力不够，那就应该安排一个能力更强的去当局长；如果用副局长主持工作，那在天津就地任命一个副局长主持工作不就行了吗。”

“这里面有点复杂。原来的局长是让二把手庞副局长挤走了，但又不是简单的互相排挤的问题。他们两个人互相举报对方有廉政问题，部里也派人去查了，最终的结果是把局长调回部里，到一个事业单位当一把手。空出来的局长位置，也没给这个庞副局长，就让我去当个不是一也不是二的掌柜。”

“看来都有些问题。那你这一去，工作可不好干。”

“呵呵，还有更不好干的。我这次去另有任务。”

“大姐在做重要指示，你俩怎么还开小会呢?”老鲁在那边冲他俩说道。

“我们聊他去天津的事呢。”辛平说。

“去天津工作?”唐大姐问，然后似乎想起来向忠华是哪个单位的了。“你们张部长跟我很熟，要不要我跟他说一声关照关照你?”

“不用不用，大姐。我们部和天津局的情况有点复杂，我先去了解一下情况，等需要时再跟您报告。”

吃完饭，把唐大姐和其他客人送走，“四个二”照例玩一会儿牌。

“忠华这一去天津，咱们‘四个二’就凑不齐了。”老鲁叹口气道。

“天津这么近，我也会时不时地回来嘛。”向忠华说。

“我有一个哥们，棋牌水平都高，可惜到国外工作去了。”辛平说着，突然想起，穆子强的儿子上小学的事不知道怎么样了。

“你这不是废话吗!”王致理冲辛平说。

"对了，刚才大姐说跟你们张部长很熟，你为什么不让她跟他说一声呢？"老鲁问向忠华。

"张部长就是我们部分管天津局的副部长。天津局原来的局长是让二把手副局长挤走的，而张部长就是这个二把手的后台。"

"那让大姐跟张部长打个招呼，让他摁住天津那个二把手，别跟你捣乱，不是挺好的吗？"

"不是这么简单。据我所知，即使大姐打了招呼，张部长也不一定会帮着我摁住那个二把手。"

"那个二把手那么横啊，张部长都管不住？"王致理觉得很奇怪。

"张部长虽然是个副部长，在部里风格也是很硬朗的，他原来给领导当过秘书，他要管谁，谁都怕。他不是管不住，是不想管。不说这些了，等以后慢慢再聊，现在天津什么情况我也不是太清楚。"

"那你在天津可得小心了。"老鲁说。大家也都替向忠华担心。

"没事。我也学辛平那种'二'劲儿就是了。"向忠华笑着安慰大家。

打完牌回到家，已经快十一点了，宁佳还没睡，正靠在床上发呆。

"发什么呆呢？"辛平问。

"你昨天说你妈周末要来，一想起她的样子心里就发怵。"

"你看你，这十几年都这么过来了，有什么好怕的？原来怎么样现在还怎么样呗。"

"你说得容易！这十几年，不都是担惊受怕地过来的！"宁佳情绪又上来了。

“有我在呢有我在呢！你把该做的做好，其他的交给我。”辛平安慰她。

“你在管什么用？你不在的时候她使性子，你能管得上吗？”

“那你说怎么办？不让她来？这是不可能的。我们现在考虑的，是她来了之后怎么样让家庭尽量少一点矛盾。”

宁佳没答话，开始啜泣起来。辛平则在一边无语地发愁。

在中国的家庭中，婆媳关系是核心问题之一。在辛平看来，婆媳相处好的家庭是少数，凑合着过的是多数，主要原因就是缺乏真心。平时双方的矛盾，简单的一件两件事情背后，可能都有很深的心机，却又难以简单地说谁对谁错。世界上两个关系最密切的女人，如果让她们成为婆媳，也许就马上变成了彼此的冤家；世界上最好的妈妈和最好的妻子，相互之间未必就会是最好的一对婆媳。

平心而论，宁佳确实不容易。自己妈妈的性格、脾气，辛平心里一清二楚。他打起精神逗宁佳开心。

“别哭了别哭了，我相信你的勇气和智慧。你文淑娴雅、秀外慧中、胸襟宽广、心地善良，连我这样有定力的人都被你感化、被你迷倒了，你婆婆更不在话下。”辛平嬉皮笑脸地说。

宁佳没理他，不过把头侧过来，在辛平的肩膀上靠了一会儿。

“不说了，说一些高兴事吧。我爸的腰基本好了，就是走远了还有些酸疼，估计再过几天就能好彻底了。”宁佳说。

辛平听了也高兴：“我们这周末去看一下展哥吧，再表达一下谢意。”

“子强儿子上学的事，柳姐说她一个朋友是区教委的，我请她帮助约一下，一起叫上小云，让那个朋友指点指点。”

“太好了！我今晚吃饭的时候还想着这件事呢，咱俩真是心有灵犀呀！”

“就这种事，需要什么灵犀吗？我需要灵犀的时候，你那儿就是一个水牛角。”宁佳又开始怨艾起来。

“什么呀……对了，柳姐现在跟你们也靠得很近了嘛！”辛平再把话题掰回来。

“嗯。她现在被玫瑰们开除了，不让她陪她们玩儿了。她倒是挺高兴的，说整天听她们那些家长里短、这不是那不是的话，感觉无聊死了，现在就像是被解放了。”

“所以，相信自己能改变很多东西的。”辛平说。还能改变什么，话里有话，宁佳明白的。

二

李文清他们考察苏总的团队，结果不出辛平所料，都一致认为很强，尤其在创新能力方面，甚至比最早考察的上海合成科技和成都大兴数据都强。当然，这个团队也有不足，主要是缺乏大规模的应用经验，且融资能力有限，发展的后劲有些让人担心。在这个领域，要是不能做大做强，就会被淘汰，那种能够维持着不大不小的状态、幸福快乐地过个小富即安生活的可能性是比较小的。如此看来，苏心公司跟西国科技的组合还真是绝配，辛平心想。

关于西国科技方面的事，目前就等着他们并购成功再推进招标事宜了，但是整个“风云项目”实施办法的制定和推进却不能等。不论最终进入招标程序并且最终确定中标的是西国科技还是其他公司，这只是解决了“谁干”的问题，而另外还有一个“怎么干”的问题。

辛平想起陈之岳提醒的话，决定先向陶部长请示几个原则的事，包括等待西国科技合并的事也一并说说。尤其是西国科技的事，跟陶部长怎么说，又是个技巧。西国科技需要并购苏总的团队，这是一个事实；并购后西国科技的水平相当高，这也是事实。第一个事实对西国科技很重要，第二个事实对辛平很重要。这两个事实都要报告给陶部长知晓。鉴于陶部长说过的那些不太了解西国科技情况的话，在汇报过程中是没有必要去刻意更正的，否则既可能让领导丢面子，也可能因为这类非原则的小问题而节外生枝。

但是见到陶部长后，辛平刚开口没多久就挨批评。是关于“怎么干”的问题。

按照辛平他们团队的设想，大数据平台的搭建是以企业为主，要多利用专业技术公司的资源和其他社会公共资源。也就是说，让企业去花大钱搭建平台，按照我们的要求实现相关的功能。我们与他们的关系，就是提出特定需要，然后支付使用费的关系。这种考虑，一方面是为了节省经费，毕竟使用别人的平台与自己搭建完全独立的系统花费不同；

另一方面，自己搭建平台，管理团队庞大、管理成本高且不说，只干自己的活而不能与外部的科技发展和知识理念同步，团队的整体技术水平过一段时间必然要下降，水平下降之后的重新提升或者推倒重来，又是一个巨大的工程，同时也是巨大的浪费。

“这就好比平时交通出行，打出租永远比自己买车、养车划算，我们对企业要求的，就像是对出租车的性能、档次、车况、卫生、司机服务态度等方面的要求。”关于第一个问题，辛平这么比喻。

陶部长听了很不高兴。

“我们堂堂国家机关，做事这么小气怎么行？你算的是金钱账，我算的是政治账！企业有技术，但是要为我所用，我们要掌握话语权。同时，其中还关系到内部管理的数据、程序和相关政策要求，这些东西怎么能放在企业那里呢？”

“数据的保存与使用，确实有涉密问题，这些是可以让企业为我们单独设计封闭的系统。”辛平解释说。

“数据能与系统分开吗？分不开的！”

辛平不好继续分辩。“从成本上讲，差别太大了。”他换了一个角度。

“有多大差别，你说说。”

“如果使用企业搭建的系统，我们基本上支付的是使用费。我们估算了一下，每年也就小几千万的费用。如果是我们搭建独立的系统，光建设费用就要好几亿，这笔钱是给别人挣了；搭建完成之后每年的维护、升级仍然离不开企业，每年还是需要付出一大笔钱的。”

“这些都是小钱。该花的花，该让企业挣的让企业挣。我们要的是效益：管理效益、社会效益、政治效益，最后产生的是更大的经济效益！”陶部长敲着桌子说。

“好的好的，我们重新设计一下。”辛平不敢再说了。

还有两件事，辛平必须硬着头皮说下去。“关于企业招标的事，我们想不一定限定一个企业参与，两个或者三个企业各自发挥它们的优势共同参与，您觉得行不行？”

“不要那么多。最好只用一家，这样便于管理，避免扯皮。这种技术也不是说你有你的、我有我的，都是公开的，就看谁能理解我们的需求，并且能够很好地实现我们的需求。”

就剩最后一件事了，辛平这时感觉嘴里发干，说起话来也有些磕巴：“还有就是，那个……西国科技那边，我跟贾总……是贾总约我见面谈了一次，他说他们跟另一家团队的并购，对西国科技很有意义，这个合并马上就要完成，因此他希望我们稍等。并购完成之后，他们的能力就突飞猛进了。我和李文清分别对要并购的那个团队考察了一下，感觉水平很高。”

“嗯，很好！”陶部长听了没有不高兴，语气也明显缓和了。

“那我们就边制定实施办法，边等他们？”辛平看着陶部长问。

陶部长点点头。

出门来，辛平发现自己衣服都湿透了，因此感觉有点冷。回到办公室坐了一会儿，感觉身上暖和了些。他给李文清挂了个电话，请他下午过来商量一下。

中午辛平稍微眯了一觉，但是没睡得太好，感觉半睡不睡的，醒来后反而觉得更困。看看还有十几分钟，干脆不睡了。打开房门一看，李文清在门外等着，辛平赶紧请他进来。

“抱歉抱歉！不知道您这么早来，您敲门或者给我挂电话呀！实在不好意思！”辛平边说边给李文清倒水。

“没事儿，辛司。我怕堵车，出门早了点，没想到今天一路顺畅。”李文清坐下说，“听您上午电话里的口气，遇到什么难题了吗？”

“唉，是啊。大难题！”

辛平先把陶部长关于在部里自建系统平台的意见跟李文清说了。

“陶部长是不是以为一定要自己干才叫作搭建平台，让别人按照我们的要求组建一个平台就不叫搭建？”李文清问。

“我想不是的，他认为要把东西放在自己的兜里才放心。”

“可是这样太浪费了，也不符合当今科技应用的规律啊。这么做，不光前期要花大笔的钱，后期和日常的维护、运营，仍然还要花钱。”

“我也是这么跟他说的，可是他批评我不会算政治账。”辛平又“唉”了一声。

“可是这冤枉钱可就花大了。重新构建一整套的硬件、软件系统，要花多少钱？少则三亿五亿，多则十亿八亿。虽然所有硬件都是公开采购，各种软件和应用系统也是承建的企业公开报价，但是其中看不见的利益是巨大的。把这笔钱给企业去挣，形成的结果却不是最理想的，您说值不值得呢？所以，谁接这活儿，谁就赚大了。”

辛平沉默了，前面的意思他也跟陶部长说过，后面一层意思他没想到，想到也不敢说。

“您觉得西国科技并购苏心公司之后，他们的水平跟上海和成都的两家比，会更强吗？”他问李文清。

“西国科技这一方的情况我不了解。如果仅从苏总他们的能力看，创新能力肯定是强的，但综合实力也肯定不如那两家。只能说三家各有秋色吧。”

辛平想起来，李文清并没有接触过贾同心、孔叔滔这一方。他犹豫了一下，觉得还是应该把情况告诉李文清。

“西国科技是陶部长介绍的。”辛平说。

李文清看着他，长长地“噢——”了一声。

辛平把与孔叔滔和贾同心的几次来往都说了。“感觉陶部长对他们了解并不深，他们跟陶部长介绍情况时没说实情，误导了陶部长，以为他们现在的实力就很强。”

“那您跟陶部长说过他们的情况吗？”

“说过，不过陶部长还是相信他们。”

“看来这才是让您最为难的事了。”

“是啊。”辛平愁容满面，“我想着，如果西国科技并购苏总他们之后实力明显比别人强，那么让他们参与就顺理成章了。可是目前看，他们确实算不上是最突出的。”

“不过，这种事没有绝对的，不是说谁就一定比谁强，也不是说能干事的就一定是最强的。强，只是强在某些方面，而这些方面也许正好是我们需要的。因此，如果让西国科技干，倒也不是说站不住脚，应该说是能够让人信服的。”可以感觉李文清是在帮辛平解套，但是他说的也在理。

“唉——这不符合我的本意。”辛平还是叹气。

“如果是对工作没有什么坏处，也不违背您的本意啊。”

辛平呆呆地看着李文清，把李文清看笑了。

“辛司，没那么复杂。咱们把握住几条基本原则就行了。第一，程序合法；第二，水平不差；第三，不是你我介绍的关系。您也不能太理想化了。”

“确实，您说得很对！我考虑得太理想化，深陷其中就糊涂了。”辛平也笑了，“这事就您和我知道，跟别人就不说了。”

“这个我明白，您放心。”

送走李文清，辛平给石羽生挂了个电话，让他过来。不一会儿石羽生和涂雪繁一起过来。涂雪繁是请示支部学习安排的事，说了一小会儿话就走了。

“你跟中科院朱研究员联系一下，看他哪天方便，我们这两天再去拜访他，请教一些事情。”辛平对石羽生说道。

“好的。到时我们这边都谁去，我先提前通知一下？”

“你、我、胡维富，加上李所长。”辛平说着，突然想起最近胡维富好像来得少了，就是有事时辛平找他来或者他来找辛平，说完事就走。

石羽生落实去了。

辛平又坐着发呆。他心里隐隐有些不安，不安来自哪里一时又说不清。是实施办法怎么摆布？是部里自建平台与企业平台的矛盾？是西国科技并购苏心公司？是陶部长的态度？是贾同心的用心？或者是自己过虑？甚或是郑一夫、胡维富哪方面的因素？似乎都不是，又似乎都是。

关于西国科技怎么参与的问题，李文清说得有道理。没有绝对的强，也没有绝对的弱，只要某些方面有一定优势，都是可以接受的。这样的话，这倒不是最难的问题了。那么最难的是什么？

看来是部里自建平台的问题。自建还是企业的他建，这是一个重大决策。如果完全自建，那么除了国家经费的巨大投入，还要另行组建一个庞大的运行管理团队。这个团队放在哪里？不可能单独再设一个部门，因为一开始就没有这个考虑，给领导的方案中也没有这个设计。那么或者放在研究一所，或者放在部科技信息中心。这样，在实施办法中就需要通盘考虑这些问题。这可真是挠头啊。

先下班再说吧，辛平心想。他得去接宁佳，今天晚上要帮小云张罗孩子上学的事。

三

“今天可把我累死了！”一上车，宁佳就喊累。

原来，市里检查组要来检查工作，处里既要写书面报告，又要整理一批原始的档案材料提供给检查组，后天就要全部完成并且先报给局领导审阅，因此急急忙忙的。可是在这个节骨眼上，处里还组织全体党员看电影，说是支部活动。党员里只有小青没去，因为她负责撰写报告，也是忙得晕晕乎乎的。宁佳不是党员，带着两个临时工，还有另外两个科也不是党员的同事，在加班加点地干活。

“几个非党员在干活，一批党员去看电影，你们这个支部太不像话了！”辛平气愤地说。

“可不是吗？这个月已经看三回了！”

“什么重要电影，一个月看三回，连紧急工作都不顾了？”

“第一次看，是红色题材的，还可以说是支部活动。后面两次包括今天下午的都是热播的大片，跟支部学习一毛钱关系都没有。就是红玫瑰喜欢看电影，又不愿意占用自己的业余时间去，于是就找这么个借口，组织大家陪她去看。”

“那你们处长呢？他也是影迷？”

“他倒不是，估计是不想跟红玫瑰拧着来吧。”

辛平哑然失笑：“真他妈的狗屁不通！”

到了吃饭的地方，其他人都没到。宁佳叫来服务员点菜。一会儿小云来了，辛平陪着说话。辛平问起穆子强的情况，小云说子强让他们同事转来消息了，在那边已经落脚，刚开展工作，因此很忙。

宁佳刚点完菜，柳姐到了，宁佳把她跟小云相互介绍了一下，辛平以前见过柳姐。

“电影好看吗？”宁佳问柳姐。

“嗨，就那样，我本来就不想看。黄玫瑰、蓝玫瑰还有容嬷嬷在电影院门口逛一圈后就回家了，我也想走，可是不好意思，加上今晚咱们还要一起吃饭，就进去看去了。”

闲聊间，柳姐的朋友宋姐也到了。大家于是落座。

宋姐是区教委资深的科长，对区内各个学校都很了解。小云家孩子的事，她很利索地指点了几句。

“其实很简单，一是过好考试、面试关，二是把在幼儿园里的一些突出成绩拿出来，三就是打招呼了，这事儿我来办。”宋姐说。然后又把考试面试的一些注意事项说了说。小云和辛平夫妻俩听了都很高兴。

“不过，打招呼的效果很难说，这一点你们心里要有数。”宋姐没等他们高兴完，又说了这句话，让大家心里有些忐忑。“二小你们也是知道的，几乎可以说全北京的家长都希望自己的孩子能进这个学校，因此他们的杜校长是很牛的，一般人求不动，据说有些部级领导家的孩子想上二小都上不成，但是有时很普通家庭的孩子就进去了。杜校长我也很熟，一个老大姐。你别看平时跟她关系好，到关键时刻她要是翻脸不认人，谁都没办法。所以说我跟她打招呼没问题，效果就只能听天由命了。”

宋姐说得很诚恳，辛平听了觉得很在理。他对小云说道：“二小是个好学校，能进二小最好。但是如果进不去，去其他学校应该也不会差到哪儿去。”

“是，北京的学校都不会差到哪儿去，你们家附近的学校都挺好的。”宋姐说。

宁佳也拿蔻儿为例子：“我们家蔻儿的幼儿园、小学都是就近上的，只有初中是她自己考上的二中。辛平说的一个观点我很赞同，他说孩子学习好不好，是三个方面因素决定的，一是学校，二是家长，三是学生。在学校是严格规范最重要，家里呢家长要敢于管孩子、善于管孩子，学生呢就是养成各种学习的好习惯，比如说上课认真听讲，当天的功课一定要在课上听懂了；不要边看电视边写作业；自己收拾书包……”

“你说得太对了！”柳姐插话道，“你看黄玫瑰的儿子，也都初二了，到现在还要他妈妈收拾书包，黄玫瑰自己还挺乐意。”

“黄玫瑰？好美的名字！”宋姐说。

“什么呀，是外号，长得是还不错，就是浑身是刺，老伤害别人。”柳姐撇撇嘴说道。

小云听人家这么说，也频频点头。“你们说得很有道理。我们就按照宋姐指点的，做好准备，能进二小最好，不能进也是‘一颗红心、两种准备’。”

“好。校长那边您放心，我会跟她打招呼的。”宋姐说，“刚才辛司长他俩说的对孩子的教育观念，我很赞同。不要迷信学校，包括大学。我跟你们举一个例子。我女儿去年上的大学，当时报志愿时也是千挑万选的，上了这么一个在北京也算是排名靠前的名牌大学了。”

辛平几个一问，宋姐女儿上的真是好大学。

“你们不要被名声骗了。我们孩子上了大学以后才发现，学校的管理、教学水平根本不是外表看的那样。首先一点，校区都快到昌平那儿了，偏远且不说，管理差得不得了，日常能看见的管理人员几乎就是宿管阿姨、保洁阿姨、保安大叔。前一阵还有一个学生被人捅了好几刀，差一点死了。”

“噢，对，我想起来了，听说过这件事。”宁佳说，柳姐也点点头。

“更糟糕的是，很多老师都没有责任心。平时上课，老师都是从城里的学校本部坐班车去他们校区，下了车就上课，下了课就上车回家，学生跟老师没有太多交流。你说一个大学，最重要的是校风的传承，可是他们那儿有什么校风？怎么传承？”

“那还不如小学中学了，小学中学还可以说老师都是谆谆教诲呢。”宁佳说。

“可不是吗？”宋姐越说越来气，“我们家闺女读了一年，感觉很多学生心思就是放在毕业后怎么样好找工作、怎么样能挣大钱上。他们学校也号称是最好找工作的学校，很多学生也很自豪，说他们学校毕业的很多校友都是在金融界挣大钱、在政界管大钱的。上了这个学校，我们家闺女后悔死了！”

“那说明您家教好，孩子没有那种太功利的心思。”辛平说。

“家教好不好我不敢说，但是我们教育孩子确实不能太功利了。”宋姐说，“如今这个社会，大家心态都变了，永远没有满足的时候。挣一百块钱不满意，等挣了一千块钱时还不满意，什么时候都觉得自己穷、自己苦。我就跟我女儿说，这个时代饿不死人，但是却是会撑死人的。”

宁佳很有同感：“您说得太好了！我们也是这么教育孩子的。我们以为我们家就是一个奇葩，看来你们家也是奇葩呀！”

大家听了都笑。柳姐说：“我们都是奇葩！”

吃完饭，送宋姐和柳姐走后，辛平夫妻俩跟小云又说了几句话，然后分手。

回家路上，宁佳笑着说：“你看我们帮这家孩子上学帮那家孩子找工作，可是我们自己家蔻儿上学都是顺其自然的。”

“是啊。”辛平说，“不同的家长意识不同、能耐不同。我们的能耐就是在日常的生活中进行教育，让孩子耳濡目染，这就是对蔻宝最大的帮助。”

说话间，易斌打来电话。“辛司，想请您帮个忙，不知道是否合适。”

“能为易总效劳，十分荣幸。”辛平说。他知道易斌求他办的事不会离谱的。

“我们公司跟几所著名的大学联合举办几期高级进修班，给公司中层以上管理人员补充点正常渠道之外的知识。这一期我想请您来给我们讲一课，不知道合适不合适？”

“请我讲课？你们那么成功的企业，我能给你们讲什么？我向你们学习还来不及呢！”

“您从政府部门的角度谈谈如何看待行业的发展，以及国家有关政策，这是最权威的了。”

辛平沉吟了一下。"内容倒是可以，我得跟领导请示一下。不过给公司讲课，我估计领导不一定会批准。"

"出面邀请的是学校，不是我们。除了您，我们还请了另外两个部委的司局长，他们领导都批准了。"

"这样应该可行。"辛平说。

回到家里，刚一进门，听见蔻儿大喊："爸爸！妈妈！"

"我今晚把妈妈留的饭菜热了，自己还做了一个西红柿蛋汤，挺好吃的！"蔻儿很自豪地说。

"嗯，很棒！"宁佳夸道。

"是很棒，像本爸！"辛平摸了摸蔻儿的头说。

四

上午上班后，石羽生过来说跟朱研究员约了今天下午去他那儿。辛平向石羽生交代了几句关于实施方案的事。想起下周有支部活动，跟郑一夫商量的是去参观展览，辛平于是让石羽生回去叫涂雪繁过来，要跟她布置一下。辛平忙了好一会儿，涂雪繁还没过来，就打电话问石羽生，石羽生说办公室没见着，打手机发现手机在办公室搁着。到了快十一点了，辛平急了，让石羽生到各个办公室挨个找去。

一会儿石羽生回话，在何新燕的办公室找着了。敢情涂雪繁在何新燕那儿聊了一上午的天。又过一会儿，涂雪繁过来，问辛平有什么吩咐。

辛平把下周的安排说了，让她考虑购票、交通等事宜。涂雪繁有些为难，辛平又一个环节、一个环节地教她怎么做，涂雪繁勉强接受了。

下午去朱研究员那儿，辛平没带太多人去，就李文清和石羽生，没带胡维富。这次请教，主要是关于平台自建与他建的问题。不出辛平所料，朱研究员强烈反对自建的建议，他反对的理由与辛平和李文清的一样，一是浪费资金，二是久而久之自己的技术水平必然要落后。

朱研究员是科技方面的专家，对于陶部长从政府部门角度的考虑，朱研究员完全不理解，而辛平却是理解的，这是辛平与朱研究员观念上的一点小差异。

回来的路上，辛平就跟李文清商量，是不是可以把从数据分析开始的后面的那一部分系统放在部里自建，平台中比较费时、费力、费钱的初始数据的获取、清洗、筛选建在企业那里，这样既照顾到陶部长的关切，也能部分解决全部自建的弊端。李文清和石羽生都认为可行。

回到部里已经四点多了。辛平赶紧到陈之岳那儿，先把自建和他建问题的由来汇报了一下，又报告了与李文清商量的意见。陈之岳听了后，还是建议辛平去跟陶部长报告一下。

辛平这回多了一个脑子，跟陈之岳商量："我这么去，怕陶部长又给打回来。您要是觉得这个建议合理，想请您去跟陶部长说一下。"

"我这么去说合适吗？你把难题推到我这里来？"陈之岳不愿意。

"我想这样：您先请郑司长来，咱们一起商量，达成共识后，您带着我们两人去陶部长那儿汇报，我先说，然后您再谈您的看法。"

“你这是给我下套，也是纠合我们三个人向陶部长逼宫啊。”陈之岳一眼就看穿了辛平的诡计。

“关键时候只能请您撑腰，您要是不出面，这活儿就没法干了。”辛平这话有点要挟的味道。

陈之岳想了想，拿起电话，叫郑一夫过来。

郑一夫来了后，辛平把情况又说了一遍。对这件事，郑一夫无可无不可，陈之岳于是给陶部长挂了一个电话，然后带着二人一起去了陶部长办公室。

陈之岳先把近期辛平团队工作情况以及他们三人几次研究工作的事做了汇报，然后说了下一步工作的几个安排，最后才说到自建与他建的事。“辛平你把你们请教、商量的情况跟陶部长报告一下。”

辛平把朱研究员的建议及其优劣以及他跟李文清商量的建议汇报了一下。

“你们就是书生气，眼界不够。那个朱研究员是技术专家，不是管理专家，更不是政治家。你们什么都听他的，那要你们干什么呢？”陶部长很生气。“你们是什么意见？”他问陈之岳和郑一夫。

“我……”郑一夫刚开口，就被陈之岳打断了。

“我们三人刚才研究了一下，就像你指出的，辛平他们考虑问题是缺乏些高度。”陈之岳先接着陶部长的话批评了一下辛平，“不过从另一个角度看，把平台第一阶段的数据整理工作甩出去给企业，也有一个好处，就是分担责任和风险，因为这个阶段的工作比较复杂，如果数据不完全、不及时、不干净，直接影响后面的分析和管理。放在企业那儿，遇到问题他们有责任同时也能高效地调动更多资源去解决和完善，而我们政府部门的反应可能就要迟钝很多，我们的资源也有限。”

“那好吧，既然你们三个人都是这个意见，就照你们说的办吧。”陶部长“哼哼”了一下说。

郑一夫和辛平二人坐电梯下楼，郑一夫说：“你跟我来一下。”

进了郑一夫办公室，郑一夫把脸一放：“你这是什么意思？我都没听明白，就成了我们三个人的意见？”

“这个……刚才是陈部长说的……”辛平只能拿陈之岳当挡箭牌。

“陈部长说的，陈部长的意思不就是你的意思吗？”

“也不是……我跟陈部长汇报了一下朱研究员的意见，他就说请您一起来商量。”辛平死揪住陈之岳，不惜撒个小谎。

“朱研究员是谁？他就是全中国最权威的专家了吗，句句是真理？他的话，跟你们的想法一致你们就拿来当借口，跟你们的想法不一致你们不是就不用吗？你不要以为陶部长是傻瓜，他一眼就看穿了，只是给你们面子，不说罢了，还把我也捎带进去了！”

辛平不吭声了。郑一夫显然不光是冲着他的。

“说是你们已经选定了几家企业？”郑一夫问。

“也没选定，是初步筛选，准备让它们入围招标。相关情况我们正准备形成报告报您和陈部长。”

“等你们形成报告，那就已经铁板钉钉了！你把你们考察的所有企业的情况，你们是怎么考察的，考察的方式是什么，你们是什么意见，都有什么依据，最后筛选了哪几家，详详细细报给我看一下！”

回到办公室，辛平坐在那儿生闷气。郑一夫平时不苟言笑是正常的，时不时发些脾气也是正常的，今天的脾气太大了，而且都是话里有话。今天他确实算是被“裹挟”着一起支持大数据平台部分自建的意见，他心中极度不高兴也是可以理解的。但是像刚才这样要细细质疑辛平他们整个团队前面做过的所有工作，是前所未有的，明显是一种不信任。怎么能这样呢？是一时的情绪发作？

辛平给胡维富挂电话，没有接。一看时间，快下班了，估计他又是早退。辛平又挂他的手机，没接。过了一会儿，胡维富挂过来了。

“辛司，您找我？”

“你今晚先想想，明天整理个材料，提纲就行。”辛平把郑一夫的要求说了一下。

“要的是什么材料？”胡维富问。胡维富那边挺热闹的，他似乎还不时跟人打招呼，一开始应该没太认真听。

辛平又把要求说了一下。

“辛司，最近我孩子功课不太好，我一直在找人给他辅导……还有就是有些情况我也不知道，恐怕也写不清楚。您看……”

“你的意思是你不写，是吧？”辛平声音低沉地问。

“不是不是……是那个……”

“你写还是不写？”

“我写，我写。明天下午一定给您。”

辛平“啪”的一声把电话挂了。

“哟——还没下班呀！”何新燕探了一下头进来了。

“没呢。”辛平挤出一点笑容说。

“最近很忙吧，办公室老见不着你。”然后东扯一句、西扯一句地聊着，辛平也有一搭没一搭地应着。

“哎，听说部里把陈阳调到人事司去了，是不是要让他改任副巡视员？”何新燕问。

“啊？怎么会让他去人事司？他可是一个人才啊，文笔那么好，办公厅写材料的可就是他一个。改任副巡视员应该不会吧，没有理由啊。”

“什么人才啊，我不觉得。不过让他去人事司也确实出乎意料，应该就是对他现在的工作不满意。”

“不满意？谁不满意？”辛平觉得奇怪。

“部领导呗。首先邓部长对他就一直不满意，他这个人自以为有才，说话太自负了。另外听说陶部长对他也不满意，写的稿子总对不上陶部长的路子。陶部长不是说过吗，谁要是不胜任，就让谁腾位置。去人事司是不是让他‘腾位置’了？”

辛平想起来了，上一次部务会上，陶部长把许有善狠狠训了一通，说他们写的材料根本就是应付工作，还对许有善说想干就好好干，不想干就走人。因为文字材料都是陈阳负责，看来是陈阳惹的麻烦了。

“不会吧？这么多年，他的工作一直被大家认可的嘛。说调就调？”

辛平说。

“那可不是说调就调吗，陶部长是雷厉风行的人，不好好干就是这个结果。”可以看出何新燕对陈阳的变动感到高兴。

何新燕走后，辛平又呆坐了一会儿，然后给陈阳挂了一个电话。

“小陈啊，听说你要高就了？”辛平问。

“呵呵，我老人家干了一辈子革命工作，也该歇歇啦。”

辛平听不出陈阳有不开心。“你这小屁孩歇什么歇。是怎么回事？”

“唉！”陈阳叹气了，“一言难尽。你要以我为戒，说话办事不要太书生气，顺着领导才会有好结果。”

“人事司也很重要嘛，相当于中组部，为我党选好人才。”

“扯吧你。这种莫名其妙的调整，你会觉得重要吗？”陈阳“哼哼”了一下。

“嗯……”辛平没法回答，“那谁接你呢？”

“不知道。据说——不可靠的小道消息——是陶部长从他原单位调一个处长过来，然后提起来。”陈阳在那边又笑了笑。

五

胡维富交来的材料，七零八落的，缺漏了一些要点，条理也不清晰。胡维富赔着笑脸说：“辛司，很多情况我确实不清楚，只能写成这样了。”

辛平想想，确实情有可原，也就算了。他自己动手，按照郑一夫的要求详细地做了补充和修改，对郑一夫提出的问题一一做了正面回答，报给郑一夫。

“您先看看，如果需要，我再过来进一步详细报告一下。”辛平对郑一夫说。

但是一直到周五，郑一夫也没有回复意见。

周五下午，辛平给易斌他们的进修班讲课。下课后，易斌过来表示感谢，对辛平的讲课夸赞不已，认为信息量大、权威内容多、观点新，感觉收获很大。辛平也谦虚了半天。

“我得陇望蜀，想再给您添一个麻烦，您看行不行？”易斌问。

易斌的公司跟英国一家公司谈合作，这两天谈得差不多了。对方来的是公司董事长，夫妇二人第一次来中国，谈完合作后在北京多待几天，想体验中国的文化和生活。作为邀请方，易斌打算请他们体验一下中国的茶文化，他想起来辛平懂茶，因此想请辛平参与。

辛平说：“我属于家庭式喝茶，没有专业的理论，也没有什么高大上的过程，恐怕不合适吧？”

“没关系，就是让他们感受中国家庭中的传统文化。”

辛平于是勉强答应了。

从学校出来，辛平直奔饭局。

今天的饭局还是老鲁张罗的，帮他的一个老部下或者说是新领导张罗。又是老部下又是新领导，怎么说的呢？是这样的：这个老部下，在老鲁当局长时，他是处长；他当副局长、局长时，老鲁还是局长。如今人家是副部了，老鲁仍然没动窝。这位金部长，在地方当了一任多的省委常委，最近调回北京，老鲁说要给他接接风。其实除了接风，老鲁还有一个目的。老鲁这十几年受了不少委屈，工作既辛苦也不开心。金部长是老资格的副部级领导，老鲁想请金部长留个心，找机会把自己调到他的手下去工作。投奔昔日的下属，对老鲁来说也不容易，不过也说明他们的关系相当好。

对于老鲁的托付，金部长答应了。不过金部长刚回来，需要等一段时间，时机成熟时再运作。这点老鲁自然是理解的。

向忠华在天津没回来，因此今天饭后没有牌局，辛平吃完饭就回家。

宁佳正在给婆婆的床换床单被罩，见辛平这么早回来，觉得意外："哟，好稀奇呀，变成乖孩子了！"

辛平从公文包里拿出一个信封递给宁佳，"嘿嘿"笑着说："挣大钱了，进贡给你。"

宁佳一边接过信封捏了捏，又打开一看："这么多钱！哪来的？"

"易斌他们公司办进修班，请我去讲课，给的讲课费，五千块呢！"辛平手舞足蹈地说。

"这么多，合适吗？你以前讲课不就是千儿八百块钱的吗？"

"没问题，他们有统一标准，不是单给我的，税他们也交了，我到时候在财产申报时补报一下就是了。"说到这儿，辛平想起明天去机场接母亲的事。"明天是小闵送老太太来北京。"小闵是辛平二十多年前的学生，现在是茶叶方面的专家。小闵要去秦皇岛开会，路过北京。辛平母亲不太识字，怕出门，辛平正好让小闵陪着一起来。

“咱家老太太出门是条虫，在家是条龙。”宁佳语带调侃地说，“我把她的床铺好了，被子也都换上新被罩了。不过，按照以往的经验，她可能还是会自己重新换一遍。”

辛平冲宁佳竖了一下大拇指：“好！该你做的做到了就行。”

第二天吃完午饭，辛平开车去机场接回母亲和小闵。因为有小闵陪着来，老太太挺高兴，一路上有说有笑的。

进了家门，宁佳从卧室迎出来，蔻儿也出来招呼，一时间其乐融融。小闵帮着把行李拎到老太太卧室放下，出来盥洗了一下，与辛平在客厅喝茶。老太太收拾屋子，宁佳和蔻儿在厨房、卧室各就其位。宁佳还特意跟老太太说了一声：“妈，床单和被罩都是我昨天晚上刚换的。”老太太嘴里也答应着。

小闵拿出各色茶，准备让辛平都一一尝尝。辛平就聊起贾同心十八万的奇丹茶。小闵说道：“这款茶我知道，也尝过，确实好。不过，如果从商业角度说，什么茶都不值十八万。”

“那怎么会有人买呢？”辛平问。

“没人买，也没人卖。这个价是他们自己定的，就是用来做高端礼品茶去送人的或者用于高端接待的，一般人即使有钱想买也买不着，它也不公开卖。一公开卖或者卖多了，就不高端了。他们这种人不缺钱，就缺资源。”

“噢——”辛平明白了，“喝茶的人也就是喝个感觉，其实有点自欺欺人的味道。”

“但是不一样啊，人家喝的是身份。能喝到绝大多数人都喝不到的，就是身份。他们这种茶，一般都是送领导的。”

宁佳过来悄悄地对辛平说：“我说是不是？老太太把我刚换的床单被罩都换掉了。”然后端起杯呷了一口：“嗯，好茶，好像有桂花香？”

“高！”小闵竖了个大拇指，“这款红茶，能喝出桂花香，就是最高境界，说明茶做得好。不过，几百年前，我们那儿是把桂花树跟茶树混栽，让桂花香自然地沁入茶叶中的，不是单纯靠制作工艺。”

桂花与茶树在传统文学中都是典型的意象，一个是高贵一个是灵秀。这两种意象重叠在一起，并且是生活中的真实存在，辛平可是第一次听说。他想起易斌与英国人喝茶的约会，跟小闵商量，让小闵周日中午一起参加一下，下午再去秦皇岛。小闵听了挺兴奋，答应了。

送小闵到宾馆的路上，辛平给易斌打电话说了请小闵参加的事，易斌也觉得很好。

回来再进家门，辛平就感觉气氛有点不对。他赶紧到母亲房间里看看。老太太见他进来，用老家土话抱怨道：“我留在这里的衣服怎么都找不着了？是不是你岳父岳母弄哪里去了？”

辛平道：“没有啊，就是把你的衣服归整到一边的柜子里，他们走了以后又挪回来了啊。”

“那怎么找不着了？”

“你慢慢找找，就在这个房间里。”

辛平回到自己的卧室，宁佳坐在床沿看书。见他进来，就问："老太太说衣服找不着了吧？"

"嗯。"辛平把跟老太太说的话说了一遍。

"我也是这么说的，她坚持说衣服就是没了。话里的意思好像是让我爸妈拿走了。"

"她就是这样，你别在意，等找着衣服了就没事了。"说归说，辛平觉得心里有些"扑通扑通"的，安静不下来。

第二天一早起床，辛平见着母亲就问："衣服找着了吗？"

"噢，找着了，都在左边的一个柜子下面。我原来不是放在那里的。"老太太答。

"我就说嘛，肯定都在柜子里。"宁佳在辛平身后说。辛平回手悄悄拍了她一下。

蔻儿还没起床。三人吃完饭，宁佳洗碗，辛平就陪母亲在客厅聊天。老太太说起老家的寨子今年塌了不少房子，族里人说要修缮，但是没有钱，想让辛平帮助向政府申请一点。

辛平听了说道："申请经费，要一级一级报，村里应该打报告向乡里、县里申请。"

"他们说让你跟省里说一声，让省里拨一笔钱下来。"

辛平感觉头大："老家的人不能想当然，什么事都是我跟省里说一声、跟市里说一声、跟县里乡里说一声，好像我们国家都那么没有规矩，我也好像无所不能。"

“他们都这么说了，我也答应他们了，你想想办法，打个电话嘛。”

“你怎么能乱答应呢？你答应了，可是我办不到啊！”

“办不到怎么办？人家都说你有出息，这点事都做不到，不是让人笑话吗？”老太太生气了。

辛平哭笑不得。看老太太这个样子，又不能让她发作，于是道：“这样吧，我了解一下应该怎么申请，然后再说怎么办吧。”然后接着聊一些老家的人情世故，老太太的情绪才缓和下来。宁佳收拾完厨房，也过来陪着。

又说了一会儿话，辛平出门，去宾馆接上小闵一起去赴易斌之约。

六

易斌安排的地方是一个茶楼，门口搭了一个大牌楼，茶楼里头古色古香，楼上楼下两层，厅堂宽敞，布置典雅，是传统中式风格，进门、上楼一路都飘着古筝曲。辛平心中暗笑，易斌这是要给英国人上中国传统文化的强化课吧？

进了包间，易斌与客人还没到。服务员用茶楼的茶给辛平和小闵先泡了一小泡，二人边喝边跟服务员聊天。过了一会儿，易斌与客人夫妇到了，大家寒暄了一下落座。

小闵第一次与外国人这么直接接触，有点紧张。辛平就对他说：“干脆你来泡茶呗，发挥你的强项。”于是小闵把服务员替换下来。一坐上泡茶位，小闵神情就完全不同了，接水、烧水、洗杯、分杯，气定神闲。

“威尔逊先生和夫人是第一次来中国，对中国的一切都感到好奇。刚才进门，看茶楼的装饰风格，就觉得很迷人。”易斌对辛平介绍说。看年纪，威尔逊夫妇二人都有近六十岁了。

威尔逊夫人见小闵在摆弄茶具，说了一句话。“威尔逊夫人问这些工具是做什么用的。”易斌对小闵说道。

“都是喝茶的器具。”小闵答。

威尔逊夫妇觉得很有意思，就问：“你们中国人喝茶都这么复杂吗？”

“也不是，平时喝水就一个杯子泡一些茶在里头，今天这种喝法是比较正式或者说比较讲究的。”

烫完杯，小闵问易斌：“先喝什么茶？”

“我也不知道，就喝他们没喝过的吧。”易斌说。

“那就喝个大红袍。”辛平说。

小闵带了一堆茶摆在桌了上，五花八门的，都是小泡袋，威尔逊夫妇拿了几袋在研究。小闵从桌上挑了一个，打开后倒在盖碗里，盖上盖晃了晃，再打开盖闻了一下，长呼了一口气，点点头，威尔逊夫妇愣愣地看着他。小闵又拿起刚烧开的水冲进盖碗里，瞬间一股馥郁的芳香传遍满屋。

“Oh，my God！”威尔逊夫人轻声喊起来，“这是什么香气？太美妙了！”威尔逊先生也频频点头：“是的，是的。”看得出来，这一对英国夫妇很传统，威尔逊先生有绅士之风，夫人则优雅而浪漫。

小闵给大家斟上茶，自己也拿起一小杯，半抿半呷，一卷舌同时一吸气，嘴里发出“呼噜噜”的声音，辛平赶紧制止他：“你别那么讲究了，这种声音会吓坏客人的，不够优雅。”小闵和易斌都笑了。

威尔逊夫妇果然优雅地呷了一小口。不过，威尔逊夫人接着就又轻声喊道：“Oh，my God！这是什么味道？”威尔逊先生端着杯，也微微皱了皱眉头。“太烈了！”威尔逊夫人说。

“呵呵，‘烈’这个词用得好，感觉像苏格兰威士忌。”易斌说。

“嘴里有没有感觉到兰花的香气？”小闵问大家。

“是的是的！这就是兰花的香气吗？太神奇了！”威尔逊夫人说。

威尔逊先生说：“刚喝时有说不出的感觉，有点苦涩，但是又不完全是苦和涩，后来嘴里突然又有点微甜。”

“这叫作回甘。”小闵说。

“回甘？用英文可不太好表达。”易斌觉得为难。

“你就翻译成‘甘甜的回归’。”辛平说。

“哈哈，很有诗意。”易斌说完翻译给威尔逊夫妇。

“好浪漫的表达呀，‘甘甜的回归’！”威尔逊夫人说，“确实有一种幸福回归的感觉！”

喝了一会儿，小闵换茶：“我们尝尝红茶。”

“红茶？是大吉岭？阿萨姆？锡兰？”威尔逊夫人问。

“都不是，就是中国的红茶。”

“中国的红茶？有什么特别的吗？”

“英国人平时都喝红茶，但是估计对中国红茶没有印象吧。”易斌说。

“那就让他们感觉一下中国红茶的与众不同。”小闵说。易斌用英语跟威尔逊夫妇说了一句，他们又兴奋起来。

“来，咱们坐直了，自然、缓慢地做深呼吸。”小闵说着，给大家把杯子重新洗过，然后倒上茶。茶汤澄黄明澈，在纯白色的杯子里显得滢渟炫目。威尔逊夫妇照吩咐做了。

“举起杯，再做个深呼吸，然后啜一小口，慢慢下咽。”

辛平端起茶照着小闵说的咽下这杯茶，果然感觉清香无比。

“Very nice！”威尔逊夫人赞叹道，把“very”这个词咬得特别重，威尔逊先生则还在凝神品味。易斌也说：“真是香甜啊！这是什么香气？”

“桂花。”

“Oh，竟然是桂花香的茶！”威尔逊夫人又叹道。

小闵倒了第二杯：“茶是大自然纯洁的产物，我们中国人把它叫作灵秀的植物。喝茶，就是把自己融入自然。来，再做个深呼吸，同样想象着自己已经融入到大森林中。”这一遍的茶色，如朝霞般透着浅红。

威尔逊夫妇轻啜了一口，缓缓地咽下，又轻吸了一口气，再长长地吁出。喝完，两人都没有说话。

第三杯茶，小闵说：“中国人自古以来信仰天地自然，茶是天地自然对人的恩赐。每喝一杯茶，我们都应当怀有感恩之心。”

威尔逊先生端起杯，看着碧红色的茶汤里隐隐飘起的香气，一口一口轻轻啜下这杯茶，但是手仍然端着杯子不动，杯沿贴着嘴唇。

威尔逊夫人放下杯子，摇着头，用肺腑之气说道：“真是心灵的享受！这简直就是一种艺术！”一转头，突然喊道：“托尼！托尼！你怎么了托尼？”

大家赶紧看着威尔逊先生，只见他泪流满面。

“没事，没事。”威尔逊先生放下杯子，“我就是……就是……就是觉得……感动……”说着又流下泪来，威尔逊夫人赶紧递过一张纸巾。

“你确认没事吗？你吓着我了！”威尔逊夫人说。

“是的亲爱的，我没事。”

“很抱歉，托尼从来没有这样过。”威尔逊夫人对大家说道。

“没关系，没关系。我还担心是不是这茶喝得不舒服了。”易斌说。

“是的，是茶的原因，但不是不舒服，是喝得让我身心都感到舒服，然后就这样了。”威尔逊先生说。他的情绪已经平静下来。

“那我们还喝吗？”辛平问易斌，易斌问威尔逊夫人，威尔逊夫人又问威尔逊先生。

“是的，如果你们没有不便，我们愿意继续喝。就像我夫人说的，这样喝茶就像是心灵的享受。”威尔逊先生说。

小闵又换了一种茶，跟大家说着茶的来历。

“您刚才说，中国人信仰天地自然，难道你们不信上帝或者一个宗教吗？”威尔逊夫人问小闵。

小闵看着易斌笑了：“这个问题我不知道该怎么回答。”

“你负责泡茶，我来回答这个问题。”辛平说。

"中国人的信仰，跟你们国家的信仰有很大的不同。"辛平对威尔逊夫妇说道，"中国人的信仰，要从普通大众的信仰和精英阶层的信仰两个层面来看待。"

威尔逊夫妇饶有兴趣地看着他。

"先说普通大众的信仰。总体上，普通中国人都是有宗教信仰的，比如道教、佛教、基督教、伊斯兰教等等。我对伊斯兰教的情况了解不多，就以道教、佛教为例吧。"辛平说一段就停一停，以便易斌翻译。

"佛教？佛教不是印度的宗教吗？"威尔逊先生说。

"它是发源于印度，但是后来在印度衰弱了，中国就变成佛教存在和发展的主要地区。并且，它的理论和信仰方式也中国化了，融入了很多中国的元素。最重要的中国化，就是派生出了崭新的流派，比如说禅宗。"

易斌打断了辛平："禅宗？我不知道英文怎么说啊。"

"你就说'Chan'或者'Zen'。"

"Zen？它不是日本的宗教吗？"威尔逊先生听不懂"Chan"，却知道"Zen"的含义，它是"禅"的日语发音。

"不是的，它源于一千多年前的中国，后来传到日本。"

"噢——我明白了！"威尔逊夫妇都点头。

"中国的文化，在国外却被认为是别人的东西。"小闵说。

"是啊。"辛平继续说，"在这些宗教出现之前，中国人是崇拜各种神和自己祖先的。即便是后来有了这些宗教，对各种神和祖先的崇拜也是同时存在的。所以，这是中国人的信仰——包括宗教信仰与你们国家明显不一样的一个方面。”

“确实，我们只信一个上帝。”威尔逊夫人说。

“那么再说到精英阶层的信仰。两千多年来，中国治理国家的精英阶层主要是受过教育的知识分子而不是世袭贵族或者教会人士，这一点应该是与你们西方国家不同吧？”

“嗯……欧洲有些国家，在某一时期不完全是贵族统治，也有平民参与国家治理的时候，不过……”威尔逊先生话没说完，被夫人打断了：“至少从英国的历史上看，应当可以这么认为的。”

辛平点点头，继续说道：“历史上中国的知识教育也是有讲究的，主要包含……”他边思考边说，“包含……信仰，也就是对天地自然的敬畏；道德，训练严格的自律自觉；治国的方略，它是历代治国经验和教训的总结；以及文学，文学在国家和社会发展中的地位是十分崇高的，这一点恐怕也与你们西方国家不太一样。”

易斌在一旁叫苦：“好家伙，你说的这些东西太专业、太偏门了，我的英语水平可没那么高啊。”

辛平笑着说：“将就着，说出大概意思就行了。”不过易斌叫苦归叫苦，感觉威尔逊夫妇还是能听懂他翻译的这些东西。

“中国的精英阶层学习的这些知识，归拢起来，就是一套理论。如果简单地看，这套理论可以冠名为孔夫子理论。”

“Oh！ Confucius！原来孔夫子的意义是这样的呀！”威尔逊夫人兴

奋地喊道。

“是的，古代中国精英信仰的就是这种理论。它不是宗教，但是每一个精英分子都信仰它。”

“那他们还信仰宗教吗——我说的是你们古代的国家精英们？”

“不一定，有的信，有的不信。宗教信仰对于他们而言是可以自由选择的，但是孔夫子理论却是必须信仰的。因此可以说，中国精英阶层的信仰是理性的信仰，是哲学的信仰。”

“可是，没有宗教的信仰，对我们欧洲人来说是不可思议的。”威尔逊先生说。

“我想这是文化传统的不同吧，就好像你们不能没有面包，而我们不能没有米、面一样。”易斌接过来说。

“那你们中国现在的精英阶层还信仰孔夫子的理论吗？”

“嗯……”辛平沉吟了一下。这个问题还问得真准。“作为系统的理论，现在已经不是一种信仰了，但是在生活中还随处可见。”

“那为什么不信呢？是不是现在的精英阶层也改信宗教了？”

“说起来有点复杂。简单说几个要点吧：一百多年前或者更早以前，中国的精英阶层开始自高自大，造成了眼界狭隘、科技落后，于是被你们西方国家欺负。后来大家反思，认为都是孔夫子理论害的，于是精英阶层逐渐放弃了这一套理论，但是他们也没有从宗教中去寻找国家发展的出路，而是从其他的理性哲学中去寻找。从这一点看，中国人延续了一贯的理性传统。”

“那后来找到了吗？”

“是啊，就是马克思的共产主义理论。”

“Oh，my God！”这一回连威尔逊先生都叫起“God”来了，“马克思的学说就是这么来到中国的呀？”

“是的。”

“可是它是欧洲的理论，怎么能用在中国呢？”

“这个嘛……第一，科学的理论不分地域；第二，中国人把它中国化了，把它跟我们传统的孔夫子理论还有其他一些传统理论中的好东西结合在一起，就像当年佛教进入中国一样。佛教的禅宗，就是结合了中国道教的理论，当然也有孔夫子理论的因素在里头。”

“听起来太有意思了，您的这些说法，在我们英国和欧洲，都是没有听说过的。佛教中国化，你们叫作‘禅’，那么马克思理论中国化，你们也给它取一个什么名字吗？”

“是的，您可以问问他们。”辛平指指易斌和小闵。

小闵愣了一下，然后跟着易斌嘟囔着：“中国特色……”两人都哈哈大笑起来。

“中国特色社会主义。”易斌对威尔逊夫妇说完，又转头对辛平说，“辛司，真佩服您，能这样给老外上党课啊！”

“呵呵，我这都是随机应变，不见得都正确，要是让我们领导或者机关党委的同志听到了，说不定还批评我瞎说一气呢。”

“不不不，我觉得说得很好。跟外国人说我们的东西，我的体会是：

不要强求百分之百的表达和百分之百的接受，能有百分之八十、五十甚至是三十、二十的效果，就是理想的，需要细水长流地去说、去做。”

“嗯……你这个观点很有道理！”辛平说。

威尔逊先生又问：“辛先生，您的知识真渊博，您是学这方面的专家吗？”

“不是的，我只是平时喜欢读一些这方面的书。不过，中国人对国外的了解相对还是比较深的，我认为比多数国家深。换句话说，普通中国人了解英国，也许比英国人了解中国，来得更深更广。”

“是吗？”威尔逊夫人显然不太相信。

“您可以问问他。”辛平指指小闵，“他是大学专科毕业，没有出过国，没学过与英国或者外国文化有关的专业，今天之前没有接触过外国人，我们可以看看他对英国的了解有多少。”

“英国？”小闵想了想，“平时了解美国、日本多一点。英国有……女王，叫伊丽莎白什么的；英国首相，那个小伙子，叫作……卡、卡、卡梅伦；有个名牌叫作……Burberry……”

“Burberry！他知道Burberry！”威尔逊夫人轻声喊道。

小闵看了她一眼：“城市比如伦敦，曼彻斯特——有踢足球的著名的曼彻斯特联队，爱丁堡，利物浦……”

“够了够了！”易斌说。“英国像他这样的年轻人，对中国的了解有这么多吗？”他问威尔逊夫妇。

“没有。”他们都摇摇头。“你们怎么做到的，我是说对外国的这种了解？”威尔逊夫人问。

“平时的学校教育里，对外国的历史、文化、科技包括语言都有涉及，电影、电视、报纸、杂志之类的也常常能见到国外的知识。”易斌说。

“你们为什么对外国那么感兴趣呢？”威尔逊先生问。

辛平答道：“这又要说回来了，一百多年前中国人被外国人欺负，另一个反思就是我们对外国太不了解了，因此就要改正，一直改到现在。可能还有一个原因，就是现在中国的年轻人喜欢时尚，国外先进的科技成果、时尚产品，都是他们感兴趣的，因此自然对国外知道的就多了。”

“太不可思议了……”威尔逊夫人又开始摇头。辛平知道，他们摇头相当于中国人的点头。

易斌看了看时间，快十二点了。“你们两位一起陪着吃饭吧？”

辛平和小闵婉拒了。“小闵马上还要赶赴秦皇岛，我呢，跟老外上了半天党课，也累了。跟他们说话得琢磨，太辛苦了。”辛平笑着说。

跟易斌和威尔逊夫妇道完别，辛平送小闵去车站，午饭就不管了，小闵自己解决。

回到家里，一家人都已经吃完饭，老太太午睡去了。辛平吃着饭，宁佳坐在一边跟他说话。

“你今天一早惹老太太生气了？”宁佳问。

“没有啊？”辛平没想起来。

“她说跟你说过老家寨子要钱的事。”

“噢……”辛平想起来了，“跟你说起来了？”

“可不吗，好像是我做错了什么似的。你做错的事，气都撒到我身上来。”

“呵呵，对不起对不起，她冲你撒气，我给你赔罪。”

吃完饭，辛平把蔻儿喊出来，给她上周末一课。

今天的周末一课讲的是范仲淹的《岳阳楼记》。考虑到今后蔻儿的课本中还会学这一篇文章，辛平主要讲的是文章里和文章外的情怀。

学完了，蔻儿就问：“老爸，咱们上的周末一课，不管是诗词还是文章，从你嘴里讲出来，它们都有很深的感情和意境，这就是所谓的情怀吧？可是为什么我们老师讲的就没有那个感觉呢？”

“学校是教书育人的地方，教书是基本功能，育人是高级功能。不过到了现在，学校教书、教知识的意识没有淡化，育人的意识就淡化了很多。古人是教书与育人并重的，古代的教材本身就是育人、育才的范本。”

“不管是教书还是育人，它们与情怀有什么关系呢？”

“学了知识之后，只为自己着想、只为自己服务，就是没有情怀。不光为自己着想和服务，还关心自己之外的，或者即使是只关心自己，关心的不只是物质享受的，还关心精神高尚的，这样就是有情怀。”

“我的天！现在还有人说‘高尚’这种词吗？现在如果有谁说‘高尚’这个词，会让所有人身上起鸡皮疙瘩的。”

“那你会起鸡皮疙瘩吗？”辛平笑着问。

蔻儿故意哆嗦了一下："有一点，不过受你的毒害比较深，不那么严重。那你是有情怀的人吗？"

"我自以为是吧。"

蔻儿笑了："老爸好自恋。可是情怀又有什么用呢？"

"这个嘛，可以从两个方面看。大的方面，一个国家、一个社会，如果大家都没有了情怀，那么这个国家和社会就是堕落的。"

"嗯……那小的方面呢？"

"人如果有了情怀，哪怕就是那么一点点，他就会与众不同。所以呀傻丫头，本爸希望你能有一点情怀，也有点与众不同。这就是这么多年本爸给你上周末一课的用意。"

七

郑一夫要重新考察辛平团队之前考察过的所有企业。不过不是实地考察，他让辛平通知这些企业来部里，他要亲自跟他们再谈一谈。

在安排重新考察的过程中，辛平找了个时间到陈之岳办公室，向他报告了此事。

"看来郑司长对我不太信任？以往他是能不管就不管，现在不仅要管，还要重新考察，实际上就是对前期的工作进行审查。"

陈之岳沉默了一下，说道："我看不是信任不信任的问题，应该是有其他因素的作用。"

“那我该怎么办？既然这样，就以他为主负责了。”

“那还不能这么说。你的责任，是部党组赋予的，你该负责还得负责。而且，他作为司长，参与甚至是重新审查，道理上也没有什么不对。只不过跟以往的态度相比，有些反常。你该怎么干还怎么干，他想怎么审查就让他怎么审查。”

重新考察企业的工作陆陆续续地进行，花了两天时间。郑一夫让团队的所有人都陪着，包括涂雪繁在内。但是考察过程中，只有郑一夫一个人与被考察企业交流。虽然结束前他都会问问大家有没有要说的、要问的，但大家都是摇摇头、摆摆手。

被考察企业在这个过程中的表现也不尽相同。

上海的合成科技、成都的大兴数据这两家企业谈得有条有理、中规中矩，它们的实力在那儿摆着，因此不需要什么花哨的东西粉饰。西国科技孔叔滔来，没带着苏总。孔叔滔介绍了公司情况以及下一步规划，说的还是苏总写的那一套东西，但是像模像样的。变化比较大的是河阳鼎盛，完全不是上次的那种搞传统数据库的印象，把大数据说得头头是道，让人感觉凡是合成科技、大兴数据和西国科技拥有的优点它也都有。

听河阳鼎盛说完，辛平就感觉心中一沉。他们上次介绍的情况可不是现在这样的，他们也不可能在这么短的时间内突然具备了大数据的能力并且开展了实际的业务。河阳鼎盛的这种突变，让辛平有些担心。

所有企业谈完之后的当天下午，郑一夫把辛平叫到办公室。

“你看看你们做的！陶部长充分信任你们，让你们全力以赴推进‘风云项目’，但是你们尽全力了吗？全心全意做了吗？”郑一夫一开口就责问。

辛平小心地问他：“郑司，您看我们是哪里做得不好？”

“哪里？还要问我？上海、成都两家也还算行吧，你看看那个西国科技，说得很漂亮，可是多问几句就露馅了，公司刚刚成立，主要技术也没有，还要等着合并别人的。你再比比另一家，那个叫什么鼎盛的，水平最高、能力最强、经验最丰富，在你们的建议中却根本就没有它。你们是怎么考虑的？”

辛平耐心地解释道：“郑司，这两家的情况有点复杂。西国科技目前是不行，但是他们要合并的团队水平确实高，我们也是经过两次考察的。他们一旦合并，公司实力、技术能力如果说不是最好的，也是前三名。至于那个河阳鼎盛，他们上次跟我们介绍的情况与这次完全不同，他们上次自己都承认只是做数据库的。这次他们这么自我介绍，我认为其中有些问题。”

郑一夫高声斥责道：“什么问题？不是你介绍的就有问题，你自己介绍的就连空架子的公司都是有实力、有水平的？”

“郑司，”辛平有点明白了，“这里面没有我介绍的公司。”

“没有？”郑一夫带着冷笑“哼”了一声，“那这个西国是谁介绍的？”

“是……是那个……”辛平心里十分犹豫，不过最终还是说了出来，“是陶部长。”

“谁？”郑一夫瞪大了眼，脸色霎时变得有些肃穆。他往前倾了倾身子："陶部长？"又再往前倾了倾，微微侧了侧耳朵："你说是陶部长？"他的声调明显降低了。

"是的。"

"那你怎么不跟我说？"郑一夫急促地问。

辛平笑了笑，停顿了一下，然后说："这种事，我不会主动说的，也不好主动说。"

郑一夫愣了好一会儿，又问道："那……陈部长不是介绍了一个吗？"

"陈部长介绍的那个，我们考察后觉得不行，跟他汇报后，就直接放弃了，因此这次重新考察，我们没有让他们来。"

郑一夫又愣了一会儿，愣的时间更长。"好吧，那就先按你们的意见办吧。"他的语气听起来有些无力。

"现在是在等待西国科技的合并结束。按照他们的计划，应该这几天就有结果了。"辛平依然带着点儿小心。

郑一夫不再吭声，只是点了一下头。

回到办公室，辛平靠在椅子上发呆。手机响了一下，是李文清发来短信："辛司，啥时方便，通个电话。"辛平挂了过去。

"辛司，啥情况，郑司这样重新审查，是不是认为我们做的工作有问题，还是说部领导对我们的工作不满？"

"我也不太清楚，他以前都是当甩手掌柜的。至于部领导，据我目前所知，好像没有哪个部领导对我们工作有不满的意思。"其实辛平并不是一点都不清楚。从刚才的情况看，郑一夫把西国科技当成是辛平介绍的了。

“我再跟您说一件事，现在看来这件事可能跟这两天郑司重新考察这些企业有关。”李文清说。

原来，上周胡维富找过李文清。他跟李文清说，现在郑司长要亲自抓“风云项目”，建议李文清把情况跟郑司长汇报。李文清以为郑一夫只是想一般性地了解情况，就说这项工作一直是辛平在牵头，应该请辛平汇报才合适。可是胡维富说的一句话，“郑司长信任你”，让李文清感觉有些不对劲。

“我觉得不太好说，因此没告诉您。联系到今天河阳鼎盛他们汇报的情况，明显是有备而来，睁眼说瞎话。你觉得这里头是不是有些问题？”李文清问。

辛平终于明白了。郑一夫误以为西国科技是辛平介绍的，这个误解并不是核心问题所在，核心问题是河阳鼎盛被辛平和团队否了。至于郑一夫误以为西国科技是辛平所介绍的，以及他对河阳鼎盛实力最强的论断，应当都是来自胡维富给他的信息。但是，郑一夫为什么就那么轻信了胡维富？要知道，因为胡维富长期工作散漫，郑一夫一直是相当反感胡维富的。

“看来确实是胡维富搞的鬼。不光河阳鼎盛的问题是胡维富搞的鬼，刚才郑司找我去，说西国科技是我推荐的、我用西国科技来排挤河阳鼎盛，并且说河阳鼎盛科技能力最强、水平最高，这个误解、误判看来跟胡维富也脱不了干系。”辛平把已经告诉郑一夫西国科技由来一事跟李文清说了。

“嗯。有些情况很难说清楚，越扯越复杂。我跟您说的这些事，您是不是自己掌握就行了？”李文清指的是郑一夫通过胡维富给他传话的事。

辛平知道李文清的担心，既是为他也是为自己。“我明白，这事就您我二人知道。现在水有点浑，我不会让这浑水把咱俩给弄脏了。”

话虽如此，但是能否避开这浑水，辛平自己也不敢保证。本来好好的一汪水，怎么变浑了呢？为什么有人愿意把它搅浑呢？还有，都有谁愿意让它浑呢？他想去找陈之岳汇报一下，但是想了想又放弃了。

第六章

一

西国科技似乎不像以前那样着急了，关于并购苏心公司的进展情况一直没有反馈，也不主动跟辛平联系。辛平催问几次，孔叔滔支支吾吾地说正在抓紧进行，让再等等。辛平只好回过头来督查两个处的工作，却发现纪律似乎有些散漫了，想跟两个处的处长副处长开个会，人也找不齐，不是从何新燕那里找着涂雪繁后又找不着胡维富了，就是从郑一夫那里找着胡维富后涂雪繁又不知道上哪儿去了，辛平为此发了几次脾气。

偏在这个时候，家里也开始出情况。

那天郑一夫冲辛平发脾气后，辛平回办公室待了一段时间，回家时已经七点多了。辛平回家前先给宁佳打了个电话，让她们先吃饭。等到家时都快八点了，蔻儿已经吃完饭，母亲和宁佳还在等他。吃饭前辛平就明显感觉到气氛不对，老太太说话声音低沉，宁佳面无表情。辛平的心就开始“扑通扑通”跳着，感觉有些心神不安，胃口就不太好了，一边吃着，一边分别跟她们有一搭没一搭地说着话。

吃完饭，宁佳去洗碗，老太太就把辛平叫到屋里，关上门。

“你这个老婆很不像话！我好好地跟她说话，她却对我态度非常不好！”老太太满脸怒容地说。

“怎么了？”辛平心跳得更厉害了，感觉身上有些乏力，声音也软弱。

“做饭的时候，我好心问她要不要帮助洗菜，她就嫌我啰唆。你没回来，我问她一句等不等你吃饭，她就很不高兴，大声训斥我。”

“训斥你？不会吧？这么多年了，她从来没敢训斥你，怎么今天会这样？是你们互相说话大声了吧？”

“我哪里大声了？我从来都是小声说话，你说我大声？”老太太厉声说着，更愤怒了。

“你看你看，我只是问一下是不是这样，你就开始大声了。”

老太太不吭声了。过了一会儿说：“反正我说话你就是不听，你就听老婆的！”

辛平于是耐心地跟她讲道理：一家人一起生活，要和和睦睦的，不要搞得不是听你的就是听她的，就一点小事，不要生那么大的气，好像有什么大矛盾似的。老太太抓住辛平说的“小事”说，我一来她就不高兴，这是小事？辛平又提醒她：她来的那天宁佳挺高兴的，不是还帮着铺了床垫、换了被罩了吗？老太太又说宁佳那是表面的，她从来都不愿意让自己来北京一起生活。

“妈，从我们没调到北京工作开始你就跟我们一起生活，到现在也将近二十年了，你年年都说她不愿意你来、不愿意你跟我们一起生活，可是这二十年不是好好地一直在一起生活吗？不要再这样说了。”辛平这句话点中了要害，但是引起了老太太更大的反弹。

“二十年？那是因为你是我儿子，你要是别人，我才不会来这里！我来这里也不是白吃饭，你女儿小的时候，不都是我带的？现在孩子大了，你也嫌我了？”说着老太太就抽泣起来。

辛平心中感到十分无奈。多少年来，一到这种时候，跟母亲就没法沟通下去。又坐了一会儿，辛平出来，回身关上门。见宁佳在客厅坐着，于是走过来在她身边坐下。

“又告状了吧？”宁佳问。

“嗯。我回来之前你们吵架了？”

“没有啊，我哪敢跟她吵架？”

“那怎么我一回来就感觉气氛不对？你说说是怎么回事。”

宁佳叹口气，无奈地说：“还不是跟以前一样，我还没开始做饭，她就在边上指挥，说要做这个、不做那个。我跟她说：‘妈，做什么我心里有数，你就不要指挥了。’她一下就发飙了，说：‘我好心帮你，你还嫌我啰唆，你以为我爱干啊？’然后就气鼓鼓地回屋去了，吓得我做饭都心神不定的。”

“那后来等我吃饭的时候怎么又闹了？”

“一开始打电话你没接，她就着急，不停地骂你。我说你肯定在开会，不方便接电话，她就不理我。后来你来电话说让我们先吃，她就一定要等你。我说不要等了，辛平经常这么晚回来，她又发飙说：‘我儿子这么晚回来，我不等他谁等他？’你说这不是话里有话骂我吗？我就没理她，让蔻儿先吃了。”

辛平苦笑了一下：“反正我一不小心，你们就闹事。”

宁佳听了也不高兴了：“我怎么闹事了？是她闹事，你怎么说我呢？”

“不管怎么样，如果有一个人让一让，不就闹不起来了吗？要让谁让？只能你让。”

“我让？我让了快二十年了，不还是这样的结果？而且从来你妈和我闹矛盾，你都是指责我，凭什么？公平吗？”宁佳说着哭起来，一起身回自己屋里去了，留下辛平在客厅生闷气。

一会儿，蔻儿出来上厕所，见辛平一个人，就问：“我妈呢？”

“屋里。”辛平冲卧室努了努嘴。

蔻儿进屋待了一会儿，出来对辛平说道：“爸，你们怎么了，让妈妈哭得那么伤心？”

辛平道：“大人的事你不懂，回去写作业吧。”

“我怎么不懂？咱家能不能不闹腾，安安心心地过日子？”蔻儿俨然大人说话的口气。

辛平脸一沉：“你说什么呢？不了解情况不要乱说话！回屋去！”

蔻儿回到自己房间，“砰”的一声把门关上。

辛平郁闷了一个晚上，睡得不踏实，一直到天快亮时才沉睡了一会儿。闹钟一响，辛平赶紧起床，简单洗漱后出来在饭桌旁坐着，看着场面。还好，大家相安无事，只是气氛仍然冷淡。辛平没话找话，挨过了早饭后出门。

下午下班回家，吃晚饭时，老太太对辛平说道："辛平啊，今天妈给你做了炸排骨、白片肉，你多吃点。"

"啊？今天是你做饭？"辛平有点惊讶。

"我做了几个你爱吃的菜。"老太太说。

宁佳从厨房出来，端着一盘西红柿炒蛋。

"怎么还做呢？"辛平问。

"给蔻儿做的，没放生蒜。"宁佳说。辛平一看，果然炸排骨、白片肉上都有些蒜末。

吃完饭，辛平躲在卧室给辛安挂了一个电话。

"辛安，妈今天给你挂电话了吗？"

"哈哈，我就知道你会问我。"辛安说。

"妈怎么说？"

"怎么说？还是以前那样说呗。说二嫂不欢迎她，对她态度不好，不过没说你坏话哦。"

"唉，才来没几天，她俩又闹矛盾，你说烦不烦人。"

"归根结底是争权，家庭也是江湖啊。"辛安仍是笑哈哈的。

辛平生气了："我这烦死了，你还开心？"

"烦恼转移给你了，我当然开心了。妈在我这里的时候，我不也是烦吗？不过还好，我们老林是木头人，随她骂，不吭声就是了。"

"你说争权，有什么权可争呢？"

"争家庭控制权啊。当然了，主要是妈要争，二嫂呢我看倒未必。妈去北京之前，跟左邻右舍说你派人接她去北京，人家都羡慕，说你儿子多好啊，还派人接你。你猜妈怎么说？妈说，好是好，就是到那里没有权力，厨房都让儿媳妇掌握了。我在边上听见，笑死了。"辛安说着又哈哈大笑起来。

"看来昨天是暗斗，今天是明争了。今天妈抢先下厨，做了几个我以前爱吃的菜，然后你二嫂另外再做一个给蔻儿吃的菜。你说这家庭这样行吗？"

"不行又怎么办？这么多年不都这么过来的吗。"辛安不以为意。

"不！一个家庭搞得跟单位一样钩心斗角，这种日子不如不过！如果这样的单位我们没办法，但是这样的家庭我们就没有办法？我一定要改变它，不能再忍了！"辛平斩钉截铁地说。

辛安依然是没心没肺："那就祝你成功了，有好经验告诉我啊！"

"你撇不开责任。明天你给妈打电话，跟她说道理，不要跟你二嫂斗气。不过要掌握方法，不能火上浇油。"

"我……好吧，试试看吧。"

辛安还真有办法。第二天晚上回来，老太太的脸色好多了，跟宁佳也说起话来。不过昨晚辛平跟宁佳特意叮嘱了，让她主动跟老太太说话。估计两边的工作都有效果。

家里的事稍微松快了点，工作上又出了大麻烦。

二

辛平几乎隔一天催孔叔滔一次，每一次孔叔滔都说马上就要完成了。算起来，与贾同心约定等他们两周时间，现在时间已经过去两周多，中间还经历了郑一夫的质疑，因此辛平开始有些心急火燎了，一想起这项工作身上就有点像针扎一样地冒汗。他给苏总打了一个电话，想从他这儿了解一下并购的进展情况。这一问，问出大事了。

“我们已经拒绝跟西国科技的合并了。”苏总告诉辛平。

辛平听了，犹如晴天霹雳！

“为什么？你们双方原来不是说得好好的吗？”辛平急切地问。

“只能说原来是我们这一方说得好好的，但是西国一直不诚心，想等你们跟他们敲定合作后再并购我们。并且，他们抓住我们前面几次融资不成功、资金紧缺的软肋，跟我们漫天砍价，根本就不尊重我们。因此，我们跟他们谈的同时，也在跟其他方面谈合作，最终跟一家风投公司达成了一致。西国科技这边，跟我们已经没有关系了。”

“你们是什么时候停止跟西国科技的谈判的？”

“将近两周了吧。”

原来如此！近两周来孔叔滔迟迟不答复，辛平问他他就敷衍搪塞，原来都是这个原因！

放下电话，辛平心乱如麻。

此前，万事俱备，只欠西国科技与苏心公司的并购。虽然西国科技是陶部长介绍的，在辛平看来这并不是必须接受西国科技的前提，尤其是对贾同心这种人辛平从内心里是反感的。但是辛平又不能无视陶部长介绍的这个因素。因此，西国科技并购苏心公司，是辛平设下的真正的前提条件，这个前提条件既是为自己而设，也是为贾同心、为西国科技而设。

可是，现在没有了这个前提条件，下一步该怎么办？就此拒绝西国科技？如此，怎么向陶部长交代？陶部长对西国科技的真实情况到底有多少了解、持什么样的真实态度？如果闭着眼睛，管它西国科技水平如何，反正是陶部长交代的，就让西国科技承担这项工作，行吗？

呆坐了半天，辛平脑子越来越麻木。中午下班后，他也没去食堂吃午饭，关上门靠着椅子迷迷糊糊睡了一觉。闹钟响时，把他吓了一跳，醒来后倒觉得心里宽松了许多。他拿起笔，边想边在本子上列出几件事来，然后把笔往桌上一扔，拿起电话给孔叔滔挂了过去。

“孔总，你们的事现在怎么样了？”

“噢，辛司啊，快了。因为要上董事会，几个董事最近都在国外，因此还要再等几天。”

辛平笑了：“孔总，你别跟我玩游戏了。苏总他们还会跟你们玩吗？”

孔叔滔也“嘿嘿嘿”地笑着说：“辛司，实在对不起，苏总那个混蛋玩我们，跟我们谈了半天又把我们甩了。不过没关系，我们董事长现在亲自出马，正在跟另外一家谈，等时机成熟了就请你们去考察。”

“孔总，我们等你们的主要原因是你们能跟苏总合作，这样你们西国的能力才有保障。现在已经这样了，我们不是非等你们不可的，也没有理由一等再等。”

孔叔滔听了，急急忙忙地跟辛平解释新合作伙伴水平有多高，辛平没搭理他，把电话挂了。

辛平给陶部长秘书打了个电话，确认了陶部长这会儿有空，于是上楼。一路上辛平心脏“怦怦”直跳，但是仍然毫不犹豫地进了陶部长的办公室。

“噢，辛平啊，什么事？”陶部长和蔼地问道。

“陶部长，这个西国公司看来确实不靠谱，我觉得还是放弃他们为好。”辛平开门见山地提出意见来，然后把跟西国公司以及贾同心、孔叔滔他们沟通、了解、变通、等待的前前后后的所有情况都汇报了。陶部长先是有些小诧异，然后越听眼睛就睁得越大。

“啪！”听完辛平的话，陶部长狠狠地拍了一下桌子。辛平心里一紧，身上冒出大汗。

“搭建大数据平台开展风险管理，提升全系统管理的水平和能力，是当前部里第一位的大事。部党组信任你，让你牵头负责，你却迟迟不能推进，你辜负了党组的信任！”

“我们确实考虑太多、推进太慢了！原来想做得完美一些，但是反而影响了整体的推进，责任在我，我检讨！”辛平低声说。

“考虑太多？我看你是考虑太少！哪个企业行哪个企业不行，这种小事也需要我来替你考虑？该谁行就谁行，该谁不行谁就不行，这是原则，不是投机！你一会儿这个不行一会儿那个不行，你还自夸想做得完美，这是完美的做法？”

“陶部长，是这样的，我一直觉得西国科技是可以和其他资源优势互补的，这样才能让他们具备我们需要的能力，所以这一段时间我们也一直在支持他们整合资源……”

“你不要跟我说什么西国行不行，哪个行哪个不行，要根据我们的定位和要求去综合判断，不是仅仅凭一个印象或者就凭你自己一句话就说了算的！如果西国真的不行，你们就直接把它排除了，不要来请示我。我不认西国不西国，只认原则！”

“那……我们再……再商量一下。我们需要三家企业入围，目前只有两家，因此……因此如果西国这次能与另一个好的合作伙伴合作，那是……那是最好的了。我们再跟他们接触，等有新进展后，我们再提出意见来。您看……行吗？”

陶部长没再理他，低头继续批文件。等了一会儿，见陶部长还不吭声，辛平硬着头皮告退了。回办公室的一路上，汗水顺着手臂往下滴。

在办公室坐了很长时间，辛平又拿起电话跟孔叔滔通话：“孔总，这样吧，我们再等你们一段时间，看看你们跟新一家合作的情况。但是必须抓紧！”没等孔叔滔说完感谢的话，他就把电话挂了，心中涌起一股屈辱感。

接下来几天，辛平基本上就是窝在办公室发呆，工作上没有任何动作，有事也懒得去想。处里的同志来请示工作，他也是没好气地打发了，搞得大家见到他都小心翼翼的。回到家里他也不太吭声，什么事都懒得去做，连周末给蔻儿的每周一课都不上了。

不过这样倒有一个好处，母亲见辛平总是阴沉着脸，反而也有点赔着小心。问身体有没有不舒服，辛平说："没有。"问工作忙不忙，辛平答："还行。"跟辛平说家里的事，辛平也就是"嗯""噢""是""不是"之类的。老太太心里没底，跟宁佳之间说话也柔和了些。宁佳则敏感得多，问辛平："单位有什么不顺心的事？""有谁欺负你了吗？"诸如此类的，辛平还是问一句答一句。宁佳问不出所以然，也有些闷闷不乐。

周一部务会，陶部长就当前重点工作说了很长时间。党的十八大预计将于下半年十月或十一月召开，这在国内、国际都是大事。部里的大事有几项，其中第一项陶部长还是说到"风云项目"。但是与以往不同的是，陶部长对这项工作的进展表达了不满，对辛平提出了批评。陶部长要求陈之岳和郑一夫加强领导，改变目前的工作状态，"绝不可以把党和国家的事业当儿戏！"

陶部长最后这一句话，说得很重很重。

一散会，陈之岳叫郑一夫和辛平跟他到办公室。

"怎么回事？陶部长今天说得这么严厉，问题出在哪里？"陈之岳问。

"主要是入围招标范围的三家企业一直没有确定下来，我周五跟他汇报工作进展情况，他提出了批评。"辛平答。

"确定入围企业的主要障碍是什么？"

“主要是第三家企业，目前正在并购一家技术上更领先的企业，我们一直在等待，但是对他们指导不够。我跟陶部长做了检讨，我们回去研究一下，改正错误，争取尽快完成这一阶段的工作。”辛平道。有郑一夫在场，他有意淡化西国科技在其中的争议，以免再生出波澜。

陈之岳听了，沉下脸来：“平时工作你可以多请示陶部长，但是陶部长有什么指示，你应当及时跟我和郑一夫报告，这是常识！”

辛平又做了检讨：“是的，我做得不对，今后改正。”

陈之岳让辛平回去跟大家研究一下，找出目前的问题，拿出解决方案，提出时限要求。辛平答应着，郑一夫则始终一声不吭。

辛平回来后跟郑一夫打了个招呼，去研究一所找李文清。虽然说要再等一等西国科技新的合作谈判，但是万一谈判还是不成，得有一个预案。辛平是充分信任李文清的，并且目前也只有李文清可以一起深入地商量事儿。

见到李文清，辛平把上周跟陶部长汇报的详细情况说了说。李文清听完，挠着头叹口气道：“这可怎么办？没有了苏总的支持，西国科技就是一个空壳，手无缚鸡之力，一文不值。”

两人相对而坐，沉默多时，辛平勉力说道：“但愿这次他们能成功，并且找到的还是有水平的企业。但是如果还不行，咱无论如何得想出一个替代方案来。”

两人就绞尽脑汁地想。想来想去，有几个方案，但是两人赞同的只有一个，就是让西国科技参与承接技术难度比较低的有关项目，主体项目由上海和成都那两家企业之一承担，但是这仍然有个前提，就是西国科技好歹要有一个与大数据有关的技术班底。如此，西国科技虽然只是个配角，但总算是参与了。

“不知道陶部长能不能同意这个方案。”辛平仍是忧心忡忡的。

“他妈的，你说咱俩脑子也不笨、职务也不低，却把精力花在西国科技这样的垃圾企业身上，不光不能得罪他们，还要帮助他们挣钱，你说这算什么事儿！”李文清恨恨地说。

下午回到部里，石羽生进来汇报工作。说完事，石羽生略带犹豫地问：“辛司，说是您挨批了？”

“是，挨陶部长批评了。传得很快啊，你怎么知道的？”辛平问。他知道石羽生不是好打听、爱会话的人。

“是胡维富说的，他好像最近老跑到何司那儿聊天。”

“嗯。”辛平点点头，心中冷笑了一下。

过了一会儿，七司吴言平打来电话：“小辛吗——”他拉长着声。

“小什么心啊，要真是小心了，就不会挨批了。”辛平叹了一口气。

“年轻人没经过大风浪。你瞅个空，上陶部长那儿，向他做个自我批评，扯几句闲话，什么事都没有了。你现在紧跟陶部长，跟了这么久难道还不知道陶部长的脾气吗？”

“啊？怎么个自我批评法？我……我连错在哪儿还不知道……”

吴言平“呵呵呵”地笑起来。“我可是指点你了，做得到做不到你自己把握。”

放下电话，辛平又在发愣。最近他发愣的频率有点高，每次发愣的时间也有点长。今天这个愣，一直发到了下班。

辛平给秘书小刘挂电话，确认陈之岳还在，赶紧上楼，把近日发生的事以及周五跟陶部长汇报的情况详详细细地报告了。

“我现在是两头都形成了压力。陶部长那儿是免不了的，但是郑司突然热心起来，力挺河阳鼎盛，一定是胡维富搞的鬼。我后来告诉他西国科技是陶部长推荐的，郑司才又收起热心。不过现在西国科技的并购泡汤了，新的合作不知道会有什么结果，万一还不行，这就是个难解的死结。”

“在你眼里是个死结，在别人眼里也许是个能打出很多花样的活结。”陈之岳说，“先不管万一不万一，你密切跟踪西国科技的新谈判，希望能有个好结果。真有个万一，你和李文清商量的替代方案也不是不能考虑的。”

三

这个月注定要出大事。

“你这会儿说话方便吗？”宁佳在电话里，带着哭腔问辛平。

辛平心里“咯噔”一下：“方便，怎么了？”

“小云家出事了，子强没了！”宁佳大哭起来。

辛平眼前突然一片发黑：“什么？子强没了？怎么没的？”

“说是在国外出的车祸。刚才小云打电话来，哭得都说不出话来了。我们赶紧去看看她吧！”

辛平让宁佳先打车去小云家，自己跟郑一夫请了假，开车赶过去。到了小云家里，见屋里有许多人，有子强单位的，也有小云单位的。宁佳已经到了，小云搂着她泣不成声，儿子默默扑在她怀里哭。小云看见辛平进来，想起身却又起不来，身边的人赶紧让出位置，辛平挨着坐下。小云握着他和宁佳的手，又号啕大哭，使劲说着“子强……子强……”，最终用力说出：“子强……他死了！”辛平一手搂着默默，也忍不住呜咽起来。

哭了一会儿，辛平清醒过来，抹了一把泪，起来跟子强和小云单位的领导说话。

据子强单位的雷局长说，子强是到太平洋一个岛国出差，前天在那里出的车祸。车祸的来龙去脉，以及肇事车辆、司机等其他有关信息，雷局长没说，只是说单位已经派人去处理善后事宜了。辛平问是否已经通知子强、小云双方的父母，雷局长说都通知了，都在赶来北京的路上。辛平又给子强的几个朋友挂了电话，请他们周知子强、小云的亲朋好友，如果大家有时间都来看望一下小云。宁佳过来说今晚不回去了，在这里陪小云。

第二天，子强和小云的父母先后抵京，辛平下午又过去看望。子强、小云的同学、朋友们也陆陆续续到来，照应的人也多了，就把宁佳替换了下来。第三天，子强的骨灰送回来了，大家自然又是哀伤不已。尤其是小云，送别时是活生生的子强，回来已经是一盒骨灰，心中那个悲痛，无以复加，哭昏过几次。子强和小云的父母猝然遭此变故，生死两别，其悲痛也是可想而知。为防意外，子强单位专门派了一名大夫在家里陪同看护。

连续几天，辛平主要心思都放在子强的事情上，每天下班后都到小云家里，一是跟小云和孩子以及两家老人说说话、劝慰劝慰他们，二是帮助小云张罗一些事，如子强烈士身份的评定、抚恤金的申领。尤其重要的是子强骨灰的安放，除了子强单位的同志在联系外，辛平和宁佳也陪着小云一家人一起去实地查看和挑选位置，来回走了好几趟。一直到骨灰安放完毕、子强父母离京，才基本完事。小云的父母留在北京住一阵，要陪陪小云母子俩。

又过了两天，子强单位搞了一个内部追思会，特邀辛平参与。听了子强单位领导和生前同事的追忆，辛平才大致知道他丰富的经历和让自己敬佩的成就。回到家里，辛平跟宁佳说起子强的事迹："子强留给我们这些亲朋好友的印象是爽朗热诚、有情有义，而他的另一面，他为我们国家做出的贡献，如果不是这次的变故，几乎所有人是不知道的。我宁愿不知道他的另一面，而他能好好活着。"说着又掉下泪来。

宁佳想起一件急事："对了，默默上小学的事，本来应该这两天去二小考试。我今天问了小云，小云根本顾不上，孩子也没心思去考。你赶紧想想办法。"辛平听了，立即给雷局长打电话，建议他们单位出面协调此事。雷局长说，今天小云跟他说了，他会派人跟学校联系。

辛平心里惦记着默默上学的事，隔天问了小云，小云说还没有结果。过一天又问，还是没结果。辛平又直接找雷局长，雷局长也着急，说先是派了局里的同志去找二小的杜校长，但是没见着；他亲自去学校，校长还是不见。他现在已经把情况报告了部里，部领导已经做了批示，结果还不知道。到了晚上，雷局长来电话说部里的同志见着校长了，可是校长说孩子没经过考试肯定不能接收，经过考试了成绩不理想也不能接收。雷局长在电话里气得不得了。

放下电话，辛平沉默不语。宁佳在边上问："怎么样？行吗？"

辛平摇摇头："那个杜校长牛得很。"他把雷局长说的话说了一遍。

"那怎么办？难道默默就这样没学上了？那个什么狗屁校长有没有一点人性？"宁佳急了，开始骂人，骂完了又说，"你得赶紧想办法啊！"

"默默也不会没学上，只是可能要去一般点儿的学校。"

"那怎么行？如果子强还在，默默应该就能上二小了。子强为国家牺牲了，难道我们连他的孩子都不能关照一下吗？"宁佳说着眼圈又红了。

"这样，你找一下柳姐，让她请区教委的那个宋姐务必帮个忙，我这里也找一下向忠华。"

第二天一早向忠华回话了，给了一个二小副校长的电话："你给这个夏校长挂电话，他会帮助联系校长的。"辛平马上给夏校长挂电话，请他帮助请示杜校长，希望能抽空接见一下。夏校长很热情，让辛平稍等。过了个把钟头，夏校长回话，口气冷淡多了："杜校长这一段时间很忙，不见人。"

只能指望宋姐了。上午快下班前，宁佳来电话。听她喘着气，辛平就知道没希望了："真他妈的混蛋……不行了……"

辛平让她别着急，问："怎么说？"

"宋姐说，上次……上次跟校长说的时候校长还挺客气的，可是今天……今天一说，就被校长训斥了一顿，然后说完全不可能……收这个……孩子……"宁佳前面还是抽泣，后面干脆就"哇哇"大哭了。

辛平拿着电话发呆，宁佳那边问："怎么办啊……"辛平没听见。宁佳哭了一会儿又问："怎么办啊……"辛平还是没听见。宁佳急了，也不哭了："你干吗呢！怎么不吭声啊？赶紧再想办法啊！"

"知道了知道了，我再想想。"辛平回过神来说。可是还有什么办法呢？

过了一会儿，宁佳又来电话："你那个学生不是有个什么亲戚在哪个大领导身边工作吗？"

"哪个学生？哪个大领导？"辛平莫名其妙。

"就是那个……那个当年你给他买票又给他钱的……就是他带他爸来看病没钱回家的那个……"见辛平还没反应过来，宁佳又急了，"你这个笨猪！就是三月份来我们家，说终于找到你，又送了一堆茶叶的那个！"

"啊……噢……噢！是小盛啊！"小盛是辛平二十多年前教过的学生，辛平曾经在他家境困难的时候帮助过他。后来他发家了，辗转打听到辛平已经调来北京工作，前一阵特地来北京看辛平。"他哪个亲戚？"

"你问我，我问谁？你什么猪脑啊你！"宁佳气得直喘气。

“好……好！我问问他。”

辛平马上给小盛挂电话。小盛听说能给辛平帮忙，十分高兴。午饭后，小盛回信，让辛平马上给他亲戚挂电话。

亲戚接到电话，口气里对辛平很尊重，说马上联系。不一会儿，亲戚回话：“辛老师，我跟教育部那边说了，他们说马上落实，有结果后会与您联系。不过据他们说，那位杜校长很有个性，让她见您应该没问题，但是能不能同意孩子就学就难说了，哪怕是部领导出面杜校长都不一定会给他们面子。如果二小不行，去其他小学应该还有办法。”

辛平对亲戚千恩万谢。经过这两天的折腾，他已经明白这个杜校长真的很牛，现在能让她见自己一面就已经不容易了。至于结果，只能顺其自然，但愿子强在天之灵能保佑自己的孩子。想到这里，辛平心里一阵伤痛。

小盛亲戚这边还是有力度的，杜校长终于同意见面了。约的是第二天上午十点，辛平上午九点半就到了。在校门口站了二十分钟，然后打电话与学校的联系人联系，进校后到指定的办公室等候，又坐了将近一个小时。快十一点时，就见一位体态微胖、头发花白的女士缓步进来，看年纪六十上下；后面跟着一位姑娘，像是秘书模样。辛平知道这一定就是杜校长了，赶紧起身。杜校长没搭理他，在对面坐下了，往后一靠，整了整衣服，再昂起头，开始说话。

“你——就是辛司长？”杜校长问。

“我是辛平。杜校长好！感谢您……”

辛平没说完，就被杜校长打断了：“不用说客气话了，你说什么事儿吧。”说完低头，平伸出左手手掌，右手开始挨个地抠左手的手指甲。

“就是穆蘅上学的事……”

杜校长低着头，一边抠着指甲，一边打断了辛平说：“你们家孩子的事我知道，你们单位的人已经找过我了，我当时就告诉他们没有办法。”说到这儿停下手抬起头：“要进我们二小必须经过考试，并且是达到我们要求的才行。”然后又低头继续抠：“你也真行，又托了三个人来找我，一级比一级高，真是要把我压死呀！”她说话语气并不严厉，不紧不慢的，但是却有一股威严之气。

“是这样的，穆蘅不是我的孩子，第一次来的也不是我单位的，是孩子父亲……”

“说的不是你的孩子，来的也不是你单位的人，那孩子的父亲去哪儿了……噢，对了，上次你们单位那人说孩子父亲没了。唉，孩子没了父亲，确实挺可怜的，可是——”杜校长顿了顿，“我们是有规矩的呀。”

“杜校长，我知道您很忙，所以我不敢多打搅您。我想占用您五分钟时间给您汇报一下孩子和他父亲的情况，实在不行就算了。您看行吗？”

“说吧。”杜校长的右手终于停下了，但是眼睛仍盯着左手，手指头似乎微微动着。

“孩子的父亲穆子强，三年前在国外就差一点牺牲了，但是他死里逃生回到国内。这次在国外，本来他有逃生的机会，但是他让给了别人，把死亡留给了自己。”辛平说着，声音有点哽咽，但是他必须克制住感情，尽快地说服杜校长。

果然，杜校长的目光离开了手指甲。她微侧着头，盯着辛平看。

“子强工作的性质，是保卫我们国家的安全，他立了很多功劳。中央有关部门曾经有个通报不知道您知不知道，就是我们国家几十年来几代人付出心血才搞成的一个重要保密系统被外国间谍偷走了。”

“这件事我不知道，不过我听说过类似的事。”杜校长说，把双手放在了腿上。

“后来，是子强通过国外的工作关系把内奸找出来的，避免了更大的损失。三年前，他在国外执行任务，接收一个重要的东西。在最后关头，他的搭档也是他的上级把他顶替下来，让他负责接应。结果搭档牺牲了，他连夜开车越过边境逃离那个国家，又历经千辛万苦才回到国内。”

杜校长把身体坐直了：“噢？”她的眼神里满是惊异。

“他回来后，非常内疚，认为自己当时不应该让搭档去牺牲。这一次，就是上周，他和自己的搭档到一个岛国去执行任务，他开着车在前面，让搭档在后面跟着，一辆大货车突然撞过来，把他和车一起撞飞了，他当时……当时就……牺牲了。”

杜校长猛地用双手捂住脸，轻轻喊道：“天哪！天哪！”

辛平平复了一下情绪，继续说道：“他这次出国，他爱人在出国那天到机场送行，之后没有通过电话、没有通过短信微信，再见到他时，已经是骨灰盒了。他今年才四十三岁……”说到这里，辛平突然停下。他发现杜校长在抹眼泪。辛平愣在那儿，不知道该不该再说下去。

坐在杜校长身后的秘书赶紧起身从桌上抽了几张纸巾递给她，她接过来轻轻在脸上按了按，又恢复了常态。“这个车祸是怎么回事，查清楚了吗？”她用平静的语气问道，眼睛盯着辛平面前的桌面。

“没有，据部里的同志说，有可能永远都查不清楚。”

“唉——”杜校长叹了口气。

“这个孩子，本来准备参加二小的考试了，可就在这个节骨眼上，父亲没了，他天天哭着要爸爸……”

杜校长眼泪又猛地流下来：“你别说了别说了……”她憋着气小声地说，又擦眼泪又擤鼻涕。过了一会儿，她一抬手对着秘书说：“你去，把洪校长给我叫来！”

不一会儿，一个约莫四十岁的男同志进来。“校长，您找我？”

杜校长又是一抬手，指着洪校长说：“你——”眼泪又下来了。“你为什么不把孩子的情况问清楚！”她哽咽着，厉声说。

洪校长吓坏了，小声地问：“您说的是哪个孩子？”

“就是他父亲去世的那个穆……”她泪眼汪汪地看着辛平。

“穆蘅。”辛平说。

“噢，是他们单位的同志说他父亲因公牺牲了，希望孩子能进我们学校上学。”洪校长说。

“因公牺牲！因公牺牲！因什么公？怎么牺牲的？你们也不跟我说清楚！成天说这个官僚主义、说那个官僚主义，我们自己不是官僚主义吗！”杜校长用手捂住脸，“呜呜”地哭出声来了。

辛平赶紧接过来说：“这不怪洪校长，是单位的同志不知道跟洪校长报告清楚。”

杜校长腾出一只手冲辛平摆了摆，带着哭声说：“别说什么报告，越说越官僚了，最大的官僚就是我！”她转头对洪校长说：“你，记着！这个穆蘅，什么考试都不要，直接进我们二小读书！开会的时候我会跟大家解释的！”说着又擦了一下眼泪。

辛平心中涌起热浪，眼泪也差一点掉下来，但他忍住了：“谢谢！谢谢杜校长！谢谢二小！”

“你不要谢我们，是我们应该谢谢穆蘅他爸！今天还有这样的人在为我们国家奉献和牺牲，我们却不知道！不光我们不知道，现在还有多少人知道他们？你看看我们周围的人，看看我们自己，整天不愁吃不愁穿，甚至吃香的喝辣的，很多人还不满足，还想着搞些歪门邪道，欲壑难填。我为什么要在二小把得这么严？就是不想让一些人认为家里有权有钱孩子就能进二小！”杜校长又抹了一把眼泪。

辛平起身告辞，杜校长带着洪校长一起送出来。到了校门口，杜校长郑重地对辛平说道：“孩子上学的事，您就不必再操心了。等入学那天，我会亲自在门口迎接他，牵着他的手，送他进教室。”

辛平这回忍不住了，眼泪“哗”的一下流下来。他一手抹着眼泪，一手跟杜校长、洪校长挥挥手，赶紧离开。一路上止不住地呜咽着，惹得几个路人好奇地看着他。

四

还好，在辛平和宁佳忙于子强去世和默默上学的事的时候，老太太没怎么闹脾气。当然一开始是有点意见，被辛平说了两句就安定了。

工作上，西国科技的新合作仍然没有进展，辛平与他们的关系又回到前一个轮回的样子，也就是辛平一催问那边就回话说“快了”，过两天再问，还是这么回话。想起陶部长在部务会上说的，“绝不可以把党和国家的事业当儿戏”，辛平心里就异常沉重。可是现在的状况是“皇帝不急太监急”，急了也没用。

这两天正赶上办公厅通知各司，要求抓紧做半年工作总结，辛平于是想，与其这么干等着，不如趁这一段时间把常规工作好好做个梳理。为此，他打算出一趟差，到中部哪个省去做个调研，同时再召集几个省的处长开一个片会。辛平跟郑一夫和陈之岳都报告了一下，两人都表示同意。

听说辛平又要出差，宁佳就有点紧张：“你不在家，要是老太太跟我闹起来，可怎么办？”

辛平安慰说不会的，平时说话注意点就是了。

“怎么注意？今天你回来之前，她跟我抱怨辛安对她态度不好，我附和了几句，她就突然变脸了。防不胜防啊！”宁佳说着还哆嗦了一下身子。

“这种家长里短的事你就别附和她，多说些日长夜短、天气冷热之类的闲话呗。”

“可能吗？就是聊天气都能聊出不开心来。”

其实辛平心里也担心，因此出差前一天晚上特意在老太太屋里跟她聊了好长时间。不过最近还好，前两天老太太跟辛安生气，这样暂时转移了矛盾。

这次出差只去两天，辛平带了胡维富和两个处各一名同志去。在当地先调研一天，再用半天时间开片会。

也许是因为自己有过在地方工作的经历，辛平对地方的同志比较尊重，也喜欢跟大家交流。因此开完会后，辛平一般会让作为地主的省厅安排大家在当地走走，并安排一次聚餐，这样辛平可以跟大家喝喝酒、叙叙旧。虽然辛平历来不喜欢喝酒，但是跟地方的同志喝酒他还是愿意的。这一次没有例外，晚上聚餐时辛平喝了不少。八个省，每个省两人，加上省厅余副厅长、几个处长和会务人员，大家都来敬酒，然后辛平挨个回敬大家，最后大家再乱敬一通，把他喝过量了，估计有半斤多。辛平顶不住，趁乱去卫生间“咿里哇啦”地吐了两回，回来继续喝。等这一顿聚餐结束，都九点多了，于是大家都散了，回屋的回屋，出宾馆散步的散步。

余副厅长问辛平：“辛司，现在时间还早，去唱唱歌吧。”

辛平说：“不去了，一是酒喝多了，二是太晚了，三是我唱得不好。还是回房间休息休息，醒醒酒。”让了两三回，余副厅长也就不勉强了，把辛平送到房间，大家都退出了。

辛平在房间摇摇晃晃地走了几圈，拿起水壶到卫生间接了点水烧着，坐在沙发上等水开，等着等着就开始犯困。突然响起敲门声，把辛平吓了一跳。起来一开门，几个地方的处长涌进来，后面跟着胡维富。

“辛司！走！走！唱歌去！”几位处长借着酒劲喊道。

“不去！不去！你们几个家伙合伙把我灌醉了，走不动了！睡觉！”辛平把自己摇晃得更厉害了。

“那点酒哪能把您喝醉了？必须去！”

“不去，真的不去。”辛平赖在沙发上不起来，“刚才余厅长都同意不去了，你们不要推翻领导的决定！”

“唱歌的事不归余厅长管。我们大家平时工作那么辛苦，您怎么能不犒劳一下？”

“怎么没犒劳了？不是敬你们那么多酒了吗？”

“敬酒不是犒劳，要听您唱歌才是犒劳！”

辛平笑了：“你们这些人，诡计多端。好吧！”众人蜂拥出门。

上了车，胡维富就在边上跟当地一位处长指点着，说是在解放大道上哪条路上，边上有个什么大厦，好像他是地主似的。边说边找，转了半天才到。

进了歌厅，胡维富一报名字，包间已经安排好了。房间是横向有些狭长的形状，一排沙发围成一个U形，中间长两头短，几个大茶几也是横向摆放。沙发的中间位置正对一个巨大的液晶屏幕，屏幕墙和茶几之间有四五米宽。

坐下来，先不张罗唱歌，而是先点酒。辛平说："不喝酒了，只唱歌。"有人说了："您不喝，我们也要喝呀！"于是点了一堆的啤酒，又上来好多小盘子，不光有干果、肉脯之类的，还有些小凉菜，都是胡维富指挥服务员。然后就开瓶倒酒，给辛平面前也倒上一大杯。辛平也没法拦了，随他们去。

接着才点歌。都要帮辛平点，胡维富嚷嚷着，连说了几个歌名，都是辛平以前唱过的。辛平也嚷嚷说："我先就唱一首，大家轮着来！"音响就开始放歌了。

辛平接过话筒唱起来。酒喝多了，唱完一首还真有些气喘。刚唱完，大家鼓掌，都喊："好！太好了！"然后都举杯喝酒，辛平也喝了一大口。

第二首还没开唱呢，门一开，几个穿着短裤长裙的女孩进来，胡维富就喊："来来来，挑一个挑一个！"又指着第一个进来、穿着短裤短袖面容姣好的窈窕女孩说："你，陪我们老总唱歌！"

辛平使劲摆手："唱歌就唱歌，要她们来干什么？"其实他也知道，都是来陪酒、伴唱的。

窈窕女孩没说话，笑盈盈地挨着辛平坐下，给辛平的杯子斟满酒，再给自己倒了一杯，然后端起杯子递给辛平："哥，干一杯！"自己"咕咚咕咚"一饮而尽。辛平看了看杯子，这一杯得有大半瓶啤酒的样子，因此呷了两口。准备放下杯子，女孩不干："不行不行，我都干了，您怎么就喝这么一点！"争执半天，辛平鼓起腮帮子喝了大半杯才放下。然后女孩就跟辛平聊天。音响声音很大，面对面说话都得扯着嗓子。

不知道谁开始唱第三首歌，女孩起身，拉着辛平的手说："哥，来跳舞！"辛平说："不跳不跳，我一点都不会！"女孩不信，使劲扯，辛平也使劲挣。边上已经有人成双成对地跳起来了，胡维富过来说："辛司，跳一个吧！"辛平说："我从来不跳舞，你也知道的。"胡维富就对女孩说："那就别跳了，你陪老总喝酒！"女孩于是坐下，先用叉子叉了一个小点心给辛平吃了，又端起杯，使劲一碰："干！"辛平仍只是喝了一大口，女孩又拦住不让放下："刚才您就没喝完，请您跳舞也不给面子，这回必须喝干了！"辛平无奈，分了好几口才把酒喝完。

然后又有人来敬酒，辛平能赖就赖，但一口不喝是不行的，这样不知道又喝了几大杯。接着唱歌，有人正唱着男女声二重唱，窈窕女孩也上去点了一个二重唱，回来要跟辛平一起唱，辛平问了歌名，点头表示可以。女孩唱得相当好，嗓音也柔，跟辛平真是一对好搭档，唱完了大家又是一阵喝彩。接着不知道谁唱了 个节奏激烈的什么歌，大家都起来跳舞。窈窕女孩又伸手拉辛平，辛平摆摆手，女孩就没再拉，跟辛平说了几句话，但是歌声和音响声儿太大，辛平听不清。女孩用手指了指包间的尽头，辛平不知道她什么意思，还是没动。女孩使劲喊道："跟你说句话！"辛平就扯着她的手站起来，可是酒劲上来，站不住，又坐下了。女孩再次把他拉起来，辛平有些踉跄地被她牵着过去。

到了尽头，女孩在墙上一推，原来还有个门。女孩拉着辛平进去，里头是一个封闭的小过道，也就两三米宽。借着外头的灯光，辛平看见沿墙挂着一排衣服、毛巾之类的物品。女孩回手把门关上，却不显太黑暗，原来尽里头还有一扇门，半掩着，里头透出灯光，辛平瞟了一眼，见里头摆着一张床。

辛平刚想问，女孩过来用双手一下勾在辛平脖子上，把辛平勾得脚步有些晃荡。辛平赶紧用手推，嘴里问："干嘛干嘛！"因为没站稳，辛平没推正，加上女孩也勾得紧，两人就贴得更近了。

女孩说："我跟你说话嘛！外面太吵，你贴着我的耳朵，我跟你说。"

辛平就低下头，把自己的耳朵贴近女孩的嘴。女孩把脸贴上来说："你搂住我的腰，不然我站不稳。"辛平犹豫了一下，轻轻搂住女孩的细腰，心中猛地一阵荡漾。女孩搂得更紧了，微喘着气轻声说："往下点。"

辛平本来酒喝多了心跳就快，这会儿跳得更快了。他敛了敛神道："不说了不说了，回去唱歌。"双手从女孩腰后面移到她的腰身两侧，把她往外推。腰身细柔，推得有点难。女孩不撒手，依旧紧紧地勾着辛平的脖子，身子紧往辛平这儿贴，说："不唱不唱，我就想跟你说话嘛。"辛平再推，还是推不出去。又握住她的两只胳膊往外拉，也拉不开。最后把手伸到自己脖子的后头掰开她的手指头，终于把她卸下，然后说道："走，唱歌去！"

辛平退一步伸手去开门，门一下自己开了，差点撞着辛平的头，是胡维富从外边进来。辛平说："嗬，差点撞着我！上哪去？"胡维富迷迷瞪瞪地说："呃……找……找厕所呢。"女孩在辛平后面说："厕所在那一头！"然后大家都出来了，坐下来继续唱歌、喝酒。

唱到十一点多，意犹未尽，辛平觉得该回去了，唱了最后一首歌后宣布：“晚会到此结束。”一挥手：“回家！”

路上，辛平掏出手机，发现有两个未接电话，都是郑一夫一个多小时前打来的。辛平赶紧回过去。郑一夫也没多问什么，他通知辛平先别回北京，明天晚上之前直接赶到新疆去，新疆有个会本来是陈部长去的，但是陈部长这两天病了，邓部长代他去开这个会，因此让辛平去陪着。

辛平听了，觉得有些挠头，但是也只能去了。之所以挠头，是怕见邓部长的脸色。

第二天上午，辛平给母亲和宁佳分别挂了电话。母亲一听还要继续出差，就抱怨开了：“怎么还要出差？不是说好两天回来吗？”辛平哄了好一会儿。宁佳听了，无奈地说：“好吧，不让你去也不可能了。”辛平又哄了一会儿。

到乌鲁木齐时，正赶上吃晚饭。厅里的同志接上辛平，直接从机场到吃饭的地方。进了餐厅，见邓部长正谈笑风生，看见辛平来了还挺高兴的。原来邓部长也刚到不久，新疆的厅长在机场接上他后就说，最近连续几天下雨，可是邓部长一来雨就停了，可见邓部长是有福之人。邓部长听了，一路上就高兴。到了餐厅，又说起这件事，正巧辛平进来，因此看到了邓部长的笑脸。

但是辛平还是又让邓部长不高兴了，是在到新疆的次日上午开完会之后。

在会上，厅长汇报了半年工作，并专门就部里专项布置的工作详细汇报了进展情况。同时，厅里安排自治区几个市级和县级单位就专项工作情况做了汇报。其中有一个县汇报得很好，邓部长听了很兴奋，就让他们进一步总结一下经验，写一个更系统的报告报到部里，以便部里向全国推广。

会后，辛平瞅个空，看边上没人时跟邓部长说："邓部长，县里的这个经验今天听起来确实不错，不过如果要向全国推广，除了让他们自己总结好之外，是不是我们另外专门派人到他们那儿，实地做一个调研，这样也能让他们总结得更好？"辛平说得很委婉，但是邓部长自然也听得出来辛平话里的意思。

邓部长一下就变脸了："你是说他们的经验不是真的吗？"

辛平赶紧赔笑着说："不是不是，我是觉得可以实地考察一下，这样如果推广起来，也好跟全国的情况相适应、相衔接。"

邓部长"哼哼"了一下："我是在帮你们发现经验。至于愿不愿意用，你们自己看着办！"

有了这件事，辛平一路上就更小心了。不过好在下午就去喀纳斯，不论是乘飞机还是接着坐车，辛平可以离邓部长远一点。刚到喀纳斯，厅长一问当地同志，说也是刚刚雨过天晴。去宾馆的路上，天空转阴，到了目的地后又在云间冒出一片蓝天。当天晚上下雨，第二天吃完早饭天又有些放晴。连续几个巧合，当地有同志就说从来没有遇到过，也有人说曾经有某位大领导来的时候出现过这种情况。这可更把邓部长高兴坏了，一路上就说这个话题，说以前也在某地遇到这种情况，当地同志又是怎么说的，等等。大家一起传说这些事的时候，辛平在边上也满脸堆笑的。离邓部长较远的时候，辛平就只是默默地听着。他不是虚伪，是不能再得罪邓部长了。另外，还有一个原因，就是到喀纳斯当天晚上接到宁佳电话，后院又有点不稳定，让他心绪不宁。

宁佳和老太太两人又闹别扭了。据宁佳说，起因就是一件小事。宁佳做晚饭时，做了一个红烧肉，是辛平平时爱吃的。老太太就说，辛平不在家，干吗做红烧肉？宁佳就回应说，辛平不在家我们不是也可以吃吗？老太太听了就不干了，说她什么时候说过不能吃了？宁佳就说你刚才那意思不就是说只能辛平在家才能做吗？这一来二去的，越扯火气越大，老太太晚饭也不吃了，宁佳让蔻儿吃完饭，自己也不吃了。

辛平本来这几天心里就有些别扭，一听宁佳说的事，火气也上来了："我就出来几天，你们就不能消停点吗？"

宁佳听了，立马就哭了："我怎么不消停了？是我不消停吗？你觉得我应该怎么做？我怎么做你们都要找碴儿，我不干了！"说完就狠狠地把电话挂了。

辛平不知道宁佳说的"不干了"是什么意思，赶紧再挂回去，可是宁佳死活不接电话。他担心宁佳干什么傻事，于是赶紧给蔻儿发短信，让她照看好妈妈。按照规矩，蔻儿这个时候是不允许看手机的，辛平又怕蔻儿看不到短信。不过还好，没多久蔻儿就把电话挂过来了。

"老爸，你妈和你老婆这么闹，啥时有个结束？我还要期末考呢。"蔻儿用冷冰冰的语气说。

辛平反倒笑了："蔻宝，这个家就靠你了，你帮着调和调和。"

蔻儿还是冷冰冰的："我调和，有可能吗？我一是没能力，第二呢我现在表现中立不掺和，她们可能对我还有点顾忌、有点珍惜，不然真要世界大战不可收拾了。"

辛平听了心想这丫头还真冷静，就说："那你看好你妈，她刚才情绪不太稳定。"

"知道了，已经把她拦在房间里了。不过那一头我可管不了。"那一头，指的是她奶奶。"还有就是，平心而论，我奶奶是远比我妈强势的。"

"行，我知道，这一头交给你，那一头交给我。"

辛平接着给母亲挂电话。电话挂通了，老太太没说什么，就是"嗯""啊"的。辛平从外围跟她聊，聊今天天气、有没有不舒服等等，然后问："今晚吃什么？"

"什么都没吃。"老太太答。

"怎么了？"辛平又问。

"快让你老婆气死了！"老太太嗓门开始大起来。

"怎么又不高兴呢？好好的，又没有什么大事，不要总闹别扭嘛。"

"闹别扭，是我闹吗？是你老婆闹！我才说一句话，她就应我十句。我现在还没白吃你们的，她就这样对待我，那以后会怎么样？这家是她的吗？是我儿子的！我吃的是我儿子的，住的是我儿子的！"老太太越说越激动。

"妈，你不要这么说。这个家是我们大家的，大家都要爱惜，平时生活互相让一让，和气一点，生活才有意义。如果天天都生活在不高兴中，活着还有什么意义？”

“是，天天在这里受气，我觉得活着真是没意义。”

辛平叹了一口气：“妈，我在出差，平时也很忙，希望你们在家里不要给我增加烦恼。”

老太太又发怒了：“是我给你烦恼了吗？如果是这样，那我就回去！”

辛平也生气了：“妈，我说的是你们，你和宁佳，不是只说你。你为什么总想着别人对你不好呢？我们家有那么多气吗？你平时在老家总跟别人吹牛说儿子在中央工作，觉得自己很光荣，可是你儿子的家庭天天都这样闹矛盾，你觉得很光荣吗？”辛平突然觉得，这个角度或许管用。

果然，老太太声音低了些：“那他们也不会知道。”

“你觉得人家永远都不知道？天天都生气，这个气都写在脸上，都在你平时跟人家聊天的话里！再说，你们这个样子，我能安心工作吗？我要是工作不好，被组织上调离这个单位，这样传出去你觉得很有面子吗？”

“好了好了！你不要说了。我知道了。”老太太终于服软了。

放下电话，辛平觉得就像是又跟陶部长对了一番话那样地让人疲惫。可是宁佳那头还没安定。他又给宁佳发了一个短信：“老太太那边已经摁住了，蔻儿这两天就要期末考，你别再生气了。”

摆平了这些事，辛平准备睡觉。电话又响了，是岳母：“辛平，你们家怎么搞的，宁佳打电话跟我哭了半天？你告诉你妈，不要欺负我们宁佳，不然我对你不客气！”说完把电话挂了。

辛平气哼哼地坐在床上，心里觉得堵得慌。坐了半天，刚想躺下，电话又响了，是宁佳大哥。

“辛平，你和宁佳能不能好好过？不能的话，你早点说该怎么办！”

辛平一听更加火冒三丈：“大哥，你说什么屁话？谁家没有个磕磕绊绊的，你竟然说出这种话？真是个混账东西！”说完也把电话挂了。

然后，一晚上辛平就没怎么睡，睡着了也是老做跟人吵架的梦。

第二天上午，估计宁佳到单位了，给她挂了一个电话。电话里宁佳情绪还是不高，只说了句：“没事了。”辛平听了还是安心了些，也没跟她说昨晚岳母和大舅哥打电话的事。

五

辛平出差回来后，蔻儿单独找他谈了一次话。蔻儿说，家里时不时地闹矛盾，既影响家里所有人的生活，也影响她学习。蔻儿希望辛平想办法解决这个问题。辛平跟蔻儿说了三层意思：第一，爸爸作为一个男人，既要考虑小家庭，也要考虑大家庭，奶奶内心里是十分希望在这里跟我们一起生活，那么我们必须接纳她，这是爸爸不可推卸的责任。第二，奶奶在这里生活，必然比只有小家庭三个人一起生活会多一些不便，我们只能尽量让这些不便最大限度地减少，但是很难完全消除。第三，奶奶的观念比较陈旧，加上个性比较强，不时会有些让人难受的言行，这一点爸爸尽力改变她，我们也多一些容忍。前两条，蔻儿都认同，但是对于第三条她不太赞同。她认为，一个家庭里大家都应当互相尊重，奶奶也应当尊重妈妈。

“你难道不知道吗，奶奶眼里只有你一个人，其他人她认为都是无所谓的。”

蔻儿小小年纪，把问题看得很透彻。前些年她年纪小，对奶奶和妈妈的关系看得比较感性，现在则看得更深了。她说的话，辛平岂不知道？但是，改变母亲是比较难的，只能他们小家庭三个人克服困难。克服困难的主要方式，一是把自己该做的做好，二是调整心态，去适应母亲在家里生活的这种形态。辛平想起一句话：国事如家事。那么家事是不是也如国事？在单位不也一样吗，改变不了别人，只能尽量改变自己。但是，改变自己也是有底线的，在单位、在家里都是如此。这是不是也是国事如家事或者说家事如国事的另一种体现？

出差回京后上班的第一天，陈之岳找了辛平，告诉他一个情况，对辛平来说算是一个好消息。

“我跟陶部长商量了一下，现在离十八大召开也就不到四个月时间，在这么短的时间内让‘风云项目’有个突飞猛进的进展甚至开始实施应用，不太现实。因此，目前还是打好基础，把前期设计工作做得扎实一点，在十八大召开前后开始发力，推进系统搭建、机构设置、队伍建设以及工作上的应用等等，算是我们部贯彻落实十八大精神的一项重大举措。”

辛平一听，高兴坏了。这就意味着西国科技的问题不那么急迫了。

“但是也不能就此松劲了。目前最大的问题还是西国科技的事，你千方百计要促成他们的参与。当然，是符合我们条件的参与。”陈之岳又叮嘱道。

松劲当然是不会的，辛平心想。不过，他心里像是搬走了一块石头，轻松了许多。猛然间，辛平发现自己对“风云项目”的感觉有些变了。当初觉得它是一门艺术，现在好像是过五关斩六将。借着陈之岳传递的信息，辛平想借机放松一下，缓解长时间紧张工作而产生的压力。目前正好有一件闲事需要做，就是上网为蔻儿买书。

蔻儿说，暑假作业里有一项，要读一本长篇小说，然后写一篇一万字的读书体会。一万字！让初二的学生写这么长的读书体会，这不是变态吗？可是没办法，必须写。蔻儿不知道读什么书好，也不想花时间去挑书，因此这项任务就落在辛平身上了。

在几家网上书店挑了好一阵，辛平慢慢心中有数了。他买了些不同时期、国内国外有代表性的小说，给蔻儿自己选择。

过了两天，书寄到了，有二十多本。辛平先是多了一个心眼，把书寄到单位而不是家里，他要自己翻一翻，看看是不是适合蔻儿看。这一翻，果然翻出了一些问题。几本所谓当代的名家作品以及当红的作品，文学性就不说了——辛平也不懂什么文学性，就觉得另有两个问题，跟苍蝇卡在喉咙里似的让人难受。一个是总有些露骨的情爱描写，无所顾忌。辛平翻了好几本书，都有这个问题，似乎成了必不可少的“味精”——还不完全是“味精”，更像是掩盖变质食材霉馊味儿的重口味调料。另一个问题是虚幻性太强，让人感觉不真实，换句话说就是用类似于魔幻的手法编一些与实际生活相差很远的东西。但是你要说它太假，它似乎又能让人感觉到对现实社会的影射。按辛平以往的理解，文学作品在写作技巧上应当是贴近读者的，要让多数读者有亲近感、读起来不困难，在内容上、思想上又要引导读者，让人感动。可是他买的这几本当代作品，似乎与此相反了。

也许是自己这些年读当代作品太少的缘故，眼界落伍跟不上潮流了？辛平心想。他又想起易斌评论西方绘画的一些观点。易斌说，西方绘画发展到近现代后形成的一些流派，它们的艺术性已经误入了一个病态的境界。之前的西方绘画艺术既是给有专业眼光的小众欣赏的也是给普通大众欣赏的——至少是给只需要有基本欣赏能力的大众欣赏的。到了后来，是画给少数所谓的高水平的观众和气味相投的画家欣赏的，这时的艺术已经一味往小众化的方向发展——这在辛平看来已经变成了自娱自乐的“圈子”艺术了。再后来，西方绘画的主流意识进一步进入了病态的发展轨道中，变成了画家自己欣赏的艺术，而许多画家为了追求艺术的个性化，用超乎健康思维之外的手法来体现艺术，使艺术成了少数人的甚至是个人的癔语。“你要欣赏疯子，那么你自己就先要成为疯子。”易斌这样调侃说。不过易斌说的是绘画，没说文学。

总之，辛平觉得自己买的这些书，多数不太适合给蔻儿这样年纪的孩子阅读。筛来选去，他总算挑出八九本书来，包括民国时期茅盾、巴金的作品，八九十年代的几位实力派作家的作品，国外是巴尔扎克、夏洛蒂·勃朗特的作品，加上一本目前改编成电视剧的作品，又犹豫了一下，挑了一本有点抽象意味的，一起拎着给了蔻儿。过了两天，辛平问蔻儿那些书有没有满意的，蔻儿说挑了一本。挑的是哪一本，蔻儿没说，辛平也没问。

蔻儿暑假作业的麻烦事还不少。每天要上网查资料，这件事辛平可没法做到，后来是宁佳说她来做。辛平又发愁，不过这回主要是为别人家的孩子发愁。

“那些家在乡下上网不方便的孩子，怎么办？还有，谁能保证孩子们不会在网上看别的东西？”

这又惹得宁佳骂他：“看来你真是闲得没事干，管好自己女儿就行了！”

办完了蔻儿的事，辛平把心思收了收。坐在办公室里，他想着最近该抓一抓哪些工作。他发现这几天工作上少操了些心，却也不耽误事，自己分管的工作也没见到有什么耽误的。可见以前很多事情是多余的，很多忙也是人自己制造出来的。他想起陈之岳说过的一句话：“其实很多事有你没你一个样，你走了别人照样能干好。”不过陈之岳曾经说过另一句话：“干工作，就得有你没你不一样。”两句话，两个截然相反的意思，都有道理，就看说在哪里、什么时候说。

苏总给辛平来了一个电话。辛平印象中，从来都是他给苏总挂电话，苏总似乎不太愿意主动找他。苏总告诉辛平，西国科技挖了他们管理层的一个高管，花了很长时间，也花了大价钱。西国科技似乎想多挖几个人，但是别人都不去，就那一位高管扛不住诱惑，带了两个中低层人员过去了。

“对你们团队有影响吗？”辛平问。

“那不会，对此我们没有任何担心。不过，我感觉西国科技是想借他们做些什么别的文章，因为单凭这几个人，对西国科技能力的提升几乎是没有什么意义的。”苏总说。

放下电话，辛平脑子里闪了一下西国科技还想做什么文章这个问题，但是一想起来心里就有点紧张，一紧张心里放下的石头又回来了。他闭上眼睛养了一会儿神，觉得还是把复杂的问题简单化处理。现在不是等着西国科技那边的结果吗？那就等着，这中间的任何事都不管它。更重要的是，过几天就要带宁佳和蔻儿回老家休假，目前不宜折腾了。

六

“宁佳！宁佳！”

“干吗？”宁佳迷迷糊糊地问。

“起床了！”

“几点？”

“八点多了！”

“才八点多？昨晚那么晚睡，再睡一会儿。”昨晚搭乘夜班飞机回来，下飞机后再开车回到县城，都凌晨一点多了。

看叫不动宁佳，辛平又跑到蔻儿房间喊：“蔻宝！蔻宝！”

“嗯……”

“起床了起床了！”

“还困着呢，几点了？”蔻儿也是迷迷糊糊的。

“八点多了！”

“才八点多就叫我起床，你也太狠心了！我是你亲女儿呢……”

辛平说：“赶紧起床，我带你去找神仙居住的地方。”

蔻儿听了一骨碌爬起来。昨天进县城之前，经过一个岔路，辛平跟蔻儿说，从这儿去对面的山，山上有一幢房子常年云雾缭绕的。辛平说那儿可能是神仙居住的地方，并答应蔻儿明天带她去看。

辛平回到房间，蔻儿也跟进来：“妈妈！我们去找神仙居住的地方，你去吗？”

“你骗我女儿上哪去啊？”宁佳问辛平。

“没骗她，我们去乡间走走，看看风光。”

“不是说今天去鲤鱼溪玩吗？”

“鲤鱼溪去了好几次了，换个新鲜的。”

宁佳犹豫了一下：“那好吧，我也去吧。”

吃完饭，宁佳跟蔻儿外公外婆打了个招呼，坐上辛平开的车，往昨晚来时的方向去。车是傅经纶的私家车，他昨晚送到机场的。

县城据说在华东一带海拔最高，坐落在丘陵地貌的高山上，杉松挺拔，满目青绿。抬头看，一片蓝天，几片云朵。辛平摇下车窗，一阵凉风吹来，母女俩都大叫一声：“哇！好舒服！”

走了十几分钟，就能看见对面山上神仙居住的地方了。辛平见到左手边上一条水泥岔道，拐了进去，然后经过好大一片茶山，极为爽目。又开了五六分钟，在一棵大松树前面，又出现一个小岔道。这回往右拐，见两边都是梯田，禾苗大约只有蔻儿的书本高，因此可以看见水田倒映着蓝天白云，车经过时看上去像是车不动、云在走。辛平就跟蔻儿一起念诵辛弃疾的词：“溪边照影行，天在清溪底。天上有行云，人在行云里。”

又往上开了不到十分钟的车，还没见到神仙居住的地方，却来到一个小村前。村口有一小片树林，挺拔且十分高大，但是又不是松树、杉树。辛平把车在空旷处停下，一家人都下车来。见有一棵树上钉着牌子，辛平凑上前看了一眼：“噢，是柳杉。好家伙，五百多年了！”再往前走，树林边有一个小水潭，水潭是由前方的一条小溪汇聚而成。小溪穿村而过，溪岸两边各是一条小道，小道往里是村舍，村舍再里头还是房子，依山而建。溪岸小道往外的溪畔是自然生长的小花小草大树小树，随心所欲地挺立垂挂、横横斜斜的。顺小溪再往前看，一座古朴的廊桥横跨溪上。

“好美呀！”宁佳赞叹道。三人沿溪往前走。

没走两步，一只小白狗追着一只大白鸭过来。大白鸭跑不过小白狗，索性就蹲下来，嘴贴着地，小白狗上来一口就咬住大白鸭的脖子。宁佳和蔻儿同时惊呼：“噢！不！”却见小白狗轻咬了一下又放开了，母女俩松了口气。接着见大白鸭一路小跑，“扑通”一声跳进溪里。蔻儿于是就站在溪边，看大白鸭洗澡。

辛平和宁佳继续上行，来到一幢房子前面。房子可以明显看出它的年岁久远，因为墙体是黄土筑成的，黄墙黑瓦，不是现代水泥砖瓦房。辛平想起孟子说的“天将降大任于斯人也”，其中提到一个人叫傅说，是商朝高宗的丞相，“傅说举于版筑之间”，当丞相之前就是以筑土墙为生，这个版筑的技艺如今不知道是不是已经失传了。

见他们二人过来，坐在门前聊天的几位中老年人中，一位身穿蓝布侧襟老式衣服的老奶奶站起身，操着土话笑盈盈地问宁佳：“妹呀，来这里玩啊？”

“是的，阿婆。”宁佳也用土话回答。

“村里有亲戚朋友吗？”阿婆又问。

“没有呢。”

“那来家里坐坐吧，喝喝茶。”

“不了阿婆，这里这么漂亮，我们随便走走看看。”

蔻儿跟了上来，阿婆和其他几个村民看见她，都冲她微笑，蔻儿也冲他们挥挥手。

再往前走，来到廊桥边上。从廊桥这头望向那头，辛平心中突然生出一种沧桑感，不知道是为自己还是为这座廊桥。迈步进去，发现也是一位阿婆正坐在这一头的角落里，不停地用手捻着黄色的细纸条，捻成一朵朵丁香花的样子，堆在一边的竹篮里，嘴里不停地轻声嘟囔着。宁佳站在廊桥中间，又喊了一声：“哇！太漂亮了！”喊完才意识到不对，回头看了一眼阿婆，阿婆没有反应。辛平来到宁佳身边，从廊桥中间的方窗看出去，只见山、水、树、草、花、人，还有禽畜，融成一个完美的画面，怪不得宁佳那么大声喊叫。

辛平站在窗前呆望了好一阵，发现母女俩已经出廊桥那一头了，于是快步跟上，沿着小溪的另一边继续往前走。走了一小会儿，感觉天空暗了一点，紧接着天上就飘下一阵小雨，三人连忙躲进路边人家的门檐下看着那小雨飘来飘去的，一会儿“哇”的一声惊叹。

屋里主人听见，出来看见他们仨，笑着说：“进屋来坐吧！”

宁佳回头说：“不用了，在这里看毛毛雨挺好玩的。”辛平也回头，见主人是一位三十多岁的少妇。

“那就坐着看吧。”主人回里头搬了一张长长的板凳过来。三人坐下，宁佳跟主人聊着天。

只过了片刻，雨停日出，又是一片明媚。三人谢过主人，起身往回走。走的是刚才的对面，一路上还是那样的小溪风光。偶见几个小孩玩游戏，或者几只狗在巷口打闹、几只鸡在草丛里啄食。到了村口，对面的阿婆又叫道：“日头正午了，留下来吃饭吧。”边上一两个人也说：“是啊是啊，留下来吃饭吧。”宁佳忙不迭地跟他们回话，说还要上山去玩。

上车出村，回到有大松树的三岔口，拐上了另一个方向。盘山而上，坡明显比刚才进入小村子的那条路陡多了。开了约有二十分钟，来到一个开阔的草坪上。再往前，只有一米多宽的土路，车开不过去。三人下车，顺着土路走了几分钟，再拐一个急弯，就看见面前一座道观，烟雾缭绕的。辛平大声喊道："到啦！神仙居住的地方！"可不，站在道观前往远方看，对面山上正是刚才从城里出来的路。隔着巨大的山谷，两边都是青翠凝碧。

一抬头，就见离头顶不远处，一朵白云顺风飘过来。蔻儿指着白云说："你们看你们看！这朵云就要来到我们面前了！"话没说完，毛毛雨就落下来了。宁佳就要往道观那里跑，嘴里还招呼父女俩："快进去躲雨！"被辛平拉住了："这么一点雨怕什么呢！"宁佳一时挣脱不开，还想挣，云朵已经越过头顶，顺着他们身后的山势往上飘去，雨也跟着云走了。"呵，这雨真好玩，说来就来，说走就走。"宁佳说。

"怪不得从对面看是云雾缭绕，时不时有云朵飘来飘去，加上道观里的香烟，真像有神仙居住的地方。"蔻儿说。

辛平的目光跟着那一片云，见它又往前方的山下飘去。顺着云飘去的方向，他突然看见侧面另一个山谷里有一个小山岭，岭上茂林修竹，隐隐露出半爿屋顶和一角土墙。"哎，你们看那是什么？"他问。

母女二人看了看，说："是一个小村庄吧？"都说好美。

辛平就站在那里凝望，感觉那儿像是一幅画，自己站在画外看那里的蓝天白云以及蓝天白云下略带野性的山水田园，心想那里应该还有梯田阡陌、小溪花岸吧？有农人吗？有隐士吗？一时又觉得像元、明时期的山水画。看着看着，心里就有一股冲动，希望自己就是在这样的画中生活。母女俩回头见他还在那儿看着，就催他走。

三人进到道观里参观了一会儿。里头倒没什么特别，摆着几个神仙像，都是当代泥塑的，比较粗糙。“山好水好、云好雾好，就是神仙一般。”辛平笑着说。

看了一会儿，回头下山。到了岔路，正看见刚才村里那位穿着蓝布衫的阿婆带着一个小女孩，踱着小步往山上走。辛平赶紧停下车，跟她打着招呼。然后就问阿婆，在上面看到的山谷里是不是有个村子。可是辛平说的话阿婆听不懂，宁佳就下车帮着问。

“噢，你们说的是军岭啊？”阿婆说。那儿是有一个村子，有五六栋房子，因为交通不便，村民十几年前都搬迁出来了，房子都空在那里没人管。那里以前曾经住过红军，所以人们就把它叫作军岭了，其实在很久以前不叫军岭，叫什么名字阿婆也忘了。“那里路不好走的，都是野草，你们还是不要去了。”

告别阿婆，辛平问：“是继续往前走，还是回家吃饭？”母女俩异口同声：“继续走。”其实辛平也巴不得。

一路下山上山，走走停停。过一个桥，就要下来看看清溪山涧；看见一片野花，就要下来摘几朵说要带回家插着。这样走了半个多小时，车子拐上了右手边一条蜿蜒向上的村道。这条村道两旁没有茶山也没有梯田，右边坡上一直到顶都是竹林，左手坡下直到谷底山涧是整片整片的芦苇，都是原始的自然。山道弯弯，车开得不快。约莫走了两三公里，路的尽头又是一个山村，村口也是一片大树挺立的小林子。

辛平把车停在村口，刚下车，就听见“突突突”的声音，一辆摩托车从来路方向过来。来到跟前，车上下来一个年轻人，也是带笑问辛平他们，这里有没有亲戚、有没有朋友。听说都没有，就说：“那我带你们走走吧。”辛平明白了。这里的人见到陌生人，先问问有没有熟人招呼接待。如果没有，他们就主动接待了，前面那个山村的阿婆也是这样。

年轻人姓张，这一个村子都姓张。小张是村委会的会计，在县城开了一个小店，平时看店另外还打点零工，今天是村里要修沿溪的栏杆，他回来帮忙。小张带着三人在村里村外走着。村里，也是一条小溪穿过；村外，是果林、竹林、杉树林、松树林，中间有些梯田、菜地。走到一片果林边，小张让辛平他们等等，自己爬上一棵树，摘下一堆青梨：“这是我们家的。”他把梨在溪边洗了洗，递给辛平三人，自己也啃着吃。辛平三人学他把皮啃下来吃，还真清甜。不知不觉回到村里，来到一个竹篱笆围着的院落前，是小张家。院里，小张的父亲正在炒茶，地上竹筛子上铺满了茶青，见有客人来赶紧起身打招呼。小张进屋拿了一张板凳出来给三人坐着，又拿了三个杯子泡上刚炒出来的绿茶。蔻儿觉得新鲜，就在边上看小张的父亲炒茶，边看边问。

一会儿，小张母亲从屋里出来，腼腆地跟三人打了个招呼，跟小张说了几句土话。原来，厨房已经给他们三人做了午饭了。宁佳跟小张母亲推辞了半天，最后三人还是进屋里吃了。午饭做得简单，一人一碗拌面，一碗西红柿蛋汤，可是味道相当好，又赶上三人肚子也饿了，吃得都很香。宁佳问小张母亲这个村的历史，说是有三四百年了，小张他们家在这里就住了十几代。

吃完了，再喝了一会儿茶，三人告辞。宁佳进屋里，塞了五十块钱给小张母亲作饭钱，小张母亲坚决不要，两人推来推去，推到屋外来，小张父子俩也在边上推辞。实在没办法，宁佳把钱收回来，再次跟小张一家告辞。小张拎着一袋茶叶，送辛平他们到村口，把茶叶递给辛平说：“我爸说给小妹妹喝的，新炒的茶。”辛平又赶紧推辞了半天，最后也是收下了。

开车下山，宁佳说道：“人家给我们做了一顿饭，还送了一袋茶，我们什么也没给人家留下，真是过意不去。”

蔻儿惊叹：“我的妈呀，这里的人都这么纯朴呀？要在北京，打死我也不相信还有这种地方！”

“纯朴是人类的天性，虽然现在有些人的这种天性被掩盖了，但是在很多地方、很多人身上还是能看到的，北京也会有，只是想碰上可能费劲些。”辛平说。

“反正我没见到过。这次回来，感觉真是别有天地。”蔻儿说。

“中国不只有北京的那种繁华发达，社会也不只是你在北京见到的那种纷繁复杂。你这次回来，看到的是中国社会的另一个状况，农村、农民、社会的基层甚至是底层、人性的纯朴、建筑的原始或者简单、不太发达的交通、自由混乱的街道、山水田园、日常劳作等等，它们也是中国，也是中国社会。”

“真是，这些跟大城市的差别太大了，几乎没有重合的地方。”

“即便是在北京，也有与你看到的十分不同的现象和存在。因此，人在一生中一定要多走、多看、多想，这样看问题时才不容易偏颇。不然，说什么中国这样好、那样不好，或者说中国应该这样、不应该那样，或者说这件事应该这么做、不应该那么做，就很可能是闭门造车的空想，甚至是胡说八道。”

宁佳打断了辛平：“你说的道理太大了，蔻儿现在不一定听得懂吧？”

蔻儿道：“我爸说的大道理，跟学校教的相比，感觉还靠谱些，也生动些。”辛平听了，得意地笑了，然后一直在回味今天遇到的那种纯朴，心里就有些遗憾，遗憾自己不能在这样的地方生活。

宁佳这次回来，照例跟同学聚会了几次。辛平和蔻儿就参加了一回，是宁佳的小圈子聚会，参加的都是到现在跟宁佳还保持密切联系的发小闺密，主要是所谓的“七仙女”，还有两三个当年让“七仙女”痛恨的男同学。“七仙女”说话叽叽喳喳的，辛平就跟男士们聊天，说起这几天跑过的地方，有些地方他们都没去过。然后说到军岭，不知道能不能去。

真巧，在座有一位陈玉声老家就是军岭的，十岁以前还在那里生活过。不过他听辛平说了阿婆讲的军岭名称及由来时，却有另一个说法：“不对不对，不叫军岭，叫君岭。为什么叫君岭呢？据说唐朝末年有一个皇子躲避战乱，一路南下到了我们县，曾经在君岭上停留，因此那里被叫作君岭，我是小时候听老一辈的说过的。”

“七仙女”中有一位是档案馆副馆长，听了陈玉声这个说法，纠正他。“仙女”说，叫“君岭”没错，曾经住过红军游击队也对，但是君岭的名称跟唐朝皇子和红军无关，皇子根本就没经过君岭。是清朝末年，本地一位名士叫周什么南的，四处游玩时到过那里，见那里地方不大，却生长着好几样有“君子”气质的植物，说此地是君子汇聚之所，就起了个名字叫君子岭，当地人后来说习惯了，都叫它君岭。至于君子，都有哪些呢？比如松树。“仙女”问陈玉声，有吧？陈玉声说有，我们全县都有。竹子，有吧？有，也是全县都有。梅花——是青梅，有吧？有，全县……呃，这还就是我们君岭有。“仙女”说，不光是这三种，好像还有几样。

陈玉声说，我是当地人，难道还不如你知道？“仙女”说，你是口口相传，传着传着就以讹传讹了，我这是权威的史料记载。陈玉声还不服气，于是“仙女”们同仇敌忾，有指着陈玉声鼻子的，有双手叉腰的，有大嗓门嚷嚷的，有伸手灌酒的，陈玉声没办法，服了。他又说要将功补过，明天当向导带辛平去一趟君岭，另一位被称作“摄影家”的男同学也说一起去，辛平十分高兴。宁佳和蔻儿听说那里草有一人高，而且芦叶割人，都退缩了。

第二天一早，辛平三人装备齐整地出发。所谓装备，辛平是长袖长裤防着草割虫咬，陈玉声是除草劈枝的棍、刀外加干粮，摄影家是照相机加大小镜头。按照陈玉声指引，辛平把车开到山谷的口上，三人徒步而去，一路披荆斩棘，终于来到君岭的小村前。辛平见这小村子，背靠一片高大的松树林，左侧是竹林，右侧半是竹林半是空地，村子前面是一个平缓下降的长坡，也长着松树杉树，看不见路。村子里头怎么样看得不太清，因为长满了将近两人高的芦苇。

一阵山风吹来，带着一缕幽香，辛平觉得这香气有些熟悉。再吸一口气，又没有了。等了一会儿，香气似乎不来了，想进村又进不去，于是就走到村子右侧的空地，从这里往岭下看。底下是一大片荒芜多年的梯田，却不长芦苇，长的是青青芳草。辛平就想起汉赋《招隐士》里的两句，“王孙游兮不归，春草生兮萋萋”，心中一片怅然。

陈玉声过来，问辛平要不要劈一条路进到村里看看，辛平觉得太麻烦了，说算了。摄影师则到处“咔嚓咔嚓”地拍照，兴奋得不得了。看看时间差不多了，三人原路返回。

辛平回来就跟宁佳和蔻儿形容那里的景象，然后缠着她们说要再到神仙住的道观那儿眺望君岭，宁佳说得在家陪陪父母，蔻儿则是作业一大堆，辛平只好自己开着车，又去山上看了两回。最后一次看完，辛平心中突然生出一个念头，把自己也吓了一跳，回来也没敢说。

以往每年休假，辛平多数时候只休一周，从来没有休满三周的，即使申请也不会批准。考虑到今年回老家要两头跑，因此申请了十天的休假。在岳父岳母这儿待了四天，下一步是去省城待两天，然后回辛平老家。

回省城的路上，辛平心里有些愧疚。这次回来，在山乡间走的时间太多了，在家里没怎么陪岳父岳母说话，岳母跟宁佳发了些牢骚，连老岳父也都有些不满。不过岳父不是要辛平陪自己说话，他是有许多问题要跟辛平探讨，可是辛平就是静不下心来。宁佳悄悄骂辛平：“你这只猪，怎么回事啊？怎么不好好说话？”

在省城的两天，没别的事，就是会会老朋友们，毕竟辛平和宁佳曾经在这里工作过几年。在省城这两天，除去早餐，午、晚餐加起来四顿饭都是分别跟几拨朋友们聚会，还有一些没排上的朋友就约了晚上喝茶。省厅有熟识的同事打听到辛平回来，也要请他们一家子吃饭，辛平都推辞了，怕影响不好。其中有愿意的，辛平都邀请来跟朋友们一块聚了。

老友聚会，喝酒第一。至于聊天，肯定是海阔天空，当然因为多数朋友都是经历过、见识过的，话题多半不会是鸡毛蒜皮的家事小事。说得最多的是本地的人事变动安排，谁又怎么样了、谁可能怎么样。

单独跟傅经纶喝茶时，傅经纶说道："现在传闻很多啊……"

辛平问哪里听说的，傅经纶说："现在哪个领导身边没有几个人围着，我们省前些年跟着去的就好几个，比如福林集团的老板，还有那个号称'儒商'的老连，他们这些人知道很多事。"

辛平叹了一口气："这些事靠不靠谱，我真不知道。但是有这些传闻，说明很不正常。"

"可不是吗，是十分不正常了。你在上面工作，我看得没你高，我就说我们单位，现在工作很不好干。我们刚参加工作的时候，拿工作对象一包烟都是要犯错误的，现在是工作对象不给红包就不出门。我想稍微整顿整顿，让大家也别太不像话，可是底下这些弟兄们就叫起苦来，说在我手下本来就清苦，再卡他们脖子就活不下去了。他们说得也有道理，跟其他部门相比我管得算是严了，单位里头因此就有人说我的闲话。你说管也不是，不管也不是。"傅经纶说。

省城待完回老家。辛平想在县城家里静静地住两天，抽个时间回乡下看看，但是不行，静不下来。先是辛安说，既然回来了，她要跟县委书记报告一下。辛平就不让，认为自己是回来休假，又不是公事出差，没必要打搅书记，其实主要原因是辛平看不上这个书记。这个书记来了三年多，基本上看不出有什么作为，成天往北京跑，往贾同心身上靠。辛安很为难，说怕书记知道后会怪她没有报告，辛平就说等他走之前给书记挂个电话打个招呼就行了。说通了辛安，有几个发小不知道从哪里听说辛平回来了，又约着吃饭。辛平答应了一顿饭，然后就带着宁佳和蔻儿躲到乡下去了。

这次回来，辛平主要任务是回乡下跟族里乡亲商量寨子的事。寨子有将近两百年的历史了，依山而建，占地有五千多平方米，是清朝道光年间修建的，近几十年来住在寨子里的族人陆续搬出，看护、修缮不够，塌圮严重。几位有眼光的族里人觉得挺可惜的，就想着怎么保护起来，说今后说不定就是一个宝贝。

说完寨子的事，辛平去看望了几位长辈。到了阿修伯家，阿修伯拉着他的手，不停地抹眼泪，说辛平越来越像他爸了。阿修伯就回忆起几十年前的事："那年部队来征兵，我们县刚解放，大家都不知道为什么还要征兵，都没有人去。后来你爸从县里回来动员大家参军，大家跟你爸说：'你去我们就去。'结果你爸就带着我们一批人都参军了，过了几个月就上了朝鲜战场。"然后又说："你爸是好人哪，可惜死得早！"说得辛平也掉眼泪。

阿修伯从朝鲜回国后就退伍了，后来一直在村里务农，不过对国家大事还挺关心，完全不是一个不问世事的农民心态。"你看现在当农民多好，种田国家还给补贴，这也就是我们党能做到啊！”阿修伯说。

本想在乡下躲避喧嚣，谁知喧嚣又跟着来了。估计是五叔做的广告，辛平回来的消息传遍了十里八村，当天晚上就有好多人来五叔家找辛平，有的是看望，有的是感谢，有的是寻求帮助。看望的人，有的辛平熟识，有的依稀记得，多数不记得、不知道。感谢的，是辛平这些年前前后后帮助了一些乡亲，他们来就是说一声感谢。来寻求帮助的人不少，事情五花八门，比如在山东被人欠债不还，在河南的物业被政府征收拆迁因此希望赔个高价，孩子报考上海的政府部门进入面试需要打个招呼，弟弟在北京开个小店被人欺负，等等。辛平多是耐心地帮他们出主意、想办法，但是答应帮忙的没几个。辛平始终认为救人急难是第一的，但是即便是急难事也都把话先说了，尽力而为，不敢保证就有结果。来了人了，得讲礼貌，因此搞得宁佳和蔻儿也是忙忙乎乎的，介绍一下就得站起来寒暄一下，还要带着笑脸说一两句话，母女俩说脸部的肌肉都僵硬了，辛平干脆让她们躲到五叔家楼上的卧室里去休息。

来的乡亲们除了说事，有的还邀请辛平一家到家里吃饭，辛平推辞都推辞不过来，但是最终一家都没答应。辛平考虑去谁家不去谁家都不太好，另外也担心吃饭过程中主人家又托他什么事，吃了人家的嘴软，如果答应了又办不到自己心里有愧疚。

第二天一早，辛平让五叔带着，一家三口上山到父亲的墓前看了看，鞠了三躬，就回县城了，午饭就在县城找个饭馆吃了点家乡特色小吃。前一天晚上已经答应了五婶，回头再给堂弟晓洪找一个工作。晓洪一直没露面，五婶说他怕辛平骂他。

再待了一天，辛平跟宁佳母女商量，提前一天结束休假回到北京。走之前给县委书记打了个电话，寒暄了几句。

第七章

一

辛平回到北京，没见着陈之岳和郑一夫，他们出国去了。不知道为什么，这一段时间以来，辛平觉得心里挺轻松敞亮的，感觉像是在幽暗的森林里行走多时，突然看见了头顶上的阳光和蓝天。

工作上不太操心，就会在亲情和友情的旋涡之中打转。

辛平三口子还在老家的时候，辛平给老太太打过几次电话，老太太情绪都不太高，说是头晕。这些年来，只要辛平他们不在家，老太太多数都是如此，不是这儿难受就是那儿难受，辛平电话里安慰安慰就过去了。终于盼到辛平三口子回来，老太太挺高兴的，头也不晕了。趁着老太太心情好，辛平连续几天下班后跟朋友们聚了几次，喝了几顿大酒。这几场聚会有的是朋友们临时约的，有的是欠账——早就约了没实现，拖到这两天还酒债。

这几场酒，辛平最想约的有两个，一个是他和宁佳跟小云和默默吃个饭，另一个是“四个二”聚聚。

小云母子俩状况还好，小云的父母最近还在北京陪着，帮着照料日常起居。默默上学了，开学那天杜校长真的在校门口迎着他，牵着他的手进了教室，这件事在全校都轰动了，许多新生家长说这个孩子一定是哪个大领导的子弟。辛平听了，对杜校长又增添了几分敬意。

“四个二”的聚会没聚成，因为向忠华本来说好这几天回京但是又不回来了。不过老鲁拉着辛平参加了另一个饭局，并且要辛平带着宁佳一起参加，说是家庭聚会。宁佳是那种“裤腿里的跳蚤”类型的人，平时就怕跟陌生人聚会，辛平求了半天才答应了。这两天天气不好，辛平怕堵车，一下班就直奔宁佳单位，接上她急急忙忙地赶路，等到了地方已经过了约定的时间，不过还好，人只来了一半，其他的估计也还堵在路上。

老鲁约的这个饭局真不简单。参加的人是“四加二”，也就是四对夫妻加不是夫妻的两位。四对夫妻，除了老鲁、辛平这两对，还有王致理夫妻，宁佳一看心里踏实了，这三家都是很亲近的，说话有伴。还有一对夫妻就是唐大姐夫妇，两人跟老鲁都是老朋友。最后来的不是夫妻的两位可都是大有名头。一位是周部长，他四十岁出头就当了副部长，十年来在中直部门和地方上走了好几个岗位，最近刚调回北京。半年多前，他搞了一个“城市灵魂”的概念，在全国范围内掀起了一股热潮，各地纷纷效仿。老鲁自己是个不进步的“老革命”，他的老同事、老部下出了好几个部级领导，这位周部长就是他的一位老同事，两人原来在一个局里当副局长。老鲁悄悄告诉辛平和王致理，周部长可能要提正部了，他想等周部长提正部后投奔他去。辛平记起老鲁说过想到金部长手下去，怎么又变了呢，但是没机会问。

周部长夫人最近身体不好，因此他带了另一位女士来。这位女士虽然不算官员，可比许多官员都牛——她就是著名的青春偶像派影星荆默。宁佳一看荆默，十分激动。荆默见到大家，却只是矜持地打了个招呼。看这位荆默，穿着宽大衣裳，虽然十分得体，却显得不太敏捷，与电影、电视中看到的青春干练形象不太一样。

一落座，周部长就说起今天的堵车，由堵车讲到雾霾，大家就七嘴八舌地控诉雾霾，座中荆默显得尤其痛恨。她说这几年来，只要有空她就往美国跑，只为躲雾霾。她说她的孩子一定要到美国去生产，让孩子一落地就呼吸干净的空气，今后还要专门拍一个节目控诉中国的雾霾。原来荆默怀孕了，怪不得行动有些笨拙。不过宁佳听了她的话，有些失落，兴奋劲也没了，老回头跟老鲁和王致理的夫人聊天，辛平悄悄提醒了几次，让她不可失礼。

回家路上，宁佳十分扫兴："人真是不能近看，近看就失望，觉得太装了，没有真实。当然了，也许这就是真实，她认为自己在天上，别人都是地上的凡人。"

辛平笑了笑："人生有时莫如不见。"

"还不如我们单位的茶友们呢。"宁佳说。

宁佳休完假回去上班，把那些伪茶友们高兴坏了，说十几天没喝到宁佳的茶，就像久旱不见水的禾苗。宁佳一上午都忙着给他们泡茶，跟他们聊天，说家乡的人、事、风物，说什么他们都觉得新鲜，宁佳自己也觉得开心。

然而，人生又好比四季风，难免冰火、总有炎凉，好景不长。宁佳与伪茶友们的茶喝出了问题。

宁佳上班的第一天，大家围着她开心地喝茶聊天，第二天大家继续这样围坐着喝茶聊天，第三天还是这样。然后就不知道是谁告到处长那儿，说现在大家都不干活了，只忙着喝茶聊天。处长就召集科长开会，整顿工作作风，据说会上点了宁佳的名，说她招惹大家一上班就喝茶，影响工作。同喜回来委婉地跟宁佳说，让她上班少喝点茶，宁佳觉得莫名其妙，问同喜怎么管起她喝茶来了，后来才知道自己成了影响工作的因素。于是情绪突然就低落下来。

晚上辛平在外头吃完饭回家，见宁佳情绪不高，既没笑脸也不爱说话，以为又跟老太太闹别扭了，心里又开始“扑通扑通”的，问：“怎么了？这几天不是挺和谐的吗？”

宁佳没好气地说：“这几天家里是和谐了，可是单位又不和谐了。”辛平这才知道不是跟老太太不高兴，心里逐渐就不“扑通”了，就问宁佳单位怎么回事。宁佳说了说，然后就哭了：“我喝茶碍着谁了，怎么成了影响工作的因素了呢？”

“所谓‘树大招风’，你现在团结了一拨人，就成了大树了。不过呢，你也有需要注意和改进的。”辛平说。

“我哪儿不对了？”

“上班时间，那么多人聚在一起喝茶，就是要避免的。”

“那些玫瑰们天天围在一起，尽说些无聊的、消极的、颠倒黑白挑拨离间的话，见过处长说她们了吗？”

“那你们不能跟她们比。她们错了没人说，不等于你们也能跟她们一样去犯错，或者你们犯错了也不能被批评，否则不就跟她们一样了？”

宁佳“噢”了一声，不吭声了。过一会儿说：“你说得也对，不能她们怎么样我们也怎么样！”又幽幽地叹了口气：“没高兴几天，又回到常态了。”

辛平安慰她：“人本来就是生活在常态里，不可能靠激情、亢奋过日子。我们尽力改进常态吧，至少不能让常态退步，然后再一点一点地提高。”

“那我们家呢？老太太的常态能改进吗？”

“最近一阵不是还好吗？她有进步，你也有进步，我们争取让它成为常态。”

宁佳“呵呵”了一声：“那是亢奋，不是进步。”

不出宁佳所料，老太太没高兴两天，又有些不对劲。她问辛平，为什么去岳父岳母家那么多天，在自己老家才待三天不到；老家有谁和谁请他吃饭，为什么不给人家面子，等等。过了一两天，辛平上班时，接到母亲电话，是告蔻儿的状，说她老睡懒觉不起床，叫她起来她还不高兴。然后连着几天，辛平回到家里时，母亲就是拿蔻儿说事，不是说蔻儿嫌她做的饭不好吃，就是蔻儿跟她说话口气不好，非要辛平管教管教蔻儿。

辛平不好不分青红皂白地批评蔻儿，就找了个时间跟蔻儿聊天。问她："最近在家里待得怎么样？"蔻儿说："挺好的啊。"问她："奶奶做的饭菜好吃吗？""挺好吃的啊。"辛平问不出个所以然，就跟宁佳说起这件事。

宁佳说："我正想跟你说呢。老太太最近跟蔻儿老不对付，蔻儿心里挺烦的，这样下去会影响她的学习的。"

辛平说："咱们分析分析，为什么会这样。"

"有什么好分析的，老太太不都是这样吗，今天对这个不满意，明天对那个不满意。"

"我觉得她是心里有焦虑感，总觉得我们不关心她，让她有边缘化的感觉。你觉得是不是？"

"谁边缘化她了？她是要以自己为中心，我们做不到，她就焦虑。可是真要让她成了中心，她更焦虑，我们也跟着更焦虑。"

辛平耐心地说："你不能这么简单地看。她对生活细节很敏感的。比如说，我们跟蔻儿老待在一起说话，跟她说话少了，她就觉得边缘化。平时在家你也跟她多聊聊。"

"我不是也跟她说话吗？可要是深聊，那我做不到。你也不是不知道，刚结婚那些年，我不是总顺着她，老陪她说话聊天，可是聊着聊着就出问题了，你不知道哪里就得罪她了，马上就翻脸。"

两人就这事反复说，宁佳就一直带着情绪。最后她说："你自己也说过的，家里不能长期这样下去了。蔻儿马上上初三，能不能上个好高中，这一年是关键。无论如何，要保证这一年别干扰蔻儿。”说完就不再搭理辛平了。

辛平自己一个人坐着，心里想：真是发不完的愁啊，说来就来。

陈之岳回国后上班第一天，辛平想找他，可是一上午都没找着。等到下午快下班时，秘书小刘来电话，说您还没走吧？陈部长找您。

到了陈之岳办公室，辛平见他表情有些凝重。

“今天接到中组部通知——应该是在我出国期间通知就来了，让我办理退休手续。”陈之岳说。

辛平眼前一花：“什么？您要退休？”

“是的，这个月到点。”

“这……这这……怎么这么突然？”

“不突然，我早有心理准备，我几个月前就跟陶部长说过希望到点就退，并且那些什么协会之类的社会职务一个都不兼。”

“是我觉得突然。虽然几个月前我也听说您今年退休，但是没想到真是就说退就退了。”

陈之岳笑了笑，辛平也跟着笑了笑。然后陈之岳收起笑容，辛平一时又感觉凝重。

“我是有点担心你。”陈之岳说。

辛平突然眼眶一热，喉咙发紧。

“你工作有能力、有激情，为人有正气，这是你的优点。但是你固执，不善于折中考虑问题，更不屑于迎合别人的意见，这是你的缺点。在现今这个社会，你的这种优点未必就会得到别人肯定，但是你的这种缺点肯定会让一些人反感。”陈之岳说。

辛平点点头，没说话。他说不出话来。

“但是我今天找你来，跟你说这些，不是想教你怎么趋利避害，我没法教，因为没有好办法，你也未必觉得自己需要。如果说我能给你什么建议，那就是：不管遇到多大挫折，都要保持良好的心态，豁达、乐观。”

辛平不知道是怎么出的陈之岳的门。回到办公室，他“砰”的一声把门关上，走到窗前。太阳还没有完全落下，而天空也只是微明。远方几片云在天上一动不动，有些灰暗。如果再早半个小时，天边以及那几片云也许会映照出金红色的晚霞。

辛平猛吸了一口气，又一低头，但是眼泪还是憋不住流了下来，滴在身前的文竹上，把文竹的叶子打得颤颤巍巍的。

二

陈之岳真是说退就退，跟辛平谈话之后的第二周就不来上班了。接他的是侯部长，不过只是代管。这意味着，会有新的副部长正式分管陈之岳曾经分管的六司和其他几个部门。“侯部长是厚道人，他虽然只是临时代管，但是‘风云项目’处在关键时候，对你来说是好事。”陈之岳走之前对辛平说。

可是好在哪儿呢？好能怎么样不好又能怎么样？辛平前一阵有些轻快的心情现在一片寒冷。

陈部长退休后的一段时间，郑一夫对辛平和“风云项目”的态度有明显的转变。他主动跟辛平说起“风云项目”的工作：“上周陶部长问起来，我跟他说你们正在重新评估原先的那些企业，同时在规划资金需求方案。下周一的部务会上，你就照这个口径简单汇报一下吧。”但是下一步怎么解决西国科技的问题，郑一夫避而不谈。辛平也是例行地问了问孔叔滔，仍然没有进展。

部务会后，郑一夫在局务会上对两位副司长近期的工作都做了表扬，同时也点名表扬了四个处长，因此今天的局务会上大家难得地轻松愉快。不光局务会上，郑一夫有空还到大家办公室去走走，跟大家说说闲话。有时也上辛平这儿来，跟辛平请教喝茶的事，或者是扯扯南方与北方的气候，等等。

侯部长临时接手陈之岳的工作后，主动问过辛平关于“风云项目”的进展。不过，在陈部长退休之后，辛平与郑一夫之间怎么再定位“风云项目”的责任或者说郑一夫还想让辛平对此有多大的话语权，是一个未知数；辛平经过这一段时间折腾，也不想太用劲去推进。因此对于侯部长的过问，辛平只是含含糊糊地汇报了一下。侯部长似乎也知道此中的难处，他告诉辛平：“陈部长走之前跟我说了一下你的情况。虽然我对你们司和你负责的工作不是太了解，但是如果有困难就告诉我，我想办法解决。”辛平听了颇为感动，但是他打定主意，不能把侯部长扯进来。

周五上午，郑一夫让综合处通知：今天下午正处长以上干部都在部里待着。至于是什么事，综合处说不知道。

一会儿，何新燕到辛平办公室来串门。“哎，你知道今天下午是什么事吗？”

“不知道啊。”辛平怔怔地看着她。

“应该是考察副部长人选。”

“噢——”辛平明白了，“陈部长退休了，应该提一个了。”

“你觉得谁的可能性大？”

“我觉得应该是郑司吧？不过，办公厅许主任、七司吴司长，也都是后备干部……”

“许有善没什么能力，吴言平都过了五十五了，平时拽里拽气、趾高气扬的，我觉得都不可能。但是我听说陶部长不太喜欢郑司，他喜欢的是二司的老方。”何新燕看来对这种事了解很多，不知道都是哪儿来的说法。

“老方又不是后备干部，不太可能吧？”

“一把手的态度最重要，除非有更大背景。老方平时总是跟在陶部长后头屁颠屁颠的，老哄着陶部长高兴。”

猜了一会儿，何新燕走了。辛平不太相信何新燕的话，但是他开始思考这个问题：如果下午真是考察副部长人选，自己该推荐谁。

这三位后备干部，若说能力毫无疑问吴言平最强。办公厅的工作不好干，最难的就是伺候领导，而许有善为人厚道、任劳任怨，虽然工作中规中矩、亮点不多，人缘还是挺好的。郑一夫城府深，平时不苟言笑，让外人觉得思虑很深。其实他是思虑多，说深则未必。至于能力，远比不上吴言平，应该比许有善强一点。综合来看，若论德，以许有善为先；若论能，吴言平强。郑一夫不是没有突出优点。他能够驾驭副手，放手让副手去发挥，由此弥补了他业务能力不强的弱点。综合起来看，还是吴言平更强一些。至于二司方司长——其实还有一两位司长，平时跟陶部长点头哈腰的，搞得像是个小跟班，辛平很不以为然。那么是不是就因此推荐吴言平了？感觉也不好。郑一夫是自己的司长，六司是部里最重要的业务司之一，不论从团队精神的角度还是从有利于六司工作开展的角度，不能不考虑推荐郑一夫的选项。

下午上班后，人事司通知副司级以上干部先到会议室开会。果然像何新燕所说的，中组部来考察副部长人选，其中一项是对拟担任的副部长岗位进行民主推荐。在这个环节，是一人发了一张表，上面有几个符合条件的正司级领导的名单，大家只需简单地在表上对自己推荐的人选打个钩。整个过程，加上一开始的口头说明，前后不到十五分钟。辛平一见到表，心中又开始琢磨，犹豫半天后在郑一夫的名字下打了钩，然后将推荐表投到封闭的意见箱中。陈阳正坐在意见箱边上，辛平跟他打了个招呼，问："没事了吧？"陈阳说："没事了，你该干吗干吗去。"

回到办公室，辛平通知两个处的处领导来开一个会，再梳理一下一周工作。刚放下电话，何新燕又进来。

“你估计得多久才能确定提谁呢？”何新燕问。

“那怎么也得一两个月吧？今天只是民主推荐，大家推荐的人肯定不集中，按以往的做法是不是还要再找我们逐个谈？并且，部领导的意见应该很重要，还有就是中组部自己是不是已经有了一个想法？所有这些问题都解决了，才能明朗吧？不过这只是我的理解，不靠谱的。”辛平笑着说。

何新燕还想继续说，辛平起身往外走：“抱歉，我要开一个小会，他们正等着我呢。”何新燕只好也走了。

刚进会议室，辛平见几位处长副处长正热火朝天地议论。见他进来，胡维富就问：“辛司，咱们郑司这回能提了吗？”辛平说：“如果我是中组部的，我一定给你肯定的答复。”大家都笑了。胡维富又说：“如果郑司提了，那您就该接司长了。”辛平说：“那你现在就给我下任命吧。”大家又笑了。辛平郑重地说道：“人事的事儿不好琢磨，咱可千万不要瞎猜瞎传。”

正说着，陈阳挂来电话：“等着啊，中组部要找你谈话。”辛平问：“不是刚说的，今天没事了吗？”“计划赶不上变化，轮到你差不多要半个小时吧。”

辛平赶紧跟两个处长简单梳理了一下工作，陈阳就来通知了，让辛平马上到指定的办公室去。

到了办公室外，见陈阳在楼道守着，原来是分几个小组同时在几个办公室谈话，考察候选人。辛平进去，跟里头的人打了个招呼坐下。考察组的同志开门见山地说："考察的是郑一夫同志，请你谈谈对他的看法。"辛平惊讶地看着他，又赶紧收回目光。然后边思考边说，从政治思想、业务能力、工作成就、廉洁自律几个方面谈了个人看法，都是正面的。考察组又要求谈谈郑一夫的不足之处。辛平沉吟了一下，觉得不太好说，就提了一个不疼不痒的意见。说完了，退出来。

出来见到陈阳，辛平悄悄地说："好快啊！"陈阳没吭声，摆了摆手。

回到办公室，辛平先后给宁佳和母亲挂了一个电话，告诉她们晚上不回家吃饭。宁佳正准备下班，匆匆忙忙地答应了几句。母亲听说辛平又不回家吃饭，口气又有点低沉。

最近因为母亲情绪又不高，辛平推了好几场聚会活动，下班就回家，不仅是为了陪母亲一起吃饭，更重要的是，有他在的话家里婆媳俩的关系就相对稳定一点，如今稳定是第一位的。不过今天例外，向忠华回京了。自从去天津之后，大家跟向忠华就一直没见面。老鲁这几天本来也是都不出来吃饭了，因为老母亲在医院情况又不太好，但是这次聚会他也还是要来的。

见到向忠华，大家都很高兴。向忠华比前一阵瘦多了，看上去有些疲惫。一方面是因为天津那边工作忙，另一方面家里也有操心事——老父亲最近身体不太好，腿脚不便，人有点痴呆。向忠华前两天回来后送老父亲去医院看了两次病，回到家里又护理了两天。

听向忠华说，天津局的情况远比他之前了解的复杂得多。比如：内部人员成分复杂，有体制内的，有体制外的。体制内的，有正式人员，有交流干部，还有借调人员——借调人员还有系统内借调和天津市地方借调之分；体制外的，有长期聘用人员，也有临时工。这只是人员构成的复杂，更复杂的，是管理。管理就是权力，谁管哪一摊谁就有哪方面的权力，其中的关系盘根错节。最复杂的是利益，因为它很诱人又看不见，一般人也想不到——在一个国家机关里，还有那么多种获取利益的渠道和方式。

不过，向忠华如今遇到的最大一个难题是庞副局长不断对他搞小动作。向忠华是主持工作的副局长，有几个处长他却调动不了，因为他们都听庞副局长的——庞副局长就是把原一把手局长挤走的那位副局长。向忠华最近在查办下属公司的问题，庞副局长就跑到部领导那里去告状，让向忠华挨了几次批评。

“你去主持工作，不出成绩，反而去找问题，那怎么行呢？”王致理问。

“找问题是我去天津的重要目的，这是我们一把手部长单独交代的。”向忠华说。

“那你还调动不了底下的处长？那位庞副局长有那么大的能量？”

“因为张部长罩着他。”

“张部长只是个副部长啊，部长大还是副部长大？”王致理又问。

“张部长后头有人啊。”向忠华笑着说。

辛平突然想起今天郑一夫半天之内被确定为副部长人选的事。那也是后头有人了？

老鲁笑话他："那还用说吗，你不至于那么天真吧？"

"不像啊，平时看不出来老郑有什么强势的后援。"辛平还是不信。

"有一种强势叫作不知不觉做成大事。"王致理说了一句貌似至理名言的话，"当然，其中都是有原理的。比如说，他是某个人物的老乡，这个人物又与另一个有决定权的人物在某个系统或者单位长期共过事，或者曾经互相提携，等等，总之必然有他的一个圈子在撑着他的腰。"

"他那么笨，说了还是听不懂。"老鲁对王致理说。又回过头问辛平："你也别管那么多了，我就问你，你们司长提了以后，腾出来的位子会不会给你？"

辛平笑了笑，摇了摇头："十有八九不会给我。"

"为什么？你是我党的优秀干部，你不上谁上？"老鲁认真地说。

"一言难尽。"辛平说。他突然想起那天家庭聚会上的问题，就问老鲁："哎，你原来不是说想调到金部长那儿去吗，怎么最近不提了？"

"嗐，别提了！"老鲁叹了口气。大家就问怎么了。

原来金部长出事了，已经被中纪委立案调查，结果还没公布。具体什么问题老鲁也不知道，只知道事情是从一个举报视频扯出来的。

"十几年前的一个视频，当时金部长还没提副部长，在地方工作。有人设了一个套，请他吃饭喝酒、唱歌跳舞，附带送上一个美女，他跟美女就稀里糊涂地上了床，然后就被人暗中拍下来了。前一阵他刚回北京，估计是人家向他要些利益，他没做到，人家就举报了。"

大家一听都傻了："套路这么深啊？十几年前就设了套！"

“可不是吗，放长线钓大鱼。金部长一辈子谨慎，竟然栽在这件事情上。当然，还有没有其他事我就不知道了。”老鲁说。

这时辛平电话响了。他拿起电话“嗯嗯”了两声，听了一会儿，又大声喝问了个“为什么”，把电话挂了。然后把牌一扔，向几位道歉：“抱歉，我得赶紧回家，我妈有点不舒服。”

几个人一听，都说：“赶紧走吧！”

三

辛平开着车一路飞奔，心脏“怦怦”直跳，口干舌燥。

宁佳在电话里说，老太太又闹别扭了，起因是做晚饭时她问老太太，她妈带来的笋干怎么都找不着了，老太太说：“怎么找不着了？不是都在那里吗？”说话口气不太好听。宁佳没太在意。做完饭时，刚要把饭菜端上桌，老太太从阳台的柜子里翻出一堆笋干扔在桌子上恶狠狠地说：“我告诉你，你妈的笋干都在这里，我一没偷吃，二没悄悄寄回去给辛安。你家的东西，我一口也不会吃！”宁佳听了，气不打一处来，也恶狠狠地说：“我什么时候说你偷吃偷寄了？不就是问你一下吗？你怎么这么不讲道理？”就这样，婆媳二人闹起来了。还是跟上次一样，蔻儿一声不吭，吃完饭回自己屋里，婆媳二人都饿着肚子回自己屋里继续生气、继续腹诽对方。

近半年多来，辛平对母亲和宁佳的关系比以往更加敏感。他与宁佳结婚二十年来，这婆媳俩的关系经历了变与不变。变的是宁佳和辛平自己的心态。宁佳从最初几年的温顺与忍让，经过中间十几年的冷淡应对，近几年开始有些咄咄逼人。辛平也在变化，他对婆媳俩关系的调和，从最近的两头讨好、两头安抚，到分别耐心地讲道理、指出双方的错误，一直到现在的批评和压制，当然主要是针对母亲的批评，毕竟母亲的不和谐因素要多得多。至于不变的，只有母亲情绪的阴晴不定，几十年来都是如此。

辛平和宁佳的变化，也许有年龄增长的因素，更有生活和工作压力的因素，但是对于辛平而言可能还多了一个对人生的更深感悟：他越来越感觉到家庭对人一生幸福的重要性。在外面受再大的委屈，回到家里能见到一家人的笑脸，心中就一切释然了。因此，家庭的和谐是春风。那么家庭不和谐是什么呢？是折磨人一辈子的痛苦！

“不能再这样下去了！”辛平下定决心。他甚至认为，这样的生活无异于慢性自杀。

进了家门，放下包，辛平打开母亲卧室的门探了一下头：“妈，你出来一下。”然后到宁佳的卧室也是如此：“你出来一下。”

婆媳二人先后出来。辛平让她们一人一边坐在饭桌的两端，自己居中坐下。“你们说说，都是怎么回事。”

母亲和宁佳都不吭声。辛平点名：“妈，你先说。”母亲把经过说了一遍。辛平又让宁佳说，宁佳也说了一遍。两人说的不太一样，总之责任都是在对方。

辛平“啪”地拍了一下桌子，把婆媳二人都吓了一跳。

“我不在乎你们谁说的是真话、谁说的是假话。我就问你们，你们还想不想好好过？”

婆媳二人还是不吭声。辛平挨个问，老太太黑着脸说：“当然想好好过。”宁佳边抽泣边说：“想……当然想好好过……”

“好。我先把以前告诉你们的道理再说一遍。”辛平重复了以往反复说的老话，诸如家和万事兴；家和能让他安心工作；家不和会影响他的工作，影响他的工作对家庭、对婆媳都没有好处，等等。

“现在，我再说两个道理，你们好好想想。第一，蔻儿越往后功课越紧，她需要一个和谐的家庭环境。你们这一阵瞎胡闹，已经严重影响了蔻儿的期末复习和考试。你们天天这样闹，她今后的学习怎么办？第二，请你们明白：不要指望拉着我来排挤对方。”

辛平指着老太太：“你，不要指望拉着儿子就是拉着你的幸福，不要一门心思让你儿子去对付你儿媳妇。我的小家庭要是不幸福，大家庭的幸福、你的幸福是不可能得到的！”然后指着宁佳：“你也一样！让我不顾大家庭、只管着一家三口，是不可能的。”

老太太也一边啜泣一边说：“我哪里要拉你对付她了？”

“你们不要跟我犟嘴！我再说一遍：以后不要再找碴儿了，相互尊重一点，好好地过日子！如果你们还不改，还指望用花言巧语来让我支持一个打另一个，那么我告诉你们，我会让你们全都离开这个家，我自己带着蔻儿过。听见了吗？”

婆媳二人又不吭声了。

辛平厉声问道："听见没有！"

老太太回道："听见了。知道了。"

宁佳正在用纸巾擦眼泪，也赶紧："嗯……嗯……知道了……"

"行了。你们都回自己房间去吧！"然后辛平自己在客厅沙发坐下。

过了一会儿，蔻儿悄悄出来，凑到辛平跟前："老爸，辛苦了！我去给你倒杯水。"然后端了一杯水过来。

辛平摸了摸蔻儿的脑袋，凑上前亲了一下她的额头。"蔻宝，对本爸来说，家庭是最重要的。古人说修身齐家治国平天下，修身、齐家是基础，能做到修身齐家，这本身就是为国家做贡献。如果自身无德无能，家也管不好，还讲什么工作有成绩、事业有成就？或者说，即使在单位里、社会上看似很风光，回到家里却天天处在钩心斗角、互相算计、自私自利的环境里，这样的人生是成功的吗？是幸福的吗？我在工作上再苦、再累，都可以忍受，就是不能忍受家庭的不和谐。所以，我必须改变它。如果实在改变不了，我也就认命了。"

蔻儿说："老爸，我相信你。"

辛平点点头："我也希望你记住这个道理。这是人生幸福之源。"

回到屋里，宁佳呆呆地靠在床上。辛平坐在她的边上，拍了拍肩膀，示意她靠过来，宁佳没动。

辛平说道："你是受了委屈了，这我是知道的。"

宁佳还不说话，眼泪"吧嗒吧嗒"地掉下来。

“我们家这种情况，总得有人退让一点，或者做点牺牲。可是能指望老太太退让、牺牲吗？所以，我只能两边一起说。并且，你受点委屈，我才好强硬一点。”

宁佳开口了：“这二十年，我受的委屈还少吗？什么时候是个头？”还是大滴地掉眼泪。

“也许能改变，也许是常态。不管怎么样，我理解你。我能做的、能报答你的，也只有理解你。”

宁佳慢慢地把头歪在辛平的肩膀上，哭出了声。

第二天一早，宁佳起床，辛平赶紧一骨碌起来跟着出门，就听见宁佳说了句：“起来啦？”那边老太太回答：“嗯，起来了。”辛平心中暗笑，于是回屋换衣服。

上班路上，辛平接到向忠华的电话。向忠华昨晚连夜回天津了，部领导今天去天津调研，他要赶回去陪着。他告诉辛平，听老鲁说，他老母亲的情况不太好，估计挨不过几天了，他让辛平和王致理多关心一下老鲁。

到了办公室，处理了几项工作之后，辛平给老鲁挂了个电话。老鲁低沉着声音，说一早老母亲又送去急救了，他正在医院盯着。中午吃完饭，辛平赶到医院看了看，老鲁一脸疲倦。老母亲目前状况还比较稳定，但是老鲁也没回单位，就这么守着，已经电话通知兄弟们了，弟弟正在从国外回来的路上，哥哥则到现在都没出现。辛平陪了一会儿，老鲁说：“你这会儿也帮不上忙，就回去吧。”

辛平在回来的路上把情况跟王致理说了一下，王致理在电话里问："老鲁吃午饭了吗？"辛平愣了一下，说："忘了问了，估计没吃。"王致理就骂道："你这个笨蛋，那你去干什么？"辛平赶紧找了一家餐馆，按老鲁日常喜欢的口味点了菜饭，加上饮料，打了一个包回到医院。老鲁抹着眼泪接过来，辛平看着他吃完了才离开。

第二天是王致理去医院。老鲁告诉王致理不用买饭了，单位派了人来帮助照应着，自己轻松多了。他让王致理告诉辛平，他们不必天天来，如果有事会告诉大家的。于是第三天中午，就在辛平犹豫要不要去医院的时候，向忠华打来电话。

"我爸摔了一跤，手臂可能骨折了，现在正在医院里，我爱人说医院住不进去，你赶紧过去看看。我正陪部领导在外面调研，我安顿一下就赶回来！"向忠华十分着急。

"行，你放心，交给我吧。"辛平说。他马上给向忠华爱人挂了个电话，然后开车飞奔而去。

到了医院，见老爷子垂着左胳膊正坐在急诊楼外的台阶上不停地喘着气，向忠华爱人杨嫂子正在一旁拿着电话着急地说着话。辛平跟老爷子打了个招呼，询问了几句。杨嫂子见辛平来了，挂了电话，跟辛平说了情况。他们到医院有半个多小时了，挂了急诊，但是至今没医生给看，说是要排队，因为急诊里人也太多了。杨嫂子跟他们交涉，说老人这么大年纪，你们能不能先来处理一下，他们说没办法，这种情况多了，杨嫂子只好扶老人到楼外坐着。向忠华本来跟很多医院都熟，他让杨嫂子找医院里的熟人，但是不管用。说着说着，杨嫂子就哭了。

辛平一边安慰，一边想办法。他心想，向忠华找医院的人都没用，那就得另想办法。什么办法？那就找他们的上级。这家著名的医院是归卫生部管还是北京市管？赶紧上网查，查出来了。然后再想，谁跟这上级单位有关系呢？他突然想起自己的学生小盛，上次默默上学的事找他亲戚挺管用，今天没其他办法，就再找找这位亲戚吧。于是给他挂电话，电话刚响就被掐了。辛平估计他是不方便接电话，又发了一个短信。过了十分钟左右，亲戚回短信，给了辛平一个郝处长的电话。辛平又赶紧给郝处长挂电话，反复了几回，郝处长最终帮助找到医院的医务部。医务部的联系人也没露面，让辛平直接找到护士长，让护士长办住院手续。

辛平刚想高兴，一时又高兴不起来了。住院之前，说要做几个检查。辛平拿着一沓单子，和杨嫂子一起搀着老爷子准备走，被拦住了。有人来给老爷子胳膊背上吊带，然后递给辛平一张单子。辛平一看，八百多块，正想问怎么这么贵，又有人推过来一辆手推车，让老爷子坐下，又递过一张单子。辛平还没搞明白是要感谢还是有疑问，一个护工过来推车，又递过来一张单子。辛平说：“不用了，我们自己推吧。”那边说了：“不行，你们不能推，你以为这是在你家里啊？”辛平赶紧放开手。接着又是这一张单子、那一张单子。辛平让杨嫂子陪着老爷子，自己去交费。交费分好几个地方，辛平交完一个地方就心惊肉跳一下，等都交完了，胆都快吓破了——还没住进医院，已经交了一万多块钱。这还是托了多大的人情啊！

不过，好歹住进院了，医生也马上过来处理。这时，向忠华也回来了。

四

这两天工作上不太忙，辛平一早到办公室就斜靠在椅子上看书，有人敲门他也没抬头，只说了声："请进！"就听见来人"呵呵"笑道："好忙啊！"辛平一看，惊喜地叫道："陈部长！您怎么来了？"说着起身，给陈之岳让座。陈之岳摆摆手，就在他对面隔着办公桌坐下。

"我来腾办公室。"陈之岳道。

"咱们部还缺您一个办公室？"

"不是，我是不想让人觉得退休了还有所留恋，或者是贪个便宜。我本来想早点腾出来的，不过家里的地方没整理出来，现在家里收拾好了，就把该搬的东西搬回去。"

辛平想说，您看前几任退休领导到现在还有占着办公室不退的，想了想就不说了，说了反而看低了陈部长。就问陈之岳退休后的生活情况。

"很轻松、很愉快。"陈之岳说。退休后，在家待了半个多月，然后应邀参与一个教育扶贫的公益项目，到几个贫困地区走了几趟。

"我到贫困区是住在那儿，真正地接触那些贫困户，这样才能了解到他们的实际情况。以前我们出差到基层，身边都是有人围着的，其实离着真正的基层、离基层的实际情况还差得很远。通过这几次的观察，我也在思考，这三十多年来我们在改革开放、发展经济方面取得了巨大成就，但是另一方面我们在某些领域始终是作为不够。”陈之岳举了一个例子：一些贫困村单亲家庭多，许多母亲生完孩子就跑了，因为穷得过不下去。这样一来，贫困家庭更加贫困，而孩子则是贫困的最大受害者。另一方面，许多贫困地区号称脱贫成就很大，排除有水分的因素之外，那些成就主要是产业发展、财税增加的成就，身陷贫困的人口和家庭受益并不大。因此，怎么脱贫、怎么扶贫，是需要重新思考的。

“对了，还有一个情况跟你说一下。”陈之岳说，看来这才是陈之岳来串门的主要目的。

陈之岳上午到部里，先到陶部长办公室坐了坐，陶部长跟他聊了聊最近的一些工作情况。聊到郑一夫即将提任副部长一事，陶部长说自己都想不到郑一夫能提上来。他又说下一步六司需要配一个司长，问陈之岳觉得谁合适，陈之岳推荐辛平，陶部长说：“辛平能力是可以，不过眼界不够高，最近工作也不太上心，并且自从上次被我批评之后，好像也有意躲着我。”

“我的理解是，陶部长跟我提起你，说明他还是想用你，不过他说的话里头最重要的似乎是最后一句。你还是可以多跟他沟通、汇报的。”陈之岳说，“这也只是我单方面的理解和建议，具体该怎么做，你自己斟酌好。”

陈之岳说完就走了。

辛平回味着陈之岳说的话，想了半天，不想了。

郑一夫的任命很快下来了。部务会上，陶部长通报了党组的新分工，郑一夫从侯部长手中基本上接过了陈之岳分管的那一摊工作，但是陈之岳原来分管的人事司，挪给侯部长分管。陶部长在会上说，党的十八大预计将在十月下旬至十一月上旬召开，距离现在也就不到两个月时间，他希望各部门加紧工作，认真落实好年初的工作部署，以优异的成绩迎接十八大的召开。

郑一夫回到司里，开了一个全司人员的会议。郑一夫先传达了陶部长在部务会上的指示精神，然后对大家这些年来给予他的支持表示感谢，希望大家继续支持他的工作。郑一夫说，如果发现他工作中有什么不对的要毫不客气地指出，这是真正的关心他、爱护他、支持他。郑一夫又专门对辛平和何新燕表示了感谢，表扬他们是部里最优秀的副司长，正是在他们两人的协助下，六司的工作才始终走在部里工作的前列。关于目前的工作，在新司长到位之前，辛平和何新燕都直接向郑一夫报告。郑一夫要求六司全体同志一如既往地做好工作，年初规划的重点工作要抓紧完成，有些重点工作他要亲自抓。

大家对郑一夫升任副部长都感到高兴。何新燕为表示亲切，说现在改口叫“郑部长”一时还不习惯。辛平调侃她说，你刚结婚时改口叫你公公婆婆“爸”“妈”也是如此，现在不就叫得自然亲切了嘛。何新燕还认真了，说谁说的，我现在叫他们“爸”“妈”还别扭呢。辛平给噎住了，不过马上反应过来，说看来你三年五年后叫“郑部长”也还是觉得别扭吧，说得大家哈哈大笑，连郑一夫也乐呵呵的。

郑一夫说他要亲自抓几项重点工作，第一项就是“风云项目”。之前陈之岳与陶部长商量后把“风云项目”重新定位为贯彻落实十八大精神的重大举措，这一定位郑一夫没有提出不同意见，但是他要求加快步伐，争取十八大之前完成与招标有关的准备工作。其实招标工作的准备，就剩下确定第三家企业这一项工作了。

郑一夫小范围开了一个会，参会者只有辛平、石羽生、胡维富和涂雪繁，讨论如何挑选第三家企业。他让大家依次发言。涂雪繁先说，她仍然重复了原来的一套数据库理论，也就浅浅地说了一些概念，辛平知道她也没办法说深。胡维富接着说，对涂雪繁的观点表示赞同。看来胡维富近期对数据库有研究，说得头头是道，但是辛平听得出来，他回避了传统的数据库与如今的大数据在本质上的不同。石羽生发言，是按照“风云项目”团队一贯的理解和思路说的，坚持以云计算、开放式数据以及数据挖掘能力等这些大数据的核心技术需求为主要条件。辛平没有说太多，因为石羽生说得很详尽了。他澄清了一个观点，就是大数据与传统的数据库技术不是对立的关系，大数据技术的发展和运用包含了传统数据库的主要概念和技术，但是二者并不相同。他提醒，互联网时代对科技手段的运用，应当是立足当下、展望未来，而不是回望过去。如果把眼光停留在昨天的技术，那么很快就会被淘汰。

大家说完了，郑一夫归纳了一下，认为大家讲得都很有道理。他说，我们部作为国家行政机关，采用的管理技术应当是可靠的、经过长期应用的，先进性不是第一位的。数据库是一个成熟的技术，辛平刚才也说了它与大数据技术并不是一个对立的关系，因此我们不要排斥它。郑一夫说到这里就结束了。

辛平感觉，郑一夫是为下一步围绕传统数据库技术做文章而做了一个铺垫。是他不懂，还是他对传统数据库有偏好，还是说胡维富或者涂雪繁影响了他？

郑一夫对“风云项目”很上心，他又要与“风云项目”团队的同志面谈。不过，他是怎么谈的，这些同志都是什么意见，辛平不知道，因为郑一夫是分别与他们一个一个地谈，而不是叫在一起开一个会。郑一夫跟辛平说，他想先熟悉一下情况，分别向这些同志请教。

看来“风云项目”是要提速了。辛平又催了一次孔叔滔。他以为这一次孔叔滔还要敷衍一下，谁知这回完全不同了。

“我们已经把情况报告胡处长了。”孔叔滔说。

“谁？胡处长？胡维富？”辛平十分惊讶。

“是的。”

“你们怎么不跟我报告？”

“呃……对不起辛司，我们以为您不管这项工作了，胡处长说现在是郑司……是郑部长亲自管了。”

“胡扯！”辛平说。

放下电话，辛平到郑一夫办公室。“刚才我催问西国科技孔叔滔他们的进展，据他说，胡维富告诉他，我不再分管‘风云项目’工作了。您知道这件事吗？”

“我不知道，我没说过这句话，胡维富说的话不代表我的话。”郑一夫马上严厉地说，但是他一连说的三句话，让辛平觉得有点古怪。

“那我知道了，我问问胡维富是怎么回事。”

回到办公室，辛平把胡维富叫来。

胡维富听了辛平的问话，目光闪烁：“呃……辛司，是这样的，他们断章取义。我是说……是说郑部长上任后，对这件事很重视，亲自主持会议、亲自听取汇报，因此让他们抓紧时间，及时报告。”

“是我让你去跟他们说这些话的吗？”辛平冷冷地问。

“呃……不是不是，我是觉得他们拖得太久了，想帮着催一催。”胡维富低着头说。

“胡维富，做人做事应当有规矩。这么多年了，我以为你是知道我的，我也以为我是知道你的。我希望我们都没有看错。”

“是，是。”胡维富依旧低着头，灰头土脸地走了。

辛平呆呆地坐着。这一段时间以来，至少有一个多月吧，他度过了一段相对轻松的日子，这一段日子让他感到的不见得是乐趣，但可以说是逸豫。他开始有些喜欢这种逸豫了，因为它让人不太操心、不太忧心，与领导、同事、下级之间虽然说不上其乐融融，大多时候也是和气一团。但是这种日子看来不会持续下去了。他感到自己的周身充满了紧张和压力，就如一想起母亲的不开心就觉得紧张和有压力一样。所不同的是，母亲的状态他是清楚的，而工作上的这种状态他心里没底，只是感觉它如同潮涌，一波一波地泛起，而且最近的这一波似乎正在形成，也许还不止一波，又许是几波合流，总之一定会更大、更激烈。辛平想起宁佳说过的一句话：“我只想好好地过生活，为什么有人不愿意这样过呢？”

从宁佳的这句话，辛平又想起家里的事。自从上次拍了桌子之后，母亲和宁佳的关系有明显好转，但宁佳说老太太有时仍然还会说一些生硬的话，只是不像以前那样动不动就放下脸。不过，辛平感觉母亲还有一个变化，就是最近持续性地情绪不高，不像以前那样时阴时晴，这些天晚上陪她聊天，她也说话不多。这让辛平又有些担心。

五

郑一夫突然通知辛平，要听西国科技的汇报。汇报的主题是他们上次说的跟新合作伙伴合作的进展情况。辛平赶紧通知孔叔滔，孔叔滔电话里很干脆地答应了，没有表示为难或者犹豫。

这次听取汇报，由郑一夫亲自主持，“风云项目”团队全体人员都参加。郑一夫在开场白里先把“风云项目”的重要性再阐述了一遍，强调它是党的十八大即将召开之际一项十分重要的政治任务。说完了，他请孔叔滔汇报。

然后孔叔滔就说了一个让辛平感觉震撼的事。岂止是震撼，辛平还感觉匪夷所思。

“经过最近一个多月的充分考察和协商，西国科技并购了两家有实力的公司。这两家公司，一家是苏心公司的核心团队脱离苏心公司之后成立的科沁科技，他们拥有先进的大数据系统搭建技术和应用经验；另一家是河阳鼎盛数据，他们长期从事数据库系统的开发和运用，是国内顶级的科技公司。”孔叔滔十分郑重地说道。

辛平听了，真想拍案而起，再怒斥一声“一派胡言”，最终只是轻轻地笑了笑，不过他忍不住笑出了点儿声。他坐在郑一夫边上，笑声虽小，但是郑一夫一定是听得见的。

郑一夫对辛平的笑声没有反应，他接过孔叔滔的话，对西国科技与这两家公司的合并给予了高度评价，并把这个合并称作是“成功的‘三合一’”组合。他说西国科技本来与苏心公司的合并是一件很有意义的事，但是可惜没有完成，如今苏心公司的核心团队与西国科技合作，也可以说是上一次未竟合作的最终成功。他又说到河阳鼎盛，说它是传统科技的代表，它的加盟将会是传统科技与新兴科技的有机结合，一定会给“风云项目”的大数据系统建设和应用带来理想的结果。

在郑一夫讲话的时候，辛平脑子里过了一下今天这出戏的合理逻辑。简而言之，就是“貂不足、狗尾续”。这一个多月来，西国科技先是挖苏心公司的墙脚，却只是挖了一个副总和几个小虾米，这种“狗尾”自然分量还不够；然后，再拉上一个河阳鼎盛。河阳鼎盛自然也是一个“狗尾”，但是这个狗尾的背后却是“龙鳞凤羽”——胡维富算不上是“龙鳞凤羽”，但郑一夫是。因此，再往回看，郑一夫两个月前突然发作、指责辛平力挺被郑一夫误以为是辛平关系户的西国科技，并称辛平打压河阳鼎盛，都是事出有因，且这个原因都与此有关了，只是因为辛平揭开了陶部长与西国科技关系的盖子，让郑一夫有些措手不及，才会有后来一段时间的消停。再后来，西国科技与苏心公司并购破裂，急于寻找新合作的西国遇到了新的契机，最终形成了今天孔叔滔汇报的结果。只是，挖苏心公司的墙脚和与河阳鼎盛的你情我愿，其中郑一夫和胡维富到底有多少的主动性，就不得而知了。但是以贾同心的心机，他愿意与河阳鼎盛这种“鸡肋”合作，毫无疑问是为了换取郑一夫的支持。

那么，贾同心与郑一夫，是情投意合还是互相利用、各有心仪？就在不久前，郑一夫还把西国科技放在自己对立面。这个问题同样适用于郑一夫和胡维富的关系。郑一夫原来始终对胡维富看不上眼，他们什么时候开始心心相印了？

郑一夫说完后，点名让大家发言。他先点了涂雪繁，然后是胡维富。涂雪繁盛赞了河阳鼎盛的水平，认为它应该是“风云项目”的发动机，比那个什么科沁科技更重要。虽然这是她一贯的无知，但是辛平多了个心眼，把它看作是有意对郑一夫和胡维富的力挺。胡维富发言的调子可想而知，不必多说。然后郑一夫再一个一个点名，让其他人发言，最后依次是李文清和辛平。李文清之前的其他发言者，基本上都是在郑一夫定调的基础上做个简单的表态，“同意”“很好”“真是绝配”等等。也有个别含糊其词的，如石羽生。

到了李文清，他语带迟疑地开了个头：“这个……刚才孔总汇报的，我觉得……如果科沁公司真的具备了原来苏心公司的实力，那应当是比较理想的。”可以感觉，他用词很谨慎。“至于河阳鼎盛，虽然目前它的核心技术比较传统，但是如果能尽快转型并且转型成功，对西国科技的支持也会有比较明显的意义的。”他没有反对的词句，但他说的都是假设。委婉，而有疑问。

辛平没有李文清那种表达技巧，况且他也不想留有余地。

“孔总，据我所知，你的这个‘三合一’不像你说得那么精彩。你所说的科沁公司只是挖到了苏心公司的一个副总以及几个二三流人员，他们好像也没有带走苏心公司多少核心技术。”辛平顿了顿，孔叔滔也没反驳。“至于河阳鼎盛，我们团队已经评估过，它的理念和技术是落后的，对于我们部的需求作用不大。但是如果你们愿意带着它玩，我觉得无所谓。问题的核心，就是你们到底拥有了多少大数据的技术和能力？说实话，到现在为止我还没有看到。”

郑一夫打断了辛平的话：“辛平，西国科技的综合水平和能力，刚才孔总已经说得很充分了，虽然是一家之言，还有待于我们进一步考察，但是其他同志都觉得很合理。你刚才说的，也只是一家之言，都等我们考察完再下结论。”说完，他宣布散会。

在回办公室的路上辛平想起一句话，忘了是《史记》还是《汉书》上说的：“秦失其鹿，天下共逐之。”现在好多人在逐鹿，他成了旁观者。

回来刚坐下，李文清打来电话：“辛司，今天这出戏可是精心安排的啊，策划得好，演得也很好，并且只有我们两个是反派演员。”

辛平笑了笑：“今天其实就是强力推进会。虽然被我们挡了挡，但我相信是挡不住的。”

“我不想陪他们玩了。”李文清说。

其实辛平何尝不是这样的心情？只是李文清可以不玩或者说有办法不玩，他却不行。放下电话，他想去找陶部长，但是刚起身又坐下了。找陶部长说什么？他感觉自己很可笑，又觉得心里烦躁，就想找找谁，说点什么事。于是他给向忠华挂了一个电话，问老爷子的情况怎么样，向忠华说已经出院了，在家里养着，向忠华自己已经回天津，他哥从老家过来帮着照看一阵。辛平又给老鲁挂电话，老鲁没接，再挂还是没接。他又找王致理，王致理也没接，过一会儿发过来一个短信说在开会，有事短信联系。找易斌，易斌关机。找傅经纶，好一会儿傅经纶才接起电话，操着浓重的鼻音含混不清地说感冒了，正在睡觉。总之，没有一个人可以说上话。

最后，辛平给宁佳挂了电话：“今晚我俩在外面过个二人世界，去石炉轩吃饭，怎么样？”

宁佳很诧异：“怎么了？突然想过二人世界？不现实啊，家里 老小等着我做饭呢。蔻儿开学之后，可能是初三年级比较紧张的缘故，情绪波动比较大，我们还是回家吧。”

“那好吧。”辛平十分不情愿地说。

好不容易挨到下班，辛平去接上宁佳回家，一路上跟宁佳东拉西扯的，平时两人在一起都是宁佳话多，今天是辛平没话找话。他问宁佳最近还敢喝茶吗，宁佳说喝啊，就是我做了严格规定，只在上班前和中午聚在一起喝，有临时馋茶的可以找我，但是不许上班时间聚饮。说到

“聚饮”一词，宁佳哈哈大笑。辛平问玫瑰们最近闹腾吗，宁佳说还闹，不闹就不是玫瑰了，不过对我们没影响。又问处长对你态度怎么样？宁佳说他顾不上我了，因为红玫瑰又跟他杠上了，举报他受企业邀请去讲课，拿了报酬没有报告，局里调查后发现红玫瑰自己也有这样的行为。辛平听了想说“贵圈真乱”，可是欲说还休，打住了。

吃完晚饭，陪母亲说了一会儿话。自从上次辛平发了一次脾气后，老太太总体上还比较克制，但时不时地跟辛平说心里急，就像心里有一团火。今天上午她跟辛安通了一个电话，母女俩又闹了个不高兴，一直到现在心里的火还在烧着。辛平就跟她聊起辛安小时候多调皮，从调皮说到小时候的可爱，老太太的心情才平静了许多。

辛平出来又跟蔻儿一起做了读写作业。九点多了，才跟宁佳坐下来喝喝茶。刚喝几杯，辛平电话响了，是老鲁。辛平心想，下午找他没接电话，到这个时候才回，太不像话了。可是一接起来就知道不好了。

“我妈走了！”老鲁在电话里大声地抽泣着，“我现在是没妈的孩子了！”

辛平听了着急起来：“你在哪里？”问了几遍，老鲁就是不说。问是在家吗，他说不是。“我只是想跟你说说，这样心里会好受点。”辛平陪他说了好一会儿话，老鲁才把电话挂了。

辛平放心不下，跟宁佳说去看看老鲁。宁佳说他在哪儿你也不知道，怎么找他呢？辛平说应该还在医院，宁佳说医院早下班了，辛平说你别管了，我心里有数。边下楼，边给王致理挂电话。

到了医院，辛平找到一个保洁员问了问，然后直奔太平间。果然，在太平间外面看到一个身影，躬着腰在来回踱步，太平间早已关门了。辛平走上前喊了声“老鲁”，老鲁回头见是辛平，一把抱住，放声大哭，哭了好长时间才停住。

辛平问：“怎么还不回家呢？”

老鲁说：“我想再陪陪我妈。”

辛平劝道：“以前是在老人家身边陪，从现在开始是在心里陪。”

但是老鲁还是不走。这时王致理也来了，老鲁见了又抱着哭了一回。哭完了，辛平和王致理又劝了半天，老鲁才答应回家。王致理也开着车，辛平让他别跟着了，自己开车送老鲁回去。到了老鲁家，老鲁爱人睡眼惺忪地出来开门，辛平交代了一下，然后回家。到家时都快十二点了。

第二天，辛平电话里跟郑一夫请了个假，直接到医院去帮助张罗。到那儿一看，自己根本帮不上忙，老鲁单位的同事和亲朋好友一大堆。辛平陪着老鲁在灵柩边坐了一会儿，其实也用不着他，陪的人也多，辛平于是就回去上班。后面两天，辛平每天上午都去医院看看然后才回单位。再过两天，灵柩送到殡仪馆了，辛平还想去，又觉得太远了来回不便，也就作罢。心里隐隐觉得，相比一早到单位去，他更愿意去太平间、殡仪馆陪着老鲁，他也不知道这是一种什么心态。

头七那一天，老鲁母亲火化，辛平、王致理、向忠华都去送行。向忠华是一早赶来的，送完了又回天津。老鲁拉着他们的手眼泪汪汪地说：“你们可要珍惜自己的父母啊！”

六

据说部里要提拔一批干部，辛平感觉司里又有些热火朝天。

到了民主测评这一天，所有副处级以上干部都参加。原来这一次提拔两批司局级干部。一批是正司局级，其实就一个岗位，即六司司长；一批是副司局级，包括副司长和副巡视员，岗位不少，包括陈阳调到人事司后腾出来的办公厅副主任。测评表后都附有符合条件的人员名单，正司级岗位中辛平、何新燕都在名单中，当然名单中符合条件的人多了。

民主测评只是第一关，填完测评表后，需要等几天出结果，人事司才能进行下一步的谈话推荐。辛平填完了，没放在心上，但是司里头大家都在议论可能提谁可能不提谁。为免嫌疑，辛平这几天比较谨慎，待在办公室不出门。不过何新燕倒是挺兴奋的，来来去去地到各处走，只是这一回没来辛平这儿聊，辛平在郑一夫办公室也见到她几次，当然也都只是谈工作。

“风云项目”自从上一次郑一夫安排西国科技汇报之后，又没有动静了。郑一夫说要再考察一下，辛平也没见他推动。郑一夫不吭声，辛平也不吭声。辛平不吭声是因为现在的主导权已经在郑一夫手上了，郑一夫不吭声则只是暂时的，时机成熟时他一定会发声。会拖到十八大之后吗？毕竟只有半个多月了。

辛平的敏锐性还是不够，因为根本就不需要等半个多月。

民主测评的当天下午，郑一夫通知辛平，明天陶部长要听汇报——这是“风云项目”开展以来陶部长第一次公开、正式听取汇报。郑一夫提议，让石羽生汇报“风云项目”的总体工作情况，让胡维富汇报入围招标的三个企业的考察筛选要求和目前进展情况。按理说，汇报者不是辛平至少也是李文清，郑一夫说是提议，辛平自然只有接受。

汇报会由郑一夫主持，参加人员范围跟上次郑一夫主持的会一样，都是“风云项目”全体人员，但是有一个人没有到，就是李文清。李文清跟郑一夫请假，说这几天发烧，在家躺着。

郑一夫一开始先谈了从政治上对“风云项目”重要性的思考和认识，讲得比上次更丰满也更深刻。然后他依次让石羽生和胡维富汇报。石羽生汇报得很有条理，虽然是昨天快下班时才通知他准备汇报，但是因为平时工作积累得好，汇报材料准备得很充分。

但是胡维富的汇报有问题。郑一夫告诉辛平的是让胡维富汇报入围招标的三个企业的考察筛选要求和目前进展情况，所谓进展情况就是说目前还有未定因素，但是胡维富直接汇报已经入围的三家企业，其中就包含了“三合一”的西国公司，并且花了大量时间推介西国科技。他不仅重复了上一次会上郑一夫所定的调子，更有夸张的发挥。他称西国科技有强大的资本实力，而科沁公司的团队是“风云”团队早就认可的极富创新能力的高水平团队，至于河阳鼎盛则具有十多年的政府和企业数据系统方案的建设、运营、管理经验，它们三家的合作，是强强联手，整体实力远远高于另外两家入围的企业。

两个人汇报过程中，陶部长始终没有吭声。

汇报完毕，郑一夫问："其他同志有没有补充意见？"

除辛平外，所有人都摇头表示没有意见。辛平等着郑一夫问他，因为他毕竟是项目负责人，虽然这次没有按照常理让他汇报，但让他做个表态也是应该的。但是郑一夫紧接着就把头转向陶部长："陶部长，请您做指示。"

辛平突然发话了："等等，郑部长，我有一点补充意见。"他的脸涨得通红，心跳得厉害。

陶部长十分惊讶地看着辛平，郑一夫眼睛看着前方"嗯"了一声。

"我只是补充一点实际情况，最终决策还是听部领导的。"辛平先表明个态度。因为紧张，他说话有点快，但是很快就调整了语速。"胡维富汇报的情况，有些只是判断，尚未经过考察、论证。目前我们所确切掌握的情况是，西国科技合作的两家公司都有一些大数据方面的基础条件，但是都还没有掌握大数据的核心技术，也缺乏相关经验。因此，上次郑部长召集我们研究后提出的意见是要再对他们进行一次考察。如果考察后觉得确实具备能力了，那么我们跟他们的合作就没有障碍了；如果不具备能力，我觉得可以从合成科技、大兴数据两家企业中二选一或者两家都用，让西国科技也量力而行地参与，配合那两家，形成两家或三家的优势互补。总之，'三合一'的西国科技的实际情况，是需要考察后再认定的。"

辛平最后的意思还是很明白的，那就是不排斥西国科技，但如果考察后认为它水平不够，则要以合成科技、大兴数据为主，西国科技共同参与。说到后头，他的语气尤其平缓。

会议室里一片寂静，没有人吭声。

郑一夫扫视了一眼与会人员：“你们赞同辛平的意见吗？”

仍然没有人吭声。

“我也不赞同。”郑一夫说。说“也不赞同”，自然是把大家的沉默当成了对辛平的批评。

石羽生突然说：“郑部长……”但是马上被辛平打断了：“羽生，听郑部长说。”

“我……”石羽生还想说，又被辛平打断了：“羽生，你听部领导说！”

郑一夫终于发怒了：“辛平，你为什么不让他说？”然后对石羽生说道：“石羽生，你说！”

“我赞同辛司的看法。经过前期‘风云’团队充分的考察，合成科技和大兴数据的水平是有保证的，而西国科技无论从是否掌握核心技术的角度看还是从是否具备系统搭建和运行管理能力的角度看，跟那两家都是有差距的。”石羽生说。他生性朴实，说话反倒比辛平刚才说得更沉稳。

会议室里又是一片寂静。郑一夫目瞪口呆地听石羽生说完，呆坐了一会儿，说：“好，有一个赞同辛平的。还有吗？有你们就说。我不相信……”他还没说完，发现陶部长已经起身走向门口。

郑一夫也赶紧起身："陶部长，我们……"

陶部长没理他，猛地拉开门，走了出去。门拉开时打在墙壁的门碰上，发出"砰"的一声响。

郑一夫追了几步，又趄回头，喊了声："散会！"也出去了。

回到办公室坐下，辛平反思自己刚才是不是说得太绝对，让人觉得把矛头对着部领导了；又反思在表述上是不是简单化了，没有把理由说充分，会让陶部长以为无理取闹。他甚至有点后悔，后悔在会上没有经过深思熟虑就说，如果重新给他机会他会说得更周全一些；又后悔即使仓促说了，也应该多说几句，多说总比少说、说不清楚更好些。

反思、后悔了半天，辛平又回忆了一下自己说的这些话，觉得应该还是说得很明白的，就不知道陶部长是不是听进去了。要不要跟陶部长解释一下呢？如果要，可以向他解释两点：第一，西国科技确实难以承担主要任务；第二，可以让西国科技做个配角，等今后有能力后再逐步承担更多的任务。这样，对工作、对西国都是有好处的，两全其美。

辛平拿起电话，拨通了陶部长秘书的电话，让他请示陶部长是否有空听一听自己的简单汇报。秘书说陶部长出去了，明天再请示。

石羽生进来，还带着气愤："他们太不像话了，睁眼说瞎话！"

辛平说道："羽生，感谢你今天坚持原则、仗义执言，但是你跟我不一样，今后不要在会上当大家的面跟部领导唱反调，有意见可以个别报告、交流。"

"辛司，我知道您是为我好，担心我得罪领导。但是今天这种情况，我不说不行。得罪就得罪，我不怕！”

第二天一上班，辛平就给陶部长秘书挂电话。过了一会儿，秘书回电：“陶部长说不用汇报了，昨天他都听明白了。”

“听明白了。”辛平的心凉了。

听明白了，是陶部长明白了，辛平也彻底明白了。原来对陶部长的幻想，认为他是不知情、是受贾同心或者西国科技之骗，看来都是误判。其实也不叫作误判，是辛平自己期盼，期盼陶部长真的是不明真相。其实，陶部长起初、后来直到昨天的会议之前，对辛平未必不是如此的幻想、期盼吧？如果是这样，那么陶部长对辛平会跟辛平对他一样地感觉心凉吗？

迷雾拂去，展露的真相有些丑陋。不过倒有一点好处，辛平这一段时间以来时时感觉的不安与心跳也随同迷雾一同拂去了。

就在这样的背景下，干部提拔的工作有进展了，同时也有一个重大变化。六司司长的提拔工作暂缓，先推进副司局级岗位的提拔。

这太反常了！干部的提拔任用按常理应该是由高到低，先提拔正司局级领导，这样被提拔到正司局级岗位的副司局级领导腾出位置后，才好从正处级干部中选拔。为什么反常，部里很多人暗地里都在猜测。

陈阳来了个电话，透露了不该透露的消息：“小伙子，你的得票最高，可是你得罪谁了，就这么被卡住了？害得我们还被狠批一通。”

辛平说：“我也不知道。也许少不更事，惹了麻烦还不自知吧。这跟你们什么关系，让你们挨批？”

陈阳叹了口气："我更不知道了，就说我们考虑不周到，工作没有条理，连侯部长都被批评了。"

放下电话，辛平"哼哼"笑了一声。

七

党的十八大将在本周四召开，陶部长在周一上午的部务会上又做了一次动员，号召全部同志一方面以奋发向上的精神做好工作迎接十八大的召开，另一方面要认真收看好、学习好十八大有关的报道和重要精神。陶部长专门指出，最近一段时间以来，部里绝大多数同志政治是坚定的、工作是认真的，但是也有极个别同志缺乏起码的政治责任感、缺乏基本的工作责任心，敷衍塞责、延误工作，绝不能让这样的情况继续存在下去。

陶部长讲的最后几句话，在辛平看来无疑是指向自己的。他坐在角落里沉静地在笔记本上做着记录。他不知道这将是他最后参加的一次部务会。

还是在周一，副司局级岗位的提拔任命结果公布了。多数结果都不出大家预料，但是也有让人议论的，主要是两个：一个是新任的办公厅副主任，提拔前刚从陶部长原来的工作单位调来，当然当处长的年限也是够的。大家议论的焦点是，部里这么多处长为什么不提，要从外面调一个来提拔。另一个就是涂雪繁提任副巡视员，明摆着是照顾。不过，议论归议论，好像还没到十分不满的地步。反倒是另一个问题让部里很多同志费解：还有好几个副司局级岗位空着，这次并没有全部一次性考察提拔到位。要知道，这一空，就影响一二十个人。比如说，五个副司长岗位，可以提五个处长，然后有五个副处长可以填补处长位置，又有五个正科级干部可以填副处长的位置。有位置不用，最影响积极性。当然，议论这些事儿并不需要界定和遵循严格的内涵与外延，它往往会引发新的一些议论点。比如，有好几个人问辛平这次提拔工作出了什么事，就是一种议论的延伸，好像辛平是人事司的司领导或者是理所当然的参与者。

涂雪繁刚提拔完，紧接着就办了退休手续。郑一夫亲自主持，六司全体同志为她开了一个欢送会，会后全司又一起在外头聚了一餐，郑一夫还自己从家里拿了几瓶酒。聚餐的气氛很好，郑一夫一改刻板的形象，他向每一个同志敬酒都是一饮而尽，每一个同志向他敬酒他也都喝。他跟辛平也是如此，好像并没有发生前面的事。何新燕手下的处长盛国安酒量不大，喝一点就多，酒一多话也就多，话多还不公开说，要跟每一个同志说悄悄话，把大家逗得十分开心。辛平私底下叮嘱石羽生缠住盛国安，跟他不停地说话。辛平是担心盛国安万一跟谁说了不该说的话，回头又吃亏。

第二天，盛国安来找辛平。“昨天晚上想跟您说悄悄话，让石羽生那个小子把我扯住了。”他说。

辛平很郑重地说：“国安，我给你立一个规矩，你必须遵守。”

盛国安看他那么认真，赶紧说："您说，我一定遵守！"

"从今往后，凡是有部里、司里同志参与的聚会，你不要喝酒。"

"嗨，我以为什么事儿呢，好的，我一定遵守！"盛国安说。然后凑近了低声说："胡维富这个小子您提防点，他最近老跑何司那儿去，奉承何司说她要当司长了。"

辛平笑着说："让他说呗，咱也管不了这些。"

"他还私底下吹牛说，何司当司长后，他就要当副司长了。"

辛平大笑起来："有理想就好，这咱也管不着。这次提拔一批副司，没有他的份，他心里着急也是正常的。不过，感谢你的提醒。我也提醒你三点：上班提高效率，下班早点回家，同事之间不要喝酒。"

十八大马上要召开了，这件大事吸引了绝大多数人的注意力，因此部里头最近以来发生的一些小事所引起的关注和议论也渐渐平息。但地方上对于部里信息的反应总体上是有一些滞后的，部里刚刚平息的时候，或许恰恰就是地方厅局议论最盛的时候。部里有几位到地方出差的同志就带回了一些地方的消息，当然主要是对被提拔的这一批干部的评论，偶尔也有与此无关的。二司一位副司长就在吃午饭的时候，突然跟辛平说："省厅的同志对你评价很高啊！"好在当时同桌只有一两个人。另有一位哪个司的处长从沿海出差回来，专门跑到辛平办公室说："这次出去开会，底下的同志说，部里最正直的司领导是辛司。"还有几个人也跟辛平说起地方同志的看法，都是类似的意思。

辛平听了，在感动之余，也在尽力淡化自己的心境。他想起苏轼的一位和尚朋友写的一句诗："禅心已做沾泥絮，不逐春风上下狂。"若说是心如止水，那是不可能，真敢说出来也一定是轻薄和虚伪的。但是少一些不切实际的期盼妄想、不追求其他的安慰虚荣，却是可以做到的。

十八大召开的当天上午，按照部里提前通知要求，全体同志在会议室集中收看开幕式。下午是讨论，六司是郑一夫亲自带领，每个同志都发言。接下来的几天，有大会的活动就收看，没有的就插空工作。

第八章

一

一中全会结束的当天下午，陶部长就召开部务会及部党组理论中心组学习会，传达十八大及一中全会精神，部务会全体人员参加。中午的时候，许有善通知辛平："老弟呀，刚接到通知，下午和今后的部务会你就不参加了。抱歉啊！"辛平心想：来了。

第二天上午，郑一夫主持六司全体人员会议，传达了陶部长在部务会及部党组理论中心组学习会上的指示精神。陶部长指出，当前部里的头等大事是认真做好十八大精神的学习和贯彻。陶部长就学习和贯彻好十八大精神提了五点意见，其中第五点是紧密结合本部门本单位的工作认真学习和贯彻十八大精神。对此他特别强调，要以更大的政治勇气和政治智慧深化改革、推进工作，坚决打赢建设大数据系统、实施风险管理的攻坚战。郑一夫说，根据陶部长的指示精神，为进一步加强"风云项目"的领导，由他亲自挂帅负责"风云项目"，辛平和李文清协助，务必在三个月内使"风云项目"有实质性进展。

辛平后来才知道，陶部长在那天的会上对他进行了严厉的批评，只是郑一夫没有在六司的会上提及此事。陶部长说，“风云项目”从提出到现在已经九个月，但是在关键的问题上没有突破、没有进展，辛平作为项目负责人，负有不可推卸的责任。陶部长还说，改革不是请客吃饭，不是友情协商，而是历史的车轮，谁要是阻挡它，就让他靠边站。

“谁要是阻挡它，就让他靠边站”，退出部务会应该就是靠边站了吧？

陶部长的这些话是石羽生告诉辛平的，而石羽生是从胡维富那里听来的。胡维富跑到石羽生办公室说：“你要站稳立场了，陶部长对辛平是做了定性了的。”胡维富还提醒石羽生：“你不要还以为辛平能当司长，他不光当不了司长，还要靠边站，这是陶部长说的，你不要再傻乎乎地跟着他跑了。”

辛平听了哑然失笑。不过此事倒提醒了辛平。他觉得自己确实要重新为自己找到定位。自己是六司副司长，分管研发处和规划处。要一如既往，踏实做人、踏实做事，继续当一个合格的副司长。对过去，泰然处之；对未来，坦然面对。

当然，这些想得容易，要做到是有困难的，因为世间的事不可能一厢情愿。你想怎么样，别人就配合你怎么样？想泰然、坦然，是需要毅然、决然的，否则都可能是可笑的空话、大话。

辛平把石羽生、胡维富叫来，商量今后的工作安排。工作其实没变，主要就是两大块，一块是“风云项目”，一块是两个处的日常工作。变的是辛平关于“风云项目”的职责，现在他不是牵头负责了，是协助郑一夫工作。因此，今后两个处涉及“风云项目”的工作，要按照郑一夫的要求落实，遇有请示报告的事经过辛平同意后报到郑一夫那里，由郑一夫决定。至于日常工作，那还是没有变化的，以前怎么抓今后还怎么抓。

胡维富就问：“那如果您的意见和郑部长意见不一致，我们怎么报？”

辛平说：“我会跟郑部长请示、建议，最终当然以郑部长的意见为准。在郑部长做出决定之前，你们自然是以我的意见为主，当然我会跟你们充分研究商量的。”

“那不是多此一举吗？最终还是要改来改去的。”胡维富晃着身子，眼睛看着辛平办公桌的台面，冷冷地说道。

“一级对一级负责，这是工作的基本规矩。你们工作这么多年，不是不知道。”辛平仍然语气平和地说。

“可是‘风云项目’现在是郑部长直接负责，我们对郑部长负责不就是一级对一级负责吗？”胡维富眼睛看着窗外说。

辛平看着他，笑嘻嘻地说：“维富啊，我跟你说一个道理。你看我们的工作，你们处里的同志对你们负责，你们对我负责，我对司长——现在是郑部长负责，郑部长对陶部长负责。如果不要这个规矩，你的意思是你就可以直接对陶部长负责吗？”

胡维富继续晃了晃身子，歪着头说：“那也不是，我没那个意思，也不够那个格。”

“那就好。没那个意思，就说说你有那个意思的吧。我是六司副司长，‘风云项目’仍然是协助郑部长工作，在我之下的这些工作，都还是要向我负责的吧。同样道理，如果你——胡维富——当了副司长，那么你自然不需要对我负责；如果你当了司长，我一定会向你请示汇报。”

胡维富身子不晃了，但是咧了咧嘴，让人感觉他有点不自在。

辛平“啪”的一声狠拍了一下桌子。胡维富一激灵，架在二郎腿上的笔记本差点掉到地上，他赶紧用手一拍把笔记本摁住了。石羽生也吓了一跳。

“你如果不服这个道理，可以直接去找郑部长。我倒要看看你胡维富在郑部长那里能讨到一个什么样的规矩！”辛平指着胡维富厉声说道。接着又“啪”地再一拍：“散会！”

胡维富低着头走了，石羽生仍然坐着。看胡维富走了一会儿，石羽生跷着大拇指说：“辛司，好！解气！”

辛平的气还没完全缓下来：“古话说‘虎落平阳被犬欺’，我倒想说‘虎瘦雄心在’。我就不信这邪气就能那么猖狂！”

但是辛平所面临的远远不只是胡维富的气焰。

部里当前最重大的任务就是学习和贯彻十八大精神，十八大以来部里召开的会议主要议题也是学习贯彻十八大精神。几乎在每一次会议上，陶部长都要从正反两方面指出学习好贯彻好十八大精神的重要性、紧迫性。反面的典型，就是辛平。

虽然陶部长的讲话在印成书面文件下发部内各单位时都删去了辛平这个反面典型的名字，但是陶部长在会上说的话自然有人会传出去。它形成了一种传播效应，这种效应在重新开始的六司司长岗位的提拔考察中体现出来了。

自从不再列席部务会，辛平的消息就不太灵通了。因此，当人事司再次通知搞民主测评时，他甚至以为是开始处级岗位的提拔任用工作。坐在会议室拿到推荐表，才知道还是六司司长的事。他对照候选人员名单，认真地研究了一下，填了一位他认为有品德、有能力的副司长的名字。等他要把推荐表投入意见箱时，发现自己是最后一个了。他冲着意见箱后头的陈阳和人事司的一位处长笑着说："我想了半天才填的，一定不是推荐我自己。"

过了两天，有传言说部里准备考察何新燕。可是传了两天，没有进展。又过了好多天，突然宣布了任命，让所有人大跌眼镜——不是何新燕，是李文清。李文清本来就是正司级，因此调任六司司长没有走提拔所需的考察程序，直接任命了。

石羽生跑来跟辛平说："辛司，太出人意料了！胡维富沮丧死了，在我那儿都骂起来了。"

辛平笑了笑："君子坦荡荡，小人长戚戚。世间万事常常有一百个可能的结果，可是他却只有一门心思，自然容易沮丧。"

一会儿是盛国安过来，说太好了，提的不是何新燕，今天上班时见她进办公室，关上门就没出来。辛平想起这一阵很少见到何新燕，原来是她好久没来串门了。

不过在人人都意外时，辛平却一点都不感到意外，因为他已经意外过了。

昨天快下班时，李文清来电话："辛司，今晚有空吗，我请您吃饭。"

辛平觉得奇怪："李所，今天是什么日子，您要请我吃饭？要请也得我请您。"

李文清说："见面再说，今天必须我请客。"

见了面，坐定后，李文清说道："辛司，有一个消息虽然还没有宣布，但是我想先告诉您。"

辛平觉得李文清怪怪的："李所，是什么重大消息，让您这么郑重其事的？"

然后李文清就说了这个十分意外的消息。

"啊？您来当我们司长？"辛平瞪着大眼，惊讶得不得了。

"是的，已经找我谈过话了，估计这两天就要宣布。本来不是我来，据说一开始是要提何新燕，但是有部领导反对，因为何新燕两次民主测评都是排在最后。"

"怪不得前一阵传说要提何新燕，原来不是空穴来风。看来民主测评的结果还是管用的。"辛平说。民主测评结果虽然不是决定性的因素，但却是一个不可回避的因素。

李文清说的这些过程其实辛平不太关心。不过，听说李文清来当司长，辛平心情十分轻松愉快："您来当司长，那太好了，至少对我来说是大好事！"

李文清十分诚恳地说："辛司，平心而论，这个位置应当是您的。这段时间在您的领导下工作，我从您身上学到很多。”辛平赶紧冲他摆手，要打断他，但是李文清继续说道：“您为人正直，工作有能力、有思想，令人敬佩。我认为，部里不提拔您，于理不公。”

辛平也有些动容：“李所，感谢您的评价。‘风云项目’因为有您的支持，我才心里有底，说话才敢硬气。至于六司司长的位置，我确实没有认真想过。工作二十多年来，我每一次提拔都是顺其自然，从来没有为此去谋划什么，加上近来在‘风云项目’上与部领导意见不太一致，我知道自己不会是司长人选。我始终认为，人生在世，做人是否成功，不是以职务高低、挣钱多少为标准的。您看我们眼力所及的一些领导，不管是已经倒台的还是在台上的，他们做人成功吗？在我看来只是偷鸡摸狗之辈而已。”

觉得自己说得太激动了些，辛平又把话题说回来：“您当六司司长，真的是一件好事。您做人做事没有私心，有水平、有能力，这些我都不说了。很重要的一点是，您来了之后，六司的生态环境应该会有极大的好转。我会真心服从您的领导、全力支持您的工作。”

“对我俩的配合，我一点都不担心。”李文清说。然后叹了一口气：“但是现在摆在面前的有两个难题。一个是‘风云项目’。我跟您再说透一点：让我来六司是因为陶部长和郑部长对我有所求。”

辛平又惊讶了：“这话怎么说？”

“‘风云项目’是您主持的，您的意见对他们很重要，但是您始终不低头，那怎么办？他们就想到我了，毕竟我在团队里头的作用仅次于您，在部里大家的眼里也是‘风云项目’的标志性人物之一。让我来，就是为他们的方案背书。”

“让您支持他们的方案？就是让西国科技顶着狗屁不通的‘三合一’名义来承担承建‘风云项目’系统的任务？”

“是的，当然郑部长跟我说的时候表现得很冠冕堂皇，不过我没有答应。我说，让我来六司可以，但是我只负责实施部里的最后决定，至于采取什么方案我不参与意见。”说完，李文清又叹了一口气，“辛司，我没有您那种勇气，敢面对面地跟他们翻脸。”

辛平也叹了一口气：“您能坚持这一点已经不容易了。可是一旦确定了让西国科技来做，怎么把西国这个烂泥扶上墙将是您最大的困惑。那么您第二个难题是什么？”

“就是您说的生态问题。六司的情况我也有所耳闻，侯部长也跟我说过一些情况——对了，他对您评价很高。六司是郑部长的老地盘，据我这一段的观察，里头的关系感觉也是盘根错节，我在这里恐怕很难坐得稳当。”

辛平安慰他：“其实也不难。这么多年了，我有两条经验：第一，就事论事，对事不对人；第二，欢迎批评指正，但是我只在乎道理。”

李文清点点头：“希望您今后多提醒我。其实我和您是难兄难弟呀！”

这一晚上，辛平跟李文清说了不少话，也喝了不少酒，以至于分手后，辛平一上车只来得及跟代驾司机说了家里的地址，然后就歪着脑袋睡着了。

不知过了多久，他被司机喊醒，说电话响了好几遍了。辛平拿起电话，是宁佳，把他劈头盖脸地骂了一通："你怎么回事？打了多少遍电话也不接！急死我了你知不知道！你现在在哪里？"辛平嘟囔着说："别……别急嘛，路上呢，快到了……"挂了电话，一仰头继续睡觉。又过了一会儿，司机推醒他，问车停哪儿。他向窗外左看右看地看了半天，指点着司机把车开到车位上，付了钱，把司机打发走了。然后想着在座位上再靠靠，谁知又睡着了。睡着睡着就做梦，有人在敲锣打鼓，一会儿又变成"啪啪啪啪"的掌声，是郑一夫和河阳鼎盛的李总在台上揭幕，胡维富在底下使劲鼓掌。掌声越来越响、越来越响，响得他烦死了，最后更是变成了"咚咚"声。他一激灵醒来，往窗外一看，是宁佳在狠命地拍打着车窗，边拍边喊。

辛平赶紧下车，被宁佳恶狠狠地揪住胸前的衣服，又喊又叫地问他："你怎么了你！你吓死我了你！你为什么不接电话？你车是怎么开回来的？"

辛平见她穿着睡衣睡裤出来，咧着嘴笑道："你……你瞧你……还穿着睡衣出来……"

宁佳"啪"的一巴掌拍到辛平的左边脖子上："你还笑！你知不知道我有多着急！"说着就哭了。

辛平酒有点醒了，忙拉着她的手说："我不是没事吗，就是想在车里歇一会儿。"然后哄着她往回走。

回到家里，母亲在客厅坐着，见到辛平回来，也埋怨："你怎么喝这么多酒？宁佳打电话也不接，把我们都急死了。”辛平忙着解释了一会儿。蔻儿也开门出来，说：“老爸，今晚有点不像话哦。”辛平摇摇晃晃、嬉皮笑脸地把她推回房间去了。

洗漱完毕上床，宁佳的焦虑好像还没消失。她问：“你今天到底是怎么了，以前从来没有这样醉过。我看你最近好像精神状态不大好，心里是不是有什么事？”

辛平还是嬉皮笑脸的，说：“最大的心事就是有外遇了，可是我没有外遇，别的还能有什么事？”

二

向忠华说一定要感谢一下那位帮助他父亲住进医院的郝处长，让辛平约郝处长出来吃饭。辛平有些犯难，因为他跟郝处长只有过几次的电话联系。想不到，郝处长很爽快地答应了。由感谢郝处长的事，辛平想起来两次给小盛的亲戚添麻烦，想表示一下谢意，又怕打搅人家，就给小盛挂了一个电话，请他代为致意。

小盛向亲戚转达了辛平的致意，又给辛平回了个话：“老师，我亲戚说不客气，他很敬佩您的为人，说您两次请他帮忙都是替别人着想，却没有找他办过您自己的事。他说您如果有什么需要尽管吩咐，他会尽力的。”

向忠华的答谢宴，又请了老鲁和王致理作陪。正好老鲁也要答谢这半年多来医治、看护他母亲的几位大夫和护士，两个答谢宴就合在一处了。等坐下来一介绍，老鲁这边的刘大夫几位都有些拘谨，没想到上级机关的处长也在座，郝处长倒是很随和，说都是同仁，不必在意。

老鲁代表自己和向忠华向郝处长和刘大夫几位表示诚挚的谢意。他说每当父母病痛，我们心里十分焦急却又没有办法，只有靠医生护士来帮助我们排忧解难，在这种时候，医生护士是在帮我们尽孝，因此医生护士对我们有恩，今天请大家一起吃个饭就是向大家表达我们的感恩之心。老鲁当领导多年，本来就有口才，加上说得真诚，郝处长和几位医生护士都很感动。向忠华也回顾说，当时他爱人对着电话无助地哭诉老父亲带着伤坐在医院楼外的台阶上，他听了心痛极了，如果不是郝处长帮忙，不知道老父亲还要承受多大的痛苦，说到这里向忠华就掉眼泪了，他可不是一个容易动感情的人。郝处长连忙谦虚了几句，说我们都是儿子，都有父亲母亲，知道你们的心情。

老鲁年纪虽大，却最多愁善感。他见向忠华动了感情，也说起刘医生他们精心护理的细节，又回忆起在医院与母亲的时光，然后就泪雨滂沱的，话都说不下去了。

王致理在旁边听得着急，就说："你们俩干吗呢，今天是来感谢郝处长、刘大夫他们，不是来看你们哭的！"大家听了都笑了，鲁、向二人也破涕为笑，连连道歉。

不过老鲁感伤未尽，又对辛平三人说道："母亲是世界上最伟大的人，你们很幸福，家里母亲都健在。"他又想起上次辛平说母亲身体不舒服，连牌都没打成就走了，于是又问：“阿姨身体怎么样了？”

辛平实话实说：“我妈最近身体其实没什么大毛病，就是情绪不稳定，老跟宁佳和蔻儿着急。”

老鲁听了不高兴：“辛平，你这话不对，怎么说是阿姨跟宁佳她们着急呢？老人家受委屈了，你应该站在她这一边，体谅她、安慰她才对。世上只有不对的儿女，没有不对的父母。”

辛平笑着说：“我们家情况跟你们家不一样，我妈一辈子都爱跟人着急，在我这儿还算好了，在老家跟我妹住在一起，动不动就不高兴，尤其是对我妹夫比较刻薄，把我妹可折腾死了。”

老鲁更不高兴了：“你这是老婆最亲，听老婆的。”

辛平无奈地摇摇头：“老兄，你真的没有体会。宁佳确实也有需要改进的地方，但是你想，我妈跟我们一起生活了二十年，如果宁佳容不得她，这二十年她能待得下去吗？我也不是没有原则的人。”

这句话老鲁听进去了，因为他有了新感触：“也是，婆媳能一起生活二十多年，这媳妇也是可以了。我们家那位，就没有单独跟我妈生活过一天。”

辛平继续说道：“其实十几年前，我多数时候是相信和偏向老太太的，让宁佳受了不少委屈。后来发现，这样解决不了问题。家庭有矛盾，我们一般都指责晚辈。确实，有很多儿媳妇缺乏大家庭的责任感，只顾及小家庭和自己的感受，让自己的丈夫很为难，但是这不是必然的规律。孔子说过，‘父有争子，则身不陷于不义’，孔子都承认当父亲的可能有毛病，我们为什么不敢客观地看待家庭矛盾？于是我就反思，以前的做法对宁佳有些不公平，不公平的结果只会加剧家庭矛盾。”

大家听了都点头。“我现在发愁的是，宁佳随着年纪的增长，体力、精力、耐力都不如年轻的时候了，她的情绪也在发生变化，可是老太太疑心、焦躁的毛病又没有减轻，今后两人的矛盾会越来越大。”

刘大夫说话了：“辛司，我听明白了。我有一句话，您别误解，然后我再跟您细说。我认为，你们家老太太应该有神经症。”

郝处长在边上点头：“对，对！”

辛平有些愕然，问：“您的意思是说，我们家老太太精神上有问题？”

“不是，神经症不是我们俗话说的神经病，是焦虑症，属于神经官能症的一种表现。当然，也可能还有抑郁症，这需要详细诊断一下。”刘大夫又把症状说了说，辛平觉得绝大多数表现都对症，于是就问刘大夫：“那有什么好办法？”刘大夫说：“您找个时间带老太太上我们医院，我跟我们医院这方面的专家说一下，让他好好看看。”

辛平听了满心欢喜。老鲁又帮着感谢，说了一堆话，什么医生就是高尚的职业，医者仁心，悬壶济世，等等等等，把大家听得肉麻的，连郝处长都坐不住了，说：“您也别尽夸我们，其实现在医院里问题确实很多。否则，向局的老父亲也不会在台阶上干坐一下午了。而且，即使是我打了招呼，医院那儿该扒皮的照样扒皮。我不知道向局后来是不是给扒皮了？”

向忠华和老鲁几个都笑了。辛平说：“确实扒皮了，就不知道对他们来说是手下留情了还是不留情面。”然后把那一万多块钱的事说了一下。

郝处长笑着对辛平说：“刘大夫有经验，您问问他。”

“这种情况，算是中规中矩吧，既没有留情面，也没有下狠手，因为其中有一些钱还是必须交的。”刘大夫说，跟他一块来的几位也都笑了。

“敢情你们也都是行家啊？我妈住院这么些日子，我什么都没送，以为你们医院没有这档子事儿呢。”老鲁这回显得天真了。

“在北京，没有这类事的医院恐怕没有几个。外地我就不知道了，郝处长对全国的情况肯定是了解的。”刘大夫把球又踢回给郝处长。

郝处长笑着摆摆手：“不清楚，不清楚，也没法说。不过，向局父亲的这种情况只是其中一种类型，你们肯定都听说过动手术给主刀医生、麻醉师甚至是护士送红包的事，还有药企医药代表在医院公关的事，等等。这已经成了行业规矩，目前看是很难破解的。表面上能制止，暗地里还有办法。”

“那不也是一种腐败吗？”老鲁说，“都说官场多腐败，官场之外的这些东西跟腐败有什么区别呢？”

“您可以把它看作腐败。不过，这些问题虽然都是行业性的，但还没有形成产业，不是产业化的问题，产业化的问题那就积重难返了。那么什么样的是产业化的问题？我一说你们就明白了。比如说教育，课外辅导就成了产业化。课外辅导不是一无是处，但是现在社会上存在的绝大多数课外辅导是不是都有必要，恐怕就难说了。”

辛平插话道：“这个我有一点发言权。有一些老师上课，在课堂上不说透，或者说了一部分，留下更深的内容或者一部分不说的内容放到课外补习班上说。另外，很多学校用课外的方法和思维方式来考学生，比如说用奥数的思维方式考学生，逼得学生必须去学课外的东西。”

郝处长点点头：“您说的这种情况仍然还是行业性的，问题出在老师身上，学校和教育部门的问题是默许或者对它不作为。我说的产业化的问题就是，这种课外辅导已经成为中国社会的一种经济存在模式，它成为一种消费，一种大众需求。这样的问题才是可怕的。医疗行业如果出现这种产业化，也是可怕的。”

吃完饭，客人们都走了，留下“四个二”打牌，继续说着刚才的话题。

三

这一次辛平几乎笑不出来了，这是他必须付出的代价，真正的代价。退出部务会，那都不算什么代价；提司长没份，也只能说是小疼痛。

主管人事的侯部长找辛平谈话，部党组决定调整他去研究一所工作，任副所长。

辛平听罢，呆若木鸡地坐在那儿。这回真的是“靠边站”了！

任何人都知道，这种“调整”其实就是“贬谪”，陶部长说的“靠边站”还是好听的。研究一所是事业单位，这样的事业单位从事的基本上是机关部门委托的工作项目，有的事业单位甚至是由机关的某一个司局领导，虽然也许它们的行政级别一样。李文清作为正司级的所长，对身为副司长的辛平十分尊重、客气，除了李文清自己为人谦逊之外，这种关系是另一个重要原因。

到一所工作还不是最羞辱人的结果。一所还有一位副所长小汪，是两年前刚刚提拔起来的，李文清调任六司司长之后，一所由他主持工作。辛平到了一所后，虽然因为副司级的资历老而排名在前面，但是主持工作仍然是小汪。因此，辛平这次的工作调整，与降级为处长后继续留在机关使用差别并不大，只不过稍微好看些而已。何新燕曾经预测陈阳到人事司之后可能被降为副巡视员使用，辛平的这次调整比降为副巡视员更狠。这不仅是“贬谪”，更可谓“重贬”了。

“为什么？我犯了什么错误吗？”辛平缓过神来，问侯部长。

侯部长说得比较委婉，说让他到研究一所的目的就是为了加强那里的工作。李文清到六司工作后，一所只剩下一个小汪在主持工作，小汪经验不足，因此需要一个有能力、有经验的同志到一所，加强一所的领导。侯部长的解释其实很勉强。如果真是要加强一所的领导，那么至少应该让辛平主持工作。

辛平默默地走出了侯部长的办公室。他本来还想说什么，但是又说不出来。说什么呢？是质问？这样对侯部长不合适。解释？根本没有意义。求情？他从来没有求过什么人。并且，质问也好，解释、求情也罢，似乎都不能反映他现在的心情。可是现在是什么心情呢？好像辛平自己也不是很清楚。

就这样带着浑浑噩噩的感觉，辛平回到办公室。他有点犯困，可又睡不着。于是就带着脑子里的混沌想了很久、很多，过去的、现在的、将来的，甚至把刚工作时的情景都很不连贯地回忆了一遍。他始终以为，自己所做的一切都是为了工作，即便是有些错误——当然他不认为自己在工作上有什么能够让部党组下决心坚决纠正的大错——也应该是工作层面上的批评、指正，远远到不了调整岗位的地步。可是如今，从结果看，他的想法是幼稚的；从过程看，自从第一次向陶部长提出针对西国科技的建议开始，他对于陶部长心态的感知都是滞后的。走到现在这一步，都是因为自己对领导的脸色和态度麻木不仁的结果。

然而调整岗位、改任非领导职务乃至降职，那是对尸位素餐或者是滥用职权、给工作造成重大损失的人的惩罚，自己是那样的人吗？不是！不是！

如果说这半年多来面对领导的批评他有时还心中有些惶惑、反思自己是不是做错的话，那么今天面对这样的结果，辛平认为自己没有错。没有犯错，却被以调整岗位作为惩罚，那么一定不是出于公心，而是出于私心；这种调整一定不是工作需要而是排挤打击。

想到这儿，辛平心里反倒有些振奋。自己没有错，有错的是那些出于私心排挤打击自己的人，他在心中坚定地这么认为。他坐直了身体，原先因为浑浑噩噩而带来的困意一扫而空，身上开始有些发热，甚至能感觉到头皮上血液的流动。什么错误，什么批评，什么“调整岗位”之类的小鞋，这些狗屁不通的东西，全都滚他妈的蛋！

辛平站起身，又坐下来，然后拿起电话，平静地跟侯部长说，明天就去一所报到。然后他又到郑一夫办公室，告诉他自己明天去一所报到。辛平没有说其他的话，甚至都没有说侯部长今天找自己谈话的事。郑一夫也就是“嗯”了一声，交代了一下工作交接的事。两个人之间似乎有一种默契或者说是心照不宣，就像已经就这件事说了很久，无须再多说。

回到办公室，辛平跟两个处的全体同志开了一个会，讲了几句话，说了三层意思：一是告知大家自己到一所工作；二是跟大家道个别，并感谢这么多年来大家对自己工作上的支持；三是临别留言。辛平说，每一个人都有自己的人生追求，但是拿什么作为人生成功的标准是十分重要的。在体制内工作，很多人认为人生是否成功取决于职务有多高。辛平问，在座的同志们，有几个人今后一定会当上司长副司长甚至是部长副部长？当不上就是人生和事业不成功了吗？辛平说，人生的成功与否在于做人的品德是否让别人认可、做事的水平是否让人敬佩、家庭生活是否和谐。做不到这些，再大的官也不见得让人敬重，甚至可能让人鄙视。辛平说，希望大家有信心，使自己的人生真正地成功、健康地成功。

会开得很短，不到一刻钟就结束了。因为对自己调离六司的事说得很突然，说完了就散会，几乎所有人都感到惊愕，散会时有两个女同志甚至捂着脸掉下了眼泪。辛平起身时也差一点掉泪，但忍住了。

回到办公室，辛平收拾要带走的东西。东西不多，就是几箱子书，一盆文竹，加上杯子、旧笔记本等一些杂物。陆陆续续有人来跟辛平道别，连另外两个处的同志也有来的，没来的只要在楼道里碰上面，都主动跟辛平说几句话。说得最多的是两句："辛司，我们找时间看您去啊。""辛司，您一定要回来看我们。"何新燕在楼道里碰见了，也还轻盈地"嘻嘻"笑了两声。到了最后，全司没再打照面的只有一个胡维富。

辛平到一所报到，是侯部长送去的，李文清、陈阳都陪着。陈阳去，因为这是他的职责，李文清则是因为还没有到六司上班，趁机友情客串一下。按照侯部长的要求，一所全体人员有百十号人都出席会议。侯部长在会上介绍了辛平的情况，一再强调部里调辛平到研究一所是为了加强一所的工作，要求主持工作的小汪与辛平配合好。李文清作为即将离任的老领导，在一所全体同志面前表现出对辛平的高度敬重。陈阳在宣布任命后高度赞扬辛平的道德品质。小汪最后表态说，自己会在日常工作中多向辛平请教，也请辛平多帮助自己工作。对于一般人来说到一所工作是灰溜溜的结局，可是让侯部长等人这么一送，倒像是很荣耀的升迁。陈阳甚至说，要给辛平"庆贺"一下，请他喝酒，并且就是当天晚上。

"你一个副司长，让部党组针对你的严重错误采取了一系列措施，这在我们部的历史上恐怕是绝无仅有的。"陈阳义正词严地说，"不过，也说明你的重要性，不重要就不能享受这种待遇嘛。"

陈阳说的一系列措施是指：先是停止了六司司长提拔工作，因为辛平在民主测评中排名第一；然后是让辛平退出部务会，开始实质性的惩戒；第三，陶部长在之后的每一次重要会议上都严厉批评辛平并将有关批评和警示在部机关里传达，陈阳认为这是针对第一次的民主测评中辛平排名第一的结果进行“消毒”；第四是调李文清到六司任司长，彻底断绝辛平被提拔的可能；第五就是让辛平去研究一所当一个“资深”的副所长，这招最狠。

陈阳分析出一点来，就喝一杯酒，似乎被“贬”的不是辛平，而是他自己。

借着酒劲，陈阳也说出了他被调到人事司的原因。他在办公厅时确实是得罪了邓部长，以至于邓部长公开跟许有善说要“对陈阳不客气”。陈阳得罪邓部长的几件事，说出来真让人笑话。有两件事跟邓部长打网球有关。邓部长喜欢打网球，而且很在意自己的水平，因此平时打球就有一个陪练，也不知道是谁介绍来的。遇上邓部长出差，有时就带上网球的陪练一起去，然后在出差地也打打球。可是陪练跟着出差，这路费、住宿费却要办公厅帮着报销，就被陈阳拒绝了，这是一件事。另一件跟打网球有关的事是，邓部长打完球，球衣球裤要让办公厅送到干洗店去洗，也被陈阳拒绝了。其他几件事，都跟邓部长把生活当工作、为自己的秘书和司机谋利益有关。邓部长很早就当了副部长，曾以“青年翘楚”自诩，本是心高气傲之人，遇到陈阳这样一个“二五眼”，早就气不打一处来，平时该剋的剋了，该骂的骂了，可是这个陈阳就是油盐不进。也实在是不得已，邓部长在陶部长那里告了不少陈阳的状，终于把他调离办公厅。邓部长的本意是狠狠教训一下陈阳，要把他降为副巡视员，只是当时管人事的陈之岳副部长觉得邓部长反映的问题没到那个程度，建议把他调到自己分管的人事司，这样算是救了陈阳。不过，为什么陶部长会听进邓部长的话，他一直不明白。他不明白的还有一些事，比如说这次他腾出来的办公厅副主任位置，部里有好几个合适的处长不用，陶部长却要从外面调一个处长来提拔。

辛平与陈阳借着酒劲，分享着人生的这些喜剧片段，时而拍案，时而喜笑，时而吁叹。好在他们吃饭的这个小饭馆里，人人都是平凡的吃客，也都自有一套旁若无人的吃相，两人的举止倒也不会让人觉得怪异。

消息传得很快，辛平到一所报到的当天就有地方的同志打电话来问候。都是关心辛平的，当然说的话多数也都有些艺术，以免让辛平伤心。比如，说这种安排一定是让辛平再历练历练，“天降大任于斯人也必先什么什么”，或者说辛平是好人，“好人一生平安”，等等。

四

到一所报到后，辛平跟小汪请了个假，他想趁着刚到一所还没正式开始工作，带母亲去医院看一看病。

让母亲看病也不是一件简单的事。辛平不能跟母亲说她可能有焦虑症，这么说的话母亲难以接受。他说带她去看看为什么心里总觉得有一团火。

刘大夫很热心，提前约好了神经科的主任。主任跟老太太做了耐心的交谈，观察老太太的反映，然后跟辛平单独了解了老太太平时的表现，又让老太太做了几项检查，最后的诊断是：神经官能症，表现为焦虑症合并忧郁症，需要服药治疗。

老太太一听跳起来了：“你说我是神经病？你是什么医生？你才是神经病，我没有病！”

辛平在一旁十分尴尬，主任却不在意，说：“您这不叫神经病，就叫焦虑症，平时心里老着急，自己也控制不住。”

老太太还是不明白：“我哪里着急了！你不说我是神经病我就不着急！你这种医生没有水平，我见多了！”然后拉着辛平：“走，不看了，回家！”

辛平拉着老太太的手没动：“妈，你听医生说完。医生话没说完你就着急，这不就是毛病吗？”然后转头问主任：“您说这种病有什么危害？会不会引发其他什么疾病？”

主任明白了：“那是很有可能的，比如说心脏病、高血压、肠胃疾病等等。”

老太太一听主任这么说，不动了，辛平知道这些话把她吓住了。老太太问主任：“那你说的，这个病不是神经病？”

主任说：“不是。”

又问辛平：“不是神经病？”

辛平也说：“不是，如果是神经病，那我也遗传神经病了。”

老太太就笑了，说：“那好吧，我吃药。”

不过主任又提醒说，光靠药物是不够的。许多焦虑症的原因是环境造成的，或者是家庭环境，或者是社会环境。当然，病人自身仍然是主因。

“我就说两句话，一句是对老太太说的，一句是对您说的。”主任对辛平说道。

“您，”他对着老太太，“一定要记住一句话：要让家里人敬重您，首先您要敬重家里人。您总觉得别人对不起您，那您就要想想，自己对别人是不是太刻薄了？如果认为自己是家长或者是老人就可以不讲理，那是错误的。如果不改变自己，您的病是治不好的，甚至可能越来越严重。”然后又对着辛平：“您呢，还有您家里其他人，也要对老太太有更多的耐心。很多家庭有这样一种现象，就是对外人很耐心，也能忍受得住委屈，可是对家里人却没有耐心，受一点委屈都不行。这样的家庭其实是缺乏温暖的，而老人最在意温暖。”

辛平点点头：“记住了，谢谢您！”

可是老太太又激动起来：“你看医生说的，宁佳对我就是缺乏温暖，我说什么她都是爱理不理的……”

主任打断她：“我刚才说的话归结起来就是：大家都从自己身上找问题。您找到自己的问题，别人也找到自己身上的问题，然后都改正，这才是正确的方法。您记住了？您要自己不改，就不要指望别人改。”

老太太连连说道：“记住了！记住了！”

晚上宁佳回来，问老太太医院检查的结果，然后悄悄地对辛平说：“你看，我就说老太太焦虑吧，你总不信。得让她赶紧吃药！”

辛平道：“药是要长期吃的，但是光吃药还不够。我把医生说的药方都告诉你，你听好了。”然后把神经科主任说的两句话都说了。“第一句话，说的是老太太的一个顽疾，就是以前自以为是家长、现在自以为是长辈，对晚辈不尊重。第二句话说的是我们，他说的对外人耐心、对自己人没耐心的情况，是十分贴切的。”

宁佳不愿意听，有些不高兴：“谁没耐心了？刚结婚时，我岂止是耐心，我是温顺、乖巧，可是老太太就是欺负人，把我的心给寒透了。你说这是我的责任吗？”

辛平没有着急，继续耐心地说：“你说得有道理。但是，我们现在要解决问题，而不是只会发怨气。我问你，你是愿意仍然处在这种家庭矛盾的紧张气氛中，还是愿意改变它？”

“那还用说，谁愿意现在这样？”

“那好，我们就行动起来。老太太需要走出顽疾的原点，我们需要回到耐心的原点。她那边已经在行动了，至少有一半的保证，那就是吃药。如果她能同时改变自己的性格和心态，那另一半的效果也出来了。我们这边，不就是多一点耐心吗，应该可以做到的吧？”

“我努力吧。不过，我怀疑她做不到。”

“她也可能怀疑我们尤其是你做不到。与其怀疑别人，不如让自己做到。我说的不光是你，我自己也要做到的。”

“这还差不多。其实我觉得你最近是有些焦虑，老太太的焦虑症不会遗传吧？”宁佳带着坏笑说道。

“胡说八道，要遗传也是遗传到你那儿去。”辛平呵斥了一声。想了想又问宁佳："你觉得我最近焦虑了？"

"可不是吗？你最近回来话说得也少了，跟我和蔻儿说话口气也不如以前温柔了。蔻儿上周还问我，说爸爸怎么不给她上周末一课了，总感觉他心事重重的。所以我说你遗传了你妈的焦虑症嘛。"

辛平不语了。最近一段时间确实心理压力大，虽然自己努力不在家里表现出来，但是一点痕迹都不露看来是做不到的。这次被调整到一所工作，怎么跟宁佳说，是一个问题。不说吧，她迟早要知道的；要说的话，怎么说？说不说原因？不说原因，怎么解释？说了原因，让她替自己担心？

"怎么啦？又焦虑起来了？"宁佳碰了他一下。

"没事。"

"没事怎么不吭声了，忧心忡忡的样子？"

辛平长吸了一口气，还是把情况告诉宁佳了。

"到研究一所去工作？那儿不是事业单位吗？难道你升官了？"宁佳很意外。

"没升，平调。"

"平调？到一所工作？"宁佳一时反应不过来。

"嗯。"

"这是……部里有什么考虑？"宁佳说得有些委婉，辛平知道她的意思。

"没什么考虑，就是让我到那里工作。"

宁佳感觉有点不妙："那……我问你一下，你别生气啊。"她小心地说："你是犯了什么错误了吗？"

辛平笑了："你不了解你老公吗，我会犯什么错误？"

"那为什么让你去一个事业单位工作？这不是发配吗？"

"是这样的，"辛平决定跟宁佳说清楚，"我没犯错误，但是得罪了部领导。"

宁佳着急了："怎么得罪领导了？得罪哪个领导？是陶部长吗？"

"是的。"辛平把来龙去脉大致说了一下，没敢说得罪的还不止一个部领导，怕宁佳听了更受不了。

"那……那可怎么办？怎么办啊？"宁佳抓住辛平的衣袖，哭起来了。

"没事，没事的，不就是换一个部门吗？到哪儿不都是一样地工作。"

"怎么一样？明明就是不一样嘛！他这是打击报复嘛！他会害你吗？"

辛平哈哈笑道："他怎么害我？派人暗杀我？傻瓜！"

"那他天天给你穿小鞋，你不是会难受的吗？"

"那也不怕，再小的小鞋我都穿得了。我只要好好工作，他也奈何不了我，总不至于不让我工作，或者把我开除了嘛。"

"可是我怕你受委屈……不是，你肯定已经受了不少委屈了。你们部里的人会怎么看你？他们是不是不敢跟你说话了？你在单位一定会很难受的……"说到后面，宁佳泣不成声。

辛平搂着她，轻轻拍着她的背："你看，从我自己来说，心里很坦然；部里绝大多数认识我的人，都知道我的为人。我还是原来的我，他们还是原来那样对待我，我怎么会难受呢？你放心吧，我们部里还是有许多有正义感的人的。”

“还说什么正义感，我觉得你们跟我们基层也没有什么两样。”宁佳擦了擦眼泪说。

第二天起床，宁佳说头疼，一晚上睡不好，总做噩梦。辛平让她请假歇一天，她说不行，得去上班，可是坐起来又躺下了。后来觉得实在难受，说不去了，让辛平起床，告诉老太太给蔻儿简单做个早饭。蔻儿吃完早饭，进来问候了一下，上学去了。辛平心里犹豫要不要上班，这婆媳俩一个焦虑症一个头疼，怕自己上班后她们相互之间又不对付，最终决定还是不去了。可是怎么跟母亲说呢？想了想，就说一会儿要陪宁佳去看病。

宁佳又躺了小半天然后起床，还觉得头疼。喝了一碗粥，无精打采地靠在沙发上，跟辛平说着昨晚的几个噩梦。老太太进进出出的，一会儿问一下宁佳好点没有，又催辛平带宁佳去看病。宁佳开始还觉得感动，问多了就有点烦。趁老太太回屋，辛平问宁佳，要不要出去走走。宁佳想了想说：“好，去公园走走吧。”两人商量好，跟老太太就说去医院看病。

出了门，辛平说，要不干脆去西山的植物园吧，于是驱车一路往西边去。

植物园里举目冬意。落叶满地，只留下些许红叶黄叶或是萎凋的绿叶三三两两地点缀着灰色的园景。在辛平和宁佳这样的南方人看来，北方的冬天几乎没有生机。或者说，如果四季有生命的话，那么南方的冬天是困乏的，而北方的冬天则是昏死的。昏死不是死，它仍然有生命的存在，比如树间地上纷飞的鸟儿，它们就是北方昏死的冬天证明其生命顽强存在的气息。

在这个时间点，植物园里没有什么人。辛平在公园的坡道上拉着宁佳奋力走着，他想让她打起精神。走到人工湖边，两人找了个椅子坐下，晒着太阳。辛平跟宁佳回忆起，十几年前这个人工湖还是一片大草坪，草坪一直蔓延到两边的坡上，当年还带着蔻儿来这里放风筝。辛平又指指山、指指树、指指水，说："虽然是在北方，见到这些山水景象，心里还是舒畅的。"

宁佳说道："其实这些还是公园的样子，只是做得自然些吧。"

辛平说："是啊，跟我们南方山水的天然美还是没法比的。"然后就一起说起南方的美，说着说着，辛平突然就问："哎，你说我们把君岭租下来，以后退休了回那里去养老，怎么样？"

"君岭？什么君岭？"宁佳没反应过来。

"就是这次回你们家，在神仙住的地方看到的对面的那个废弃小山村，我不是还让你那个同学陈玉声带着我去看了一趟吗？"

宁佳想起来了，但是她不明白辛平为什么有这种念头。"你太疯狂了吧？去那个偏远的地方租那种破房子？而且现在就想退休？"她大声地嚷嚷道，显然辛平的想法严重地刺激了她。

"其实也不疯狂。你想想，我们迟早是要退休的，这是第一。第二，退休后，我们在哪里生活？是继续待在到处是高楼大厦的北京，还是山清水秀的乡间？第三，哪里都有山水，但是最适合我们的还是从小长大的地方。最后一点就是，有想法就趁早，时过境迁了就不一定有机会了。如果现在就租下来，今后回去休假我们就可以住在那里了，那有多美呀！”

“那你实话告诉我，你有这个想法，是不是跟你最近在单位不开心有关？”

“有的。虽然我跟你说过我能够承受得住对我的排挤打击，但是长期那么不开心地待下去，也是一种煎熬。况且，陶部长后面还有没有其他手段对付我，我也不知道。我有时想，与其这样下去，不如辞职算了，另谋出路，时间上也许还更自由，有空就回君岭那种地方去享受几天世外桃源的生活。”

“辞职？辞职是最后一步啊，你可以想办法调离你们部，到别的部委去工作嘛。”宁佳说道。

这句话提醒了辛平：“对，你说得有道理。我找那几个狐朋狗友商量一下，看看有没有办法。”

“不过，你刚才说把君岭租下来，听你那么一说，我还有点动心了，就是不知道要花多少钱，我们可没有什么闲钱，你是知道的。”

“我回头给陈玉声挂个电话，让他帮忙问问那几个房主看看。”

然后两人就开始憧憬在君岭生活的前景，想象着那是什么样的房子，有什么树木花草，种些什么瓜果蔬菜，养一只狗还是两只，要不要养猫，是养鸡鸭下蛋呢还是养鹅防贼还可以吃烧鹅，自己住不完那么多房子每年怎么请朋友们到那里一起住住、玩玩，等等。说得高兴，加上上坡下坡的行走，两人都出了些汗，宁佳的头疼不知不觉就好了，并且还觉得有些神清气爽。辛平也高兴，就发起怪论：“怪不得有人喜欢逃学翘班，原来干坏事这么过瘾啊。”宁佳就笑他：“瞧你这么没出息，干坏事也就是逃个学翘个班。”

五

辛平付出的代价还不够多，他在传阅的文件中发现了自己的身影。

一所的工作虽然比六司繁杂，但是需要操心的不多。尤其是与“风云项目”有关的工作是小汪分管，辛平跟部机关不怎么打交道，在一所就更超脱些。不让辛平分管“风云项目”，看来是部领导有交代的。

在一所领导的传阅件里，辛平看到一份部里的关于学习贯彻十八大精神情况的报告。报告在列举了学习十八大精神的一系列举措之后，提出了扎实推进各方面工作、贯彻落实好十八大精神的十项重大措施，其中一条说到，对一名精力不集中、工作不得力、造成工作重大延误的副司级干部调整了岗位，以此警示全体干部职工要振奋精神，牢固树立政治责任感，认真做好本职工作。

这是穷追猛打的架势。岗位调整了，批判还要继续下去。看来，辛平即便被发配到了一所，事情还没完。

辛平心里有点焦虑。他盘算了一下，陶部长今年五十八岁，正部级领导六十五岁退休，如果工作不调动，陶部长在部里还要干七年。邓部长今年五十五岁，郑一夫今年五十四岁，即使陶部长调走了，他们基本上是不会动的，到他们六十岁退休也得有五六年的时间。照目前的形势，这五六七年，辛平是没法熬下去的。因此，必须走、尽快走。

正想着哪天约“四个二”聚聚，说说此事，辛平接到了易斌的电话，说好久不见了，怪想念的，要请辛平吃饭。一开始辛平还推辞，说中央有八项规定了，不能乱吃饭。易斌说我个人请您吃饭，您和我、和我们公司之间，都没有利益关系，因此这是纯粹的友情。辛平觉得有道理，就答应了。又问另外还有谁参加，易斌说就咱俩，不叫别人。

见面一叙，易斌看出辛平脸色有些憔悴，就问原因。辛平说最近在单位有些不顺心，也没细说怎么个不顺心。可是易斌是过来人，一听辛平说调到一所工作，就明白了。“您一定是得罪陶部长了。”辛平觉得也没必要瞒他，就笑着说：“岂止是陶部长，邓部长和郑部长都得罪了。”

易斌听了直叹息：“我当初只得罪了一个邓部长，您现在是得罪了一批部长，处境之难可想而知。干脆您别在部里干了，来我们这儿吧，我们这儿正缺一个总经理，我跟董事长说一下，我改当总经理，您来当总裁，我配合您工作，这样多好啊！”

一句话提醒了辛平，他一拍大腿：“咦，还真是的，投奔你那儿还真是一个不错的选择！不过，我不当总裁，也不当总经理，给你当个副手就行了。我对于企业管理没经验，还是量力而行最好。”

“您当总裁合适，总裁抓大事，我当总经理，抓具体实施，这样各取所长。我们董事长应该会非常欢迎的。”

辛平想了想，跟易斌说他回去考虑考虑。其实他要跟宁佳商量商量。

回到家里，跟宁佳说起易斌的建议，辛平还挺高兴：“易斌他们公司可是真正的大企业，我要能去，也不算埋没了。对了，还能挣高薪呢！”

宁佳问：“高薪？能有多少？”

“呵呵，没问，当时没想起这个问题。不过年薪至少有大几十万吧？比他们还小的公司，当个总裁总经理的据说都有上百万的。如果能挣几十万，咱也是发财了。”

宁佳并没有辛平那么兴奋。“我觉得你再考虑一段时间再说。钱挣多少是次要的，你在机关干了二十多年，现在好歹是一个副司级领导，如果就这么下海了，从官场到商场，这个转变是巨大的，它意味着一切重来，或者至少以前积累的许多知识、能力、人脉是要作废的。对你自己而言，心态上、能力上能不能适应这个变化？”

辛平让宁佳泼了这么一盆冷水，不说话了。他不觉得下海有多难，那么多人下海都能干好，自己不至于干得太差吧？不过宁佳说的第一句话有道理，这么大的一件事，确实需要冷静思考一段时间，同时也可以听听一些朋友的意见，看看有没有其他地方可去。

宁佳说起那天去植物园，玩得很开心，想让辛平哪天再陪她去。辛平说那只能周末去，可不能再翘班了。宁佳就说：“明天周六，要不我们去石炉轩吃饭？我有点馋担担面和老麻抄手，把蔻宝和老太太都带上。”

辛平说可以。想起老太太最近的表现，问：“你觉得老太太最近有变化吗？”

“变化还是有的，跟我说话不那么盛气凌人了，也耐心了许多。”

其实辛平也感觉到了。最近老太太跟自己说起宁佳，都说的是宁佳的名字，要在以往，经常说的是“你老婆”、“她”或者“她妈”，前一个“她”指的是宁佳，后一个“她”指的是蔻儿。这个明显的转变是一个可喜的现象。

从石炉轩吃完饭回来，辛平跟宁佳喝了小半天的茶，然后给蔻儿上周末一课。周末一课断了三周，辛平怕断久了蔻儿不愿再捡起来，因此无论如何这周都要恢复。

蔻儿前两天问起课本里辛弃疾的词《破阵子·为陈同甫赋壮词以寄之》，辛平打算给她做外围辅导。这首《破阵子》是辛弃疾豪放风格的代表作，但是它的基调是悲哀而非豪放，点睛之笔是“可怜白发生”而不是“沙场秋点兵”。辛弃疾的一生，是胸有大略、心怀恢复北方疆土大志与屡受打击、郁郁不得志的两种境况相互交织的一生，这种交织所郁积的结果就是由期待到绝望、由矢志到失志所产生的悲哀，这种悲哀体现在他的词中，轻者是忧伤，重者是悲愤。这首《破阵子》抒发的哀情还只能算是忧伤，至于悲愤，可以读《水调歌头·壬子三山被召陈瑞仁给事饮饯席上作》：“长恨复长恨，裁作短歌行。”何以长恨？因为，“人间万事，毫发常重泰山轻！”是非都颠倒了，必然要误国误民。介于忧伤与悲愤之间的悲哀，有《水调歌头·我饮不须劝》为例：“头上貂蝉贵客，苑外麒麟高冢，人世竟谁雄。”在嘲笑了那些至死不悟的权贵之后，悲叹

“孙刘辈，能使我，不为公”。那些人最大的能耐，就是不让有志、有识、有情怀之人为国家建功立业。同为豪放派的代表人物，苏轼的豪放是豁达，辛弃疾的豪放是悲哀；苏轼的豁达因应于满心都是私心杂念的官僚的迫害，辛弃疾的悲哀来自面对国家的生死存亡而无所不在的麻木不仁。它们都是时代的反映和必然的结果。

上完课，辛平跟蔻儿了解了一下最近的学习情况。辛平听宁佳说，蔻儿最近对写影评比较着迷，偷偷在网上看了不少电影，写的影评文章也在网上发了，还聚拢了一小批粉丝。辛平提醒蔻儿：“兴趣爱好广泛是好事，但是不能着迷。兴趣爱好的作用是让工作和生活丰富多彩，而不是成为主要的工作和生活。尤其是今年要中考，千万不能影响学习。”蔻儿说：“知道了，就是闹着玩儿的。”

趁着晚饭前没事，辛平靠在沙发上，就着厨房里婆媳俩说话的声音打了一个盹。然后就梦见自己在深山行走，走到一座小石桥边，桥下是小溪，桥那边是一个小山村。止过桥时，桥下流水“汩汩”地响，一会儿声音越来越大，“汩汩”变成了有些刺耳的“喳喳”，接着就醒了，原来是宁佳在厨房煎炸着什么。辛平坐下来，想起君岭的事，心想不知道上次跟陈玉声说了之后，他问得怎么样了。恰恰在这时，电话铃响了，正是陈玉声。陈玉声说，君岭的房子连上空地，总共涉及六户人家，包括他自己家的。他问了两三家，都说愿意出租，反正放在那里也是风吹雨打最终也要倒塌的——其实有好几家已经塌了一扇半扇的墙了。至于租金，一年给个千儿八百的就行了。因此，陈玉声认为其余几户人家应该也能说下来。

“太好了！”放下电话，辛平右手攥成拳头在空中挥了一下，低声说道。

自从心里有了把君岭村租下来的想法后，辛平不时回忆着君岭的山水风光，憧憬着在那里生活的景象。如果把到目前为止四十多年的生涯当作上半生，那么辛平这上半生并没有过明确的人生追求，即使是步入社会之后也只不过是踏实工作、踏实做人。现在，他要过一个有人生追求的下半生，那就是跟宁佳在君岭无忧无虑、自由自在地生活，朝看行云、暮伴归鸟，平时种种菜、看看书，寂寞了就到有人家的乡村走走，跟老翁老妇聊聊天，或者逗一逗撵鸡惊犬的顽皮孩童。

当然了，这些都是理想化的状态。如果没有特别的原因，辛平在退休之前还是要继续工作的，不可能现在就躲在君岭与世隔绝了，充其量也就是逢年过节或者休假时在那里住住。并且，真要完全实现理想，中间还有许多困难。

比如说钱的问题。宁佳就问：“咱有钱做这些吗？”

辛平就跟她算了一笔账：租金一年也就几千块钱，村里水电都有了，不用另花钱牵线、安装。主要花的大钱在于修缮，估计一栋房子至少得花十万八万，加上室内简单装修、置备家具也要两三万。不过，修缮不是急事，更不必现在就把所有的房子都修缮了，有一点余钱就做一点事。

宁佳又说：“可是咱没有多少余钱啊，加上蔻儿也大了，今后上学的花费会更多。”辛平说，蔻儿的事、老太太今后的生活，都得考虑，但是也不应该把我们的下半生都集中在她们身上，我们自己也应该有自己的生活理想，使她们的需要与我们的理想相结合才好，这样等我们老的时候就不会太依赖孩子，也能减轻孩子的负担。宁佳听了，觉得也对。

不过还有一个问题："那种荒山野岭，要是生病了怎么办？"辛平说，生病主要靠平时预防，多锻炼再加上心态好，自然不会生什么致命的急重病。

"可是等年纪大了，急病重病也许是难免的，那怎么办？"辛平笑了笑："如果我们在能好好生活的时候好好生活了，晚年真有了重病，能救过来就救过来，救不过来也就算了，我们也算是无愧于良心、无愧于家庭、无愧于你我的感情，那不是挺好的吗？你没听展哥说，一些达官富人过着花天酒地的生活，还没老呢就一身病，带着各种心病、身病活着，他们幸福吗？肯定不幸福。我们不是达官富人，但是一定要过得幸福，而且是真正的而不是装出来的幸福。"

宁佳听了就流下眼泪了："那等老了我要比你先死，不然我一个人会活不下去的。"

辛平摸着她的头笑着说："傻孩子，下半生还有几十年呢，等我们八九十岁了再约吧。"说着，心里头也有些伤感。又想起来，好久没去看展哥了。

六

"八项规定出来之前，我们就是模范的遵守者了！"老鲁说道，"你看，我们‘四个二’历来都是能饱了就行，一碗面就够。”

“得了吧你，你跟别人吃饭能这样吗？成天饭局，吃得肠肥脑满的。”王致理说。

“那是以前，现在可不敢了，抓得这么紧，咱别当出头鸟。”

“不光不当出头鸟，这八项规定也把我们解放了。元旦以来有一阵几乎天天是饭局，市里头的、区里头的、兄弟部门的、部里来检查的，有时一天一顿都不够，躲也躲不开，烦死了。”向忠华说。

辛平也有同感：“宁佳都说我最近乖多了，天天回家。不过，我除了有八项规定帮忙，还有部领导帮忙。”

大家听了都觉得稀奇：“部领导还帮你喝酒？”

辛平哈哈大笑：“帮喝酒是小忙，他们帮的是大忙。”他把最近的遭遇跟大家说了，然后叹了口气：“上次跟你们说的还只是小意思了，近来步步紧逼，变本加厉，简直不让我活了。你们救救我！”

“看来你是把他们得罪惨了！”王致理说，“原来是他的嫡系，怎么突然就变成他的敌人了？”

“是啊，这不是明目张胆的以权谋私、打击报复吗？”老鲁听了，想起自己的际遇，更加来气，“这段时间说要‘打老虎’，我看这个陶部长就是‘老虎’！”

辛平赶紧说：“目前看他只是想以权谋私，能不能谋成、是不是‘老虎’，应该还很难说吧。”

“你这个人就是迟钝。他会告诉你自己已经谋成私了、自己就是‘老虎’？十八大结束不久就被查办的那个‘老虎’，落马之前不是都说他勇于开拓进取，是不可多得的人才？”老鲁反驳说。

“且不管他是不是‘老虎’了。万一不是，或者虽然是却没打着，我在他手下还得干多少年啊，加上还有几只‘野猪’在帮着一起挤对我。”辛平说。“野猪”一词是他随口说出来的，觉得挺好玩，“扑哧”一声笑了出来。

“你上次说有想法了，具体是什么想法？”向忠华问辛平。

“原来的想法不切实际，不说了。你们说说该怎么办吧。”辛平不想提曾经有过的辞职和下海的想法。

“你让他想想办法。”王致理朝老鲁努了努嘴。

“我自己想走还没走成呢！”老鲁嚷嚷道。

“那是你没有真心想走。”王致理说。

“你这人真是站着说话不腰疼。”老鲁又气又笑。

“你跟辛平一样没脑了。找周部长啊！”

老鲁一拍大腿：“对啊，我怎么忘了他呢！他不是马上要提部长了吗，等他提了我们给他祝贺一下，然后我跟辛平一起投奔他去！”

辛平听了好开心，于是张罗大家喝酒，要给自己预祝一下，一高兴就喝了两瓶啤酒。在只有“四个二”的场合，辛平从来不这么喝。

回到家里，宁佳闻着辛平身上的酒气就生气：“你不是说就‘四个二’吗，怎么还喝酒？”

“呵呵，高兴的，就喝了一点。”辛平手舞足蹈地说，然后把老鲁的话说了一下。

“你不是说去易斌那儿吗？”

“我后来想了想，去易斌那儿是给商人打工，就像你那天说的，心理上还是接受不了。如果不是走投无路，我是不想走这条路的。”

“我本来就不赞同你去下海，现在你总算觉悟了。”宁佳说。

宁佳又说了一件事。老太太今天跟她说想回家过年，因为北京太冷了，平时出不了门，老窝在家里受不了。老太太的意思，是自己先回老家，等过年时辛平一家三口也回去过年，她到四五月份时再回北京。“我跟她说，在你们家过个年，然后抽三天时间去我们家看看我爸妈，老太太也同意了。”

辛平觉得挺好，又跟宁佳商量，准备一点礼物，周末去看看展哥。

周六上午，辛平和宁佳开车去展哥那儿。快到那片平房时，宁佳见边上摆了一大溜的摊位，都是简单地支一个台子，也有一些地摊，在卖着各种各样的东西。记得以前这里就是一片空地，许久没来，就大变样了。因为摊多、人多，把去平房区的入口都堵住了，车也进不去，辛平于是找了个已经停了几辆车的地方，把车停了，和宁佳在人群里挤着往平房方向走。走到入口处，见一个小摊位不是沿着外墙摆着，而是摆到入口里头，因为外面的地方小，摊子在外面已经摆不下了。这个摊位卖的都是些不太流行的物件，其中几个小花瓶，大的也就比手机横着高一点，小的就如辛平饭局上喝的白酒杯大小，可都是陶瓷的，其实都是喝功夫茶的茶宠，摆设用的。北京人没这个讲究，因此摊位前就显得冷清，偶尔有一两个人过去看看又出来。

宁佳见那几个茶宠，心里喜欢，就停下来，挨个儿拿起来看，看看又放下，然后又问价钱。辛平已经走过摊位了，见宁佳在看着，于是也踅回来挨着她一起看。看着看着，就觉得右边的裤兜微微动了一下，辛平左手拿着小瓶子继续瞅着，右手习惯性地拍了拍裤兜，发现裤兜是空的。

“我的手机在你那儿吗？”辛平不紧不慢地问宁佳。

宁佳说：“你的手机怎么会在我这儿？”然后继续与摊主砍价。

辛平猛然醒悟，立即放下花瓶，左右看了看。宁佳的那边，紧挨着入口处摊位的一侧，有两个人正拿着宁佳刚刚放下的小花瓶上看下看、前看后看的。右边自己身边这儿只有一个人，一手拿着一把折叠伞，另一只手从摊位上拿着不知道什么东西也凑在眼前细看。

辛平脑子里一闪念，走到右边这人身边，把右手掌往他眼前一摊，低声说道：“给我。”

“什么？”那人很惊讶地看着辛平。

“手机。”

那人犹豫了一下，没动。

辛平收回手掌，微微向他一指：“给我！”

那人赶紧从折叠伞下掏出手机，递给辛平。

辛平往后退了一步，让开路：“你，走吧。”依旧是低声的。

那人一言不发，迅速离开。辛平再往入口处看了看，那两个人随着他一起走了。

宁佳和摊主呆呆地看着这一幕，不知道发生了什么。见那人走了，宁佳小声问："怎么了？"

"小偷。"

"啊？偷什么了？"宁佳叫起来。

"手机。"

"手机？偷你手机了？"

"是的，不过我拿回来了。"

"我的妈呀，你可吓死我了！"

摊主也说："兄弟，你胆子可真大！"然后说，就前两个月，有几个贼因为偷不成东西，把被偷的人拿刀给捅了。听摊主那么一说，宁佳更害怕了，双手冰凉，拉着辛平的手说："我们赶紧走吧。"辛平说："没事没事，这不马上到展哥那儿了吗。"于是牵着宁佳往里走。

展哥正给床上的病人治病，见到他们俩来非常高兴："大兄弟来啦！"停下手搬来凳子招呼："快坐快坐！"然后继续忙乎。

宁佳没顾得上跟展哥寒暄，直喊："展哥，吓死我了吓死我了！"展哥就问怎么了，辛平把刚才的事儿说了一下。展哥笑着说："您确实大胆，前一阵这儿刚出过事，差点出了人命。"辛平说刚听摊主说了。展哥说："您是高手，打的是出其不意的心理战。小偷毕竟是小偷，再老练、再大胆、再勇猛，心里也有鬼，你揪住了他心里的鬼，他就成了纸老虎，一击就垮。"辛平连连点头："我可不是高手，我有一个朋友是武林高手，他也跟我说过类似的话，你们都是英雄所见。”

展哥问辛平：“最近应酬少了吧？我看电视上说，中央出了一个八项规定，不让你们大吃大喝了。”

辛平笑呵呵地说：“是，如今轻松多了。您对时事挺关心的呀。”

“当然关心了。其实老百姓最关心时事了。您说八项规定后你们官员轻松多了，其实我们百姓看着也顺眼多了。对了，我问您，最近说的那个中国梦，是什么意思，您说给我听听。”

辛平哈哈大笑起来：“我要向您学习，您还问我呢。我说说我的理解吧。以前我们党总说我们奋斗的目标是实现共产主义，这个您知道吧？”

“那当然知道，放在三十年前，全中国人民从三岁小孩到七老八十的人，几乎没有不知道的。”

“可是实现共产主义是长远的事，咱们这一代，咱们的儿子、孙子、曾孙，恐怕都看不到。那么我们或者我们的儿子、孙子、曾孙奋斗的目标是什么呢？既要有远大理想，也不能老让大家看不到啊，要让每一代人都有奔头。中国梦，就是咱们或者咱们的儿子辈能看到、做到的。”

展哥猛地一拍手：“明白了，您说得太有道理了。”连床上躺着的病人也说：“真是真是。”

辛平笑着说：“这只是我个人理解的，不一定全面。”

“您理解的我信！咱老百姓不需要你们官员那种全面深刻的理解，就信朴素的道理。”

七

老太太回到老家的第二天，就打来电话，声音沉重得好像天要塌了："辛平，他们说你犯错误了，被调走了，是吗？你犯什么错误了？"母亲早年跟随父亲离开农村，经历了不少运动，那时"犯错误"会带来灾祸。

辛平很沉静地说："没有啊，最近是换了一个部门，还是在那里当领导，其他没有变化啊。你听谁说的？"

"县里很多人都在传，说你犯了错误，被调到一个很不好的部门去了。真的没有犯错误吗？"

"没有，这是谣言，你不要相信。"

母亲又叮嘱了几句，把电话挂了，但是辛平知道她还是不放心。他给辛安挂了个电话："辛安，是县里有传闻说我犯错误了？"

"是，我前几天就听说了，没敢问你。你没事吧？"

"你哥有没有事，你还没信心吗？我是到我们部的一个事业单位去了，还是当领导。不能说离开机关就是犯错误、去事业单件就一定是犯错误了，就好比说从中央机关到地方工作，难道也是犯错误了？你帮着跟妈说一下，让她不要相信。"

"行，我知道了。人生有不同的路段，不都是一样的。昨天阿修伯也来电话问，不过他是明白人，他说他不相信。"辛安说。

辛平向辛安要了阿修伯的电话，给阿修伯挂过去。

“辛平啊，那些人都是胡说八道。电视上说这个领导犯错误、那个领导犯错误，我都相信，就是不相信你会犯错误。不过你要小心，你在北京工作，都有人造谣造到这里来，是不是有坏人要害你，你要小心。”阿修伯语重心长地说。

放下电话，辛平再一次感觉到问题的严重性。这些人把自己扳倒还不够，还要随意地在舆论上践踏自己的自信和尊严。老家的传言一定是来自贾同心方面，贾同心的信息自然是来自部里。是陶部长，还是郑一夫或是胡维富？是谁不重要，但一定是他们。他们的目的是什么？把自己打倒，还要踏上一只脚，甚至再泼上一盆屎？至于这样吗？

等到在传阅件中看到陶部长的最新讲话，辛平有点明白了。陶部长在一次关于贯彻十八大精神、有效落实部里各项工作部署的会议上讲话说，要搬掉妨碍工作的拦路石、绊脚石，有一个搬一个，有十个搬十个。辛平已经被搬掉了，陶部长这么说，无非是个警告，不要有第二个、第三个。辛平在这里起到了反面教材的作用，这个作用一定会被发挥得淋漓尽致。而不断地对辛平穷追猛打，就是对作用的最好发挥。

对着文件中陶部长说的另一句话，辛平在深思。陶部长在说了搬走拦路石、绊脚石的话之后说，对于给党和国家事业造成重大损失的，纪检监察部门要介入，追究他们的责任。下一步会不会让纪检监察部门来找自己的麻烦？会不会编个什么理由，下个什么结论，说自己给党和国家事业造成了什么重大损失，然后给一个什么样的处分？如果真是这样，那么自己的人生将彻底改变。职务就不说了，工作、名誉，同事、朋友，最终到自己的心态和家庭的环境，所有的一切都将陷入黑暗之中。

从失去晋升司长的机会，到被调整到一所工作，甚至到在最近的文件中再一次被不点名批判，面对这一系列针对自己的行为，辛平都是逆来顺受，没有想更没有做任何的回应。如今，恐怕不能再这样下去了，否则自己可能会坠入地狱深渊。

必须行动起来，阻止事态的恶化，辛平告诉自己。他想起了前两天展哥说的，对小偷要打出其不意的心理战，又想起去年与傅经纶遭遇“路怒族”时傅经纶说的，以寡击众、以弱击强要树立信心。

什么行动？怎么行动？找他们，这是肯定的。找谁？必须是陶部长，其他人不管用。说什么？要直击他们的弱点，警示而不是哀求。他们的弱点是什么？就是他们不敢公开分辩的做法和意图。他们不敢向谁公开？向群众，向舆论，向纪检部门，甚至向中央。还有，拿捏好分寸，引而不发，因为目的只是保护自己，而不是招来更大的麻烦。

“勉哉夫子！”辛平在心里鼓励自己。

第二天一早，辛平没去一所，开车去了部里。他把车停在地下停车场，坐在车里等着。一会儿看见陶部长的车下到地库，司机下车来前前后后地收拾着。过了大约十分钟，辛平下车，从地库上电梯，再出电梯，来到陶部长办公室门外。正赶上秘书从里面出来，辛平往办公室里指了指，秘书习惯性地点点头。辛平进门，反手关门，深吸了一口气，走进里间，见陶部长刚翻开一摞文件，正准备看。

“陶部长。”

"嗯？"陶部长抬起头，见是辛平，愣了一下。

"我有几句话跟您报告。"辛平并不着急。

"嗯嗯……"陶部长好像还没回过神，"你说。"然后低头看文件。

"部里让我到一所工作，一定有部里的理由或者考虑，对我而言我认为只是一个工作调整，我不认为是什么处罚……"

陶部长抬起头，打断他："这就是对你的处理，你……"

"陶部长，您先听我说完，然后您再做指示。"辛平右手手掌撑开，微微往陶部长那儿指了指，反过来打断了他，"如果您认为是对我的处理或者说是处罚，我无法改变您的看法，但是我仍然坚持我自己的观点。不过这不是主要的。我想说的是，在这前后，您多次在会上点名或不点名地批评我，并且在最近的一系列重要文件上拿我当反面典型，我认为这是过分的。"

陶部长一拍桌子："你这是拒不承认错误、对抗组织！"

"不。您说我错在哪里？我只是按原则办事。如果把事情的里里外外、前因后果都公之于众，您认为大家会认为我错了吗？换一个问题：您认为有必要把这些事情的里里外外、前因后果公布出来，让大家来评判吗？"

"辛平，你以为党组的决定还不如你的狡辩？群众会相信你的话而不相信部党组的决定？你不要做梦！"

辛平笑了笑，没有顺着他的话题说："陶部长，十八大刚闭幕不久，十八大的精神很丰富，社会舆论关注的焦点也很多。我们部里出的一些怪事，会不会成为部里部外、社会舆论甚至是中央关注的焦点，我认为还是不要太乐观。我就说这些。如果不对，您批评指正。”

没等陶部长说话，辛平转身准备走，却又回头：“对了陶部长，我觉得不要再用‘痛打落水狗’的架势对我穷追猛打了。我虽然算是被推下水了，但是我不是狗，我是人。人是有尊严的，我敬畏人的尊严。”

说完这些，辛平头也不回地出门，只听到背后陶部长的吼声：“你出去！”经过陶部长秘书办公室，辛平冲秘书挥了挥手，感觉手心有点湿。秘书也抬起手挥了挥。

在回一所的路上，辛平回味着刚才的情景。该说的，都说得很充分了，结果会怎么样却还是很难说。下一步需要做的、有可能做到的，就是争取尽快调离这个单位。

第九章

一

元宵节这一天，北京下了一场春雪，让新年以来的天气有了一些清新和洁净。辛平一家三口跟小云母子俩一起吃了顿晚饭。蔻儿送了个小玩具给默默，那是用一节毛竹做成的小花盆，盆里养着辛平一家这次回去过年在君岭的小水潭边采挖的几棵铜钱草。君岭的铜钱草与北京花市上买的不一样，叶片厚实、油亮，浅棕色的叶柄也更结实，没有市场上买的那种见风就袅袅娜娜的姿态，却显得健壮秀雅，默默很是喜欢。

吃完饭回家的路上，蔻儿说："唉，默默真可怜，这么小就没了爸爸。"辛平就说："是啊，跟默默相比，你是幸福的，因此要珍惜现在的生活，珍惜生活的最好方式就是把学习抓好。"回到家里，宁佳悄悄跟辛平说："你不要总是抓住任何机会教育蔻儿，她现在到了逆反期，这些话说多了会反感的。"辛平说："逆反期也要教育引导嘛，不能因此就不敢教育孩子了。"宁佳说："是要教育，但是要注意方式，也不要老挂在嘴上。"辛平还是不赞同，跟宁佳又争辩了几句。不过，蔻儿说的那句话触动了辛平，他抽了一个下午去公墓，对着子强的墓碑伤感了一回。

过完年从老家回来之后，辛平开始与部机关隔绝，有点隐居于一所的意思。主观上，他不想再跟机关有什么瓜葛，客观上也有条件：他分管的工作，基本上与机关没有太多的直接联系，如果有他也多是分派主管处长去办理。不过，最重要的客观条件是没有人惦记他了——无论是陶部长的讲话还是部里的文件，已经没有他的影子。

呵呵，与陶部长那一次谈话起作用了。

辛平突然觉得，虽然自己在机关工作了二十多年，当官也算是有了年头，但是社会见识未必就比傅经纶这些有些江湖色彩的人深刻，甚至像展哥这样被人看作社会底层的人物也都有他敏锐的眼光和安于现实生涯的坚忍。他们这种人，越到关键的时刻越是坚忍不拔，是不是因为他们心中没有那么多虚伪或是邪念？

想起自己与陶部长最后的交锋，辛平觉得很好笑。它真像书里写的或者影视剧里演的那些故事。他想，书里、影视剧里那些故事是不是也可能多数是真的，而不完全是瞎编的呢？还有，自己人生的某一个片段——比如自从陶部长来了之后的这一年多，或者更短的某一个小片段——比如自己参与“风云项目”的前前后后，甚至只是某一个事件——比如自己与宁佳的翘班，蔻儿的某一次周末一课，宁佳与母亲的矛盾与冲突，岳父在展哥那儿的治疗，与河阳鼎盛的老板吃饭时车后备厢里的一袋子钱，默默上学的事，与傅经纶去故宫看展览，在宁佳老家淳朴山村的游玩，都像是传说中的故事。如果再扩展开，人的一生不都是一个完整的故事吗？当然，每个故事的精彩程度与结局的悲欢是各不相同的。

与机关隔绝当然只是相对而言，主要还是心态上的，辛平不想跟机关的人和事有太多瓜葛，所谓“心远地自偏”，但是完全隔绝又是不可能的。比如说关于“风云项目”的信息，有时小汪会跟辛平叨叨，不过辛平只是听听，不做评论。李文清曾经挂过电话，说部里已经决定用“三合一”方案，郑部长明确要求李文清开始推进下一步的工作，李文清想跟辛平见一面商量商量，但是被辛平婉拒了。

虽然陶部长目前算是放过自己了，辛平却不敢掉以轻心，他需要抓紧工作调动的事——今天放过了，明天有个阴天下雨，难保不会重提旧恨或者再添新仇。但是，调动岂是容易的事？调到哪儿去，这边放不放、那边要不要，都是自己无法左右的，命运掌握在别人的手上。可是除了这一条路，还有什么出路？辞职？上次已经分析过了，不到无路可走，不考虑辞职这条路。

老鲁来了个电话：“恭喜你，跟周部长约好明天晚上聚会。”周部长提了正部级，老鲁本来想早点约周部长一起庆贺一下，但是前一阵一直在开两会，周部长出不来。前天两会一结束，周部长就主动跟老鲁约了时间。一个正部长级的领导，要给他道贺的人多了，但是竟然能够答应一个局级老同事的安排，可见周部长对老鲁是很看重的，也说明老鲁做人的成功。这增加了辛平对工作调动成功的信心。

第二天下午，天上又飘飘洒洒地下起了雪，然后这雪越下越大，不一会儿路边、树上就积聚起一层白色。辛平就在愉悦的心情中开车去赴约。

这次聚会是小范围的："四个二"，唐大姐，另外还有一位端庄优雅的女士吕主任，年纪四十出头的样子，是周部长在省里工作时的部下，这次来北京开会，周部长拉她一起来吃饭。

周部长一落座，就爽朗地跟唐大姐说："大姐，您说我判断得准不准：年前我预计元宵节会下雪，后来真下了；两会前，我预计两会结束后一定会下雪，您看看今天这雪！"

唐大姐说："说明你是有福之人，这两次雪就是对你的祝贺。"

周部长哈哈笑道："大姐就是会鼓励人。不过昨天去见了老领导，他也说：'你小子真是福将。'不过他后半句不是说祝贺，是语重心长地提醒了几句。"说完又哈哈大笑起来。周部长本来就豪迈大气，加上刚刚被提拔，更显得一身喜气。

辛平和王致理都跟周部长吃过饭，不过老鲁考虑得周到，怕周部长记不住，于是插空把那"三个二"又都介绍了一下。

介绍辛平时，周部长说："见过见过，咱们上次聚会不还一起吃过饭吗！"然后问辛平："你们陶部长最近可好？这一次两会没跟他碰面，以前开大会时，我俩抽空就一块儿喝大酒，我老挑他的刺儿，说他们这儿不安全那儿是漏洞，他呢就说我总是发布假消息。"说罢又哈哈大笑。

辛平陪着笑了笑，说："我在研究一所工作，一般见不着陶部长。"

"噢？那你想去机关吗？我可以跟老陶说说。"

老鲁趁机插话道："周部长，辛平他不想回机关，他想投奔您那儿去。"

"上我那儿去？你们部不是挺好的吗？"周部长转头问辛平。

"是这样的周部长，我呢一是喜欢挑战，愿意到新的领域去开拓，第二是因为老鲁要投奔您那儿，我也希望到您麾下磨炼磨炼。"辛平答道。

老鲁又接过话来："是，辛平这家伙什么都好，人品好、能力强，就是老摽着我，我上哪儿他也要上哪儿。他仰慕您很久了，听说我要上您那儿去，他就死缠着我说也想上您那儿去。"

"哈哈哈……你把我当美女了，还什么'仰慕'不'仰慕'的。"周部长笑着说，"没问题，来吧，我那儿马上要新增加几个局，现在正缺好一些局长副局长，你们要是愿意的话都来。"说完又仰着头哈哈大笑。

老鲁又介绍向忠华，周部长也是热情地提起跟向忠华领导的交情："你们张部长最近心情应该很好吧？当年他还没当秘书的时候，我可是天天跟他一起吭哧吭哧地写稿子、发稿子，那时候他肯定想不到他们领导有朝一日还会再上层楼承担重任。"

向忠华也赶紧笑着说："张部长正管着我们局，我这次回京搞两会安保，他天天提溜着我干活呢。"

介绍完了也寒暄完了，大家就开怀畅饮，听周部长海阔天空地聊。又都陆续起来敬酒。辛平见有人敬周部长，于是自己就先敬唐大姐，喝完了想接着敬周部长，周部长已经给吕主任霸住了，拉在一边不停地说话。辛平好不容易等到吕主任转身了，正准备过去，吕主任却只是回身添了一杯酒，回头又敬周部长，然后又说半天话。这样反复了几次，把辛平着急得不得了。老鲁一边看见，过来跟辛平碰了一下酒杯，说："没事儿，周部长答应的事一定会办到的，你安心吧。"

等到饭局快要结束，周部长主动又说道："你们稍等等，我前两天已经让人事局把目前局级干部岗位的情况理一理报给我，局级干部的进出、任用还是需要统筹安排，但是时间不会太久。什么时候启动，你们等我的消息。"周部长举着杯，补充了一句。

回家路上，辛平心中抑制不住地高兴。二环路上一反常态地通畅，见不到几辆车，辛平心想这是不是意味着自己也要顺利地走出泥潭、脱离苦海了？进了家门，放下包，到蔻儿的屋里亲了她一下出来，又跟上次一样手舞足蹈地进了自己的卧室。

宁佳倚靠在床上，放下手里的杂志，瞥了一眼，问："又有喜事了？"

"我人品那么好，当然是有喜事了。"辛平笑嘻嘻地说。然后把今晚的情况跟宁佳说了。"值得庆贺吧？"

宁佳静静地笑了笑："你以前每一次提拔，也没见有这么高兴。"

辛平听了，觉得有些扫兴："我这不是不得已吗，如果能调走，那是脱离苦海，难道不值得庆贺吗？"

宁佳赶紧说："我不是笑话你，是替你觉得委屈。"

辛平叹了口气："唉，我从来没有为自己跑官要官、巴结领导，如今却为了逃离苦海而求爷爷告奶奶，确实有些耻辱。"

"那到了新地方，是不是应该总结一下经验或者教训，不要那么书生气了。”

“什么经验？什么教训？你的意思是现在的结果是我自己找的？”辛平瞪起眼睛说。

“不是这个意思，瞧你说的。你看，现在的结果肯定不是好结果，那么你是不是可以梳理一下，分析一下原因是什么，今后怎么避免。”宁佳今天看来很有韧劲，辛平都已经有些脸色了她还这么说。

“对我来说，只有道理。结果当然要分析，但是如果道理就是那样，你为了结果就不讲道理了？”

“唉，你真是死心眼。道理和结果难道就没有调和的地方吗？”

辛平“嗤”了一声，懒得说话了，甚至看都不看宁佳一眼。

“你不要不高兴。你这一阵以来，情绪上变化很大，在家里脾气也大，连蔻宝都知道，我们只是不说而已。我们倒无所谓，自己一家人可以忍受。可是我们担心你，怕你太受委屈、怕你身体受影响。你自己回想一下，你们领导跟你过不去、给你穿小鞋的时候，你难道不害怕、不紧张、不委屈吗？”

辛平想继续保持沉默，以沉默来表示对宁佳这些话的不屑。但是不行，这些话明显在理，如果不回应，反倒显得宁佳胜利了。

“那是自然。可是又能怎么样？”辛平说，口气中带着点讥笑。

宁佳不知道该怎么回答了。沉默了一会儿，她问：“如果在新单位也遇到这种情况，你还是这样吗？”

“那当然。”

“行！你爱怎么样就怎么样，随你便！”宁佳说完，拿起杂志。这会儿是她懒得说了。

辛平赶紧拉着她：“别生气别生气，咱接着说。”

宁佳放下杂志，但是没吭声，闭上眼睛往后靠着。

“你想，这些麻烦不是我没事找事自找的。我没做错什么，是他们那些人心怀鬼胎，把我当成障碍，给我栽的麻烦。就像我在路上规规矩矩地走着，他们不守规矩横行霸道，然后踹我一脚，可是这不是我的错啊。不过你的意思我知道了，即便是那样，我也小心点，如果能往路边挤一挤，让着他们就是了。行了吧？”

宁佳“哼”了一声。“那君岭呢？还租吗？”她问。

“那当然要租了。这边等周部长消息，那边让陈玉声抓紧找人。”这次过年回去，辛平和陈玉声冒雨又去了一趟君岭。初春的君岭如帘中少女让人心动。小雨如丝，轻烟远翠，鸟语宛转，绿竹猗猗。青梅花已经开过，据陈玉声形容，那应该是一片迷蒙如白云、窅然入仙境的景象。辛平虽然看不到梅花，却有早已无人看护的桃花李花随意开着，而荒田里依旧是青草碧色。不过，美景之下却有让辛平着急的地方。他发现君岭有了一些人气，小村外的空地上种了一些作物，主要是玉米、番薯还有豆子，地的周边也围上了竹篱笆。是不是有村民回到这里居住了？如果是，还有没有可能把房子租下来？辛平请陈玉声过完年抓紧找这些房主们商量。

“那我陪你喝一泡茶，给你庆祝一下吧。”宁佳说。

怪不得刚才宁佳那么容易生气，她心里也有点郁闷。她的伪茶友队伍快要散了，纪广去广东学习半年，已经走了；许仙借调市里，说是一年，也许时间会更长；同喜不想在这儿干了，想调到业务处去，但是处长还没同意。还有一个老牛，马上要退休了，他虽然不完全算是伪茶友，但是跟大家关系都很好。这样一来，茶友们走了一半，阵容恐怕敌不过玫瑰们了。说着，宁佳又要掉眼泪。

辛平开导她："以茶交友，目的是开拓一个好环境，首先不是为了别人，是为了你自己。好环境可大可小，大的就像伪茶友们最兴盛的时候，小的可能就你一个人。环境大小不是主要的，主要的是一定要保持它的洁净。里头洁净了，就不怕外头的肮脏。你心有正气，就不怕玫瑰们的邪气，到关键时候她们反而要怕你。"

宁佳对辛平的最后一句话有同感。"嗯，现在那个黄玫瑰确实不敢在我面前说风凉话了。"

辛平轻轻拍拍她的脸："最困难的时候已经过去了，相信后面会更好的，包括我也一样。"

"吹牛！你都要逃离了，还不如我能坚守。你说后面会更好，现在十八大都开过了，为什么像你们陶部长那样的领导照样敢以权谋私、搞歪门邪道？"

辛平想了想说："应该说现在总体上的气氛跟以前有所不同。你看中央一个八项规定，实际上就是承认，以往就是有些上梁不正，所以下梁也歪得厉害。从大形势看，八项规定出台，感觉从上到下都受到震动，而且都不敢不当一回事，这是近二三十年来所没有的。至于中央还有哪些措施，能触及哪个层面，要看看再说了。我说的后面会更好，首先指的是我们自己的心态，当然出路也很重要。我要能调到周部长那里，再加上咱们租下君岭，今后的工作和生活不是又有一个好出路吗？”

“说不清。”宁佳又叹一口气，“只觉得仍然是心乱如麻，还是没有信心。”辛平不知道她说的是哪一方面没有信心，是不是跟自己的一样。

二

等待是对人心态的一种有效测量方式，能够检验出他的平静或者焦急，信心十足还是惶惑不安。辛平在等待中无法平静，但却是有信心的。不过，不能在等待中蹉跎岁月，浪费时间不是他的习惯。

如果时间就是金钱，那么辛平现在就是富人了。他到一所后有大把的时间。工作上，辛平只需花费以往在六司工作时一半左右的精力就足以应付了。如何使用剩余的这一大笔时间财富？辛平决定多读点书。不仅现在读，今后退休了也要把读书作为过日子的重要内容和形式。自己对君岭的憧憬中，不是就有灯下夜读一项吗？辛平打算重读一些文学和历史的经典著作。小时家里没有条件读书，他接触到的课外的文学和历史主要来自父亲单位订阅的《人民文学》等刊物，上了大学及工作以后，他读了不少书，但是不成系统，想到什么书或者碰到什么感兴趣的就读什么，随着年纪的增长，他越来越感到自己读书太少。

他上网买了一堆的书，国内的国外的都有。国内的，首先想读的是二十四史，但是最终决定先完整地读一遍四书五经。此前他读过的一部分四书五经和一些史学著作已经足以让他认为，不读四书五经是很难读懂中国历史的。其实四书五经之外，诸子百家也是读懂二十四史的重要基础，但是他想另外再穿插着读它们。国内的书就先读这两种了。

国外的著作，有一套爱德华·吉本的《罗马帝国衰亡史》，目前备着不读，先重读几部文学名著，吉本的这套书要等读完了四书五经开始读二十四史时，与它一并对照着读。为什么要读这一套《罗马帝国衰亡史》呢？因为辛平认为，罗马帝国对以欧洲为主体的古代西方国家和以美国为老大的现当代西方国家的影响是巨大的、深远的，一直延续到今天乃至今后。从现实需要角度看，要读懂当代西方国家的政治、经济、文化、宗教信仰，以及它们的外交、军事战略，不能不读罗马帝国。比如说，曾经有人提出建立一个“欧洲合众国”的主张，再比如说强大的欧盟及其各成员国竟然愿意对一个从欧洲的殖民地成长起来的美国俯首帖耳甚至是卑躬屈膝，这些现象不仅仅是现实综合力量的反映，也有罗马帝国不散的阴魂在作怪。那么为什么要把这一套书跟中国的二十四史对照着读呢？辛平认为，只有比较，才能对中西方历史与现实中的善恶与短长有所了解，这是不能靠人云亦云得来的。

辛平算了算，在家里读四书五经，在办公室读外国作品，家里是晚饭后或者睡前读，办公室是午饭后读，加上要精读、细读，还要扣除多种因素造成的无法阅读的时间，这样下来速度并不快。他期望，能在半年之内把第一阶段的书都读完。当然辛平还有一个期望，那就是在读完第一阶段的这些书之前，调到周部长那儿的事能够完成。

半年时间，长吗？说长也长，说短也短。半年是辛平的心里预期，在这之前能够调走都算是顺利的。但是如果不顺利呢？也许一年？两年？总之，要耐心打持久战。去年一年似乎过得很慢，一年犹如两年、三年。从现在开始，如果真要再熬一年甚至是两年、三年，辛平下决心要当作两个月、三个月那样过而不觉得漫长；如果把去年一年当作文章来写，要写五章、六章的话，那么从现在开始一直到工作调动成功，就只写它三言两语。

四书以前都读过，不过那时是泛读，这次要精读，读得比较慢。《大学》和《中庸》这两部短篇著作，辛平反复读了几遍，边读边上网查阅了一些相关资料以辅助阅读，因此虽然篇幅不长，却花了两周多时间。

等到午后阅读的一百多万字的《战争与和平》将将读到最后一卷时，老鲁来电话了："今晚聚聚，聊一聊情况。"

辛平满心欢喜。今天正巧收到老家寄来的清明茶，于是给那"三个二"各带上一盒。一路上开着车，心里"扑通扑通"直跳，仿佛当年跟宁佳刚刚约会时的心情。

可是一见面，老鲁就给了辛平当头一棒："周部长说，调动的事等以后再说。"

辛平一听，感觉如同寒冬里被当头浇了一盆水，透心地凉。"为什么？他那天不是说得很干脆吗？"

老鲁犹豫了一下，磨磨叽叽地说："那个……他说时机不太成熟……最近一阵先不考虑从外面调人……"

"屁话！你别藏着掖着了，他到底是怎么说的？"

"跟你说实话吧。前几天开一个什么会，周部长和你们陶部长碰上了，周部长提到你的事儿，估计你们陶部长没说什么好话，周部长一下就打退堂鼓了。"

"真他妈的混账东西！陶成曦他这是想赶尽杀绝，耗死我、整死我？堂堂一个部长，竟然这么卑鄙无耻！"辛平咬牙切齿，破口大骂。

还想骂下去，王致理、向忠华进来了。王致理问："骂谁呢？怎么这么难听？"辛平气得身上发抖，没理他。

老鲁把变故告诉了他们两位："谁知道会出这样的幺蛾子。既然辛平去不了，我也不去了。都是这个陶成曦搞的鬼！"王、向二人听了也气愤，帮着骂了半天。

吃饭的时候，辛平感觉索然无味。向忠华问是不是喝一点酒，辛平觉得无所谓，可喝可不喝，结果就不喝了。打牌也是提不起精神，不吭声，还老出错牌，王致理跟他搭档，看他出了几次大错却不敢骂他。玩了一会儿，大家都没兴致了，于是散场回家。

进了家门，辛平怕见宁佳。好在宁佳正跟蔻儿一块儿做作业，辛平跟她们打了个招呼，简单洗漱一下上床。拿起床头柜上的《论语》翻了几页，看不进去，放下了。又把《论语》底下的《易经》抽出来，随手一翻，看到《既济》卦的象辞："水在火上，既济，君子以思患而豫防之。”辛平心想，这回可真是“水在火上”，让人给烤干了。把书合上，再一翻，是《系辞下》：“君子上交不谄，下交不渎，其知几乎。”辛平心说，这“其知几乎”应当改成“其走投无路乎”。然后把书往床头柜上一扔，没扔好，书又厚，“哐”的一声掉在地上，宁佳赶紧从蔻儿房间跑过来。

“怎么了怎么了？”宁佳问。

“没事，困了，书掉在地上。”辛平说。

“那赶紧睡吧，我跟蔻宝做完作业就来。”宁佳把灯关了，出去后把门带上。

辛平哪儿睡得着？闭着眼，想着事。周部长这条路堵死了，怎么办？还回到易斌那儿？去倒是没问题，易斌说过他已经跟董事长说了，董事长表示非常期待，易斌说只要没有更合适人选，这个位置仍然为辛平保留。可是目前还是不想走这条路。那么，辞职？辞职了干什么？不能什么都不干，坐吃山空吧？辞职了找工作，那还不如到易斌那儿去了，都是给人打工，干吗不打挣钱多的工？除了打工，还有什么职业能有收入？写书？对，把这一切都写下来，把那些丑恶的当然也有美好的东西都写下来，让全国人民读，全世界的人都读！可是能写出来吗？有人读吗？什么时候能有稿费？稿费有多少？再找一条路。回君岭，种粮种菜，自给自足，与宁佳过一个湖山生活，倒是挺美的。可是，是自己种还是请人种？自己种怎么种？地怎么耕，秧怎么育？耕地倒是可以养一头水牛，春雨蒙蒙时，头戴斗笠、身穿蓑衣，一手执鞭、一手扶犁，赶着耕牛做个犁田的老农，与柳宗元的“孤舟蓑笠翁”倒也有一比。

就这样天马行空地想着，眼睛闭累了又睁开，睁累了又闭上，身子也是翻来覆去的，一会儿左侧、一会儿右侧、一会儿平躺。宁佳悄悄开门进来，慢慢摸上床，摊开被子，钻进被窝，又伸出手来帮他掖了掖被子，摸了摸他的肚皮。辛平尽量做出熟睡的样子，均匀地呼吸着，于是宁佳也给自己盖好被子，一侧身，很快就睡着了。

辛平继续胡思乱想。从担心陶成曦还是不放过自己，想到在网上举报、到中纪委举报，但也不知道该怎么个举报法。又盘算着陶成曦会不会调走，也许会去哪个部门或者哪个地方任职，为此又把自己知道的他以前任职的经历一个一个过了一遍，到底也没想出他有没有调走的可能。就这样想了大半夜，也不知道什么时候了，才昏昏沉沉地睡着了。

第二天起床，辛平有些头疼眼花。出了卧室，宁佳见了问他：“昨天晚上没睡好？你脸上好像有点肿。”辛平说可能是水喝多了吧，应付过去了。

开车上班路上，辛平困意来了，眼前不时感到模糊，脑子一阵一阵地晕。他强撑着把车开到单位，进了办公室，把门锁上，斜靠在椅子上打了一个大盹，醒来时已经快吃午饭了。他没胃口吃饭，就在办公室里喝水，然后发呆，其实还是在想着事。想了一会儿，觉得应该摆脱目前的心绪，于是拿起快要看完的《战争与和平》，继续看下去。托尔斯泰说：“假如权力的源泉既不在于拥有权力的人固有的体力，也不在于他的道德品质，那么很明显，这种权力的源泉一定在人的身外，在掌握权力的人同群众的关系中。”辛平费劲地理解着这句话。前面两句容易理解，可以用来评判陶成曦这种人，当然陶成曦主要还是道德品质的问题，他的体力或者说能力并非一无是处。后两句话怎么理解？“人的身外”，哪个“人”？是陶成曦之流？还有，“掌握权力的人同群众的关系”，什么方面的“关系”，能赋予陶成曦权力，而且是有些肆无忌惮的权力？心里涌出的“肆无忌惮”一词，让辛平感觉到有点绝望。看来，不辞职是逃不出陶成曦的手掌心了。

带着心灰意冷的心情，辛平靠在椅子上又睡了一觉。再醒来时，已经是下午三点多。辛平觉得奇怪，怎么没人敲门，并且自上午以来就没人来找过自己请示汇报工作，或者是通知个什么事，哪怕是聊聊天也没有。

辛平突然害怕起来。怕什么？怕的是……自己在办公室睡了一天，工作照样运行，大家的日子照样过，自己却是可有可无的，这不就成了废人了？

废人！自己让陶成曦那帮人搞成了废人！那行吗？那些心术不正的人才是废人！他们在其位不谋其政，他们只有私心杂念、只走歪门邪道，他们失去了堂堂正正做人的能力，他们才是他妈的废人！我不是废人！辛平心里说。

他拿起杯子喝了一大杯水，走到窗前。窗台上的文竹有好一阵没有发新枝了，墨绿色的老叶显得有些沉稳。窗外吹着寒风，风从不太密封的窗缝里挤进来，把文竹吹得微微有些摇晃。辛平觉得有些冷，但是脑子却清醒多了。

干好工作、过好生活，待机而动，不放弃可能的离开机会。辛平这样提醒自己。

三

一所作为事业单位，工作的条理性、紧凑性、严谨性确实不如机关，辛平决定要做些加强。

他把分管的几个处长、副处长叫来，开会研究了几次，建立了几个工作制度。比如例会制度，让每一个处长在会上谈已经完成的、正在干的、下一步要做的工作，以此逼着他们思考。考虑到他们这么多年来工作的惯性，辛平不急于一时改变现状，也不急于让制度要求一步到位，而是把工作要求的严格性分成两个层次，目前先让大家做到第一层次。

即便如此，有些同志还是有惰性，认为没有必要那么复杂。辛平就问他们："这么改进，对提高工作质量和水平有没有用处？"回答当然是有用处。辛平就说："有用，你们又觉得多余，那是因为你们没有站在领导的角度考虑。那么我再问你们，如果你们当领导了，会不会提这些要求？"于是有的说会，有的说自己恐怕没那个水平。辛平又说："好，我现在就是要增强你们的管理意识和能力，至少提高到我这个副所长的水平，今后我退休了或者不在这儿干了，你们谁就能接班，接上班就能干好。你们难道不愿意吗？"大家都笑着说愿意，又说不可能所有人都能接班啊。辛平说：“谁学得好、学得高，谁就接班啊。”于是有人就说辛所您这话也不完全对，您的水平在部里是公认的，可是为什么部里还把您发配到这里呢？此话一出，气氛就有些尴尬，有人就反驳说这是胡扯，辛所到这里来是部里对我们的信任，就是要加强我们的工作，然后大家七嘴八舌地吵成一片，也有不吭声的。

辛平冲大家挥了挥手，让大家安静下来，说：“我前一阵跟我爱人去植物园玩，植物园里有山有水，有山就有上下坡，有水就有沟渠、坑洼。植物园现在修得很好，上下坡都好走，倒是有一些暗沟暗渠看不太清，我曾经在走一条小路时踩着一个铺得不平整的暗沟盖子，差一点崴了脚。如果真崴了脚，是谁的责任那要另说，不过那一次我们玩得很开心，领略了植物园的美景，而我们的初衷、本意就是看风景，而不是在意上下坡。那么我现在让大家做的这些，就是锻炼你们的脚力腿力，让你们走好上下坡，更不要崴了脚，确保时刻能看到好风景。这个你们同意吧？”

大家都笑着鼓掌，说：“同意！”

部里突然又启动了司级领导提拔工作。根据考察的结果，拟提拔的两个人是：何新燕拟任研究一所所长，胡维富拟任六司副司长。可是到最终公示时，变成了何新燕拟任六司巡视员，胡维富则不变，提任为六司副司长。

盛国安来看望辛平，说了一大堆所谓的内幕。盛国安是老实人，一些稀松平常的事他常常大惊小怪地看成内幕、逸事。据他说，何新燕公开在司里宣称：到研究一所是低人一等，她又不是辛平，怎么能让她去一所呢？因此部里就不让她挪地方了，就地给她提了一级。“看她以前在您面前总是很亲热的样子，可是在您后面她却总是另一副面子，真是两面人。”辛平对何新燕的两面人面孔不奇怪，却对她挑肥拣瘦的能力很吃惊。如果说胡维富有郑一夫力挺，那何新燕是谁挺她？她怎么有这么大能量，说不来一所就不来一所，还照样能提拔？盛国安又说到胡维富，他的提拔还没公示就开始放话说他要一扫辛平当副司长时的因循守旧的风气，为六司开创一个新气象。对此辛平只是笑笑，胡维富的嘴脸他是知道的。

快下班时，宁佳来电话说让辛平接她一下，她有事要商量。辛平想起不知道母亲最近情况怎么样，就先给辛安打了个电话。

辛安说：“妈最近状态很好，脾气好多了，说话也没有那么咄咄逼人了。不过瞎操心的毛病没改多少，还是什么事都要管，有时我去扔一个垃圾她都要问我都扔了什么，我们做什么事都得跟做贼似的，不能让她看到。”

“咄咄逼人的态度转变是最重要的，如果总是跟人吵架的架势，家里就不安宁了。至于管闲事，这是性格和几十年的习惯，只能慢慢来，不要指望都能改了。她变化了，我们自己也要改变，对她耐心点。你跟你老公和儿子都要交代到了。”

就听辛安那头母亲的声音由远到近：“辛安哪，是你哥吗？”

辛安说：“是。”

母亲说：“我跟他说两句话。”然后接过电话，先问了问宁佳和蔻儿的情况，然后说：“辛平啊，马上过端午了，端午一过这里就很热了，我还想去北京，行不行？”

辛平说：“那当然可以了，怎么能不行呢？宁佳前两天还说过一阵要把你的房间和床收拾一下，等你来呢。”

母亲听了十分高兴。放下电话，辛平眼睛有些潮湿。

接上宁佳，辛平问商量什么事，宁佳说了一个情况：“你女儿放学刚到家就给我挂电话，说广东不知道哪儿的一个电视台找她要做一期节目，关于青少年与当代文艺，我没同意。”

“好！不能同意！”辛平冲她竖了个大拇指，“这家伙现在迷得这么深啊？还搞出了点名堂？”

“在网上的圈子里似乎小有名气，我感觉她有些飘飘然。”

辛平有点警觉：“不能让她把主次颠倒了，影响学习。”宁佳也是这么想的。两人商量好，今晚跟蔻儿谈谈。

吃完晚饭，宁佳把蔻儿叫到客厅，辛平主谈。先问电视台怎么知道的，蔻儿说我也不知道，他们就找上来了。问用什么方式找的，蔻儿说就是圈子里留的网上联络方式。这一点辛平放心了，他担心蔻儿留了电话号码甚至是家庭住址。辛平就引导蔻儿说，有兴趣爱好是好事，但是不能影响学习。尤其是上初三了，学习成绩直接关系中考能考什么样的高中，这相当于一次小高考，这是主业，要把主要精力放在学习上。蔻儿说，她的兴趣爱好并没有影响学习，现在学习不是挺好的嘛，在班上、在年级里都是名列前茅。宁佳插话说，那不能只跟你现在的班级、年级比，中考是全北京初三学生的统一考试，不是你们班上、年级里的考试，因此不能满足目前的学习成绩。辛平怕宁佳说歪了，补充说，成绩当然不是判断学习的唯一标准，但是学习的进步是无止境的，不要满足于此时、此地，要看学习的注意力、精力是怎么花的。蔻儿不服气，说你们为什么只把课本的学习看成是学习呢？兴趣爱好难道不是学习吗？宁佳说，你现在是中学生，学习当然主要就是课本的学习，兴趣爱好就只是业余的爱好。蔻儿反驳说，谁说兴趣爱好就是业余爱好了？难道它们以后就不能作为自己的工作职业吗？如果自己的职业是自己不喜欢的，那工作起来有什么意思？宁佳一听急了，就跟她争辩起来。蔻儿的倔劲上来了，宁佳说一句她驳一句，有些话有道理有些话就是无理取闹，但是仗着口齿伶俐，宁佳反而有点说不过她。

辛平把宁佳拦住，重新跟蔻儿讲一个道理：人的职业与兴趣爱好没有必然的联系，在学习阶段主要是培养今后工作所必需的基础，以及融会贯通的能力，今后从事什么职业，能够跟兴趣爱好结合起来最好，但是绝大多数人是不可能实现的，这就跟上大学后学什么专业就未必一定只能干什么职业一样，绝不能让兴趣爱好左右自己的学习和职业。

蔻儿这会儿哪管什么道理，仍然是咄咄逼人的架势，辛平说一句，甚至还没说完一句话，她就灭一句，把辛平也给气着了，他最后喝道：“蔻儿我告诉你，两句话你给我记住。第一，有兴趣爱好我们不反对，但是我们决不允许影响学习。第二，你以为现在能写点小影评，今后就能当个影评家，能养活自己，以我们的人生经验可以断言，虽然实现它有一点小概率，但是基本上只是一个梦想。梦想可以有，但是不要把自己今后的人生绑在一个没有太大可能性的梦想上。你听也得听，不听也得听！”

蔻儿听罢，哭着回屋去了。

宁佳气哼哼地说，这孩子怎么会变得这么不理智？

辛平“唉”了一声说，看来我们前面的教育有一些疏漏，对学习上的和灌输给她的东西关注多了，她是怎么想的、有哪些渠道对她产生影响这方面我们关注的还是不够。当今社会，干扰孩子思想、精力、能力的因素太多了，给孩子带来很多他们没有能力分辨和对抗的问题。你看学习压力大的问题，课本内容越来越多、作业越来越多、课外教学越来越多，压力能不大吗？手机、网络对孩子的影响，这恐怕是全国性的，大城市更严重，你看学校、老师就不负责任地提倡用网络教学、用网络布置作业，成人对网络都会上瘾，都会受到网络暴力、网络色情影响，这些孩子们有多大抵抗力？这些问题，有些是教育体制造成的，有些是社会发展变化带来的。我俩以往对于蔻儿的自觉性看来是高估了，对学校环境、网络环境给她带来的影响却是低估了。

宁佳说，不光如此，她现在进入青春期、逆反期，一方面对我们的教育有不同的看法，另一方面应该也有虚荣心的影响。你看她在网上被人一吹捧，就对自己的能力和未来发展开始忘乎所以了。这个问题恐怕还不能掉以轻心，一旦受到影响，摆脱出来就难了。话说回来，你现在跟她交流的方式要改一改，不能太生硬了。

辛平点点头说，这样吧，今后我们俩做些分工，平时你多说些、我少说些，因为我一说分量就重了。到我说她时，如果我说得严厉些，你就不要火上浇油，避免她情绪极端化。你看怎么样？

宁佳说行，又笑着说我们俩怎么这么坏，绞尽脑汁地算计自己的女儿。

辛平又跟宁佳说起母亲端午后来北京的事，宁佳一听又害怕了。

“要是她还跟以前那样怎么办？我会疯掉的！”宁佳说。

“不会的，辛安说现在感觉比以前有明显的改变。你想，辛安那个坏脾气都觉得她好多了，你一定也会感觉到的。”

“唉，走一步看一步吧。如果老太太还是以前那样，结果只有三种：一种是我仍然逆来顺受，那样我会疯掉；一种是我比她还强势，那样她会疯掉；一种是我跟她旗鼓相当，天天闹，那样你会疯掉。想来想去，就让我疯掉吧。”

辛平“扑哧”一声笑出来：“放心吧，还有第四种，就是我们相亲相爱，都不疯。”宁佳听了，打了个激灵，“呵呵”了一声。

四

这几天辛平惦记着《易经》。这本书太难读了。如果说把比较大的困难比喻成难啃的骨头，那么《易经》在一定程度上可以比喻为啃不动的石头。当然也不都是石头，其中的《象辞》《彖辞》等还是容易理解的，难的主要是爻辞，什么“飞龙在天”“亢龙有悔”，总让人联想到金庸的《天龙八部》。

《易经》辛平早就想读，最早时是因为它所论述的一些哲理，如“天行健，君子以自强不息”。孔子说过，“加我数年，五十以学《易》，可以无大过矣”，说的就是从《易经》中领悟的这些人生观和宇宙观。不过，让辛平好奇的是，同样一本书，为什么会产生两种不同的哲学体系。一个哲学体系是儒家的，主要阐述的是人生观和宇宙观，起到启迪人生的作用，而另一个体系却是实用性甚至是功利性的，被当作工具来使用。

关于《易经》的实用性，辛平曾经有所耳闻。宁佳单位柳姐的老公是一位农业科技方面的教授，对《易经》颇有研究。据说，他曾经用《易经》原理算出两件事。一件事，是自己女儿某月某日要生一场大病，后来应验了；另一件事，说柳姐一个发小跟现在的老公结婚时，发小并不是头婚而是二婚，柳姐一听就笑了，说不可能，发小的情况自己一清二楚，自己只参加过一次发小的婚礼，怎么可能是二婚？可是当她把老公的结果当作笑话告诉发小时，发小却让她大吃了一惊：自己确实是二婚！

宁佳见辛平床头堆满了关于《易经》的书，就想起柳姐的老公。她问辛平：“哎，柳姐老公不是会算卦吗，我们请他给你算一卦，看看你的灾难什么时候过去。你觉得怎么样？”

辛平没好气地说：“算什么命，开玩笑！”

宁佳说：“我是说真的，他不是算得很准吗？”

“这种不靠谱的事，你还当真了？再说，如果是真的，他也只能算出我是什么命。我是什么命，知道了又有什么意义？知道不知道都是那种命，还不如什么都不知道，听天由命、随遇而安呢。”

“那不是，知道了就可以想办法把不好的躲过去了。”

辛平用手指敲了敲宁佳的脑袋：“能躲过去，也就是说他算出来的坏事就没有发生。可是没有发生的事，到底是被我躲过去了，还是他之前算错了、根本就不存在？不要指望这些。如果要信，我宁愿信‘积善之家必有余庆，积不善之家必有余殃’这种道理。”

“你说的这些道理不管用。”宁佳撇撇嘴。

“怎么不管用？我说的这种‘积善’的‘善’，是做人做事的道理，学生有学生的道理，农民有农民的道理，商人有商人的道理，公务员有公务员的道理，党员有党员的道理。遵循这些道理，就是‘积善’；违背它、践踏它，就是‘积不善’。你看最近‘打老虎’，打了五六个，这些‘老虎’不就是积不善吗？”

“那你们那个陶部长不就是一个‘老虎’吗，为什么不打他？”

“他算不算‘老虎’，我真的不敢说，因为不知道他有没有严重的‘积不善’行为。咱别管他，咱‘积’好自己的‘善’就是了。”辛平不愿意多说陶成曦。虽然他痛恨陶成曦的阴暗，但是仅凭陶成曦对自己的排挤打击，很难说就是什么严重的问题。自古以来，官场上的排挤倾轧虽然是不道义的，但没有人会把它看成一种罪过。

辛平想起来，过几天老太太回北京，他让宁佳记着把房间和床铺收拾一下。

“早就收拾好了。不过，你放心吧，我铺好的床单，她回来一定要重新换的。”宁佳说。

“你不要紧张。她的行为有两种：一种是有敌意的，一种是长期形成的生活习惯。她年前回老家之前你也看到了，她的敌意情绪明显缓和了，辛安也是这么认为的。至于长期形成的生活习惯比如说爱管闲事、话多，只要不是带着敌意的，你要多容忍。”

“我只能说尽量做到吧。你想想，如果换作是你，你炒一个菜她就在边上指挥说盐放多了、炒太熟了，或者说炒这个菜不烧那个菜，你烦不烦？”

“嗯，这个问题我来想办法解决，争取让她也有所改进。”辛平说。

老太太回北京这天，赶上老鲁又张罗一个饭局，还是为辛平张罗的。辛平不好推辞，就让宁佳去火车站接。实际上，辛平心里还是有些担心的，不知道这婆媳俩的关系能不能保持前一阵好转的势头。

老鲁张罗的这个饭局只请了唐大姐一个人，另外就是王致理参加，向忠华在天津没回来。其实，这个饭局应该说是唐大姐提议的。

“其实那天听你们说要去老周那儿，我是有点担心的。”唐大姐说。

“担心什么？”老鲁问。

唐大姐反问：“你没看出来吗？他身边有不少女士围着。”

老鲁不以为然：“平时吃饭请一两个女士参加，也很正常嘛，我们请您吃饭，您不也是女士吗？”

唐大姐笑着说："我一个老太婆，跟谁吃饭都可以理直气壮的。有人跟我说过老周这方面的一些问题，其中就有当事的女士。"

"那我们不跟他掺和女人的事呗。"

"我看'四个二'里头，就你最'二'！"唐大姐没好气地说，"跟女人扯不清的领导，在其他方面就扯得清吗？你好好想想。"

"对！"王致理一旁说。

老鲁问他："对什么？"

王致理说："你最'二'。大姐已经说得那么清楚了，你还糊里糊涂的。"

"你们也看到了，十八大以来到现在，已经打了五六个'老虎'了。虽然目前都只是副部级干部，但是我相信正部级的甚至更大的'老虎'，不是没有可能出现。所以我要再一次提醒你们，调动工作要十分慎重。真要调动，也不能再用以往的那种想法，说是'投奔'谁去了。如果对方是一个'老虎'，你'投奔'他去就是自投罗网；调动工作或者不调动工作，指望的应当是想去的那个地方有一个好的环境、好的氛围，而不是一个可以'投奔'或者'倚靠'的谁。"唐大姐十分着重地跟大家说道。

"那……看来是天意，注定我们不该去老周那儿了。可是辛平怎么办？"老鲁问。

唐大姐说："我提两个方案，辛平你想想。第一个方案，是下到省里去；第二个方案，是到我这里来。"

辛平瞪大了眼睛："两个都可以选择？"

"那当然，否则不就成了给你画饼充饥了？你考虑一段时间再告诉我。"

辛平说："不用考虑了大姐，我上您那儿去。下到省里就算了，孩子正上初三，后面上高中，我都不好离开。"

"你别急着决定，我还没告诉你上我那儿干什么呢。我分管的工作里有一个科技中心，主要工作就是向社会和公众进行宣传和知识普及，这个中心的主任刚刚退休。我们一把手是个开明的好领导，我跟他工作上配合挺好，另外这个部门也不是人人都愿意来的热门部门，你要愿意来，我基本上就能定。"

老鲁和王致理也说："辛平你别急着决定，大姐这儿肯定会给你留着位置，你想好了再说。"辛平点头同意了。

唐大姐吃完饭就走了，留下"三个二"，打不成牌，就聊唐大姐刚才说的事。

"如果去大姐那儿，唯一的好处就是大姐是你的领导，其他的也就那样了。"老鲁说。

"为什么？"辛平问。

王致理明白老鲁的想法："老鲁的意思是，到那种闲散的单位去，有点儿可惜了。是吧老鲁？"老鲁点了点头。

辛平叹了一口气："说实话我也舍不得离开，主要还是因为在现在这个系统工作了二十多年，可以说是把激情、感情都投入其中，现在说离开就离开，想想心里也是难受。但是如果说大姐那儿就闲散了，我觉得倒未必。什么岗位都可以干得闲散，什么岗位也都可以干得丰满。哪怕是去餐馆端盘子，如果心态摆正了，当作一个事业来干，也能干得与众不同。”

王致理冲着辛平竖了一下大拇指：“好！真是一只打不死的蟑螂，到现在还不颓丧，好样的！”

老鲁说：“如果你下决心了，那就跟大姐说吧。”

王致理认为不宜赶得太紧：“你们陶部长刚刚搅黄了你调动的事，你马上又提出来，万一他发起狠，让你永远也走不成，那就糟了。”

“那好吧，就等一阵吧。”辛平很不情愿地说。王致理说得有道理，他心中也是喜忧参半。喜的是唐大姐这里有了一条新出路，忧的是陶成曦会不会再使坏。

回到家里，一进门就听见母亲与宁佳在高声说话，辛平心里就“咯噔”一下，再一听，原来是老太太在自己屋里说着老家的逸事，宁佳在卫生间边洗着东西边回应她的话，于是安下心来。老太太见辛平回来，很高兴，又把跟宁佳说过的一些事重复说了，辛平耐心听着，宁佳一旁还不时地捧上一两句哏，逗得大家都开心。听老太太唠叨完，辛平推开蔻儿的门冲里探了探头，蔻儿回头招了招手：“Hello！”蔻儿有个好处，就是不管跟爸妈生多大的气，隔天就没事了，这几天跟辛平还挺好。

安顿好老太太，辛平跟宁佳说起去唐大姐那儿的事。宁佳觉得挺不错的，不过她提醒辛平：“你前一阵到一所工作，都没离开部里，人家就传说你犯错误了，如果到一个闲散的什么中心去工作，那你们家里会怎么看？光是老太太这儿你就说不过去。她以前总在外面说儿子在中央工作，你要是到这样一个单位去，她会觉得很没面子的。”

辛平挠了挠头，说：“你考虑的有道理。不过，按轻重缓急来说，我调走的重要性还是要大于她的顾虑。至于怎么跟她说，我们都想想，反正不在这一时。”

五

一早辛平拎包下楼，感觉哪里与往常有些不同，边走边想，没想出个所以然。到了单位，刚下车，听见风吹树叶“沙沙”作响，突然明白了，是听到了秋声。虽然还只是八月末，却已经过了立秋。立春之后没有春意，立秋之后还是夏天，这是历来北京给辛平的印象。今年似乎是真正地四季分明，而四季分明的秋天应该会很有意思的。

陈玉声打来电话，告诉辛平好消息。君岭的事基本确定了，六栋房子的主人有五个都愿意出租，剩下一栋房子不愿意，主人说要在这里种点东西，今后还可能养鸡养鸭。陈玉声跟这五家商定，租期是二十年，每年租金八百元，五年一付。陈玉声问，是跟不愿意的那一家继续谈，还是就跟这五家签？辛平觉得，如果那一家真的把君岭当作养殖场，那生活环境就不好了。养几只鸡鸭是风景，养几百只鸡鸭那就是煞风景了，并且一定是臭味难当，没法在那种环境生活的。他让陈玉声跟那一家再谈谈，看看他到底是不是真要搞养殖，另外也跟那五家农户聊聊，听听他们的想法，请他们帮助做做工作。

这样一来，辛平反倒又添了一个烦恼。这君岭到底能不能完全租下来？如果那一家坚持不租，那其余五栋房子是要还是不要？

正发着愁，有人边敲门边进来了，辛平一看，是李文清。

“哟，李司长！怎么下基层来了？”辛平笑着问。

“您不愿意接见我，我主动求见来了。”李文清也笑着说。

原来李文清是找小汪说事的，说完了就来看辛平。不过不完全是看望，他似乎想跟辛平多聊聊。

李文清说了一个重大变故。“昨天郑部长单独找我去，通知我说‘风云项目’全部暂停。”

“是吗？为什么？我听小汪说‘风云项目’已经全面铺开，那‘三合一’的三家都深度介入了，怎么会暂停？”

“是的，我也觉得很奇怪，不知道这里头又有什么猫腻。”李文清说，“前一段时间，部领导对项目的时间要求非常苛刻，说今年年底就要全面建成系统，明年上半年开始应用到业务工作中。您也知道，这两个时限都是很难完成的。所谓的‘三合一’实际上就是西国科技和河阳鼎盛两家，让他们先进入也是部领导的意见，到目前为止给发改委和财政部的报告都还没有报出去。现在不仅工作暂停，给发改委和财政部的报告，以及人事司起草的准备成立风险管理司的报告，都压住了。”

“奇怪，太奇怪了。是谁改邪归正了？”辛平问，又摇摇头，“不太像。”

“我也觉得不可能。”

“不管它了。”辛平换了一个话题，“您在那儿感觉怎么样？”他指的是在六司。

“唉，苦啊！”李文清叹道，“那个何新燕和胡维富都不是善茬，平时开会也都是他们在那儿嚷嚷，一副小人得志的嘴脸，郑部长也不管。您说我在一所干得好好的，为什么让我去那儿遭罪。前几天胡维富说要收拾石羽生，石羽生不服，跟他大吵了一架，他到郑部长那儿去告状，郑部长又把我找去剋了一顿，说我管教不严，让我批评石羽生。您说这是什么道理？”

辛平深深同情李文清。李文清是一个外来的司长，为人和善，遇上那种环境、那种领导，肯定是无法驾驭局面的。

“老弟呀，我羡慕你啊！”李文清带着一脸的沧桑走了。

辛平继续想着君岭的事，没察觉到自己已经变得有点没心没肺了——要在以往，他一定会继续琢磨李文清刚才说的那些信息。正想着，刚才君岭想到哪儿了？对了，是发愁一旦有人在君岭搞养殖，那整个村子恐怕就要熏臭了。

刚接上前面的思绪，手机又响了。辛平心里骂了句：“讨厌！”一看屏幕，又骂了句：“讨厌。”是辛安。她从来不会主动挂电话来，可一旦挂来就是给辛平添麻烦。这才是个没心没肺的家伙！

“贾同心被抓了！你知道吗？”辛安咋咋呼呼地问。

“啊？是吗？”辛平十分惊诧。

据辛安说，贾同心被抓只是小道消息，她是在县领导一起开会时听说的，县委书记还专门打电话问了李副市长，李副市长虽然跟贾同心关系近，但是一直没能联系上他，因此这个消息是真是假还没有个确切说法，不过县里已经有人通过渠道往北京这边打探情况了，不过是偷偷摸摸地打听。“因为还有个更惊人的小道消息，说是他们的那位大领导似乎有点事！”

“嗯？”辛平沉吟了一下。是，那位大领导好像有几个月没消息了。“是不是真的，很难说。”

“可是贾同心被抓像是真的。”

“他不是你的偶像吗？”辛平调侃道。

“呸！才是你的偶像呢！”

“抓就抓了，值得专门派人打探？这种关心太过了吧。”

“我也觉得是，恐怕有人担心什么吧。对了，有一件急事，你赶紧想办法帮帮。”辛安说，果然是没心没肺的本质。原来是老家一个乡亲，他女儿被人骗到东北去打工，一到东北就没消息了，他和家人赶到女儿之前说的地方，找不到人，报警也没人管，他托了好几个人找到辛安，求辛安找辛平帮助。

“你把东北的地址发给我吧。”辛平说。

收到辛安发来的地址，辛平转发给王致理，又打了个电话：“无论如何要找到这个孩子，否则你不要来见我！”

放下电话，辛平站在窗前远眺。一天的白云像鱼鳞一样铺开，蓝天被片片白云遮挡，变成了一张由无数条蓝色小河横竖相交的河网。这几乎是秋天的特有景象，只有秋风能把雾霾吹尽，让天空洁净。辛平对秋天的喜爱，连他自己都觉得奇怪。一只小鸟从低处冲上高空，又横飞了一会儿，再往辛平的窗前俯冲下来，十分矫健。这一定是燕子吧，辛平心中想。可是等它停在面前的树梢上，却发现只是一只麻雀，辛平不由得在心里笑了笑。

贾同心被抓，如果是真的，确实是会让所有人感到意外的。但是辛平的意外却又不太强烈。十八大以来，中央多次说要“打虎”“拍蝇”，到目前为止也是说到做到了，不过辛平仍然是一种观望的心态，只是观望之余心中隐隐增加了点信任。为什么？因为辛平有一种已经或者接近于亲身感受的感觉。什么样的亲身感受呢？挫折，屈辱，心灵煎熬，忍耐，期待，坚毅，解脱，等等。现在似乎又有新的亲身感受在到来。比如说，以往说的“打虎”“拍蝇”都是媒体上的事，像是一种传说。可是它们开始接近自己，贾同心被抓如果是真的，不就是自己身边的事吗？这种感觉，有点像去年那些乱七八糟的事情慢慢接近自己、从传闻变成自己深陷其中的亲身经历一样。世事变幻，有规律吗？规律是什么？是一时，一世，还是永恒？

又一个人来看辛平，是陈阳。他说是去人事部开完会后路过这里，上来看看。辛平说：“你这路过得有点奇特，绕了一大弯。”

“好几次想路过，可是路更远，这是最近的一次了。”陈阳说，“你在这世外桃源隐居，部里好多事你都不知道，我来给你普及一下知识。”

陈阳普及的知识很多。有人写告状信，说部里分房不公，有多拿多占的情况；出了几起酒驾、醉驾的事，开除了几个人，其中一个是七司吴言平底下的处长。“对了，就是原来你们‘风云项目’团队的那个。”辛平听了，十分惊讶又十分惋惜：“他是个很能干的人啊，怎么会这么糊涂？”陈阳说，还有更糊涂的呢。他自己酒驾跟人家发生事故，人家要跟他私了，他却不依不饶，报警让警察来处理，警察来了一测，当时就把他拘留了。

“唉，喝了酒能这么糊涂，把自己当成什么人了。”辛平说。

“其实有的人不喝酒也是醉酒状态，永远把自己当成什么人。”陈阳说，显得很有哲理的样子。

辛平想起李文清说的“风云项目”暂停的事，问陈阳知不知道什么原因。“其实这个项目的思路是对的，符合政府管理现代化的趋势和要求，只是搞歪了。”

陈阳说不知道，但是申请设立风险管理司的文件是他起草的，只是还没报出去就停下了。由此陈阳想起一件事。“三个多月前，也就是何新燕不想来一所当所长之后不久，陶部长说要从外头引进人才，列了一个名单，其中有一个打算调进来后提任一所所长，说是哪个领导推荐的优秀人才。我去考察了一下，什么优秀人才，就是机关服务中心的一个副主任，长期分管食堂、车辆这类的后勤事务。但是没办法，回来后就说要启动调动。我们准备了半天，跟对方手续都办得差不多了，前一阵也是跟‘风云项目’一样，突然叫停。”

辛平笑道：“‘风云风云’，风云总是变幻的，都怪我这个始作俑者，把当初的大数据项目起了这么个坏名字，咱们部就起风云了。咱且不管它，一如既往地过日子吧。”

办公室午后读的外国经典文学作品都读完了，家里夜读的四书五经还有一小半，辛平于是开始在午间读近现代的国内作品。手头上正读着的是巴金的“激流三部曲”。虽然时代不同，辛平读来还是能深深地被作品触动自己的情感。这种作品才能算是不朽的吧？他心想。没有情怀和情感，没有对现实生活的体验、观察和思考或者是对过去的尊重与反思，仅靠所谓的写作技巧和思潮流派的理念，能写出流行的，但写不出不朽的。但又想，流行的就是大众的也是成功的，大众的、成功的也未必不会成为不朽的。再反过来说，不朽的倒未必是大众的了。就比如说蔻儿，她今后会愿意读不朽的作品吗？

说起蔻儿，又有烦恼。晚上睡觉前，宁佳躲在床上，吞吞吐吐地跟辛平说：“你女儿这次期中考试成绩不太理想。”

辛平心脏跳了一下，问：“怎么不好了？”

“掉到十几名了，年级排名。”

辛平想了想：“偶尔发挥失常考不好，也是正常的吧？”

“我觉得不是发挥失常的问题，问题出在她的业余爱好。”

“你发现什么新情况了？”辛平问。

“张雨轩她妈前一阵问我，说你女儿的影评文章写得那么好，你们为什么反对她有这种特长、爱好？所以我感觉，一是蔻儿跟同学说我们反对她搞这个，二是她现在悄悄地继续玩，只是不跟我们说而已。你说我们哪里反对呢？我们只是让她有个轻重缓急，不能让兴趣爱好影响了学习，这孩子现在只记着我们反对的态度，也不想想我们反对的是什么。”

辛平说：“孩子对父母的教育管理总是会有误解的，有的误解也许是一辈子，这不是主要的问题，现在急需解决的问题是怎么阻止她的偏执。周末我们一起跟她谈谈，需要跟她正面再交锋一次。”

宁佳听了有点害怕：“我不希望我们一家三口不和睦，你要跟她说的话，掌握好方式，尽量不要吵架，好吗？”

辛平说：“我尽量吧，但是在这个时候必须明确地让她知道我们的态度，让她知道我们不会后退，只有她后退。在孩子的教育上，要敢于管理，敢于说‘不’。现在的孩子，多数不缺爱，缺的是管理。”

“唉，你妈的问题刚刚有点好转，蔻儿的问题又来了。人为什么总是有那么多的烦恼？为什么不能清清净净地过日子呢？”宁佳幽幽地叹了口气。

“人这一辈子都是在遇到问题、解决问题的过程中度过的，蔻儿带给我们的烦恼也不是现在就有，她小的时候生病，上幼儿园能不能适应，上小学中学后学习能不能跟上，这些不都是烦恼吗？可是她带给我们的快乐更多。所以不要怕，即使吵架，蔻儿的不满也是暂时的，不至于恨我们一辈子。”辛平安慰她。

“好吧，但愿就像你说的那样。我总觉得，你这个人太理想化了，在家里、在单位都是那样。家里的事，你都是说得头头是道，貌似有道理，当然在你的高压下总体上还是按照你的思路发展。可是在单位呢？你的理想化不就碰壁了吗？所以，我觉得你要改一改，不管是在家里还是在单位。”

“其实……我也在改。”辛平说。

六

周六在家，宁佳晚饭做了一桌菜，给老太太过生日，还在网上订了一个生日蛋糕。又开了一瓶葡萄酒，一人倒了一小杯。

看见一桌的酒菜，老太太非常开心，看着看着就掉眼泪了：“宁佳啊，你辛苦了，做了这么多菜。”辛平看着母亲，心情也有些不平静。这么多年来，老太太只要在北京，宁佳都给她张罗过生日，虽然她也表示高兴和谢意，可从来没有像今天这样动感情的，这是老太太焦虑症明显好转的又一个例证。想起来，宁佳确实细心，这些年如果老太太生日的时候人是在老家，她总是会提醒辛平给老太太打个电话，她自己也会在电话里跟老太太祝贺生日。

蛋糕是巧克力的，老太太和蔻儿都爱吃的那种。上周末辛平和宁佳跟蔻儿谈话，果然是一番剧烈的争执，但是辛平始终坚持底线，警告蔻儿如果仍然沉迷于看电影、写影评，就要断网、收手机。蔻儿最终答应了要改，但是一周来情绪都不高，跟辛平和宁佳爱答不理的。宁佳切了一块蛋糕给她，跟她探讨蛋糕的种类、口味、做法，又说想买个面包机自己做面包蛋糕，就是想逗蔻儿开心，好像也有点效果。

辛平也想为改善与蔻儿的关系做贡献。他提议明天晚上去石炉轩吃饭，把那里的小吃很过瘾地吃一遍，蔻儿听了“嗯嗯嗯”地直点头，说想起来就馋。

正吃着饭，辛安打电话来给老太太祝贺生日。辛安说了一件事，让老太太更高兴：辛平救了那个在东北落入传销团伙手中的女孩，在老家都轰动了，有的人就说可见辛平才没有犯错误，如果犯错误了怎么还在中央，还能一个电话就把人给救了。辛安刚说完，大哥辛宽电话也进来了。辛宽跟老太太说，他寄了点钱给老太太过生日，已经打到辛平的卡里了，他让老太太别提这件事——以免自己老婆侯灿知道的意思，他又说明天侯灿从日本回来，在北京落地，她给老太太买了东西，到时会跟辛平宁佳他们联系。总之，今天都是让老太太高兴的事。这边宁佳和辛平一直讨好蔻儿，蔻儿总算开心了，宁佳也高兴。老中青三代女性都高兴，辛平当然就更高兴了。

晚饭后都收拾完了，宁佳跟辛平聊天，说起侯灿去日本的事。“你说你哥这儿子当的，老婆有钱去日本玩，自己却不敢按时给老太太每个月三百块的伙食费。如果我也跟侯灿一样，你不吃了我？”

辛平说：“人和人不一样，你不需要我吃，该做到的你会做到的。”辛平捧了捧她。

“我有时候想，很多人在外面表现得人模人样的，但是一探究他的责任心，又是另外一种形象。所谓的善良、爱心，说起来很多人都有，可是他的善良、爱心不放在家里，只放在外头，甚至在外头也只是表面上的，在家里其实就是得过且过的心态。”

两人正说着，王致理来电话说明天向忠华回京，明晚一起打个牌。放下电话，宁佳不高兴，说：“明晚不是说好一家子去石炉轩吃饭吗？刚说的对家庭的责任，怎么转眼就没了？”

辛平赔着笑说：“向忠华好不容易回北京一趟，这样‘四个二’才能聚起来，我要不去，他们三个人就没劲了，我也得对他们负责任嘛。三缺一，责任很大的！”

“屁！”宁佳说，“你自己去跟蔻儿商量，改明天中午行不行。”

辛平屁颠屁颠地跑去找蔻儿。蔻儿翻着白眼说：“行吧，只要不是改吃早饭就行。”

第二天一早七点多，辛平大嫂侯灿打电话来，把辛平和宁佳吵醒了——他们周末一般都是睡到八九点的。侯灿说她到北京了，现在去宾馆住下，然后要陪一起去日本的闺密到八达岭玩，晚上去逛后海荷花市场，明天一早就飞回去。“我给你妈带了点东西，你看是你还是辛平来，九点半前到宾馆取一下吧。”侯灿跟宁佳说，然后挂了电话。宁佳气不打一处来：“这不是没诚心吗？还‘你妈’‘你妈’的，什么东西！”

辛平跟宁佳商量了一下，自己开车去取，然后直接去石炉轩会合。

到了宾馆，侯灿跟两个朋友正站在门外，见了辛平就说，急死我了，人家车在这儿等着我们出发呢。然后拿出一个漂亮的小塑料袋，说，这是给你妈买的巧克力，日本原产的，可贵了。又递过来另一个小袋子，说这是给宁佳的香水，日本最流行的。辛平都接过来。侯灿又说，这次没时间去看你妈了。辛平笑了笑说，嫂子，我妈也是你妈。侯灿当着闺密们的面一下子有些尴尬，说，噢，是，是，你跟妈问个好。这回没有“你”了。

辛平驱车到石炉轩，宁佳她们也刚到，正在点餐。老太太见辛平回来，眼睛盯着两个袋子，辛平于是都打开给她看了看，老太太看完撇了撇嘴。

吃完饭，一家人刚上车，辛平接到一个电话。辛平一看，是陶成曦的秘书。

“辛司，部长让您明天上午到部里来，找他一下。”

“好的。”辛平心里十分诧异，但是什么也没问。

回到家里，辛平睡了一觉，起来又陪老太太聊了一会儿天，然后去赴“四个二”的约会。

七

“吊主！”老鲁狠命一甩牌，得意地笑了。他打出的是一套拖拉机。

“啪”的一声，王致理也狠命地甩出四张牌：“吊就吊，谁怕谁。”原来也是拖拉机，比老鲁的更大，这也太巧了。

老鲁“啊”的一声惊呼，辛平和向忠华都大笑起来，这种牌也太少见了。

几个人的喧哗声，盖住了一边电视上正在播报新闻的播音员的声音。王致理用手一指电视方向，示意安静，大家也只听到后面几个字：“……严重违纪违法，目前正接受组织调查。”

大家边听边回头看，向忠华离得最近，一看字幕，惊呼：“陶成曦！”

“谁？谁？”老鲁和王致理都站起身看。辛平把牌一扔，散落一地，也不管了，大步走到电视屏幕前，见画面一闪而过，但是仍然能看清几个黄色的大字：“陶成曦正接受调查”。

辛平一拍脑门：“是他。”然后回身，一屁股坐在椅子上。

“太不可思议了！”向忠华说，“这是离咱最近的‘老虎’了，就在辛平身边啊！”

王致理一副老于世故的口气：“一切皆有可能啊！”然后对辛平说：“怪不得他那么对待你，他是一只‘老虎’嘛。疾风知劲草，你就是那棵草了！”

这三个人回身坐下，热烈地讨论着。老鲁问：“陶成曦都落马了，那意味着什么？”“意味着什么？意味着之前的一些传言，都有可能成为现实，更大的‘老虎’也不是没有可能出现的！”王致理答。

向忠华见辛平没吭声，问：“你在想什么呢，不声不响的。”

辛平笑了笑：“听你们的高见呢。”

老鲁也觉得奇怪：“你怎么好像不太激动？”

“激动说不上，一下子觉得心情放松了，但是又没那么开心。”辛平说。

“那就接着打牌？”老鲁问。

辛平沉吟了一下：“嗯……”

王致理说：“算了，别打了，聊会儿天吧。”他看出辛平没心情打了。

几个人就掰着手指头算，陶成曦是第几个“老虎”，前面都是谁，等等。说到其中一个“老虎”，王致理突然一拍大腿说：“对了，你们还记得这个人吧？”大家都说不记得。

“我表弟的领导。表弟挂职回来后，不是投奔这个人去了吗？我当时反对，他不听。这个‘老虎’落马后，表弟也被调查了，‘老虎’的很多事都是他经手去办的。”大家一听，想起来了。

老鲁道：“这也说明唐大姐那天说的话确实有道理，投奔谁、倚靠谁，最终可能把自己栽进去了。”

聊了一会儿，辛平说：“接着来吧。”“四个二”有一阵没打牌了，他觉得因为自己打不成，心里过意不去。

刚摸完牌，有电话进来，是陈阳：“知道了吗？”他大声问。

“知道了。”辛平说。陈阳十分兴奋地说了一会儿话，挂了。

继续摸牌，又一个电话进来，是石羽生：“辛司，出大事了，您知道了吗？”他也很兴奋。聊了一会儿，也挂了。

辛平再看手机，有信息进来，是一个地方的处长：“辛司，天塌了！怎么办？”

辛平心想，这是什么心态。他回了一个短信：“天就是自己。踏实做人、踏实做事，天就不会塌。”

刚发完，电话又响。王致理骂道：“烦不烦！”辛平赶紧掐断电话，然后把手机关了。

这一回四个人开始专心致志地打牌。玩到快十一点，王致理电话响了，他接起来说了一句话，笑着递给辛平。是宁佳：“你这个狗东西！怎么关机了！”

辛平赶紧说：“太多电话进来了，烦得很，就关了。”

“你烦了就关机，多少人以为你被抓了！我的电话都打爆了！”

“啊？我忘了这茬了。”辛平哈哈大笑，“我会不会被抓，全世界就你最清楚，你怕什么呀。”心想不知道宁佳是不是属于她说的多少人之一。

宁佳又骂了几句，说：“赶紧滚回来！”

辛平把电话还给王致理：“奇怪，她怎么有你的电话？”

“肯定找我老婆要的呗，笨蛋！不是急坏了，能这样吗？”

老鲁见时间也不早了，提议打完这把就结束。向忠华说，本来想跟大家说说他在天津的事，那就等下一次吧。“估计我也很快就调回北京了。”于是大家分手。

辛平开车回家，一路上心情十分轻快，然而轻快的后面又有一些凝重。陶成曦落马，打击自己的最大势力消除了，按理应该十分高兴才对，但是他却不像陈阳、石羽生他们那样兴高采烈。他自己也不知道为什么会这样。

回到家里，就如预期的那样，宁佳又劈头盖脸地骂了一通。不仅如此，她还发动了一家人批斗辛平，她自己主说，老太太和蔻儿帮腔，警告他今后决不能再无缘无故关机。辛平想说，总有没电的时候，或者有时开会是要求关机的，但没敢申辩，反正挨过这顿骂也就没事了。

宁佳见骂得差不多了，气也消了，回到卧室问辛平："陶成曦落马，这下高兴了吧。"

"就是心里一下松快了，高兴只能说还行吧。"

"为什么？他那么迫害你，这一倒台不是天大的好事吗？"

"他倒台当然是好事，只是我真不希望他会是这样的下场。并且，他这一落马，我们部的形象、工作肯定要受很大影响。"

"你的奇葩劲儿又上来了。人家还替你高兴呢，你却故作姿态。"宁佳说，不理他了。

第二天一上班，一所所有人都在议论陶成曦落马的事，工作成了偶尔顺手干的活了。小汪来跟辛平说了好一会儿，有些处长也专门地或者顺便地跟辛平聊起此事。辛平的手机、座机，一会儿进来一个电话，有祝贺的，有关心的，有打探消息的，还有不敢直接打电话、让别人问辛平有事没事的。接着就有新的消息，说陶成曦昨天晚上是在外头跟人吃饭时被中纪委的人带走的。不久又有一个版本，说是昨天下午部领导临时开会研究工作，陶成曦是开完会刚下楼就被带走的，连同陶成曦一起被带走的还有秘书和司机。听说秘书也被带走了，辛平心里一阵叹息。

议论了几天，辛平找小汪商量，说咱们不能因为陶成曦落马就荒废了工作，小汪表示同意。于是小汪主持召开全所人员会议，要求大家安心工作，工作以外的其他事情等待部里有关指示。其实，几天过去了，部里一直就没有动静。据说，连部务会都没人主持了，目前排名第一的副部长是邓部长，他似乎还没从陶成曦落马一事中缓过神来。又过了几天，说是上面有指示，目前暂由邓部长主持部里的工作。于是邓部长召开了一个由机关各部门和下属各单位一把手参加的部务会扩大会议，邓部长表态坚决拥护中央关于查处陶成曦违纪违法问题的决定，要求各部门以高度的政治责任感认真做好当前的工作。

小汪回来在全所传达了会议精神。一切又回归正常，至少是表面上。而辛平则是真的回到常态，继续读书。目前，午读已经读到鲁迅的《而已集》，夜读则已经快要把《诗经》读完，五经最后剩一个《春秋》未读，这是辛平最期待读的，因此放在最后。读完它，就要读《史记》了。

第十章

一

“本来我想去一所看你，可是又觉得动静太大了，所以就把你请出来聊聊。”陈之岳说。

陈之岳说去一所不便，说的是实在话。一个副部长，虽然已经退休，在部里仍然具有相当大的影响力和号召力，他要跑到部机关外的一个下属单位去看望一个人，那动静可不是很大吗？

今天晚上是陈之岳跟几个朋友聚会，特地把辛平叫来一起见见。这是一家品茶与就餐结合的餐馆，有些菜品甚至就以茶叶作为原料、辅料或者点缀。陈之岳约辛平早些来，因此吃饭的人还没到齐，他们二人就在相对独立的茶室里说话。陈之岳前一段时间去了趟西藏，前两天刚回来。

“我是在拉萨的时候听说老陶落马的事。我去西藏的前一天，到部里去看他，他跟我提起了你。”

“是吗？”辛平吓了一跳。

“想不到吧。他跟我说，你这人有很多毛病，自以为是，但还是有能力的，他打算让你当一所所长。”

“啊？竟然有这种事？他这是什么意思？”辛平觉得这也太戏剧性了，难道陶成曦对自己有意先抑后扬、先贬后升，就如古人一样率真忠厚？他不相信。“我前一阵刚听说他要从其他部委提一个什么人来一所当所长呢。”

“一开始我也觉得奇怪，不过他落马之后我明白了。”陈之岳说。

“我可是想不明白，也不敢相信他是好意。”辛平说。

“如果仅就他跟我说这句话的时候而言，也许是好意吧。我认为，那时他已经意识到自己的结局了，也许是有所悔悟，才有这种想法。”

“噢——”辛平沉思着点点头，“您分析得有道理。怪不得他落马的前一天中午让秘书给我挂电话，叫我第二天一上班就去找他。应该跟他对您说的那些话有关吧。”

“有可能，但这些也都是猜测，也许另有含意，只有他本人知道了。”

“不过如果没有这种对自己结局的强烈预感，我相信他不会心生悔意的。”辛平说。

陈之岳道：“我也这么认为。我不是为他开脱什么，而是对他的现象进行探究：中央对他立案审查，说明他一定有非常严重的问题，而我们看到的包括‘风云项目’在内的事都不是或者还没有发展成大问题。这说明他就是所谓的‘两面人’，人前一种形象，人后一种表现。但是，从他最后对你态度的奇怪转变看，我认为他曾经在心里头也有过与后来的他不一样的东西。”

“对，也许曾经有过正直、有过责任、有过理想。”

“是的。只是后来走上了另一条道路，就回不了头了。”陈之岳继续说道，“迄今为止落马的这些人，我相信多数都是如此。他们为什么会走上另一条路？这是值得我们反思的。”

“是的，我非常赞同。当时陶成曦不断打击我的时候，当然另外也看到之前之后一些现象和问题，我心里是非常困惑的。”

“陶成曦落马，应该能够——或者说一定程度上能够缓解你的困惑吧。不过，你还记得我以前跟你们常说的话吗？不要把中央的文件当文件，而是要当作自己的思想和行动。十八大以来，中央已经出台不少加强党建的制度和规矩了，而且全社会也都看到，这一次它们不再仅仅是文件了……”

辛平打断了他：“您认为，这一次，中央的决心会持续多久、持续多深——我的意思是会触及什么高度、广度和深度？这是我关心的。”

“也就是说，到目前为止你心里的困惑没有完全消除，是吧？”

辛平点点头。

陈之岳笑了笑：“说实话，我也没有把握，这完全取决于中央，但是我还是有信心的，相信这一次不会是像社会上包括党内有些人传言的、议论的甚至是呼吁的，所谓的‘适可而止’‘见好就收’。如果真是那样就完了。你不要以为我是退休了才敢说，其实是十八大之后我才敢说。当今这个社会，没心没肺看热闹的人不少，数典忘祖当洋奴的人不少，但是我们不能这样。”

显然辛平看问题的角度与陈之岳不太一样，虽然他赞同陈之岳后面的话。“您说有信心，总体上我也是如此，中央反腐的力度前所未有，我相信陶成曦不会是最后一个。但是，像邓部长那样，目前没发现大贪，其实手指头又不太干净、心里头又没有责任感的领导，恐怕不少吧，他们能被这股风吹到吗？”

陈之岳被问住了。他用手指了指辛平，笑着说：“你这人，永远改不了钻牛角尖的毛病。”

“钻牛角尖的肯定不止我一个。”辛平也笑着说。

“我是这么理解：不能指望用一次两次反腐败就打出所有的‘老虎’‘苍蝇’，你说一些有问题的人会不会永远不被发现？我认为是可能的。根本的办法，是建立防止领导干部变成‘老虎’的机制。像郑一夫、老邓那样的人，如果本身没有太严重的问题，或者没有查出他们有严重的问题，那么就让好的机制防止他们的问题进一步恶化，最终新陈代谢，让有品德、有能力的人取代他们。”

吃饭的人都到齐了，有人招呼陈之岳和辛平还有其他人上桌。

席间，陈之岳问辛平：“下一步你有什么打算？”

“我想调走，离开这个环境。”

“陶成曦已经下台，新的部长要是来了，你的处境应该会好一些吧。”

“新部长来，是什么作风、有什么能力也很难说。一想起邓部长、郑一夫，还有何新燕、胡维富那些人，我就气馁，所以我刚才有那么多问题。我现在追求的不多，也不高，就是一个好环境，不管干什么工作，能心情舒畅就行。如果我去一个部门当一把手，首先要做的一定要开拓一个好环境。别人尔虞我诈、窝里斗可以，在我这里绝对不允许。”

“有去处了吗？”陈之岳问。

“基本上有了，可能去一个科技中心当一把手。”

“希望你能在那里实现你的理想，开拓一个好环境。不过，理想与现实之间一定是有距离的，这一点你要有心理准备，否则又会碰壁。”

今晚与陈之岳的一番对谈，对辛平启发很大。虽然他的一些小困惑还在，但是陈之岳的眼界与高度帮助他解决了最大的困惑。如果说领导高明，只有陈之岳这样的领导才是。

二

辛平调动工作的事，因为陶成曦的落马而消除了被他刁难的担心，但是目前仍然无法实现，因为新部长没到任，没有人会批准此事。新部长什么时候到任？到任后会批准自己调走吗？还有一个更严重的问题：邓部长会提任部长吗？辛平此前本已平静的心，又波澜微起。

小汪出差了，在外地来电话，说接到李文清电话通知，明天上午郑一夫召开一个会议，研究“风云项目”暂停之后的有关工作，小汪没法出席，请辛平代为参加。辛平跟小汪说，你也知道我已经不参与任何“风云项目”的事，最好就让一个处长替你去吧。小汪不好勉强，说跟李文清商量一下。过了一会儿李文清直接给辛平来电话，说辛司您委屈一下，明天上午来开会吧，郑部长发脾气了，说一所的工作就是由一个处长主持的吗？辛平笑了笑，答应了。

第二天一早辛平开车到部里。进了大门，他犹豫是把车停在地下车库还是地面。就见一辆奥迪车从后边超越他，开进了地面停车场，辛平于是也跟了过去。见前面车上下来的是何新燕，辛平心想，看来她老公又回国了，这两天给她当司机来了。

果然，何新燕的爱人下车，从后备厢拿出两个大纸袋，双手拎到何新燕身边递给她。他高挑的个子、灰白的头发、高挺的鼻梁，很有特点，就像辛平上一次在停车场见到的那样。只是，他双手拎着纸袋、面对朝阳满面红光的姿态让辛平再一次觉得很熟悉，似乎见过这个场面。还是老年健忘的似曾相识吧，辛平边走边想。他有意放慢脚步，不想跟何新燕碰面。

“哟，少见啊辛平，想什么呢？”

辛平回过头来，见是吴言平，于是也打了个招呼。

“记得陶部长刚来时，我们也是在这里这么碰着了，一路聊上楼，是吧？不到两年时间，世事沧桑，变化太大了。”吴言平还是那样，摇头晃脑的，似乎一切都在变，就他没有变。

“世界是运动的，也是变化的，但愿都会变得更好吧。”辛平笑着说。

“那也难说。客观上能不能变好是一回事，主观上愿不愿意变好又是另一回事。有些人想搅浑水，主观上永远就不想让世界变好。”吴言平还是那样说话云里雾里的，“对了，还记得两年前那一次我说你是老陶‘嫡系’的事吧？那次我真是这么认为的。可是据说到了现在还有人说你是他的‘嫡系’，甚至说我也是他的‘嫡系’，我就说这是他妈的放屁。说我还好，毕竟我对他还点头哈腰的，辛平要是老陶的‘嫡系’，会被流放到一所吗？”

辛平听了挺感动：“您老人家心明眼亮，感谢、感谢！”

两人一路说话一路进了楼，其实基本上都是吴言平在说，说的都是与陶成曦有关的事。一路上许多熟人见到辛平，都觉得稀奇，纷纷打招呼问候。

到了六楼，刚出电梯，碰见盛国安。辛平边走边跟他寒暄，盛国安却站着不动，似乎有话要说，又东张西望、吞吞吐吐的：“那个……辛司，那个……本来想给您挂电话的……”见有人经过，又打住不说。再四顾无人了，赶紧说一句：“小心有人诬告您！”一回头走了。

辛平愣在那儿，没回过味来。石羽生带着几个年轻人过来，见到辛平很高兴，喊了一声，簇拥着他一起走向会议室。

不一会儿，李文清和其他同志陆陆续续进来，都打着招呼。接着郑一夫进来、坐下，见了辛平点点头。郑一夫又看了看，说：“胡维富还没来吗？”石羽生说：“刚才说正在停车，应该在电梯里了。”一会儿胡维富小跑着进来。郑一夫宣布开会。

上午的会议内容其实很简单。李文清简单介绍了一下“风云项目”暂停前后的情况。原来，在部里决定暂停之前，西国科技已经瘫痪了，孔叔滔虽然还有联系，但是平时已经见不着人，那一阵系统开发工作方面在维持着的反倒是河阳鼎盛的班子。鉴于这种情况，郑一夫要求六司和一所尽快把原来跟西国科技的关系清理掉，包括工作、人员、经费的关系，但是要求河阳鼎盛公司不能退。郑一夫说完了，胡维富补充了几句。

“辛所，给你们一周时间，把西国科技的所有东西都清理掉。”胡维富带着命令的口气说。

辛平笑了笑：“呵，我回去马上把会议的精神和工作要求跟小汪传达到，请他布置安排。”

“你们怎么传达、怎么布置我们不管，我就问一周能不能完成？”

辛平还是带着笑：“胡司，记得你还是处长的时候我曾经跟你说过，凡事要有规矩。小汪在一所主持工作，并且‘风云项目’是他分管，一周之内怎么完成，应当由他来统筹考虑和安排，我在这里只是领任务，岂能擅自表态？”

“那是你们……”

“辛平，”郑一夫开口，打断了胡维富，“你回去跟小汪说一下，争取一周内吧，如果有困难延后一两天也行。”

开完会，辛平跟李文清打了一个招呼准备走。李文清说一定要送辛平下楼。辛平边走边问：“李司，刚才好像看见涂雪繁了，是她吧？”

“是她，据说她强烈要求发挥余热，当时陶成曦还没倒台，就让她回来在老干部处帮忙。”

辛平听了哑然失笑：“老干部处已经有三个人了，还需要帮忙？”

“据说是在家里闲得慌，她爱人好像跟老陶关系好，就让她回来上班了。”

辛平又问：“对了李司，为什么这么火急火燎地要清理西国科技的痕迹？”

“说实话，这里面有什么目的我也不是很清楚。前期让他们尽快进入，我是反对的，因为具体实施方案、经费来源等问题都还没有确定，但是他们打着推进改革的旗号一力主张马上开工，并且先从部长专门经费中拔出一千万给他们使用。现在陶部长出事了，估计是不是感觉程序上漏洞太多，想擦屁股吧。”

辛平明白了。他提醒李文清：“我看不止于此。如果想把屁股擦干净，应当把河阳鼎盛也清理了。现在还强调要保留它，说明有人还有想法。谁是赢家还真难说，但是陶成曦和西国科技肯定是出局了。”

李文清听了，呆了一下说：“嗬，真是啊！”

出了大楼，辛平刚跟李文清道完别，看见办公厅主任许有善正准备进楼。见辛平一个人，许有善把他拉到一边问：“难得一见啊，什么时候来的？”辛平简单说了说来由。

“我们办公厅也是陶成曦的重灾区啊。”许有善说。这两年，陶成曦对办公厅工作总是不满意，吹胡子瞪眼的，许有善没少受气。这都不算什么，最大的灾害是办公厅一位副主任被纪委带走协助调查。

“啊？谁啊？怎么没听说？”辛平问。

“就是小何。据说他给老陶送了几十万，老陶才把他调进部里，又提起来的。昨天纪委刚把他带走的，部里还没有多少人知道。”

辛平想起来了。这个小何辛平没跟他打过什么交道，但是感觉人还是挺忠厚的，想不到也走这条路。

“那反正跟你们也没关系，这灾害算不到你们头上吧。陶成曦落马，你们可就轻松多了，应该说是受益者呢。”辛平笑着说。

“哪儿呀，纪委在部里办案已经两周多了，我们和部纪检组协助他们，忙死了，刚把纪委的人送走。你老弟在一所那里清静自在，也不同情我们。”许有善看来最近压力大，有很多话要倾诉，“你不知道啊，不光忙陶成曦的案子，还收到一些举报，不管实名还是匿名都要查，连续地找人谈话。你别说，有些事还真是从举报中发现陶成曦的问题，不过有些事明显就是有人栽赃陷害、想浑水摸鱼，好在咱们部里的同志多数还是有正义感的，一谈话、一了解，纪委的同志就明白是怎么回事了。所以啊，你老弟是好同志，好同志一定会有好结果的。”

说到这里，许有善跟辛平分手。回一所的路上，辛平想起李文清和许有善的话，觉得自己在一所还真成了好事了，远离喧嚣，正可以清静自在。陶成曦就像一个坏萝卜，被拔出来的时候，不知道它的根要缠上谁，或者带出来的泥会溅到谁的身上。自己是被陶成曦发配到一所的，那萝卜的根也好、泥也罢，跟自己都无关。

突然，辛平联想起吴言平的话，还有盛国安莫名其妙的提醒。吴言平和许有善都说到有人搅浑水、说坏话的事。他们是什么意思？跟自己有关吗？

晚上回家读《春秋》读到一句话："祸福无门，唯人所召。"辛平觉得真是至理名言，是福是祸，都是人自己招惹的。感叹了一会儿，又觉得不对。自己近两年来的遭遇，是自己招惹的吗？

周末在家没事，辛平除了看书就是陪母亲说话，还有辅导蔻儿学习，以及跟宁佳喝茶。宁佳说起她爸昨天来电话的事。"我爸说，他懂了。"

"懂了？什么东西懂了？"

"我怎么知道？你们前面说什么又没告诉我，我只负责传话。"

辛平眨巴着眼，笑了。最近老爷子来了好几次电话，问的都是国家大事。说实话，这些问题辛平都很难回答，但又不好随便应付老爷子，于是多数时候回答得比较策略。所谓策略，就是高明的含糊——不直接回答但是说话的大方向是对的。前几天老爷子最后一次问的是什么问题，辛平一时记不起来，不过记得好像跟老爷子说过一句话："毛主席说，'政治路线确定之后，干部就是决定的因素。'"老爷子说"懂了"，是不是冲的这句话？可是那天为什么会说这句话，辛平自己都忘了。

周日上午，突然接到部纪检组一位处长的电话："辛所，请您下午来部里，纪委的领导想跟您谈谈。"

辛平心里吃了一惊，不过没有表现出来。他问了时间和地点，把电话挂了。

"怎么了？"宁佳问。

"没事，部里通知下午开一个会。"辛平说。

"开会？好久没让你周末加班或者开会了。"宁佳随口说道。

下午按照指定的时间到了部里的一个小会议室，纪委三名同志在等着辛平。

“辛平同志，你不要紧张，我们只是想跟你了解一些情况，具体说就是你跟陶成曦的关系。”领头的局长说。

辛平想了想，把从奥运安保时跟陶成曦的工作联系开始，到陶成曦来部里之后的工作交集情况都做了报告。其他两名同志在认真地记录。

“那‘风云项目’是怎么回事？这项任务是怎么落到你的头上、由你负责的？”局长问。

辛平又报告了来龙去脉，从陶成曦第一次跟自己谈话说起，到陈之岳的交代、郑一夫在司里的部署安排，一条一条讲得清清楚楚。

“你是怎么看待陶成曦这个人的？”

这个问题有点复杂，辛平又想了想，决定把复杂的问题简单化。

“我想从两个方面来说吧。一个方面，是领导能力的问题。我认为，如果就事论事，陶成曦还是有一定能力的。以‘风云项目’为例，如果建设好、应用好，对于我们部提升管理水平和能力有巨大的作用，应该说是有长远眼光的。只是他考虑工作的出发点并不是或者不完全是出于工作，而是有私心杂念，这样导致了工作的结果并不理想，甚至可能对党和国家事业造成危害。”

局长点了点头。

“另一个方面，是他的工作作风，我认为是霸道的、不讲党性原则的。我只以他对待下属的方式为例来说明。他对于与下属的关系，喜欢以江湖社会的方式来处理。他关心你、厚待你，你要是感恩戴德，他就认定你办事可靠了；他批评你、指责你，你要对他点头哈腰满脸堆笑，他就认为你服他了；他踢你一脚，你再围着他转，他就觉得你是对他忠诚了。”

“那你觉得自己适应他的作风吗？”局长问。

辛平没有正面回答：“我不是他的小弟，也不是他的奴仆，更不是他的一条狗。所以我后来就被调到一所去工作了。”

“啪”的一声，局长拍了一下桌子。辛平侧了一下头，用探询的眼光望着他。

“好！说得好！”局长说。他站起身对辛平说道：“辛平同志，跟你的谈话就到这里了。很抱歉周末打搅你，感谢你的支持配合，希望你放下包袱，一如既往地认真工作。”

辛平出门，见部里的处长在外头等着，辛平冲他点了点头，下楼开车回家。路上他想着，不知道纪委的同志找自己是什么用意。认为自己是陶成曦的“死党”“嫡系”？不太像。那为什么找自己谈这个似乎没有什么结论的话？

回到家里，收到向忠华的微信：“Bye-Bye，天津！北京好，我回来了！”辛平边笑边回信：“北京欢迎你，改日给你接风。”

三

君岭的青梅花又开了。“你赶紧回来看看，非常漂亮，正好也跟这些户主们把协议签了。”陈玉声说。最后一户房主终于答应把房子出租了，这是陈玉声的功劳。他几次去那户房主那里软磨硬泡，帮房主分析养殖的可能性与租金收入的对比。不过最终打动房主的，是他的几位邻居说的一句话：“你收了二十年租金之后，还能收回一栋完整的房子。”考虑到马上就到新年元旦，辛平跟陈玉声约好，等元旦假期他自己一个人回去签协议，当然还有就是付第一笔租金。

为租金的事，辛平跟宁佳又求了半天。第一笔五年租金，一户四千元，六户就是两万四。毕竟出去的是真金白银，收取的只是六栋破败不堪的房子加上如空气一般不可见的梦想，并且一旦租下来就意味着更多的投入。重建、修缮和内部装修，购置各种生活用具，看护，环境整治，日常起居饮食，这些都是既花钱又操心的事，哪怕在北京算是最基本的一件事比如买个油盐酱醋，在君岭怎么解决都是问题。如果设身处地再琢磨，辛平和宁佳两个人真住在那儿了，荒山野岭、夜半时分，有没有个妖魔鬼怪捣乱、凶狠野兽侵犯，想想都怕人。都以为古代传说中的隐士、武侠小说中的高人能够在林间山野幸福愉快地生活，其实细究起来恐怕没有那么潇洒。

辛平理解宁佳，她的分析和担心很有道理，不是矫情刁难自己。但是既然是理想，就要超越一些现实的困难去实现，否则永远只能停留在最世俗、最现实的社会生活中。“我们还缺最世俗、最现实的生活吗?”这句话又鼓起了宁佳的勇气。她说：“好吧，被你骗了半辈子了，就让你继续骗下去吧。”

回老家之前，给向忠华接风的事要先办了。辛平本来想安排在元旦期间，但是如今计划元旦回老家，就只能提前了。他跟老鲁他们几位商量了半天，这次人多叫些，热闹一点。然后辛平挨个问，只有 12 月 31 日晚上人都能凑齐，于是就定在这一天。

还没到下班时间，辛平跟小汪打了一个招呼，提前去餐馆点菜。唐大姐晚上还要乘晚班飞机去外地，因此辛平让大家都早点来。辛平刚点完菜，向忠华也到了。

“怎么这么突然，说回来就回来？是提拔了吗？”辛平问。

“哪儿呀，还提什么拔，这一回是摸着老虎的屁股了，被咬了一口。”

原来，向忠华在天津局待了这么久，查出个惊天的大事。上次说的那个有问题的公司是一个输送利益的渠道，是天津局的办公室主任管着。向忠华以为问题出在办公室主任身上，往后查，钱是送给庞副局长的，再往后查，庞副局长是送到张部长那儿的，张部长那儿是不是最后一个环节就不清楚了。这事儿越查越大，向忠华心里也害怕。他用了一个策略，抓住这个公司长期存在工商和税务方面问题的漏洞，以十八大召开之前解决遗留问题的名义，把它注销了。

“你断了他们的财路，不就跟我干的傻事一样吗，所以他们就咬你一口了？”

“是。上次我爸不是摔了一跤住院吗？我当时正陪着张部长在天津调研，后来向他请假赶回北京，是让司机开车送的。他们就抓住这件事，说我公车私用，让纪检组查我。部长为了保护我，加上主要任务也已经完成，于是就把我调回来了。”

“那他们以前的问题就不了了之了？”辛平叹道。

“我现在是只掌握情况，但是证据掌握不多，并且我的力量也只能做到掐断那个渠道。下一步怎么办，是部里的事、纪检的事了。看目前中央反腐的势头，能不能把这件事挖出来，让我们拭目以待。”

“你还是需要小心点，如今反腐的势头很猛，但是浑水摸鱼的人也不少。”

老鲁和两三个人陪着唐大姐进来，唐大姐寒暄了几句，她也问向忠华怎么突然就回来了，向忠华简单说了一下情况，但是没说那么深。

老鲁问唐大姐：“大姐，如今打‘老虎’也打得够狠的了，为什么还有一些‘老虎’在台上坐着，并且还那么龇牙咧嘴的？”

正说着，王致理和其他人也都到了。唐大姐就说：“吃饭！吃饭！边吃边说。”

坐下吃饭，唐大姐举杯，给向忠华接风，欢迎回家。然后说：“老鲁刚才问了个问题，从向忠华的事说起的。你们要知道，目前的问题可不是一年两年积攒下来的，因此如果说打一年两年的‘老虎’就能把问题都打干净了，我看是不现实的。”她又指了指辛平：“就拿辛平他们那儿来说吧，陶成曦落马了，他们部里就一切太平了？不一定。但是不一定，不等于一定不。你们不要只会看谁还在台上或者谁又提拔了。我教你们一个方法，这样看：有些人在没发现他有问题之前，该用的还用，甚至还会提拔；发现问题之后，中纪委该查的照查不误、狠办不误。还有，老鲁说十八大都开了怎么还有些这样那样的，我跟你们说一点，你们记住了：我们现在说十八大是里程碑，这是毫无疑问的。但是里程碑里程碑，里程碑就是一个新阶段的开始，今后还要有十九大、二十大，一届一届接下去，才能解决所有问题。”

然后唐大姐举了第二杯：“预祝辛平成功转型。”大家都笑着喝了。唐大姐对辛平说道：“听说你们新部长快到位了，你如果着急，可以找机会提出调动申请。不过，领导批不批也不一定，看领导风格。心里自信的、与人为善的或者鼓励人才流动的领导，会很干脆就批了；有些领导比较慎重，怕人心不稳，可能会压一压；有的领导认为，我刚来你就提出调动，这是为难我甚至是跟我过不去，可能就会反感甚至恼怒，结果基本上就是不同意你调动。另外，如果跟你或者跟与你有关的其他人有个人恩怨，那又会有变化的。你最好先观察一段时间。”

辛平点点头。老鲁问：“大姐您知道谁去辛平他们那儿当部长？”

“据说是洪辉。”

“洪辉？是他？”向忠华有点意外，大家都看着他。

“你认识他？”唐大姐问。

“我不算认识，但是跟我和辛平都有些渊源。”向忠华说，“他爱人原来在我单位，后来调到辛平手下去了，那个老涂。”最后一句话是冲着辛平说的，辛平点头表示知道。

“那太好了！”老鲁拍着桌子说。大家也都拍手称好。

唐大姐问辛平：“你跟他爱人关系好吗？”

“正常的工作关系，该关心关心，该指导指导，该批评批评。”

“你这人没有先见之明，很多人一见到领导的亲属，早就各种手段傍上去了。”唐大姐笑着说，“不过没关系，未必是坏事。况且，我听说的未必就准，也不完全可信。不管是谁来，你看看情况再说。”说完举起第三杯酒跟大家道歉，说她要先走了。

唐大姐走后，大家继续替辛平操心。有的说，洪部长来，也许就是晴空万里，天高任鸟飞，辛平可以不走了。又有人猜，除了洪部长，还有谁可能来。有几位不知前因后果的人问辛平为什么要走，然后说起陶成曦，有人又提起一些关于他的传闻逸事。有的越扯越远、高低起伏，说起陶成曦的人脉关系，感觉很多人和事扯不清、理还乱。

辛平不愿继续聊此事，就说道：“不管谁来谁去，我是打定主意了，肯定要走的。你们说天高任鸟飞，我不需要多高的天，只需要一片能安心筑巢的小树林就行。还有啊，也不能人人都是大鹏展翅，这世界也需要低飞的麻雀之类平凡的鸟。你们就当大鹏吧，我来当那个小麻雀，希望我们都能‘得其所哉’。”

等到旁人都走了，剩下“四个二”时，王致理慢悠悠地说道：“你们怎么无视我的存在？关于洪部长的为人，你们能比我更了解吗？”

老鲁和向忠华一听都笑了：“真是的，怎么没想起问你，可见你这人平时太渺小了，都不在我们眼里。让你重要一回吧，你说说那个洪部长是什么风格做派。”

王致理沉默了好一阵，对辛平说道：“如果是那个洪部长来，大姐分析的几种情况，只有最后一句话值得重视。你，恐怕得另想办法解决离开的问题。”

老鲁说：“只要不是‘老虎’，什么事都好办吧？”

“不是‘老虎’，是‘野猪’你也麻烦。”王致理冷冷地说。

四

站在神仙居住的地方往远方眺望，因为远，辛平看不清君岭上盛开的青梅花，只感觉有白色一片，但是高耸的松树和翠竹还是看得比较清晰的。冬末春初的季节，阴雨天多，这会儿大半个天都是阴云，只有远处一小片是白云衬蓝天，因此天有些灰暗，山也略微有些灰暗。不多久，就见几缕强烈的阳光穿过云层，从云缝中照射下来，把君岭左边的山谷照得金光闪闪，然后又见巨大的云影游动着，金光也跟着游动，一会儿就移到君岭上方，把黑瓦土墙照得分外清晰，整个视野里的景象像极了西方印象派油画中的画面。很快，金光又游移而去，然后云层复又闭合，一切景象又进入刚才的那种半明半暗之中。

辛平知道这里的气候变化，也见过这种景象，不觉得奇怪。小闵第一次见，在边上赞叹道：“哇，好漂亮！”

小闵想找个海拔高的地方种云雾茶，听辛平说要回来，就跟着一起来了。遥望君岭那一带的地势，他觉得适合种茶。他判断，也许那里原来就有茶，只是时间久了没人管理，就变成了荒茶。

“荒茶不是野茶，有些野性，但是需要管理，这样才能保证品质。”小闵说。

陈玉声建议抓紧时间去君岭，他担心一会儿又下雨。昨天晚上他陪着辛平跟几家房主见面，签了合同，支付了第一笔租金。房主都是农户，看到自己废弃的房子还能变成钱，都挺高兴，原来坚持想搞种植养殖的最后那一户也很高兴。昨晚说好，请各家最近去君岭看一看，把还能用的东西拿走。最后那家户主是位快七十岁的老伯，精神矍铄，他说今天就去把房子和地收拾收拾，给辛平腾地方。

辛平把车开到山谷的入口处，向下望去，只见君岭一带如白雪皑皑，又见有些浅雾从君岭的脚下升起，景象有些迷离。下车往谷里走，山草经过大半个冬天多半已经枯萎，加上应该有人又披斩过，这一回路好走多了。三人一边走一边看一边惊叹，连从小在这里生活过的陈玉声都说没想到君岭这么漂亮。一路上鸟鸣幽幽、此起彼伏，在旷野里听起来感觉飘忽不定，甚至有些空灵。辛平停步远望，前面重重山峦一层层远去，近山青黛，远山灰蓝，辛平忽然醒悟，古代宋明时期山水画中远山的那种迷人的灰蓝色原来是源自真实的大自然。走到君岭山脚下近看青梅花，辛平觉得像点点繁星，被微风吹动时又有点像阳光照射下大海里的波光。树下有许多花瓣，应该是下雨时被打下的，辛平真想踩着它们走走，又忍住了，跟着陈玉声登上小山岭。

进了村子，就见那位老伯正在村边的地里清理已经干黄的豆藤瓜藤，边上已经小山似的堆了一堆。

“老伯，你这边上围着那么结实的篱笆是干什么呢？这里又不会有老虎呀。”辛平问，其实他是担心真有老虎。

“老虎是没有的，就是防野猪。”老伯说。

“那就好，野猪不管怎么样不伤人。”辛平放心了。

“哪里啊，你们不要小看野猪。老虎是凶狠，野猪是使坏，它一年到头都搞破坏，而且什么东西它都破坏，比如说偷吃鸡鸭，挖地里的土豆，啃玉米。我们农村野兽很多，老虎是看不到的，最坏的就是野猪。防住了野猪，收成就有一半的保证了。”

辛平点点头。农家的经验是最真切的，不能不听，等修缮好了准备入住时，是要考虑围篱笆的事。

裤兜里手机响。辛平不想接。任它响了一会儿，又怕是工作上的事，赶紧掏出来，一看是王致理。“烦人，我在老家呢！”

“你就是在高老庄娶媳妇也要接这个电话！”王致理说。

“什么事？”

“两件事。一件好事，一件坏事。先听哪一件？”

辛平心里“咯噔”了一下。“先说是什么方面的事。”

“你们的新领导，你的新去处。”

“你……”辛平犹豫了一下，“都不听。等我回北京再说。”说完挂了。

陈玉声手里抄着一把工具，在帮老伯干活。小闵刚才闪了一下身影，好像是在村边转悠，估计是察看有没有茶树去了。辛平东望望、西望望，努力要找回接电话之前的心绪。望了一会儿，明白了，往村里走去。一路走一路张望，见松树和竹子都是围绕着小村生长着，心想今后住在这里，在松树下坐坐、到竹林间走走，自己是不是就成了半个神仙。

村子的结构很简单，就两排房子，一条仅容两辆板车通过的小路从中间穿过。路是用不齐整的石块铺的，每一个石块几乎都有些发亮，与边上房子的破败形成了反差。刚进村，哪里又飘来一阵上次在村口闻到的香气。他连吸了几口气，闻出来了，是桂花香。这个时候还有桂花开着？他前后左右看了看，没看见有桂花树。

于是辛平继续往前走，然后在村子正中间的一栋房子门前停下。这栋房子相对保存完好，从门口望进去能看见一个天井，天井靠路边的一面是土墙，土墙对面是厅堂，两边是厢房。天井底部和四周长满了青苔，湿润湿润的。天井的右侧是一间小屋，开着门，雕花的窗户一爿不知到哪儿去了，另一爿已经半朽，斜挂在窗框上。小屋往里的边上，楼梯也塌了，要上楼估计得重新搭梯子。再顺着小屋往上看，楼上侧屋临着天井的一面横开着一扇大窗。若是在那里与宁佳或者朋友们喝茶聊天，晴天看墙外的翠竹苍松，雨天看雨打瓦顶飞溅起来的水珠，一定十分惬意。

往里看了好一会儿，辛平把目光收回来。门框是大约五六厘米厚的木板做的，大门应该也是这个厚度吧。再往边上由低往高看，天井土墙十分厚实，但是因为顶上的护瓦脱落，土墙长期被雨水冲刷，已经有一些裂缝，上沿甚至有些塌圮。没有掉落的瓦片依然坚强地斜靠在墙顶上，与房顶上大片的屋瓦形成一体，静谧而肃穆。辛平突然觉得自己看到了时间。是的，时间是可以看见的。他继续仰头，把目光转向两栋房屋之间的几株竹子的顶端。竹叶疏朗，透过它们可以看见有蓝天的天空，又见一片白云像鱼一样悠然地游过，让辛平感觉到蓝天的活力。呵，天也是活的，他心想。

仰望久了，辛平觉得有点累。他手扶着门边的墙，低下目光，看见沿着墙根满是劲翠的小草和不知名的小花，在巨大的墙体面前自顾自地随风摇曳。也不知道是这墙根呢还是这些小花小草，他总觉得有些似曾相识，心中感觉一阵温暖，两行热泪夺眶而出。

“老师，这里真的有荒茶呢！”小闵在远处喊着。

辛平赶紧擦了擦眼睛。顺着声音望去，见小闵双手捧着一大捧的茶叶，正穿过一片空地乐呵呵地向这边走来。空地上还有些杂草篱笆尚未除去，正中间一棵树有三人多高，枝丫挺直、叶色深绿。小闵在树边停下，仰头看了看，惊叹道：“哇，好大的桂花树！”